Tim LaHaye und Jerry B. Jenkins

DIE ENTWEIHUNG
Die letzten Tage der Erde

Tim LaHaye und Jerry B. Jenkins

Die Entweihung

Die letzten Tage der Erde

Roman

Projektion J

Titel der Originalausgabe:
Desacration

1. Auflage 2002

ISBN 3-89490-415-1

Die Bibelstellen wurden der Einheitsübersetzung entnommen.

Auf der Grundlage der neuen Rechtschreibregeln.

Übersetzung: Eva Weyandt
Umschlaggestaltung: Michael Wenserit; Julie Chen
Umschlagfoto: Julie Chen
Autorenfoto: Reg Francklyn
Satz: Nicole Schol, Projektion J Verlag
Druck und Verarbeitung: Schönbach-Druck, Erzhausen

Für Murf, Timmy Mac und Mary.

Mit Dank.

42 Monate nach Beginn der Trübsalszeit – drei Tage nach Beginn der Großen Trübsalszeit

Die Christen

Rayford Steele, Mitte 40, flog als Flugkapitän für die Fluglinie *Pan-Continental* und verlor bei der Entrückung Frau und Sohn. Nach den dramatischen Ereignissen wurde er Flugkapitän der Weltgemeinschaft und gehörte zu den ersten Mitgliedern der *Tribulation Force.* Mittlerweile ist er ein international gesuchter Flüchtling. Er wird verdächtigt, das Attentat auf Nicolai Carpathia begangen zu haben, und hält sich im neuen Versteck der *Tribulation Force*, im Strong-Gebäude in Chicago, verborgen.

Cameron „Buck" Williams, Anfang 30, ehemaliger Chefreporter des *Global Weekly* und früherer Herausgeber des *Global Community Weekly*, gehörte zu den ersten Mitgliedern der *Tribulation Force.* Mittlerweile ist er Herausgeber einer Internet-Zeitung mit dem Namen „Die Wahrheit". Augenblicklich ist er ein international gesuchter Flüchtling und hält sich zusammen mit den anderen Mitgliedern der *Tribulation Force* im Strong-Gebäude in Chicago auf.

Chloe Steele Williams, Anfang 20, war vor den Ereignissen Studentin an der Stanford-Universität und hat Mutter und Bruder bei der Entrückung verloren. Sie ist die Tochter von Rayford, Ehefrau von Buck und Mutter des 14 Monate alten Kenny Bruce. Darüber hinaus ist sie Leiterin und Initiatorin der „Internationalen Handelsgesellschaft", einem Untergrundnetzwerk von Christen. Auch sie gehörte zu den ersten Mitgliedern der *Tribulation Force* und hat im Strong-Gebäude in Chicago Unterschlupf gefunden.

Tsion Ben-Judah, Ende 40, ist Rabbi und ehemaliger israelischer Staatsmann. Er sprach im israelischen Fernsehen öffentlich über seinen Glauben an Jesus als den Messias, woraufhin seine Frau und seine beiden Kinder ermordet wurden. Danach floh er in die USA und wurde zum geistlichen Führer der *Tribulation Force*. Über das Internet kommuniziert er täglich mit mehr als einer Milliarde Menschen. Auch er hält sich zusammen mit den anderen Mitgliedern der *Tribulation Force* im Strong-Gebäude in Chicago verborgen.

Dr. Chaim Rosenzweig, Ende 60, israelischer Nobel-Preis-Gewinner, Botaniker und Staatsmann und vom *Global Weekly* zum „Mann des Jahres" gekürt. Er verübte den Anschlag auf Carpathia und hält sich inkognito im „König David"-Hotel in Jerusalem auf.

Lea Rose, Ende 30, war bis vor kurzem Oberschwester im *Arthur Young Memorial Hospital* in Palatine. Sie befindet sich zusammen mit einigen Mitgliedern der *Tribulation Force* auf dem Weg nach Mizpe Ramon.

Hattie Durham, Anfang 30, war Flugbegleiterin der Pan Continental. Nach der Entrückung wurde sie Assistentin und Geliebte von Carpathia. Sie ist in einer Mission der *Tribulation Force* in Israel unterwegs.

Al B. (Albie), Ende 40, gebürtig aus Al Basrah im Norden Kuwaits. Er ist Pilot und ein international tätiger Schwarzmarkthändler. Er unterstützt Rayford bei dessen Auftrag in Mizpe Ramon.

David Hassid, Mitte 20, ist hochrangiger Angestellter der Weltgemeinschaft. Vor den Augen vieler Menschen kam er vermeintlich bei einem Flugzeugabsturz ums Leben, doch in Wahrheit befindet er sich auf dem Weg nach Mizpe Ramon.

Mac McCullum, Ende 50, ist der Pilot Carpathias. Viele Menschen waren Zeuge, als sein Flugzeug abstürzte. Er selbst befindet sich auf dem Weg nach Mizpe Ramon.

Abdullah Smith, Anfang 30, war früher jordanischer Kampfflieger und ist heute Erster Offizier der Phoenix 216. Auch er saß vermeintlich in dem abgestürzten Flugzeug, befindet sich aber in Wahrheit auf dem Weg nach Mizpe Ramon.

Hannah Palemoon, Ende 20, arbeitete als Krankenschwester in dem Krankenhaus der Weltgemeinschaft in Neu-Babylon. Auch sie saß angeblich in dem abgestürzten Flugzeug, befindet sich aber eigentlich auf dem Weg nach Mizpe Ramon.

Ming Toy, Anfang 20, frühere Wachoffizierin in einem belgischen Frauengefängnis, hält sich im Strong-Gebäude in Chicago auf.

Chang Wong, 17, ist Ming Toys Bruder. Er wurde gerade im Hauptquartier der Weltgemeinschaft in Neu-Babylon eingestellt.

Lukas (Laslos) Miklos, Mitte 50, ist Besitzer einer Lignitmine in Griechenland. Er verlor seine Frau, seinen Pastor und dessen Frau bei den von Nicolai Carpathia angeordneten Hinrichtungen durch die Guillotine. Er hält sich in Griechenland, Vereinigte Carpathiatische Staaten, verborgen.

Gustaf Zuckermandel Jr. (Zeke oder Z), Anfang 20, ist Urkundenfälscher und Verkleidungsspezialist. Sein Vater starb durch die Guillotine. Er hält sich als Flüchtling im Strong-Gebäude in Chicago auf.

Steve Plank (Pinkerton Stephens), Mitte 50, war früher Herausgeber des *Global Weekly* und arbeitete nach der Entrückung für Carpathia als Leiter der Abteilung für Öffentlichkeitsarbeit. Informationen zufolge ist er bei dem großen Erdbeben ums Leben gekommen; er arbeitet jedoch unter falschem Namen bei den Friedenstruppen der Weltgemeinschaft.

Unbekannter Junge, 15, entkam mit Albies und Bucks Hilfe in Ptolemais, Griechenland, der Hinrichtung durch die Guillotine. Sein Aufenthaltsort ist unbekannt.

Unbekanntes Mädchen, 16, entkam mit Albies und Bucks Hilfe in Ptolemais, Griechenland, der Hinrichtung durch die Guillotine. Ihr Aufenthaltsort ist unbekannt.

Die Feinde

Nicolai Jetty Carpathia, Mitte 30, war während der dramatischen Ereignisse Präsident von Rumänien und wurde dann Generalsekretär der Vereinten Nationen. Carpathia war bis zu seiner Ermordung in Jerusalem selbst ernannter Potentat der Weltgemeinschaft. Drei Tage später kehrte er auf dem Palastgelände der Weltgemeinschaft in Neu-Babylon ins Leben zurück. Er hält sich zu einem Besuch in Jerusalem auf.

Leon Fortunato, Anfang 50, ist Carpathias rechte Hand. Augenblicklich ist er der allerhöchste geistliche Führer des Carpathianismus und verkündet den Potentaten als den auferstandenen Gott. Er hält sich zusammen mit Carpathia in Jerusalem auf.

„Weh aber der Erde und dem Meer. Denn der Teufel kommt zu euch hinab und hat einen großen Zorn und weiß, dass er wenig Zeit hat.“

Offenbarung 12,12

Prolog

„Wir können nur die Daumen drücken, dass es klappt", merkte Mac an. „Ich habe schon erlebt, dass diese Quasis erstaunliche Dinge vollbringen können, je nachdem, was der Bordcomputer ihnen sagt. Aber es ist ein langer Flug und ich habe einige sehr interessante Dinge einprogrammiert."

„Die Daumen drücken?", fragte Hannah. „Nur Gott kann dafür sorgen, dass der Plan funktioniert. Sie sind der Experte, Captain McCullum, und wenn dieses Ding woanders abstürzt als im tiefsten Mittelmeer, dann wird es nicht lange dauern, bis jemand entdeckt, dass niemand an Bord war."

Das Flugzeug stürzte nicht einfach im freien Fall ins Mittelmeer. Nein, das viele Millionen Dollar teure Wunder der Technik beschleunigte noch einmal und zog eine lange Rauchfahne hinter sich her. In einem seltsamen Winkel raste die Maschine auf die Küste zu, etwa eine dreiviertel Meile südlich der Menge.

Die Quasi schlug zusammen mit ihrer zweiköpfigen Besatzung und den Passagieren fast senkrecht auf dem Strand auf. Das Brüllen der Motoren klang den Zuschauern noch in den Ohren, als die Maschine bereits zerborsten war, umhüllt von einer Rauchwolke und züngelnden schwarzen und orangefarbenen Flammen. Eine unheimliche Stille legte sich auf die Zuschauer, weniger als eine halbe Sekunde später gefolgt von dem Übelkeit erregenden Geräusch des Aufschlags, einer donnernden Explosion, begleitet von dem Gebrüll und dem Zischen des wütenden Feuers.

Buck eilte zu seinem Wagen und rief Rayford an. „Das Schiff ist an der Küste untergegangen. Niemand hätte darin überleben können. Bin auf dem Rückweg zur Stimme des Rufers in der Wüste."

Buck war ungewöhnlich aufgewühlt, als er sich auf dem Weg zur alten Stadt in den Verkehr einfädelte. Er fühlte sich, als seien seine Gefährten tatsächlich zusammen mit dem Flugzeug abgestürzt. Buck wusste, dass die Maschine leer gewesen war, und doch hatte in dieser Inszenierung eine so dramatische Endgültigkeit gelegen. Er wünschte, er wüsste, ob es das Ende oder der Beginn von etwas war. Konnte er hoffen, dass die Weltgemeinschaft zu beschäftigt war, um die Absturzstelle genauer zu untersuchen? Die Chancen dafür standen gut.

Buck wusste nur, dass das, was sie in den vergangenen dreieinhalb Jahren erlebt hatten, ein Spaziergang war im Vergleich zu dem, was sie noch erwartete.

Auf der Rückfahrt betete er stumm für alle Menschen, die er liebte, und für jedes Mitglied der Tribulation Force. *Buck zweifelte nicht daran, dass der vom Satan besessene Antichrist nicht zögern würde, jede Möglichkeit zu nutzen, um die Rebellion, die am folgenden Tag gegen ihn ausbrechen würde, bereits im Keim zu ersticken.*

Buck war nie besonders ängstlich gewesen, war angesichts tödlicher Gefahren nie zurückgewichen. Aber Nicolai Carpathia war das personifizierte Böse, und am folgenden Tag würde Buck an der vordersten Front stehen, wenn die Schlacht der Jahrhunderte zwischen Gut und Böse um die Seelen der Menschen losbrechen würde, wenn die himmlischen Heerscharen und die Mächte der Hölle gegeneinander antreten würden.

„Dann hörte ich, wie eine laute Stimme aus dem Tempel den sieben Engeln zurief: Geht und gießt die sieben Schalen mit dem Zorn Gottes über die Erde!

Der erste ging und goß seine Schale über das Land. Da bildete sich ein böses und schlimmes Geschwür an den Menschen, die das Kennzeichen des Tieres trugen und sein Standbild anbeteten.“

Offenbarung 16,1–2

1

Rayford Steele schlief tief und fest, eingewickelt in eine kratzende Wolldecke, die Knie an die Brust gezogen und die Fäuste unter dem Kinn geballt. Als er erwachte, sprang er von seiner Pritsche auf und spähte aus seinem winzigen provisorischen Quartier in der Nähe von Mizpe Ramon in der Negev-Wüste.

Die Sonne warf einen unheimlichen, orangefarbenen Schein auf die Landschaft, doch schon bald würden ihre sengenden Strahlen unbarmherzig auf Felsen und Sand herunterbrennen. Das Thermometer würde am Mittag auf über 38 Grad Celsius ansteigen. Ein weiterer normaler Tag in den Vereinigten Carpathiatischen Staaten.

Bei dieser riskantesten Unternehmung seines Lebens hatte Rayford sein Schicksal Gott und dem Wunder der Technologie anvertraut. Es gab keine Möglichkeit, die Landebahn auf dem Wüstenboden zu verbergen. Die Satelliten der Weltgemeinschaft, die die Erde im All umkreisten, sahen alles. Rayford und sein Team, das aus flüchtigen Rebellen aus der ganzen Welt bestand, hatten ein sehr wagemutiges Unternehmen begonnen.

Ihr Mann in der Höhle des Löwen hatte in den Zentralrechner der Weltgemeinschaft eingegeben, dass es sich bei dem Treiben in Mizpe Ramon um eine Übung der Weltgemeinschaft handelte. Solange die Sicherheitskräfte und der Geheimdienst der Weltgemeinschaft diese Lüge glaubten, würden Rayford und seine erweiterte *Tribulation Force* die „Operation Adler" fortsetzen können. Der Name war von der Prophezeiung in Offenbarung 12, Vers 14 inspiriert, in der es heißt: „Aber der Frau wurden die beiden Flügel des großen Adlers gegeben, damit sie in die Wüste an ihren Ort fliegen konnte. Dort ist sie vor der Schlange sicher und wird eine Zeit und zwei Zeiten und eine halbe Zeit lang ernährt."

Dr. Tsion Ben-Judah, geistlicher Mentor der *Tribulation Force*, war der Meinung, dass die „Frau" in der Bibel Gottes auserwähltes Volk und die „beiden Flügel" Land und Luft seien; „ihr Zufluchtsort" war seiner Meinung nach Petra – die Stadt aus Stein, in der das Volk dreieinhalb Jahre lang vor der „Schlange", dem Antichristen, sicher sein sollte.

Die *Tribulation Force* war fest davon überzeugt, dass sich der Zorn des Antichristen und seiner Handlanger schon bald gegen die Juden richten würde, die zum Glauben an Jesus Christus gekommen waren. Wenn sie fliehen mussten, würden Rayford und seine Mitstreiter ihnen bei ihrer Flucht helfen.

Er zog ein Khakihemd und Shorts an und machte sich auf die Suche nach Albie, der mit ihm zusammen das Kommando führte. Die Helfer, die von Rayfords Tochter Chloe von dem Versteck in Chicago aus über das Internet zusammengerufen worden waren, hatten gerade die Landebahn fertig gestellt. Sie hatten in Schichten gearbeitet; einige wurden von den Leuten, die ihre Personalien aufgenommen und das Zeichen Gottes auf der Stirn überprüft hatten, in die Flugpläne eingewiesen, während andere das schwere Gerät bedienten oder sich beim Bau der Landebahn abplagten.

„Hier, Chef", sagte Albie zu Rayford, der die langen Reihen von Hubschraubern, Jets und sogar gelegentlich eine Propellermaschine am hinteren Ende der Landebahn betrachtete. „Der erste Teil der Mission ist abgeschlossen."

Der kleine dunkelhaarige ehemalige Schwarzmarkthändler, der nach seiner Heimatstadt Al Basrah „Albie" genannt wurde, trug die Uniform eines stellvertretenden Befehlshabers der Weltgemeinschaft. Er hatte einen jungen Mann im Schlepptau, der, wie Rayford erfuhr, aus Kalifornien kam.

„George Sebastian", stellte sich der große blonde Mann vor und streckte ihm die Hand entgegen.

„Rayf–"

„Oh, ich weiß, wer Sie sind, Sir", unterbrach ihn George. „Ich bin ziemlich sicher, dass alle hier Sie kennen."

„Hoffen wir nur, dass niemand von außerhalb mich kennt", meinte Rayford. „Sie hat Albie also als Leiter der Hubschrauberflotte ausgewählt."

„Nun, er, äh, er hat mich gebeten, ihn als Commander Elbaz anzureden, aber ja, Sir."

„Warum wollen wir, dass er diese Position einnimmt?", fragte Rayford an Albie gewandt.

„Er hat Erfahrung, ist klug, weiß mit so einem Vogel umzugehen."

„Von mir aus geht das in Ordnung. Ich wünschte, ich hätte Zeit, noch ein wenig mit Ihnen zu plaudern, George, aber –"

„Wenn Sie noch eine Minute Zeit hätten, Captain Steele …"

Rayford blickte auf die Uhr. „Begleiten Sie uns ein Stück, George."

Sie gingen zum südlichen Ende der neuen Landebahn. Immerzu lauschte Rayford auf verdächtige Geräusche am Himmel. „Ich werde es kurz machen, Sir. Es ist nur, dass ich den Menschen gern erzähle, wie es bei mir passiert ist."

„‚Es'?"

„Sie wissen schon, Sir."

Rayford liebte diese Geschichten, aber alles hatte seine Zeit, und im Augenblick war nicht der richtige Zeitpunkt.

„Nichts Dramatisches, Captain. Ich hatte einen Hubschrauberlehrer, Jeremy Murphy, der mich immer darauf hingewiesen hat, dass Jesus wiederkommen würde, um die Christen in den Himmel zu holen. Natürlich hielt ich ihn für verrückt, und ich habe ihn sogar verpetzt, weil er versucht hat, mich während der Arbeitszeit zu bekehren. Aber er hörte nicht auf damit. Er war ein guter Lehrer, doch mit dieser anderen Sache wollte ich nichts zu tun haben. Ich liebte das Leben – frisch verheiratet, Sie wissen schon."

„Sicher."

„Er hat mich in die Kirche eingeladen und alles. Ich bin nie hingegangen. Und dann kam der große Tag. Überall wurden Millionen von Menschen vermisst. Klug wie ich war, versuchte ich sogar, ihn anzurufen, um zu erfahren, ob meine Stunde für diesen Tag wegen des ganzen Chaos abgesagt sei. Später am Abend fand jemand seine Kleider auf einem Stuhl vor seinem Fernsehgerät."

Rayford blieb stehen und betrachtete George. Gern hätte er mehr gehört, aber die Zeit war knapp. „Danach haben Sie nicht mehr lange gebraucht, stimmt's?"

George schüttelte den Kopf. „Ich bekam einen Riesenschrecken. Ich war so froh, dass ich in dem ganzen Chaos nicht umgekommen war. Ich betete, ich meine, sofort und auf der Stelle, dass ich mich an den Namen seiner Gemeinde erinnern würde. Und er fiel mir tatsächlich ein, aber es war kaum jemand dort. Auf jeden Fall fand ich ein paar Leute, die wussten, was los war. Sie erzählten mir noch einmal, was Murphy mir immer schon gesagt hatte, und sie beteten mit mir. Seither glaube ich an Christus. Meine Frau auch."

„Meine Geschichte ist fast identisch", erwiderte Rayford, „und vielleicht werde ich Sie Ihnen irgendwann einmal erzählen. Aber –"

„Sir", unterbrach ihn der junge Mann, „ich brauche noch eine Minute."

„Ich möchte nicht unhöflich sein, aber –"

„Sie sollten sich anhören, was er zu sagen hat", meinte auch Albie.

Rayford seufzte.

George deutete zum anderen Ende der Landebahn. „Ich habe Proben der Ware mitgebracht, die hier eintreffen wird, sobald die Landebahn einsatzfähig ist."

„Ware?"

„Waffen."

„Dafür haben wir kein Geld."

„Diese sind kostenlos."

„Trotzdem –"

„Unsere Einheit wurde für den Kampf ausgebildet", erklärte George. „Sie können sich vorstellen, wie das über die Bühne ging, als Carpathia die Nationen aufforderte, 90 Prozent ihrer Waffen zu zerstören und ihm die anderen 10 Prozent zu übergeben."

„Die Vereinigten Staaten haben den größten Teil der Waffen abgeliefert", erwiderte Rayford.

„Aber ich wette, wir hatten noch mehr in der Hinterhand."

„Was haben Sie?"

„Vermutlich mehr als Sie brauchen. Möchten Sie die Proben sehen?"

David Hassid saß auf dem Beifahrersitz des gemieteten Van, seinen mit Sonnenenergie betriebenen Laptop auf dem Schoß. Lea Rose fuhr den Wagen. Hinter ihr saß Hannah Palemoon neben Mac McCullum; Abdullah Smith hatte sich auf den dritten Sitz gelegt. Die Nacht hatten sie versteckt hinter einer Felsformation etwa eine Meile abseits der Hauptstraße verbracht, irgendwo zwischen dem jordanischen Flughafen in Amman und Mizpe Ramon. Auf keinen Fall wollten sie die Soldaten der Weltgemeinschaft zur „Operation Adler" führen.

Über das Internet erfuhr David, dass er, Hannah, Mac und Abdullah noch immer für tot gehalten wurden. Man ging davon aus, dass sie am Vortag Opfer des Flugzeugabsturzes in Tel Aviv gewesen waren, doch die Sicherheitskräfte und der Geheimdienst untersuchten dennoch das Wrack.

„Wann werden sie feststellen, dass wir gar nicht an Bord waren?", fragte Hannah.

Mac schüttelte den Kopf. „Ich hoffe, sie gehen davon aus, dass wir bei der Explosion verbrannt sind. Betet dafür, dass sie verbrannte Überreste von Schuhen oder anderen Dingen finden, die sie davon überzeugen."

„Ich kann Chang einfach nicht erreichen", klagte David. Er war sehr ungehalten darüber, was er die anderen aber nicht merken ließ.

„Vermutlich ist der Junge beschäftigt", beruhigte Mac ihn.

„Aber doch nicht so lange! Er weiß doch, dass wir uns Sorgen um ihn machen."

„Sich Sorgen zu machen bringt uns jetzt auch nicht weiter", meinte Mac. „Seht euch nur Smitty an."

David drehte sich auf seinem Platz herum. Abdullah schlief tief und fest. Hannah und Lea hatten die anderen davon überzeugt, dass es sinnvoll sei, ein mobiles Erste-Hilfe-Zentrum an der Landebahn zu errichten.

„Wenn die Operation vorüber ist, fliegen wir alle zurück in die Staaten", sagte Lea.

„Ich nicht", widersprach David. Er spürte den Blick der anderen auf sich. „Ich werde nach Petra fahren, bevor die anderen dort eintreffen. Die Flüchtlinge werden ein Hightech-Zentrum brauchen und Chang und ich haben bereits einen Satelliten in eine geosynchrone Umlaufbahn gebracht."

Sein Handy klingelte. Er nahm es vom Gürtel ab. „Hey", vernahm er eine Stimme. „Sie wissen, wo ich mich aufhalte, denn ich bin im Zeitplan."

„Sie brauchen nicht verschlüsselt zu reden, Buck. Nichts ist sicherer als diese Telefone."

„Das ist die Macht der Gewohnheit. Hört zu, jemand hat sein Rendezvous verpasst."

„Sagen Sie nur, wer, Buck. Falls derjenige vorhatte, uns zu verraten, dann ist es bereits geschehen."

„Hattie."

„Sie war doch mit Lea zusammen in Tel Aviv. Dann sollte sie –"

„Ich weiß, David", unterbrach ihn Buck. „Sie sollte sich heute bei Tagesanbruch mit mir in Jerusalem in Verbindung setzen."

„Aber der alte Mann ist da und es geht ihm gut?"

„Er ist schrecklich verängstigt, aber ja, es geht ihm gut."

„Sagen Sie ihm, dass wir an ihn denken."

„Das soll keine Beleidigung sein, David, aber er weiß das, und Hattie ist ein viel größeres Problem."

„Sie hat aber doch gefälschte Ausweispapiere, oder?"

„David! Verstehen Sie denn die Tragweite des Problems nicht? Sie sollte hier sein, aber ich habe nichts von ihr gehört. Ich kann mich nicht auf die Suche nach ihr machen. Sagen Sie allen anderen

Bescheid. Wenn sie sich bei einem meldet, soll er ihr einschärfen, dass sie mich unbedingt anruft.“

„Ist sie für Ihre Aufgabe wichtig?“

„Nein“, erwiderte Buck. „Aber wenn wir nicht wissen, wo sie steckt, können wir uns nicht sicher fühlen.“

„Die Weltgemeinschaft hält sie für tot, genau wie uns.“

„Sie könnte uns das auch nur vormachen.“

„Einen Augenblick“, sagte David und wandte sich an Lea. „Was sollte Hattie tun, nachdem Sie sich getrennt haben?“

„Sie sollte sich als Israelin verkleiden, sich in die Menge in Tel Aviv mischen, nach Jerusalem fahren und sich dort mit Buck treffen. Weiterhin sollte sie aufpassen, ob es Hinweise darauf gibt, dass Carpathias Leute Buck oder Dr. Rosenzweig erkannt haben.“

„Und dann?“

„In Jerusalem in Deckung gehen, bis alles in die Luft fliegt, und dann nach Tel Aviv zurückkehren. Jemand von der Operation sollte sie aufsammeln und nach Chicago zurückfliegen, solange das Hauptaugenmerk der Behörden noch auf Jerusalem gerichtet ist.“

David sprach wieder in sein Handy. „Vielleicht sitzt sie irgendwie in Tel Aviv fest und ist gar nicht nach Jerusalem gekommen.“

„Aber sie muss mir Bescheid geben, David. Ich muss noch eine Weile Chaims Hand halten. Es wäre nett, wenn Sie allen Bescheid geben könnten, David.“

Ein paar Minuten nach Mitternacht Chicagoer Zeit kniete Dr. Tsion Ben-Judah vor seinem großen geschnitzten Schreibtisch im Strong-Gebäude und betete für Chaim. Das Vertrauen des ehemaligen Rabbis in die Fähigkeiten seines alten Mentors, den modernen Mose zu spielen, war nicht besonders stark ausgeprägt. Und obwohl Chaim sich als gelehriger Schüler erwiesen hatte, hatte er die Vereinigten Nordamerikanischen Staaten doch nur mit großem Widerwillen verlassen.

Tsions Gedankengänge wurden von dem leisen Piepen seines Computers unterbrochen. Nur eine Handvoll Leute, die den richtigen Code kannten, konnten sich mit ihm über den Computer in Verbindung setzen. Er rappelte sich auf und blickte zum Bildschirm.

„Dr. Ben-Judah, ich hoffe, Sie sind da“, lautete die Nachricht von Chang Wong, dem Teenager, den David an seiner Stelle im Hauptquartier der Weltgemeinschaft in Neu-Babylon zurückgelassen hatte. „Ich bin vollkommen verzweifelt.“

Tsion stöhnte und zog seinen Stuhl heran. Er setzte sich und begann zu tippen. „Ich bin hier, mein junger Bruder. Ich weiß, dass du dich jetzt sehr allein fühlen musst, aber verzweifle nicht. Der Herr ist bei dir. Seine Engel werden über dir wachen. Du hast viel zu tun, da du die unterschiedlichen Aktivitäten der ‚Tribulation Force' weltweit koordinieren und ihnen den Weg ebnen musst. Ja, es stimmt, vermutlich ist das von einem so jungen Menschen, der dazu noch so jung im Glauben ist, wirklich zu viel verlangt, aber wir alle müssen die Aufgaben erledigen, die wir bekommen. Sag mir, wie ich dir helfen und dir Mut machen kann, an deine Aufgabe zurückzukehren."

„Ich möchte mich selbst töten."

„Chang! Wenn du nicht bewusst unsere Mission in Gefahr gebracht hast, dann gibt es dafür doch gar keinen Grund. Wenn du einen Fehler gemacht hast, sprich darüber, dann überlegen wir gemeinsam, wie wir ihn korrigieren können. Aber deine Aufgabe ist es, Satelliten zu manipulieren und zu überwachen. Du musst die Eingaben in den Zentralrechner anpassen, für den Fall, dass der Feind die unterschiedlichen falschen Identitäten und Operationen überprüft. Jetzt ist es bald so weit, also verliere nicht den Mut. Du schaffst das."

Changs Rückantwort lautete: „Ich befinde mich in meinem Zimmer im Palast. Alles läuft nach Plan. Meine Eingaben werden durch einen Zerhacker gefiltert. Das Sicherheitssystem ist so gut, dass es wirklich keine Lücke gibt. Ich könnte meinem Leben jetzt ein Ende setzen, das würde die ‚Tribulation Force' nicht beeinträchtigen."

„Hör auf mit diesem Gerede, Chang! Wir brauchen dich. Du musst bleiben, wo du bist, und die Eingaben im Computer immer wieder korrigieren. Und jetzt sag mir mal, wo das Problem liegt."

„Das Problem ist der Spiegel, Dr. Ben-Judah! Ich dachte, ich würde es schaffen. Ich dachte, die Tatsache, dass mir das Zeichen aufgezwungen wurde, sei vielleicht von Vorteil. Aber es verspottet mich und ich hasse es! Ich möchte eine Rasierklinge nehmen und es aus meiner Haut schneiden, mir dann die Pulsadern öffnen und Gott über mein Schicksal bestimmen lassen."

„Gott hat bereits entschieden, mein Freund. Du trägst das Siegel Gottes, wie mir deine Brüder erzählt haben. Du hast das Zeichen des Antichristen nicht angenommen und wirst ihn auch nicht anbeten."

„Aber ich habe Ihre Schriften gelesen, Doktor! Das Zeichen des Tieres bedeutet Verdammnis, und in der Bibel steht, dass wir nicht beide Zeichen tragen können!

„Dort steht, dass wir nicht beide *annehmen* können."

„Aber die Helden, die Märtyrer, haben lieber um der Wahrheit willen den Tod gewählt. Sie sagen, ein wahrer Christ würde den Mut bekommen, im Angesicht der Klinge für seinen Glauben einzustehen."

„Hast du dich etwa nicht gewehrt? Gott ist kein Lügner. Ich habe den Menschen gesagt, sie könnten Gottes Siegel nicht verlieren. Sie brauchten sich keine Sorgen zu machen, sie würden trotz ihrer menschlichen Schwäche den Mut nicht verlieren und Gott würde ihnen Frieden und den Mut schenken, ihr Schicksal anzunehmen."

„Das beweist doch, dass ich verloren bin! Ich habe diesen Frieden und diesen Mut nicht! Ich habe mich gewehrt, ja, aber ich habe mich nicht auf Gottes Seite gestellt. Ich habe wie ein Baby geweint. Mein Vater hat das mit meiner Furcht vor der Nadel erklärt. Als klar wurde, dass sie das tatsächlich tun würden, wollte ich für meinen Glauben sterben! Ich hatte vor, mich bis zum Ende zu wehren, obwohl ich wusste, mein Vater würde dann erfahren, dass auch meine Schwester Christ ist, und auch sie verraten. Bis zu dem Zeitpunkt, an dem sie mich schließlich überwältigt haben, war ich bereit, nein zu sagen und mich zu meinem Glauben an Christus zu bekennen."

Tsion sackte auf seinem Stuhl zusammen. Konnte es wahr sein? War es möglich, dass Gott Chang nicht die Kraft gegeben hatte, bis zum Tod zu widerstehen? Und wenn das der Fall war, musste man dann nicht daran zweifeln, dass er wirklich an Gott glaubte?

„Ich bitte dich um einen Gefallen", tippte er langsam ein. „Tu in den folgenden 24 Stunden nichts Übereiltes. Wir brauchen dich und es muss eine Antwort geben. Ich möchte deine Bedenken nicht einfach vom Tisch fegen, denn ich gestehe, mich verwirrt das Ganze auch. Wirst du an deiner Aufgabe dranbleiben und gegen die Versuchung ankämpfen, bis ich mich wieder mit dir in Verbindung setze?"

Tsion starrte mehrere Minuten lang den Bildschirm an. Er machte sich Sorgen, dass es bereits zu spät sein könnte.

Rayford stockte der Atem, als er sah, was George Sebastian Albie offensichtlich bereits gezeigt hatte. „Wir sind keine Soldaten", meinte er. „Wir sind Piloten."

„Und deshalb können Sie auch Soldaten sein", erwiderte George. „Aber das ist Ihre Mission."

„Ich wünschte, es wäre meine Mission", seufzte Albie. „Wenn Carpathias Truppen nicht unsere Todfeinde wären …"

George reichte Rayford eine eineinhalb Meter lange Waffe mit einem eingebauten Zielfernrohr, die mindestens 35 Pfund wog. Rayford konnte sie kaum gerade halten. „Nehmen Sie sie mit dem Lauf nach oben hoch“, schlug George vor.

„Ich werde sie überhaupt nicht hochheben“, erklärte Rayford. „Was um alles in der Welt wird darin als Munition verschossen?“

„Kaliber 50, Captain“ erwiderte George und holte aus seiner Tasche einige sechs Zentimeter lange Patronen. „Jede wiegt mehr als 140 Gramm, aber denken Sie nur, sie haben eine Reichweite von mehr als vier Meilen.“

„Kann nicht sein!“

„Ich würde Sie doch nicht anlügen. Eine Kugel fliegt 1 000 Meter in der Sekunde, aber es dauert ganze sieben Sekunden, um ein Ziel zu treffen, das zwei Meilen entfernt liegt, weil Windgeschwindigkeit, Verzögerung und solche Dinge mit eingerechnet werden müssen.“

„Aber dann ist eine Zielgenauigkeit doch gar nicht gegeben –“

„Ein Mann hat aus 1 000 Metern Entfernung fünf runde Scheiben, die drei Zentimeter voneinander entfernt standen, getroffen. Bei 200 Metern kann man eine dieser Patronen durch ein ein Zentimeter langes Stück gerollten Stahls schießen.“

„Der Rückschlag muss doch –“

„– enorm sein. Und das Geräusch? Ohne Ohrstöpsel könnte das Gehör geschädigt werden. Wollen Sie mal probieren?“

„Nicht um alles in der Welt. Ich kann mir nicht einmal vorstellen, wie uns diese Monstrositäten von Nutzen sein könnten, und ganz bestimmt möchte ich nicht einen solchen Lärm verursachen, dass die Weltgemeinschaft alarmiert wird, bevor der Spaß beginnt.“

George presste die Lippen aufeinander und schüttelte den Kopf. „Ich hätte zuerst mit Ihnen sprechen sollen. 100 von diesen Dingern sind unterwegs, zusammen mit der notwendigen Munition und einigen Anleitungen.“

„Zum Beispiel?“

„Eine Zündvorrichtung bewirkt, dass sich das Gehäuse abtrennt, wenn weiches Material getroffen wird.“

„Wie Fleisch zum Beispiel?“

George nickte.

Rayford schüttelte den Kopf. „Meine Piloten würden diese Dinger niemals von der Luft aus einsetzen können.“

„Wir werden sie einfach irgendwo lagern. Man kann nie wissen.“

„Wollen Sie das andere sehen?“, fragte George.

„Nicht, wenn es so was ist wie das hier“, lehnte Rayford ab.

„Das ist es nicht.“ Vorsichtig legte George das 50-Kaliber-Gewehr wieder in den Kasten. „Diese Waffen sind vom Flugzeug oder von Bodenfahrzeugen aus einzusetzen“, erklärte er. Er holte ein Leichtgewichtgewehr hervor und warf es Rayford zu. „Und das Beste: Es gibt keine Projektile.“

„Und womit –?“

„Das ist ein DEW, eine Frequenzwaffe. Aus einer Entfernung von knapp einer halben Meile kann man konzentrierte Strahlen losschicken, die Kleidung durchdringen und in nur wenigen Sekunden die Flüssigkeit auf der Haut auf 130 Grad erhitzen.“

„Und welchen Schaden richtet sie beim Menschen an?“

„Keinen. Diese Waffe ist nicht tödlich.“

Rayford gab sie ihm zurück. „Eindrucksvoll“, sagte er. „Und wir wissen das zu schätzen. Mein Problem ist, dass ich keine Kampftruppen habe, und selbst wenn das so wäre, könnten wir es mit der Weltgemeinschaft nicht aufnehmen.“

George zuckte die Achseln. „Aber falls Sie sie brauchen sollten, dann wissen Sie, dass wir sie bereits besitzen ...“

Wären die Aussichten nicht so düster gewesen und hätte sich Buck nicht solche Sorgen um Hattie gemacht, dann hätte er beim Anblick von Dr. Rosenzweig vielleicht gelacht. Als der alte Mann auf Bucks Klopfen hin die Tür öffnete, trug er weite Boxershorts, ein ärmelloses T-Shirt und die Sandalen, die er zusammen mit dem braunen Gewand tragen sollte. „Cameron, mein Freund, verzeihen Sie, kommen Sie herein, kommen Sie nur herein.“

Buck war an Rosenzweigs normales Aussehen gewöhnt: drahtig, ordentlich rasiert, schlank, Ende 60, für einen Israeli sehr blass, mit haselnussbraunen Augen und abstehenden weißen Haaren. In seinem Äußeren erinnerte er an Albert Einstein. Normalerweise trug der mehrfach ausgezeichnete Staatsmann und Nobelpreisträger eine Nickelbrille, weite Pullover, sackartige Hosen und bequeme Schuhe.

Buck fiel es schwer, sich an den Anblick seines alten Freundes zu gewöhnen. Seine Haut war jetzt dunkel gebräunt, die Haare trug er kurz und schwarz gefärbt, er hatte dunkelbraune Kontaktlinsen eingesetzt und sich einen buschigen Bart stehen lassen. Dank einer kleinen Prothese an den Backenzähnen stand sein Kinn nun etwas vor.

„Zeke hat wirklich gute Arbeit geleistet“, lobte Buck, der wusste, dass der verheerende Flugzeugabsturz auch bei Chaim seine Spuren hinterlassen hatte.

Dr. Rosenzweig setzte sich auf einen Stuhl am Tisch, auf dem seine Bibel und zwei Bibelkommentare lagen. Auf dem Flug von den Vereinigten Nordamerikanischen Staaten nach Israel hatte er sie in seinem Gepäck versteckt. Ein halb leeres Glas Wasser stand ebenfalls auf dem Tisch. Sein weites, an eine Mönchskutte erinnerndes Gewand mit der Kapuze lag auf dem Bett.

„Warum sind Sie nicht angezogen, Bruder?"

Der alte Mann seufzte. „Ich bin noch nicht bereit für die Uniform, Cameron. Ich bin nicht bereit für die Aufgabe", erwiderte Chaim. Auch seine Aussprache hatte sich durch die eingesetzte Prothese verändert.

Buck sah im Schrank nach und holte einen hoteleigenen Bademantel hervor. „Ziehen Sie doch den hier an", schlug er vor. „Wir haben noch ein paar Stunden Zeit."

Nur zu gern ließ sich Dr. Rosenzweig in den Bademantel helfen. Der Kontrast zwischen dem weißen Mantel und seiner neuen Hautfarbe und der Saum, der sich, als er sich wieder hinsetzte, auf dem Boden bauschte, ließen ihn nicht weniger komisch aussehen.

Chaim senkte den Kopf und entdeckte den auf der Brusttasche aufgestickten Namen des Hotels. „‚König David'", sagte er. „Denken Sie, wir hätten ‚Patriarch Mose' auf das braune Gewand nähen sollen?"

Buck lächelte. Der Druck, der auf seinem Freund lastete, musste enorm sein. „Gott wird bei Ihnen sein, Doktor", sagte er.

Plötzlich erschauderte Rosenzweig und ließ sich auf den Boden sinken. Er drehte sich um und kniete nieder, die Ellbogen auf den Stuhl gestützt. „Oh Gott, oh Gott", betete Chaim, dann riss er sich die Sandalen von den Füßen und warf sie beiseite.

Überwältigt von einem Gefühl, das er nicht erklären konnte, spürte auch Buck den Drang niederzuknien. Kurz bevor er die Augen schloss, bemerkte er durch den Spalt zwischen den Vorhängen die aufgehende Sonne. Auch er zog seine Schuhe aus, dann barg er sein Gesicht in den Händen und legte sich flach auf den Boden.

Chaims Stimme klang schwach. „Wer bin ich, dass ich losgehen und die Kinder Israel herausführen sollte?"

Trotz der Hitze fror Buck und zitterte. Er war überwältigt von der Überzeugung, dass er Chaim antworten sollte, aber wer war er, dass er für Gott sprechen konnte? Er hatte die Lehren von Dr. Ben-Judah verfolgt und mitangehört, was dieser Chaim geraten hatte. Aber ihm war nicht klar gewesen, dass sich der Dialog in sein Gedächtnis eingebrannt hatte.

Stille lag auf dem Raum. Buck öffnete kurz die Augen, bevor er sie schnell wieder schloss. Im Zimmer war es so hell, dass das grelle Licht ihm auch mit geschlossenen Lidern vor Augen stand, so wie Chaims Frage noch immer im Raum hing. Der alte Mann weinte laut.

„Gott wird ganz bestimmt mit dir sein", flüsterte Buck und Chaim hörte auf zu beten. „Und dies soll ein Zeichen für dich sein, dass Gott dich aussendet: Wenn du das Volk herausgeführt hast, werdet ihr mir ein Opfer darbringen und mich anbeten."

Der alte Mann erwiderte: „Und wenn ich zu den Leuten von Israel komme und sage: ‚Der Gott eurer Väter hat mich zu euch gesandt', und sie mich fragen: ‚Wie ist sein Name?' – was soll ich ihnen antworten?"

Buck presste die Finger an seine Schläfen. „Wie Gott zu Mose gesagt hat", erwiderte er, „‚Ich bin der ich bin.' Und so sollst du den Kindern Israels sagen: ‚Der ‚Ich bin da' hat mich zu euch gesandt. Der Gott eurer Väter, der Gott Abrahams, der Gott Isaaks und der Gott Jakobs, hat mich zu euch gesandt.' Dies ist Gottes Name für immer und so wird man ihn nennen in allen Generationen. ‚Jahwe, der Gott eurer Väter, hat gesehen, was euch angetan worden ist, und wird euch aus dem Elend hinausführen zu einer Zufluchtsstätte, wo ihr in Sicherheit seid.' Sie werden auf deine Stimme hören und du wirst gehen zu dem König dieser Welt und ihm sagen: ‚Jahwe, der Gott der Hebräer, ist uns begegnet. Und jetzt wollen wir in die Wüste ziehen und Jahwe, unserem Gott, Schlachtopfer darbringen.' Aber der König wird euch nicht gehen lassen, darum wird Gott seine Hand ausstrecken und diejenigen schlagen, die sich dir widersetzen."

„Was aber, wenn sie mir nicht glauben und nicht auf mich hören?", fragte Chaim so leise, dass Buck ihn kaum verstehen konnte. „Was, wenn sie sagen: ‚Jahwe ist dir nicht erschienen'?"

Buck rollte sich auf den Rücken und setzte sich auf. Er war plötzlich frustriert und ungeduldig mit Chaim. Er starrte den alten Mann an, der vor seinem Stuhl kniete. Buck wurde schwindelig, die Farben im Raum wurden immer heller. Seit er miterlebt hatte, wie Dr. Ben-Judah mit Moishe und Eli an der Klagemauer gesprochen hatte, hatte Buck sich Gott nicht mehr so nahe gefühlt. „Strecke deine Hand aus und nimm das Wasser", sagte er mit plötzlicher Autorität.

Chaim drehte sich um und starrte ihn an. „Cameron, ich wusste ja gar nicht, dass Sie Hebräisch sprechen."

Buck wollte ihm lieber nicht widersprechen, obwohl er kein Hebräisch konnte und davon überzeugt war, Englisch gesprochen zu haben. „Das Wasser“, verlangte er erneut.

Chaim hielt seinem Blick stand, dann drehte er sich um und nahm das Glas. Das Wasser wurde zu Blut, und Chaim stellte es so schnell wieder auf den Tisch, dass ein Teil überschwappte und auf seinen Handrücken floss.

Buck fuhr fort: „Dies geschieht, damit sie glauben, dass Gott, der Herr, dir erschienen ist. Nimm das Wasser erneut.“

Chaim griff vorsichtig nach dem Glas, und als er es berührte, wurde das Blut – sogar das auf seiner Hand – wieder zu Wasser.

„Und jetzt strecke deine Hand Gottes Diener entgegen“, fuhr Buck fort. Chaim stellte das Glas auf den Tisch und richtete fragend seine Hand auf Buck. Und Buck war gelähmt, unfähig selbst seine Lippen zu bewegen.

„Cameron, geht es Ihnen gut?“

Buck konnte nicht antworten. Ihm war schwindelig, weil er keine Luft mehr bekam. Er versuchte, Chaim mit den Augen ein Zeichen zu geben, aber der Mann war vollkommen verängstigt. Er zog seine Hand zurück, entsetzt von seiner Macht, und Buck sank keuchend zu Boden. Nachdem er nach Luft geschnappt hatte, sagte er: „Wenn sie dir nicht glauben und sich durch das erste Zeichen nicht überzeugen lassen, werden sie auf das zweite Zeichen hin glauben.“

„Cameron, es tut mir so Leid! Ich –“

Aber Buck fuhr fort: „Glauben sie aber selbst nach diesen beiden Zeichen nicht und lassen sie sich nicht überzeugen, dann nimm etwas Wasser aus dem Fluss und schütte es auf trockenen Boden! Das Wasser, das du aus dem Fluss geholt hast, wird auf dem Boden zu Blut werden.“

Buck setzte sich auf die Fersen und legte die Hände erschöpft auf die Oberschenkel.

„Aber bitte, Herr, ich bin keiner, der gut reden kann, nicht einmal jetzt, wo Gott zu mir gesprochen hat. Mein Mund und meine Zunge sind schwerfällig“, wandte Chaim ein.

„Wer hat dem Menschen den Mund gegeben, und wer macht taub oder stumm, sehend oder blind?“, fragte Buck. „Doch wohl ich, der Herr? Geh also! Ich bin mit deinem Mund und weise dich an, was du reden sollst.“

Chaim wandte sich wieder um und kniete am Stuhl nieder. „Aber bitte, Herr, schick doch einen anderen!“, rief er.

Buck kannte die Geschichte. Aber es gab keinen Aaron. Tsion befand sich im Versteck; er hatte von Gott nicht den Auftrag bekommen, selbst herüberzukommen. Das einzige andere Mitglied der *Tribulation Force* mit jüdischem Blut, obwohl in Polen aufgewachsen, war David Hassid, und er hatte seine eigenen Gaben und seinen eigenen Auftrag. Außerdem war keine Zeit mehr, ihn zu verkleiden. Wenn er auf einmal in der Öffentlichkeit erschiene, würde er die anderen verraten, die angeblich bei dem Flugzeugunglück ums Leben gekommen waren – zumindest im Augenblick.

Buck wartete darauf, dass Gott ihm eine Antwort für Chaim gab, aber nichts geschah.

2

Als es kurz vor neun Uhr morgens war und sie etwa eine Stunde von Mizpe Ramon entfernt waren, bat David Lea, an den Straßenrand zu fahren und anzuhalten.

„Tut mir Leid", entschuldigte er sich, „aber ich habe gerade eine Nachricht von Tsion bekommen, die ihr hören müsst, und außerdem muss ich mich unbedingt mit Chang in Verbindung setzen. Das geht nicht, wenn dieses Ding auf meinem Schoß hin und her wackelt."

„Wir verstecken den Van lieber", schlug Mac vor. „Wenn wir hier einfach so stehen bleiben, wirkt das ziemlich verdächtig."

Lea sah in den Rückspiegel, schaltete den Allradantrieb ein und fuhr von der Straße hinunter in den Sand. Abdullah setzte sich auf, legte seinen Sicherheitsgurt an und sagte: „Man könnte meinen, dies sei das Ende der Welt."

„Sehr lustig", kommentierte Mac. „Ich habe noch etwas anderes auf dem Herzen. Wir kennen uns alle jetzt schon so lange und haben schon so viel durchgemacht, und ich würde vorschlagen, dass wir zum Du übergehen. Was haltet ihr davon?"

Keiner der Insassen des Wagens erhob Einwände.

Lea blieb in guter Entfernung von der Straße im Schatten eines kleinen Felsens und zwei kümmerlicher Bäume stehen. David stellte seinen Laptop auf den Sitz und stieg aus. Auch die anderen verließen den Wagen, streckten sich und traten dann hinter ihn, um Tsions Kommunikation mit Chang zu lesen.

„Das klingt aber gar nicht gut", meinte Abdullah Minuten später. „Was sollen wir jetzt tun?"

„Ich werde mir den Jungen mal zur Brust nehmen", sagte Mac.

„Genau das hatte ich vor", warf David ein. „Jemand sollte Rayford auf den neuesten Stand bringen, während ich hier beschäftigt bin."

„Ich mache das schon", erbot sich Mac und klappte sein Telefon auf.

David schrieb:

„Du hast Zeit, Dr. Ben-Judah in seiner Arbeit zu stören, aber keine Zeit, dich mit deinem unmittelbaren Vorgesetzten in Verbindung

zu setzen? Was ist denn aus dem schlauen Besserwisser geworden, der alles im Schlaf erledigen kann? Niemand nimmt dir deine Bedenken und deine geistlichen Ängste übel, aber du akzeptierst besser die Tatsache, dass du diese Aufgabe übernommen hast. Um es genau zu sagen, Chang, du hast jetzt gar keine Zeit für so etwas. Zu viele Menschen verlassen sich auf dich, und der Erfolg einer Operation, bei der es um Leben und Tod geht, liegt in deinen Händen. Wenn du dir selbst etwas antust, weil du dir nicht vorstellen kannst, warum Gott etwas Bestimmtes zugelassen hat, wäre das wirklich äußerst selbstsüchtig.

Bitte informiere mich sofort darüber, ob du noch am Ball ist. Wenn ich nichts von dir höre, bin ich gezwungen, die Codes zu aktivieren, die deine Anlage zerstören und alles, was ich dort aufgebaut und dir erklärt habe. Du weißt, wir können es nicht riskieren, dass du dir selbst etwas antust und die Beweise zurücklässt. Wir müssen Suhail Akbars Pläne in Bezug auf eine Untersuchung des Flugzeugwracks erfahren. Du musst dich in Sandras Terminkalender hacken und uns über Carpathias Termine auf dem Laufenden halten. Und falls irgendwo Sitzungen stattfinden, die du abhören kannst, musst du diese Mitschnitte nach Chicago, Mizpe Ramon und an mich schicken. Wo befindet sich die 216, wer fliegt sie und hält Carpathia Besprechungen darin ab?

Hör mir zu, Chang. Ein Satz deiner Kommunikation mit Dr. Ben-Judah hat mich an etwas erinnert, das du über dieses doppelte Zeichen einmal zu mir gesagt hast. Ich weiß, dass du es nicht willentlich angenommen hast, obwohl du mich glauben lassen wolltest, du hättest dich sofort daran gewöhnt und könntest die Vorteile darin erkennen. Aber so einfach ist es nicht, nicht, wo wir alle noch so neu im Glauben stehen. Und wenn dir selbst Dr. Ben-Judah als der Experte nicht weiterhelfen kann, kann auch ich nicht so tun, als hätte ich eine Antwort für dich. Aber offensichtlich stimmt etwas nicht, und niemand nimmt dir übel, dass du gern wissen willst, wie Gott darüber denkt.

Ich zweifle nicht daran, dass nichts uns trennen kann von Gott und seiner Liebe, aber du wirst keinen Frieden finden, bis du ganz sicher weißt, was an diesem Morgen tatsächlich geschehen ist. Ich möchte es noch einmal klarstellen: Das ist nicht deine dringlichste Aufgabe. Wichtig ist, die Aufgaben zu erledigen, die ich eben aufgezählt habe, und dafür zu sorgen, dass wir unentdeckt bleiben. Nach unserer letzten Information wird Carpathia sich

heute um 11 Uhr carpathiatische Zeit in Jerusalem in der Öffentlichkeit zeigen.
Aber wenn du sichergestellt hast, dass alles unter Kontrolle ist und wir uns keine Gedanken zu machen brauchen, probiere den Code aus, den ich unten angebe. Es handelt sich um eine lange Zahlenreihe. Ich habe einen Code eingegeben, der uns vielleicht Zugang zu Überwachungsgeräten verschafft, die ich selbst nicht installiert habe. Es ist immerhin möglich, dass es eine Video- oder Audioaufzeichnung oder sogar beides gibt über das, was an diesem Tag geschehen ist. Leider ist Gebäude D eine Wartungseinrichtung, die von den oberen Bonzen nur selten, falls überhaupt betreten wird. Ich habe mir nicht die Mühe gemacht, dort Wanzen anzubringen, aber so weit ich weiß, war irgendetwas bereits dort installiert.
Du hast mir persönlich und Dr. Ben-Judah gerade eben gesagt, dass du dich gegen das Zeichen gewehrt hast und sogar bereit warst, die Wahrheit zu sagen, bis sie dich ‚lahmgelegt' haben. Ich habe das so verstanden, dass du meintest, bis zum Zeitpunkt, wo du das Zeichen bekommen hast. Lahmgelegt ist nicht gerade ein Ausdruck, den die meisten Menschen für den Empfang des Zeichens und das Einpflanzen des Chips verwenden würden. Ich weiß nicht. Vielleicht greife ich ja auch nach Strohhalmen. Aber vielleicht ist dort noch irgendetwas anderes passiert. Du hast nichts darüber erzählt, was in der Zeit zwischen deinem Eintreffen im Keller des Gebäudes D und deinem Besuch in meinem Büro geschehen ist. Erinnerst du dich? Und wenn nicht, warum nicht?
Also sage mir zuerst, dass du noch da bist und deinen Aufgaben nachkommst. Gib uns alle Informationen, die wir brauchen. Und dann suche nach Aufzeichnungen aus Gebäude D. Antworte sofort, nachdem du das gelesen hast."

David schickte diese Mitteilung los, dann zeigte er sie Mac, bevor sie sich wieder nach Mizpe Ramon auf den Weg machten. Mac nickte. „Wie viel Zeit gibst du ihm?"

David zuckte die Achseln. „Nicht viel, aber ich möchte auch nicht das System zerstören, nur weil er gerade auf der Toilette sitzt."

Sobald sie die Straße erreicht hatten, erhielt David eine Antwort von Chang. „Ich werde Ihre Anweisungen befolgen. Und, Mr. Hassid, ich dachte, das Zeichen sei im Keller des Palastes verteilt worden. Auf den Plänen sehe ich, dass Gebäude D mehrere hundert Meter von hier entfernt liegt. Ich kann mich nicht erinnern, dort gewesen zu sein. Und mit ‚lahmgelegt' meinte ich die Betäubung, die ich vor der Prozedur bekommen habe. Ich dachte, sie sei mir im Palast gegeben worden."

Rayford freute sich zu hören, dass die vier aus der Quasi Two bald in Mizpe Ramon eintreffen würden. Er erzählte Mac von den Waffen, die George Sebastian einfliegen ließ.

„Smitty will sie sehen", erklärte Mac. „Er war beim Militär, bevor er die Kampfflugzeuge übernahm, müssen Sie wissen."

„Albie kann auch mit Gewehren umgehen", erklärte Rayford. „Aber ich habe genug davon. Außerdem brauche ich ihn und Abdullah in der Luft."

Er war froh, von Leas und Hannahs Plänen zu hören, wurde jedoch schweigsam, als er erfuhr, dass David vorhatte, allen voraus nach Petra zu fahren. Doch als Rayford darüber nachdachte, musste er zugeben, dass dieser Plan vernünftig klang. David sollte ruhig Petra für Chaim und die israelischen Gläubigen vorbereiten. Dann erkundigte er sich bei Mac nach seinen Informationen über Carpathias neueste Pläne. Mac berichtete ihm von den Schwierigkeiten mit Chang.

„Ich muss so bald wie möglich Bescheid wissen", erklärte Rayford. „Die Show oder wie man das auch nennen mag, die Entweihung und der Angriff, all dies könnte sich noch in dieser Woche ereignen."

Buck hatte seinen Ausweis dabei, der ihn als Korporal Jack Jensen von den Friedenstruppen der Weltgemeinschaft auswies, aber er trug Zivilkleidung. Seine neue Haar- und Augenfarbe und vor allem sein vernarbtes Gesicht würden verhindern, dass ihn jemand erkannte. Er und Chaim fuhren um 9 Uhr 30 vom Hotel „König David" los und kämpften sich durch den dichten Verkehr zur Altstadt durch. Chaims Gewand wurde in der Taille durch ein geflochtenes Band zusammengehalten, der Saum streifte über den Boden und verbarg seine Füße. Es hatte den Anschein, als würde er gleiten.

Schon bald wurden die beiden von den Menschenmassen entlang der Via Dolorosa verschluckt, wo Carpathia eine Stunde vor Mittag erwartet wurde. Buck war über die große Menschenmenge erstaunt, die trotz der sinkenden Bevölkerungszahlen erschienen war. In der Stadt lagen überall noch Trümmer des Erdbebens, das ein Zehntel des

Stadtgebiets dem Erdboden gleich gemacht hatte, doch das konnte die Anhänger Carpathias nicht aufhalten. An jeder Straßenecke priesen Straßenhändler ihre Carpathia-Andenken an, wozu auch Palmwedel gehörten, echte und solche aus Plastik, die während seines triumphalen Einzugs vor ihn auf den Weg gelegt werden sollten.

Es hatte den Anschein, als gab es den Pazifisten Nicolai Carpathia nicht mehr. Konvois von Panzern, Militärfahrzeugen, Kampfflugzeugen und Bombern auf Transportern, ja, sogar Raketen rollten langsam durch die Straßen. Sie würden gar nicht durch die kleinen Gassen der Altstadt passen, aber sie waren überall präsent.

Buck hielt Ausschau nach Hattie. Er hatte sein Handy eingesteckt, aber den Versuch, eine vernünftige Erklärung für Hatties Verschwinden zu finden, hatte er schon lange aufgegeben. Er versuchte, nicht das Schlimmste anzunehmen, aber es wäre ihr ein Leichtes gewesen, sich mit ihm oder einem anderen Mitglied der *Tribulation Force* in Verbindung zu setzen, wenn sie gewollt hätte.

Chaim trottete neben ihm her, in sich zusammengesunken, die Hände tief in den Falten seines braunen Gewandes vergraben, den fast kahlen Kopf unter der Kapuze verborgen. Seit dem Erlebnis im Hotelzimmer hatte er noch kein Wort gesprochen. Schweigend hatte er den Hotel-Bademantel gegen dieses grob aussehende, jedoch weiche Flanellgewand getauscht und war in seine Sandalen geschlüpft.

Wie es schien, gab es in der Stadt zu wenige Friedenstruppen. Viele Schaufenster waren vernagelt, und alles, was vier Räder hatte, wurde als Taxi eingesetzt, sogar alte klapprige Privatwagen. In den wenigen geöffneten Geschäften plärrten die Fernsehgeräte in den Schaufenstern. Die Fußgänger blieben davor stehen und sahen sich die Übertragungen an. Buck legte Chaim die Hand auf die Schulter und deutete mit dem Kopf zu einem Geschäft hinüber. Sie stellten sich in die Menge und verfolgten im Fernsehen einen Bericht über den Absturz der Quasi Two. Im Anschluss daran wurden Techniker gezeigt, die mit ihren Gummihandschuhen die Trümmer durchsuchten, und noch einmal die Erklärungen von Potentat Carpathia, dem Allerhöchsten Geistlichen Leon Fortunato, dem Supreme Commander Walter Moon und schließlich vom Direktor des Geheimdienstes und der Sicherheitskräfte, Suhail Akbar, wiederholt.

„Zwar laufen die Untersuchungen noch“, erklärte Letzterer, „aber bisher haben wir keinerlei menschliche Überreste finden können. Natürlich ist davon auszugehen, dass die vier loyalen Patrioten der Weltgemeinschaft in der Explosion verbrannt sind. Die medizinischen Fachkräfte versichern uns, dass sie keinerlei Schmerzen haben erdulden müssen. Nachdem ihr Tod bestätigt wurde, werden unsere Gebete für ihr ewiges Seelenheil zum auferstandenen Potentaten aufsteigen, und wir werden ihren Familien und Angehörigen unser tief empfundenes Mitgefühl aussprechen."

Der Nachrichtensprecher erklärte, weitere Untersuchungen hätten ergeben, dass das Unglück auf einen Fehler des Piloten Captain Mac McCullum zurückzuführen sei. Ein Lademeister in Neu-Babylon habe die Mannschaft vor einer Überladung der Maschine gewarnt und ihn gebeten, den Start zu verschieben.

Eigentlich hätte Buck Angst verspüren müssen vor dem, was ihm bevorstand, doch nachdem er die Gegenwart Gottes im Hotel „König David" so hautnah erlebt hatte, fühlte er neuen Mut in sich. Er wusste nicht, wie er und Chaim sich vor einer Enttarnung schützen sollten oder was passieren würde, nachdem Carpathia seine scheußliche Tat begangen hatte. Er wünschte nur, er würde Hinweise darauf finden, dass Chaim nach ihrer Erfahrung dieselbe Zuversicht empfand wie er.

David und die anderen Reisenden im Van hörten sich Suhail Akbars Ausführungen an, während Lea der Wegbeschreibung folgte und schließlich die Landebahn vor Mizpe Ramon erreichte. David rührte das Entsetzen und die Traurigkeit in der Stimme von Tiffany, seiner Assistentin, als sie nach ihm gefragt wurde. Wie gern hätte er ihr versichert, dass es ihm gut ging, aber er fürchtete, dass einige bereits Verdacht hegten.

Er umarmte Rayford, begrüßte Albie und stellte Hannah vor. Während die anderen über die Pläne in Kenntnis gesetzt wurden, die vollkommen von dem unberechenbaren Verhalten Carpathias abhängig waren, wurde David in Rayfords Quartier geführt, wo er seinen Computer aufstellte, um zu hören, was Chang Wong in Bezug auf die Pläne Carpathias in Erfahrung gebracht hatte.

Dem jungen Mann war es gelungen, Einblick in Carpathias Terminplan zu bekommen. Eine Sitzung war für zehn Uhr anberaumt worden. Teilnehmen sollten NC, LF, WM, SA, und LH in der FX.

„Das ist mir jetzt wirklich peinlich", berichtete Chang, „aber ich weiß nur, wer sich hinter den ersten vier Initialen verbirgt. Können Sie mir helfen?"

„LH kenne ich auch nicht", schrieb David zurück, „aber komm

schon, kluger Junge. Geht man von der Phonetik aus, müsste FX die Phoenix sein. Also versuchen wir es dort einmal."

„Ich habe Akbars Pressekonferenz auf einer Leitung. Wollen Sie die zuerst haben?"

„Wir müssen Prioritäten setzen! Die Pressekonferenz wurde bereits weltweit ausgestrahlt."

David suchte in seiner Tasche nach Kopfhörern und setzte sie auf. In der Zwischenzeit hatte Chang die Verbindung zur Phoenix hergestellt. Er konnte die gespannte Atmosphäre regelrecht spüren, die in dem luxuriösen Flugzeug herrschte. Chang übermittelte eine Liste der Ersatzpersonen für David, Mac und Abdullah. „A. Figueroa für Sie", schrieb Chang. „Kennen Sie ihn? Offensichtlich wird Schwester Palemoon nicht ersetzt. Ich habe noch immer keine Ahnung, wer LH ist."

„Es ist nicht nötig, dieses Treffen mit Hut hinauszuschieben." Das war eindeutig Carpathias Stimme. „Machen Sie weiter."

„Sofort, Exzellenz", sagte Moon. „Leon, äh, Reverend Fortunato würde Sie gern in Bezug auf das Bild und das Tier auf den neuesten Stand bringen."

„Ich habe ihn gerade gesehen. Wo ist er?"

„Der Kopf, Sir. Er fühlt sich unpässlich."

„Wo liegt das Problem?"

„Ich weiß es nicht."

„Er hat doch gerade noch hier gesessen, Walter."

„Er hat sich gewunden."

„Weshalb?"

„Es tut mir Leid, Sir, ich –"

„Finden Sie es heraus, ja? Und schaffen Sie sofort Akbar und Hut herbei."

David hörte, dass Moon in ein Walkie-Talkie sprach. „Lassen Sie Akbar und Hut an Bord", wies er jemanden an. „Und jemand soll nach Reverend Fortunato sehen."

„Wie bitte?"

„Fortunato. Oberste Führungsliga."

Im Hintergrund brach Carpathia in brüllendes Gelächter aus. „Eine passende Beschreibung, Mr. Moon!"

„Das meinte ich nicht, Sir. Ich wollte nur –"

„Können wir jetzt weitermachen, Walter? Falls Fortunato nicht den Weg hierher zurückfindet: Was wollte er mir denn über das Bild und das Tier erzählen?"

„Das hat er mir nicht gesagt, Exzellenz, aber er wirkte sehr aufgeregt."

„Bis er wegen Unpässlichkeit im Bad verschwand."

„Genau."

Nach ein paar Sekunden Schweigen brüllte Carpathia: „Walter, sagen Sie Suhail, wenn er nicht in 30 Sekunden seinen neuen Mann an Bord hat –"

„Supreme Potentat Carpathia, Sir, Sicherheits- und Geheimdienstchef Suhail Akbar aus Pakistan und der Leiter der Abteilung Loyalitätsüberwachung Loren Hut aus Kanada."

„Verzeihen Sie die Verzögerung, Potentat", entschuldigte sich Akbar, „aber –"

„Setzen Sie sich doch, Sie beide. Direktor Akbar, wo haben Sie diese großgewachsene Spezies gefunden und warum arbeitet er nicht mehr als Rodeo Cowboy in Calgary?"

David fiel auf, dass Carpathia den Namen der Stadt auf der zweiten Silbe betont hatte, genau wie die Einheimischen dies taten.

„Mir macht es mehr Spaß, umherstreunenden Dissidenten hinterherzujagen", erwiderte der junge Mann.

Carpathia lachte. „Ich habe nicht von Ihnen gesprochen, Chief Hut, aber –"

„Tut mir Leid."

„– Sie haben sich mit dieser Antwort gerettet. Haben Sie alles, was Sie brauchen?"

„Ja, Sir."

„Ja, Potentat", korrigierte Carpathia. „Die Anrede ‚Sir' ist nicht angemessen, wenn Sie Ihren auferstandenen –"

„Absolut, Exzellenz, Euer Lordschaft, Potentat. Das wurde mir gesagt. Ich habe mich nur versprochen."

„Sie wollen sich über mich lustig machen?"

„Nein, Sir! Potentat!"

„Ich habe Ihnen eine Frage gestellt."

„Ich würde es nicht wagen, mich lustig zu machen –"

„Ob Sie haben, was Sie brauchen, Sie Dummkopf! Ehrlich, Direktor Akbar, ist das das Beste, was wir kriegen konnten?"

„Er ist ausgesprochen erfahren und fähig, Exzellenz. Aber Ihre Gegenwart hat ihn eingeschüchtert, sodass er seine Loyalität, für die er bekannt ist, nicht zeigen kann."

„Tatsächlich?"

„Ja, Sir, Potentat. Ich bin Ihnen gegenüber immer loyal gewesen."

„Und Sie beten mich an?"
„Wann immer ich kann."
Carpathia lachte. „Ist jeder Loyalitätsüberwacher bewaffnet, Hut?"
„Hier in Israel schon. Und Ende der nächsten Woche auch überall sonst."
„Warum die Verzögerung?"
„Die riesige Anzahl der Sicherheitskräfte. Aber wir haben die Waffen. Es ist nur eine Sache der Verteilung."
„Diese Sache hat oberste Priorität, Hut. Das wissen Sie sicher."
„Natürlich."
„Und dann geht es darum, jedes Mitglied Ihrer Truppen zu bewaffnen."
„Ja."
„Wie ist das Verhältnis zwischen Männern und Frauen bei den Loyalitätsüberwachern?"
„Etwa 60 Männer auf 40 Frauen, Exzellenz."
„Etwa?"
„Es sind genau 58 auf 42."
„Ausgezeichnet. Leon! Sie sind wieder da!"
„Verzeihen Sie, Exzellenz."
„Nehmen Sie doch Platz. Darf ich Ihnen –"
„Ich würde lieber stehen bleiben, falls Sie nichts dagegen haben, Exzellenz. Und ich habe Mr. Hut bereits kennen gelernt. Ein beeindruckender junger Mann."
„Ja, nun, ich bin froh, dass Sie so denken. Ich werde mir am Ende der kommenden Woche ein Urteil bilden, wenn mir berichtet wird, dass er seine Aufgabe erfüllt hat. Und mit großem Interesse warte ich darauf zu erfahren, wie er hier mit Menschen verfahren wird, die nicht bereit waren, sich eines Besseren belehren zu lassen."
„In Israel, Sir, Potentat?", fragte Hut.
„Das habe ich mit ‚hier' gemeint, ja."
„Ich kann mir nicht vorstellen, dass Ihnen hier jemand Probleme bereiten wird, aber falls das der Fall sein sollte –"
David hörte, wie Carpathia scharf den Atem einzog. „Ja!", zischte der Potentat. „Sagen Sie mir, Hut, was Sie mit den Menschen tun werden, die so unklug sind, sich mir hier in der Heiligen Stadt zu widersetzen."
„Sie würden natürlich sofort gefangen genommen und ins Gefängnis geworfen!"

„Falsch!“, rief Carpathia. „Das war die falsche Antwort! Akbar, ich schwöre, wenn Sie nicht –“

David hörte Akbar aufgeregt flüstern. Dann ergriff wieder Loren Hut das Wort. „Ich würde sie töten lassen, Potentat. Auf der Stelle. Oder ich würde sie selbst töten!“

„Und wie würden Sie das tun?“

„Ich würde sie vermutlich erschießen.“

„Wo?“

„Auf der Straße. In der Öffentlichkeit. Vor allen Menschen.“

„Ich meine, wohin würden Sie zielen?“

„Zielen?“

„Wo würden Sie sie erschießen?“ Carpathia sprach jetzt schnell, seine Worte kamen flüssig, so als würde er allein den Gedanken daran genießen.

„Ins Herz oder in den Kopf, Potentat, damit er auch bestimmt tot ist.“

„Ja! Nein! Wie viele Kugeln sind in Ihrem Magazin?“

„Ich? Ich habe eine halbautomatische Pistole mit einem Magazin für neun Patronen.“

„Verschießen Sie alle!“

„Alle?“

„Fangen Sie mit den Händen an. Zuerst die eine und wenn die Person sie dann festhält, die andere. Wenn sie schreit und herumtanzt, wenn sie sich umdreht und zu fliehen versucht, schießen Sie zuerst in das eine, dann in das andere Bein.“

„Ich verstehe.“

„Tatsächlich? Wenn sie dann jammernd auf dem Boden liegt und die Umstehenden voller Furcht die Flucht ergreifen, dann haben Sie noch fünf Schüsse, nicht wahr?“

„Ja.“ Hut wirkte sehr verängstigt.

„Beide Knie, jede Schulter. Besonders schmerzhaft. Bringen Sie Menschen dazu, ihre Meinung zu ändern, Hut. Bringen Sie sie dazu zu sagen, dass sie mich lieben und dass es ihnen Leid tut, sich mir widersetzt zu haben. Und Sie wissen ja, was Sie mit der letzten Kugel zu tun haben.“

„Das Herz?“

„Ein Klischee! Der Mann hat keine Kreativität!“ David hörte den Ledersessel knarzen und stellte sich vor, wie Carpathia sich in dem Sessel räkelte. „Sie setzen ihnen die Mündung an die Stirn, genau an die Stelle, an der ihr Zeichen sein sollte. Und Sie fragen, ob sie bereit sind, ein Loyalitätsgelübde abzulegen. Und wenn sie zum Himmel schreien und behaupten, dass sie das Licht gesehen haben, verpassen Sie ihnen ihr ganz eigenes Zeichen. Dies wird die einzige Kugel sein, die sie weder hören noch fühlen. Und was dann?"

„Was dann?"

„Was tun Sie dann, Hut? Sie wollen das tote Opfer zu Ihren Füßen, das neun Kugeln im Körper hat, doch sicher nicht auf der Straße liegen lassen."

„Nein, ich werde es abholen lassen."

„Zur Guillotine!"

„Sir? Potentat?"

„Der Preis für Loyalitätsverweigerung ist der Kopf, Hut!"

„Aber sie sind doch schon –"

„– tot, natürlich. Aber es gibt klare Anweisungen für die Entscheidung und die Konsequenzen, mein Freund. Tot oder nicht, ein Bürger, der mir seine Loyalität verweigert, verliert seinen Kopf."

„In Ordnung."

„Wussten Sie, Hut, dass das Herz eines Menschen, dessen Kopf abgetrennt wurde, noch bis zu einer halben Stunde weiterschlagen kann?" Hut war ganz offensichtlich fassungslos. Er brachte kein Wort heraus. „Das ist wahr, eine medizinische Tatsache. Nun, wir werden es nicht an einem Opfer ausprobieren können, das Sie mit Kugeln durchlöchert haben, oder?"

„Nein."

„Aber eines Tages werden wir die Gelegenheit dazu haben. Ich freue mich schon darauf. Sie auch?"

„Nein."

„Sie nicht? Ich hoffe, Sie sind nicht zu empfindlich für diese Aufgabe."

„Das bin ich nicht. Ich werde alle Menschen erschießen, die sich gegen Sie stellen, und ihnen die Köpfe abschlagen lassen, aber ich brauche bei den anderen Opfern doch nicht zu überprüfen, ob ihr –"

„Sie nicht? Ich schon. Hier geht es um Leben oder Tod, Hut! Nichts ist reiner! Ich bin gekommen, um Leben zu schenken! Aber für diejenigen, die mir ihre Loyalität verweigern? Nun, sie haben sich für den Tod entschieden. Was könnte klarer, eindeutiger sein?"

„Ich verstehe, Potentat."

„Tatsächlich?"

„Ich denke schon."

„Sie werden es verstehen."

„Ja."

„Gehen Sie jetzt. Eine große Woche liegt vor uns. Seien Sie vorbereitet."

David war entsetzt und angewidert. Er machte sich eine Notiz. Es würde zu Carpathia passen, tagelang darauf herumzureiten.

Er hörte, wie Carpathia Moon auftrug, Akbar und Hut nach draußen zu begleiten und ihn mit Fortunato allein zu lassen. „Entschuldigen Sie uns für einen Augenblick, ja?", sagte er zu den anderen, die offensichtlich ebenfalls im Flugzeug saßen. Nach einer Weile: „Leon, sind Sie nicht der Meinung, dass Furcht eine Form der Anbetung ist?"

„In Ihrem Fall ganz gewiss, Exzellenz. Die Furcht unseres Gottes ist der Weisheit Anfang."

„Das gefällt mir. Aus der Bibel, nicht?"

„Ja, Exzellenz."

„Bitte nehmen Sie doch Platz, Leon!"

„Ich würde gern, aber – na ja, in Ordnung." Leon stieß einen kleinen Schrei aus, als er sich hinsetzte.

„Was ist los, mein Freund? Eine Magenverstimmung?"

„Nein, entschuldigen Sie, aber –"

Carpathia schnaubte. „Ein wahrer Freund hat die Freiheit, sich sogar vor seinem auferstandenen Potentaten zu kratzen."

„Es tut mir so Leid, Exzellenz."

„Machen Sie sich nichts daraus. Sind Sie unpässlich, weil Ihre Hüfte juckt?"

„Ich fürchte, es ist mehr als das, Sir. Aber ich würde lieber nicht –"

„Dann informieren Sie mich über den Fortschritt Ihrer Aufgaben."

„Das Tier steht bereit."

„Sie dürfen es gern beim Namen nennen, Leon."

„Das Schwein."

„Oh, wie ich höre, ist es mehr als nur ein Schwein. Eine Sau! Ein riesiges, hässliches, schnaubendes, stinkendes Untier!"

„Jawohl, Sir."

„Ich kann es kaum erwarten, es zu sehen."

„Wann immer Sie Zeit haben."

„Na ja, es wird ja nicht mehr lange dauern, bis ich auf ihm reiten werde, nicht wahr?"

„Ja, Sir. Aber Sie würden bestimmt von ihm abgeworfen."

„Ach ja?"

„Ich habe mir erlaubt, für Sie einen Sattel herstellen zu lassen."

„Leon! Was Sie nicht sagen! Einen Sattel für ein Schwein?“
„Für das größte Schwein, das ich jemals gesehen habe.“
„Das will ich doch hoffen! Wie haben Sie das geschafft?“
„Die Leute sind froh, Ihnen dienen zu können, Potentat.“
„Er muss sehr breit sein.“
„Ich fürchte, Sie werden das Gefühl haben, einen Spagat zu machen.“
„Sie sehen aus, als würden Sie das gern tun, Leon. Stehen Sie ruhig auf, wenn es sein muss. Sehen Sie! Und ja! Kratzen Sie sich, wenn es sein muss!“
„Es tut mir so Leid, Exzellenz.“
„Aber, aber, Sie winden sich ja wie ein Schuljunge bei seinem ersten Rendezvous!“
„Verzeihen Sie mir, ich gehe vielleicht lieber schnell ins –“
„Gehen Sie nur. Was ist es? Ein Stich? So ein Stich kann schrecklich unangenehm sein.“
„Ich wünschte, es wäre nur das, Exzellenz. Es ist auch sehr schmerzhaft. Wenn ich kratze, tut es noch mehr weh. Mir geht es wirklich nicht gut.“
„Sie sind bestimmt gestochen worden.“
„Vielleicht. Entschuldigen Sie mich.“
„Gehen Sie nur!“
„Ich wollte Ihnen noch von dem Bild erzählen.“
„Das möchte ich wirklich gern hören, aber ich kann es nicht ertragen, Sie solche Qualen leiden zu sehen.“
„Ich werde wiederkommen, bevor Sie gehen müssen, und Ihnen davon erzählen.“
David hörte kopfschüttelnd zu. Wie sehr wünschte er, er könnte sehen, was vorging. Aber in seiner Vorstellung war alles noch viel besser. Carpathia rief jemand und trug auf, Walter Moon hereinzuholen. Von Moon ließ er sich das Kostüm bringen.
Moon informierte ihn darüber, dass die Karawane zum Hof des Pilatus in den nächsten zehn Minuten aufbrechen würde. „Hat Reverend Fortunato den Weg für Sie abgeschritten?“
„Nein. Er scheint beträchtliche Schmerzen zu haben.“
„Immer noch? Nun, wir werden vom Hof des Pilatus zur Straße gehen. Viv Ivins wird dort auf Sie warten, als Stellvertreterin für Ihre Mutter.“ David hörte das Rascheln von Papier. Vermutlich eine Karte. „Hier wird eine junge Frau aus der Menge treten und Ihnen das Gesicht abwischen; zwei Haltepunkte weiter werden Sie die Frauen

von Jerusalem ermahnen. Und dann, nach Golgatha, sehen Sie Viv wieder. Sie spielt noch immer Ihre Mutter. Und dann geht es zur Grabstätte."

Jemand schien durch die Zähne zu pfeifen, aber David konnte sich nicht vorstellen, dass Moon so etwas in Carpathias Gegenwart tun würde. Schließlich sagte der Potentat: „In Ordnung, schneiden Sie die Hälfte heraus. Diesen Teil und den mit Viv und den hier und den mit der jungen Frau, die Rede an die Frauen, das hier und den letzten mit Viv."

„Darf ich fragen –"

„Es geht um eine Wiederholung, Walter. Die Hälfte davon ist nie passiert."

„Das wissen wir nicht. Sie gehören zur Tradi–"

„Es ist nie passiert. Glauben Sie mir. Ich weiß es."

„Möchten Sie sich jetzt umziehen?"

„Sobald Leon fertig ist – ah, Leon! Fühlen Sie sich jetzt besser?"

„Leider nicht."

„Was ist es denn?"

„Ich würde lieber nicht mit Ihnen darüber sprechen, Sir."

„Unsinn! Dann handelt es sich also um einen Stich?"

„Ich glaube nicht, Sir. Aber es ist groß, schmerzhaft und entzündet."

„Und es befindet sich genau dort?"

„Ja." Leon hörte sich jämmerlich an.

„Sie Armer. Ein Geschwür an Ihrer linken –"

„Ja. Auf meinem, äh – auf meinem Hinterteil."

Carpathia schien ein Lachen zu unterdrücken. „Sie wollten mir noch von dem Bild erzählen."

„Sofort, Sir. Ich hatte gehofft, Sie würden es bemerken."

„Was bemerken?"

„Mein Zeichen."

„Zeigen Sie her! An Ihrer Hand! Auffallend! Zwei-eins-sechs! Ausgezeichnet. Vielen Dank, mein Freund. Tut es weh?"

„Ich würde es kaum merken. Wegen des, äh –"

„Ja, nun …"

„Auf jeden Fall werde ich Ihnen nun das ausgewählte Bild zeigen. Es hat Lebensgröße, ist aus Gold und wunderschön. Und nachdem ich das Loyalitätszeichen angenommen hatte, bin ich davor niedergefallen und habe es angebetet."

„Seien Sie gesegnet, Leon. Und mögen Sie schnell wieder gesund werden."

3

Hattie kniete in ihrem Hotelzimmer in Tel Aviv und dankte Gott für all das, was sie in so kurzer Zeit von Tsion Ben-Judah gelernt hatte. Sie dankte ihm für Lea, für Chaim und vor allem für Buck, den sie schon gekannt hatte, bevor er zum Glauben an Gott gekommen war. Sie dankte Gott für Rayford, der ihr als Erster von Christus erzählt hatte. Sie dankte ihm für Albie, der sich aus irgendeinem Grunde sehr um sie sorgte.

Während sie betete, spürte sie, dass jemand in ihrem Zimmer stand. Und das passierte ausgerechnet ihr, die sie immer zuerst überall nachsah, bevor sie sich einschloss. Es konnte unmöglich jemand hier sein. Doch der Klang von Worten veranlasste sie dazu, ihr Gesicht auf den Boden zu legen, als läge sie in tiefem Schlaf. Plötzlich wurde sie von einer Hand berührt. Sie begann zu zittern. Und eine Stimme sagte: „Oh Tochter, du bist innig geliebt von Gott. Höre die Worte, die ich zu dir spreche, und erhebe dich, denn ich bin zu dir gesandt worden."

„Darf ich erfahren, wer zu mir spricht?", stieß Hattie mühsam hevor.

„Ich bin Michael."

Hattie war zu erschrocken, um eine wortgewandte Antwort zu geben. „Was sollst du mir sagen?", fragte sie.

„Ich bin gekommen", antwortete die Stimme, „um dir zu erklären, was in diesen kommenden Tagen geschehen wird." Hattie fühlte sich so privilegiert, dass sie keinen Ton herausbrachte. „Oh viel geliebte Tochter", fuhr Michael fort, „hab keine Angst! Friede sei mit dir; sei stark, ja, sei stark! Nimm nicht die Blasphemie des Bösen und seines falschen Propheten an. Wenn du klug bist, wirst du scheinen wie die hellen Sterne am Firmament. Diejenigen, die viele zur Gerechtigkeit bekehren, sollen leuchten wie die Sterne für immer und immer. Viele sollen gereinigt und weiß gewaschen werden, sie sollen geläutert werden, aber die Bösen werden Böses tun; und keiner von den Bösen wird verstehen, aber die Klugen werden es begreifen." Dann war sie wieder alleine.

Hattie schnappte nach Luft. Sie verstand die Botschaft so, dass sie den Auftrag hatte, gegen die Lügen des Antichristen aufzubegehren.

Sie betete, dass Gott ihr den Mut geben würde, weil sie kaum erahnen konnte, was passieren würde. Sie konnte nicht schlafen und fragte Gott, ob sie getäuscht würde. „Warum ich?“, fragte sie. „Es gibt so viele andere, die viel länger im Glauben stehen und besser für eine solche Aufgabe ausgerüstet sind.“

Hattie ging zu ihrem Computer und schrieb Dr. Tsion Ben-Judah eine E-Mail, in der sie ihm von dem Ereignis berichtete. Sie programmierte den Computer so, dass die Nachricht erst abgeschickt würde, nachdem sie die Gelegenheit gehabt hatte, Carpathia am folgenden Tag gegenüberzutreten. Sie vermutete, dass dies an der Via Dolorosa geschehen würde. Sie schloss ihre Mail mit den Worten:

„Vielleicht hätte ich Sie vorher um Rat fragen sollen, anstatt Ihnen diese Nachricht nach dem Ereignis zukommen zu lassen, aber ich habe den Eindruck, dass ich meinen Glauben unter Beweis stellen und Gott einfach vertrauen soll. Ich sehe mir an, was ich geschrieben habe, und das klingt gar, als stamme es von mir. Ich weiß, ich verdiene dies genauso wenig, wie ich Gottes Liebe und Vergebung verdient habe. Vielleicht ist das alles dumm und wird gar nicht passieren. Sollte ich kneifen, dann war es nicht von Gott, und ich werde diese Mail gar nicht erst an Sie abschicken. Aber wenn Sie sie bekommen, werde ich Sie wohl erst im Himmel wieder sehen.
Ich liebe Sie und all die anderen.
Ihre Hattie Durham“

Rayford sammelte die Truppen am Landeplatz. Er stellte die Passagiere der abgestürzten Quasi vor und erklärte ihre Rolle. „Der stellvertretende Befehlshaber Elbaz“, sagte er und wies auf Albie, „wird Mr. Hassid nach Petra bringen, wo dieser mit dem Aufbau des Kommunikationszentrums beginnen wird. Mr. Hassid ist Jude und wird bei den vertriebenen Gläubigen bleiben.“

Eine Hand schoss in die Höhe. „Ist Hassid derjenige, dem wir danken müssen, dass wir heute hier sind?“

„Er ist einer von vielen“, erwiderte Rayford. „Aber ich denke, man kann sagen, dass dies eine Operation der Weltgemeinschaft ist, ohne dass sie etwas davon weiß.“

Ein anderer fragte: „Wie realistisch ist es, dass wir damit durchkommen?“

„Wir befinden uns im Niemandsland“, erklärte Rayford. „Wenn

die fliehenden Israelis erst einmal hierher verfolgt werden, wird offensichtlich sein, was wir vorhaben. Wie Sie wissen, werden die Gesunden laufen. Aber das ist eine ziemlich weite Strecke und die Weltgemeinschaft könnte sie schnell einholen. Wir glauben daran, dass Gott sie schützen wird. Die Älteren, die Kleinkinder und die Kranken müssen gefahren werden. Sie werden sie an dem Zeichen der Gläubigen erkennen und vermutlich auch an der Furcht auf ihren Gesichtern. Jeder, der hier ankommt, sollte sofort mit dem Hubschrauber nach Petra gebracht werden. Einige dieser Maschinen haben enorme Kapazitäten; sie sollten voll besetzt werden. Petra befindet sich etwa 50 Meilen südöstlich von hier. Sie alle haben die Flugpläne."

„Das klingt wie ein Todesflug", rief jemand.

„Nach menschlichen Maßstäben ist es das auch", erwiderte Rayford. „Aber wir sind die Flügel des Adlers."

„Die Handelsgesellschaft hat weder Lebensmittel noch Kleidung angefordert", warf jemand ein. „Wie sollen diese Menschen überleben?"

„Möchte jemand etwas dazu sagen?", fragte Rayford, und mehrere erklärten, Gott würde für Manna und Wasser sorgen, die Kleidung würde nicht verschleißen.

Schließlich hob Rayford die Hand. „Was wir noch nicht genau wissen, ist der Zeitpunkt. Carpathia wird um elf Uhr an der Via Dolorosa sein und von da aus zum Grab ziehen. Ob er dort seine Rede halten oder zum Tempel weitergehen wird, wissen wir nicht. Wir haben gehört, dass die Entscheidung für ein Standbild des Potentaten gefallen ist und diese Statue auf den Tempelberg gebracht wurde. Dort sammeln sich bereits die Leute, um ihn anzubeten und das Loyalitätszeichen entgegenzunehmen."

„Das Zeichen des Tieres, meinen Sie!"

„Natürlich. Und viele werden dies tun wollen, wenn sie sich in der Gegenwart Carpathias befinden. Wenn er erfährt, dass die Menschen auf ihn warten, wird er dort sein wollen."

„Sind Ihre Leute in Position, Captain Steele?"

„So weit wir wissen, ja. Die Einzige, von der wir noch nichts gehört haben, ist für die Operation nicht wichtig, es sei denn, sie wurde verraten."

„Wann wird Carpathia zur Rede gestellt?"

„Unser Mann wird ihn vermutlich stellen, bevor er den Tempel betritt. Wer weiß? Die Menge könnte sich ihm widersetzen – auf eigene Gefahr hin natürlich. Sie müssen bedenken, dass sich nicht nur jüdische und heidnische Gläubige und Ungläubige in Jerusalem aufhalten. Es gibt auch die orthodoxen Juden, die Christus nicht als ihren Messias anerkennen, aber auch Carpathia nicht als Gottheit anbeten. Sie könnten sich ihm widersetzen und sich weigern, das Zeichen anzunehmen. Und dann gibt es natürlich noch viele Unentschlossene."

„Und die werden sich ziemlich schnell entscheiden müssen, nicht wahr?"

„Vermutlich", meinte Rayford. „Und viele werden eine falsche Entscheidung treffen. Ohne Christus werden sie der Furcht nachgeben, vor allem wenn sie die Konsequenzen einer Entscheidung gegen Carpathia vor Augen haben. Also gut, es ist Zeit, dass die Transporttruppen sich auf den Weg nach Israel machen. Wenn die Zeit gekommen ist, helft jedem, der Hilfe braucht."

„Und wenn wir angehalten werden?"

„Ihr seid auf euch selbst gestellt", schärfte Rayford ihnen ein.

„Ich werde sagen, ich sei auf dem Weg, das Loyalitätszeichen entgegenzunehmen."

„Das ist eine Lüge", widersprach jemand.

„Ich habe kein Problem damit, Carpathias Leute anzulügen!"

„Ich schon!"

Rayford hob erneut die Hand. „Tut, was Gott euch aufträgt", mahnte er. „Wir verlassen uns darauf, dass er sein auserwähltes Volk und diejenigen schützt, die ihm helfen wollen."

Buck fand einen Aussichtsplatz hinter einer Menge von mehreren tausend jubelnden Menschen. Von dort hatten sie einen guten Blick auf den Hof des Pilatus. Rosenzweig schien unter Atemnot zu leiden, gab jedoch keinen Ton von sich. Schweiß trat ihm auf die Stirn. Es war nur Zekes guter Arbeit zu verdanken, dass die künstliche Hautfarbe des alten Mannes keinen Schaden nahm. Es war offensichtlich mehr als ein Make-up.

Chaim hatte seit dem Verlassen des Hotels noch immer kein einziges Wort gesprochen, nicht einmal, als Buck ihn gefragt hatte, wie es ihm gehe. Er hatte nur mit den Achseln gezuckt oder genickt. „Sie würden es mir doch sagen, wenn es ein Problem gäbe, oder?" Chaim nickte kläglich mit abgewandtem Blick. „Gott wird wirklich mit Ihnen sein."

Er nickte wieder. Aber Buck bemerkte, dass er zitterte. War es möglich, dass sie den falschen Mose ausgesucht hatten? Hatte Tsion sich vielleicht geirrt? Tsion selbst hätte das sicherlich viel besser gemacht, da er als Rabbi und Gelehrter viele Jahre lang in der Öffentlichkeit gesprochen hatte. Auf seinem Gebiet war Chaim brillant, aber war es von diesem alten, schmächtigen, zitternden Mann mit der schwachen und vielleicht im Augenblick nicht existenten Stimme nicht vielleicht zu viel verlangt, zum Antichristen zu sprechen, die Gläubigen aus dem Volk Israel zu sammeln und gegen die Mächte des Satans anzutreten? Buck fragte sich, ob nicht vielleicht sogar er die bessere Wahl gewesen wäre. Trotz Chaims beinahe komischen Aussehens war es unwahrscheinlich, dass er von der Menge auch nur wahrgenommen werden würde. Wie konnte er mit Vollmacht zu einer Menschenmenge sprechen?

Buck hatte überlegt, was er sagen oder tun würde, falls die Friedenstruppen oder Überwacher sein Loyalitätszeichen überprüfen wollten. Aber es fuhren Lautsprecherwagen durch die Straßen, die verkündeten, von allen Bürgern werde erwartet, dass sie das Loyalitätszeichen des auferstandenen Potentaten annahmen. Es wäre doch gut, wenn alle diese schmerzlose und faszinierende Prozedur über sich ergehen ließen, solange Seine Exzellenz sich noch in Israel aufhalte.

Viele Menschen in der Menge besaßen das Zeichen natürlich bereits, aber andere unterhielten sich darüber, wo das nächste Zentrum sei. „Ich werde mir mein Zeichen heute auf dem Tempelberg geben lassen", sagte eine Frau und mehrere schlossen sich ihr an.

Buck staunte über die Zahl von Männern und Frauen mit Kleinkindern, die echte oder künstliche Palmwedel schwenkten. Jemand verteilte Blätter mit dem Text des Liedes „Heil dir, Carpathia", und als die Leute spontan zu singen begannen, nahmen andere an, Carpathia sei bereits erschienen, und begannen zu applaudieren.

Schließlich entdeckte Buck eine Motorradparade, angeführt und gefolgt von Panzern der Weltgemeinschaft mit blauen, roten und orangefarbenen Blinklichtern. Zwischen den Panzern fuhren drei übergroße schwarze Fahrzeuge. Als der Konvoi anhielt, erhob sich ein ohrenbetäubender Jubel. Im ersten Fahrzeug saßen lokale und regionale Würdenträger und der allerhöchste Geistliche Pater Fortunato in vollem klerikalen Ornat mit allen Insignien. Buck beobachtete, wie der Mann sein Gewand glatt strich, vorne und hinten und dann langsam mit der Hand auch über seinen verlängerten Rücken fuhr. Schließlich ließ er seine linke Hand unmittelbar unter seiner Hüfte liegen, während er sich in Bewegung setzte. Er versuchte zwar, es zu verbergen, aber unaufhörlich schien er eine schmerzende Stelle zu massieren.

Aus dem zweiten Fahrzeug stiegen die obersten Vertreter der Weltgemeinschaft, dazu gehörten Akbar und Moon, und schließlich unter tosendem Applaus Viv Ivins. Selbst aus mehr als hundert Metern Entfernung hob sie sich von der Gruppe der Herren mit den dunklen Anzügen ab. Ihr weißes Haar und das blasse Gesicht verliehen ihr Würde. Sie trug ein eng geschneidertes blaues Kostüm, schritt mit hoch erhobenem Kopf zu einem kleinen Rednerpult mit Mikrofon und blieb mit erhobenen Händen dahinter stehen.

Alle Augen waren auf das dritte Fahrzeug gerichtet, dessen Türen noch geschlossen waren, obwohl der Fahrer an der hinteren linken Tür und Akbar auf der anderen Seite parat standen, die Hand an die Türgriffe gelegt. Buck bemerkte, dass Leon sich – als sich die Aufmerksamkeit der Zuschauer wieder Viv Ivins zuwandte – mit Hingabe an seinem Hinterteil kratzte. Er konnte nicht einmal aufhören, als Miss Ivins ihn als „unseren geistlichen Führer des internationalen Carpathianismus, Reverend Fortunato“ vorstellte.

Er hob seine freie Hand und brachte damit den Applaus zum Verstummen, dann forderte er die Menge auf, mit ihm die Hymne anzustimmen. Er begann, mit beiden Händen zu dirigieren, aber Buck fragte sich, ob jemandem in der Menge auffiel, dass er mit der rechten Hand weiterdirigierte, während er wieder anfing, mit der linken zu kratzen.

„Heil dir, Carpathia, unser Herr und auferstandener König.
Heil dir, Carpathia, Herrscher über alles.
Wir beten ihn an, solange wir leben.
Er ist unser geliebter Nicolai.
Heil dir, Carpathia, unser Herr und auferstandener König.“

Buck hatte Angst, sich verdächtig zu machen, weil er nicht mitsang, aber Chaim schien nicht zu interessieren, was die anderen dachten. Er neigte den Kopf und starrte zu Boden. Als Leon die Leute aufforderte, das Lied zu wiederholen, um Carpathia damit willkommen zu heißen, begannen die Leute, zu klatschen und zu winken, während sie seiner Aufforderung folgten. Buck, als Journalist ein Meister der Worte, änderte den Text und sang:

„Du wirst scheitern, Carpathia, du Schwindler und Dummkopf.
Du wirst scheitern, du ausgemachter Narr.
Ich werde dich bekämpfen, bis du stirbst.
In den Feuersee wirst du geworfen.
Du wirst scheitern, Carpathia, du Schwindler und Dummkopf.“

Schließlich öffnete Suhail Akbar mit strahlendem Gesicht und einer tiefen Verbeugung die Wagentür. Carpathia stieg allein aus. Die Menge hielt die Luft an, dann applaudierte und jubelte sie dem jugendlichen Mann in goldenen Sandalen und einem strahlend weißen Gewand zu, das in der Taille von einem Silbergürtel gehalten wurde und aus sich heraus zu leuchten schien. Während die Leibwächter in schwarzen Anzügen mit Sonnenbrille und vor dem Körper verschränkten Händen hinter ihm einen Halbkreis bildeten, blieb Carpathia mit geschlossenen Augen und verzückt nach oben gerichtetem Blick stehen. Die Hände hielt er ausgestreckt, als wolle er alle gleichzeitig umarmen.

Buck warf einen Blick auf Chaim. Dieser betrachtete den Antichristen mit einem Ausdruck von Traurigkeit und Ekel auf dem Gesicht.

Während sich die Fahrzeuge diskret entfernten, rollte ein mit einer Plane in Tarnfarbe versehenes Militärfahrzeug heran und blieb etwa drei Meter von Carpathia entfernt stehen. Buck sah, wie Fortunato sich hinkniete und unter sein Gewand griff, um seinen Knöchel zu kratzen.

Zwei uniformierte Soldaten der Friedenstruppen ließen an dem Lastwagen eine Rampe herunter. Einer von ihnen sprang auf die Ladefläche, der andere griff nach einem herunterhängenden Seil. Ziehend und schiebend brachten sie ein monströses rosafarbenes Schwein zum Vorschein, das trotz seiner Körperfülle nur zaghaft die Rampe hinunterlief. Das Tier war offensichtlich unter Drogen gesetzt worden, denn es reagierte kaum auf den Lärm.

Ein schwarzer Lederriemen mit einem flachen Lederkissen und abgerundeten Steigbügeln war um seinen Bauch geschlungen. Carpathia trat näher und nahm das fleischige Gesicht des Schweins in die Hände. Dann blickte er über die Schulter zurück zur Menge und sah, dass diese mittlerweile lachte und ausgelassen johlte und pfiff. Einer der Soldaten reichte ihm etwas, das wie eine Schlinge aussah. Carpathia legte sie dem Schwein um den Hals.

Mit einer Hand hielt er das Seil und den Saum seines Gewandes in die Höhe, die andere reichte er dem Soldaten, um sich von ihm stützen zu lassen, dann stellte er den linken Fuß in einen Steigbügel und schwang den rechten über den Rücken des Schweins. Er ließ die Hand des Soldaten los und strich sein Gewand über den Beinen glatt, hielt das Seil mit beiden Händen und blickte wieder erwartungsvoll in die Menge. Das Schwein hatte sich unter Nicolais Gewicht nicht gerührt, und als er an dem Seil riss, den Knoten um den Hals enger zog, setzte sich das Tier in Bewegung. Es drehte sich langsam um und lief in die andere Richtung. Carpathia winkte der jubelnden Menge zu.

„Das versteh ich nicht!", sagte ein Mann in Bucks Nähe mit deutschem Akzent. „Was macht er da?"

„Er verweist alle anderen Religionen an ihren Platz, Friedrich!", erwiderte seine Frau, deren Blick unverwandt nach vorne gerichtet war. „Sogar das Christentum. Vor allem das Christentum."

„Aber was will er mit dem Schwein?"

„Die Wurzeln des Christentums liegen im Judentum", erklärte sie. Noch immer sah sie ihn nicht an. „Und was ist wohl für einen Juden beleidigender als ein Tier, das er nicht essen darf?"

Der Mann zuckte die Schultern und schließlich drehte sie sich zu ihm herum. „Sein Sinn für Humor ist nicht gerade subtil."

„Das denke ich auch! Man sollte meinen, er hätte mehr Klasse."

„Hey", widersprach sie, „wenn man von den Toten auferstanden ist, kann man Klasse so definieren, wie man selbst möchte."

Das Spektakel wurde weltweit über Radio, Fernsehen und Internet übertragen. David verfolgte es auf dem Flug nach Petra über seinen Computer. Carpathias Schamlosigkeit hätte ihn nicht weiter verwundern sollen, aber da seine Verwandten in Israel wohnten und er noch Kindheitserinnerungen an dieses Land hatte, bereitete ihm dieses Schauspiel dennoch Kopfschmerzen. Davids Kopfhaut juckte, aber er wagte nicht, sich zu kratzen. Er drückte mit der Handfläche gegen die verheilende Wunde, die ihn daran erinnerte, wie Hannah ihn verarztet hatte. Das rief ihm natürlich wieder das ins Gedächtnis, was er kurz vor seinem Zusammenbruch getan hatte. In dem Chaos nach Carpathias Auferstehung war er auf der Suche nach seiner vermissten Verlobten gewesen und wieder einmal überfiel ihn die Sehnsucht nach Annie. In weniger als dreieinhalb Jahren würde er sie wiedersehen, doch darum erschien ihm die zweite Hälfte der Trübsalszeit noch um so länger.

David beneidete Buck Williams um seine Ehe. Er konnte es kaum erwarten, Chloe kennen zu lernen, den Kopf der Internationalen Handelsgesellschaft. Sie hatte nicht nur eine Untergrundbewegung organisiert, in der die Gläubigen untereinander würden Handel treiben können, wenn ihnen der offizielle Markt verschlossen war, sie hatte auch die Leute für die „Operation Adler“ zusammengetrommelt, ohne sie auch nur zu kennen. In einer Kühltasche hinter dem Pilotensitz befanden sich genügend Lebensmittel, sodass David durchhalten konnte, bis die fliehenden Israelis zu ihm stießen. Vielleicht würde Gott David ja auch mit Manna ernähren, bevor die anderen eintrafen. Er hoffte, die Tatsache, dass er Essen mitbrachte, wäre kein Zeichen von Unglauben.

Chloe Williams hatte den Transport der neuesten Hightech-Computerausrüstung aus den unterschiedlichen Teilen der Welt in die Wege geleitet. Diese befand sich ebenfalls an Bord des Hubschraubers. David konnte nicht sagen, wie lange er und Albie brauchen würden, um die Maschine zu entladen. Er betrachtete eine Luftaufnahme des Gebiets und fragte sich, wo er den Computer aufbauen und wo er leben würde. „Dieser Ort sieht eigentlich nicht so aus, als könnten alle gläubigen Israeliten dort Zuflucht finden.“

„Das ist auch nicht nötig“, erklärte Albie. „Wir schätzen, dass etwa eine Million Menschen einen Zufluchtsort brauchen werden. In Petra werden etwa ein Viertel der Leute Unterschlupf finden.“

„Und was geschieht mit dem Rest?“

„Die Grenzen werden erweitert, das ist alles. Für die anderen gibt es Zelte.“

„Ist das denn sicher? Außerhalb von Petra, meine ich.“

Albie schüttelte den Kopf. „Wir wissen nur eines ganz genau, Bruder: Dies ist eine Glaubensmission.“

Um kurz nach drei Uhr morgens lag Tsion auf einer Pritsche in seinem Arbeitszimmer. Er hatte die Hände hinter dem Kopf verschränkt und kämpfte gegen den Schlaf an, während er die Übertragung über den Bildschirm seines Computers verfolgte. Als er Stimmen im Aufenthaltsbereich hörte, kam er aus seinem Zimmer. Chloe saß vor dem Fernsehgerät und hielt Kenny auf dem Schoß.

„Ist das zu glauben?“, fragte er und wies auf den Fernseher.

„Das!“, plapperte Kenny und Chloe brachte ihn schnell zum Schweigen.

Sie presste die Lippen aufeinander. „Ich wünschte, ich wäre dabei."

„Du solltest dich über Gottes Auftrag für dich freuen. Was du geleistet hast ist bemerkenswert, Chloe. In jedem Bericht heißt es, dass alles wie am Schnürchen läuft."

„Ich weiß. Und ich habe gelernt, was Fremde zu leisten im Stande sind, wenn sie durch ein gemeinsames Band miteinander verbunden sind."

Tsion setzte sich auf den Boden. „Der Wagenkonvoi sollte mittlerweile unterwegs sein."

„Ja, allerdings", erwiderte sie. „Und das gehört zu dem riskanten Teil des Ganzen. Wir hatten nicht die Zeit, das Emblem der Weltgemeinschaft auf die Fahrzeuge zu malen."

„Gott weiß das", beruhigte Tsion.

„Gott!", plapperte Kenny.

„Aber hören Sie doch nur. Buck hat nie eine andere Sprache gelernt, und jetzt spricht er Hebräisch, ohne es auch nur zu wissen."

Buck war klar, dass Carpathia beschlossen hatte, entweder am Grab Jesu oder auf dem Tempelberg erst zu der Menge zu sprechen. Auf dem Weg über die Via Dolorosa verwirrte er viele, indem er die traditionellen Orte ausließ. Trotzdem sangen, jubelten und klatschten die Menschen. Chaim schien sich immer langsamer zu bewegen. Buck machte sich Sorgen um seinen Gesundheitszustand.

Das betäubte Schwein war jedoch augenscheinlich noch schwächer, und die Menschenmenge fand es besonders erheiternd, als dessen Vorderbeine einknickten und es auf die Knie sank. Carpathia wäre beinahe kopfüber heruntergestürzt. Die Menschen lachten und lachten, während Helfer herbeieilten, um Carpathia von dem Tier zu helfen. Er bildete aus Daumen und Zeigefinger eine Pistole und tat so, als würde er das Schwein erschießen. Dann fuhr er sich mit dem Finger über den Hals, als würde er sich an das erinnern, was er eigentlich mit dem Schwein vorhatte.

Carpathia lief weiter, während das Militärfahrzeug in Sicht kam und ein halbes Dutzend Soldaten sich darum bemühten, das Schwein wieder auf seine vier Füße zu stellen und in den Lastwagen zu zerren. Der Potentat ging nun vom zentralen Busbahnhof bis hinauf nach Golgatha zu Fuß. Buck konnte nichts tun als beobachten. Er war dankbar, dass es keine gespielte Kreuzigung gab, aber trotzdem drehte sich ihm der Magen um, als er Carpathia am Fuß des Berges stehen sah. Wieder hatte er die Hände ausgebreitet, als wolle er die Welt umarmen.

Auf einmal trat Fortunato neben seinen Führer und versuchte, dessen Pose nachzuahmen. Doch er konnte nicht lange durchhalten – nur so lange, bis er sich wieder am Hinterteil oder am Knöchel kratzen musste. Einige aus der Menge schienen Mitleid mit ihm zu haben.

„Seht das Lamm, das die Sünden der Welt hinwegnimmt!“, rief Fortunato mit lauter Stimme. Buck knirschte mit den Zähnen und wandte den Blick ab. Chaims Atem kam nun in kurzen Stößen.

Der Himmel verdunkelte sich und die Menschen stellten ihren Kragen auf und sahen sich nach einem Unterstand um. „Ihr braucht euch nicht zu bewegen, wenn ihr eurem auferstandenen Herrscher treu ergeben seid!“, rief Fortunato. „Ich habe Macht bekommen, Feuer auf die Feinde des Königs dieser Welt fallen zu lassen. Die loyalen Anhänger mögen sich zeigen!“

Buck erstarrte. Während Tausende sprangen, schrien und winkten, blieb er stocksteif stehen und fürchtete, jemand würde merken, dass er gegen Carpathia war. Chaim verschränkte die Arme und starrte Fortunato an, als fordere er ihn heraus, ihn zu töten.

„Heute sollt ihr alle die Gelegenheit bekommen, das Bild eures Gottes anzubeten!“, rief Fortunato. Er war jedoch nur noch zu sehen, wenn ein Blitz über den Himmel zuckte, so dunkel war es geworden. Buck bemerkte den verzückten Ausdruck auf den Gesichtern der Menschen. „Aber jetzt habt ihr die Gelegenheit, ihn in Person anzubeten. Alle Herrlichkeit ihm, der euch liebt!“

Tausende knieten nieder und streckten ihre Hände Carpathia entgegen, der mit ausgebreiteten Armen dastand und sich in der Anbetung seiner Anhänger sonnte.

„Wie viele möchten noch an diesem Tag das Loyalitätszeichen auf dem Tempelberg in Empfang nehmen?“, fragte Fortunato mit flehender Stimme. Mittlerweile musste er sich auch am Bauch kratzen. Buck starrte auf das vom Blitz erhellte, bemitleidenswerte Bild von Carpathias bedauernswertem Speichellecker und fragte sich, ob er von dem Mann, dessen Macht aus der Tiefe der Hölle kam, entlarvt und getötet werden würde.

Tausende erhoben sich von den Knien, um zu winken und dem Führer des Carpathianismus zu versichern, dass sie dabei sein würden, dass sie das Zeichen im Schatten des Bildes annehmen würden. Auf diese Weise waren Buck und Chaim weniger verdächtig.

„Mein Herr, der Gott dieser Welt, hat mir die Macht gegeben, eure Herzen zu erkennen!“, fuhr Fortunato fort. Die Leute sprangen und winkten umso mehr.

„Das stimmt nicht“, flüsterte Chaim. Buck beugte sich zu ihm herüber. „Carpathia, der Antichrist, Satan ist nicht allwissend. Er kann seinem falschen Propheten nicht sagen, was er selbst nicht wissen kann.“

Buck sah Chaim skeptisch an. Das war es also? Das war die Opposition? Dies war Mose, der sich gegen den Pharao erhob? Buck machte eine Geste, die Chaim auffordern sollte, das laut herauszuschreien. Aber Chaim beachtete ihn nicht.

„Ich weiß, ob Trug in eurem Herzen wohnt!“, rief Fortunato zwischen zwei Donnerschlägen. „Ihr werdet euch nicht gegen das alles sehende Auge eures Gottes oder seines Dieners behaupten können!“

Spontan wurde Carpathias Hymne angestimmt, aber Buck hatte nicht den Mut, seinen eigenen Text zu singen.

Plötzlich legte sich Schweigen über die Menge, der Donner verebbte zu einem leisen Grollen, das von weither zu kommen schien. Fortunato ließ seinen Blick über die riesige Menschenmenge schweifen. Er kratzte sich nach wie vor, aber seine Augen bohrten sich regelrecht in die Menschen hinein. Carpathia hatte seine Pose mehrere Minuten lang beibehalten. Köpfe und Blicke fuhren zu einer hohen, kreischenden Stimme am Fuß des Hügels Golgatha herum. Die Menge wich vor einer Frau zurück, die auf Carpathia und Fortunato deutete.

„Lügner!“, wütete sie. „Ketzer! Antichrist! Falscher Prophet! Wehe dir, der du den Platz von Jesus Christus aus Nazareth einnehmen willst, des Lammes Gottes, das die Sünde der Welt hinwegnimmt! Du sollst nicht über den Gott des Himmels triumphieren!“

Buck war fassungslos. Das war Hattie! Chaim fiel auf die Knie, barg das Gesicht in den Händen und betete: „Gott, verschone sie!“

„Amen, ich habe gesprochen!“, rief Fortunato.

„Du sprichst mit der leeren, eitlen Zunge der Verdammten!“, rief Hattie. Sie zeigte nach oben in den Himmel. „Er ist mein Zeuge, es gibt nur einen Gott und einen Mittler zwischen Gott und den Menschen, der Mensch Christus Jesus!“

Fortunato deutete auf sie und aus dem dunklen Himmel erleuchtete ein Feuerball den ganzen Bereich. Hattie stand in Flammen. Die Menschen sanken zu Boden, schrien entsetzt auf, als sie die Flammen sahen, die an den Kleidern und dem Haar der Frau leckten und ihren ganzen Körper einhüllten. Während sie in den verzehrenden Flammen dahinzuschmelzen schien, zogen sich die Wolken zurück, Blitz und Donner hörten auf, und die Sonne kam wieder zum Vorschein.

Eine leichte Brise ließ Hattie wie eine Statue umstürzen, und die Menge sah staunend zu, wie sie schnell zu Asche verbrannte. Während das Feuer verlöschte und der Rauch sich verzog, wurde Hatties Asche vom Wind fortgetragen.

Fortunato lenkte die Aufmerksamkeit wieder auf sich. „Wundert euch nicht darüber, dass ich zu euch sagte, alle Macht im Himmel und auf Erden sei mir gegeben worden!“ Langsam stieg Carpathia von der Schädelstätte herunter, und die Menge setzte sich in Bewegung, um ihm zu folgen. Als die Leute an der noch glimmenden Asche vorbeikamen, spuckten einige aus, andere traten hinein.

Buck war überwältigt von Erinnerungen an die Zeit, als er Hattie kennen gelernt hatte. Er war es gewesen, der sie Carpathia vorgestellt hatte. Wutentbrannt drehte er sich herum, packte den betenden Rosenzweig an der Schulter und zerrte ihn auf die Füße. „Das hätten Sie sein sollen“, zischte er. „Oder ich! Wir hätten diese Verantwortung nicht ihr überlassen dürfen!“

Er ließ das Gewand des Mannes los und marschierte zum Grab Jesu davon. Es war ihm egal, ob Chaim mit ihm Schritt halten konnte. Wenn Rosenzweig die Herausforderung nicht annehmen wollte, obwohl er länger Christ war als Hattie, dann war es vielleicht an Buck, seinen Platz einzunehmen. Er wusste nicht, welche Aktionen Carpathia oder Fortunato für das Grab geplant hatten, aber dieses Mal würde er sich dem Antichristen widersetzen, wenn es sein musste.

Seit er Christ geworden war, hatte sich Rayford nicht mehr so motiviert und nützlich gefühlt. Er hatte eine kleine Pause eingelegt, um zu sehen, was Carpathia plante. Es würde nicht zu übersehen sein, wenn Chaim sich zeigte und die Gläubigen aus dem Volk Israel zum Zufluchtsort sandte. Das wäre dann das Zeichen für ihn, auf das Eintreffen der Fliehenden zu warten und den Flug in die Sicherheit zu organisieren.

Doch auf seinem Telefon häuften sich die Nachrichten. Er nahm als Erstes Chloes Anruf entgegen. „Was war denn das?“, fragte sie. „Fortunato hat jemanden in Flammen aufgehen lassen, aber sie haben nicht gezeigt, wer das war! Doch wohl nicht Chaim?“

„Ich weiß es nicht“, erwiderte Rayford. „Ich werde sehen, ob ich es in Erfahrung bringen kann, und rufe dich dann zurück.“

David berichtete dasselbe, kurz bevor Rayford von Mac und dann von Abdullah hörte. „Ich werde Buck anrufen“, erklärte er ihnen.

Aber Buck meldete sich nicht.

David verbrachte die folgende Stunde damit, sich an der Opferstätte einzurichten, einem Ort, an dem Jahrhunderte zuvor die Heiden ihren Göttern geopfert hatten. Sie hatten diesen Ort gewählt, um dem Himmel näher zu sein. Er war ganz allein, da Albie unmittelbar, nachdem sie den Hubschrauber entladen hatten, wieder zurückgeflogen war. David wusste nicht, wie lange es dauern würde, bis er ungefähr eine Million Menschen zur Gesellschaft bekam. Bislang hatte er das atemberaubende Meisterstück einer Stadt, die in einen roten Felsen gehauen war, nur aus der Luft zu sehen bekommen. Er konnte sich nicht vorstellen, wie sie von Nahem aussehen würde. Wenn er etwas mehr Zeit hatte, würde er auf Erkundungsreise gehen.

Niemand schien zu wissen, was dort auf Golgatha geschehen war, und David, der gelegentlich einen Blick auf den Bildschirm warf, sah nur eine Menge, die sich auf den Weg zum Grab Jesu machte. Dann hörte er einen Ton und erstarrte in der luftigen Stille des hohen Ortes. Jemand versuchte, ihn über seinen Computer zu erreichen. David kletterte aus einer Höhle, die er sich als Quartier ausgesucht hatte. Mit übereinander geschlagenen Beinen setzte er sich vor seinen Computer. Die Übertragung aus Jerusalem dauerte an, die Kommentatoren überbrückten mit Erklärungen die Zeit bis zum nächsten Schauspiel, doch es wurden keine konkreten Angaben zu den Ereignissen am Fuß des Hügels Golgatha gemacht. Er überprüfte die Landebahn für die „Operation Adler“, aber auch dort gab es nichts Neues.

Der Computer gab erneut einen Ton von sich. Eine Nachricht von Chang Wong aus seiner Wohnung im Palast von Neu-Babylon.

„Ich habe die Originalaufzeichnung gefunden!“, hatte Chang geschrieben. „Rufen Sie sie ab, damit Sie mit mir feiern können.“

Supreme Commander Walter Moon fühlte sich vor einer Menge offensichtlich nicht wohl, vor allem nicht vor einer so großen Menschenmasse, wie sie sich vor dem Grab Jesu drängte. In aller Eile war eine Verstärkeranlage für ihn aufgebaut worden. Außerordentlich nervös las er von seinen Notizen ab. Buck gehörte zu den Ersten, die eintrafen. Chaim hatte er verloren.

Die Haltung der Menge hatte sich verändert. Die festliche, heitere Atmosphäre war Furcht gewichen, doch niemand schien die Freiheit zu haben, einfach zu gehen. Sie hatten gesehen, mit welcher Macht Fortunato ausgestattet worden war, und ganz bestimmt wollte niemand den Eindruck erwecken, er würde seiner Verpflichtung nicht nachkommen und das Loyalitätszeichen entgegennehmen.

„Danke, dass Sie heute hier mit uns zusammengekommen sind", begann Moon. „Wie Sie vielleicht wissen, bin ich Walter Moon, Supreme Commander der Weltgemeinschaft, und ich vertrete im Augenblick den Hohenpriester Fortunato, der bereits vorausgeeilt ist, um die Rede unseres Potentaten Nicolai Carpathia auf dem Tempelberg in einer Stunde vorzubereiten."

„Geht es ihm gut?", rief jemand.

„Oh, ihm geht es sehr gut", erwiderte Moon, „wenn man an seine Vorstellung auf Golgatha denkt." Offensichtlich wollte er das Publikum damit zum Lachen bringen, und als das nicht gelang, suchte er in seinen Notizen nach der Stelle, an der er fortfahren musste.

Buck rief währenddessen Chang an. „Sind wir auf einer sicheren Leitung, Chang?", fragte er. „Überprüf das bitte."

„Ja, Mr. Williams, und ich habe gerade Mr. Hassid per E-Mail mitgeteilt, dass ich –"

„Tut mir Leid, Junge, keine Zeit. Frag doch mal bei der medizinischen Abteilung nach, was mit Fortunato los ist."

„Wie bitte?"

„Was hast du nicht verstanden?"

„Ich habe Sie sehr wohl verstanden, Sir, aber ich dachte, Sie würden an dem Festzug in Jerusalem teilnehmen. Dort befinden sich nämlich Carpathia und Fortunato, zusammen mit –"

„Fortunato ist verschwunden, und man sagt, er sei schon vorausgefahren, um alles vorzubereiten."

„Okay, ich bin an der Sache dran." Buck hörte, wie er auf einem Keyboard tippte. „Gute Nase, Mr. Williams", sagte er. „‚Top Secret'", las er vor, „‚nur für Direktorenebene bestimmt … Hoherpriester Fortunato, blah, blah, blah, in Behandlung von Chefchirurg des Palastes, mobile Einheit, Jerusalem, blah, blah.' Ach, hier ist es. ‚Vorläufige Diagnose: Mehrere beulenartige Hauterhöhungen. Werden auf Karbunkeln getestet.' Das ist alles."

4

Tsion machte sich Gedanken um Chloe. Sie hatte viel zu tun, das stimmte, und der Druck musste enorm sein. Aber sie wirkte so zerstreut. Zweifellos hatte sie Angst, weil Buck sich wieder einmal in einer gefährlichen Situation befand, aber wenn Tsion raten sollte, würde er sagen, dass sie frustriert war, weil sie so weit vom Schauplatz des Geschehens entfernt war. Alle Mitglieder der *Tribulation Force* hatten zu irgendeinem Zeitpunkt einmal versucht, Chloe zu versichern, sie sei für die Arbeit sehr wichtig, und nur wenige Leute könnten schaffen, was sie leistete. Aber sie war eine sehr tatkräftige junge Frau; sie hatte sicherlich auch den Wunsch, mitten im Zentrum des Geschehens zu sein. Tsion wünschte sich, er könnte sie davon abbringen.

Er hatte die Erholungspause von der unbequemen Pritsche genossen. Während er und Chloe sich die langweilige Übertragung aus Jerusalem angesehen und auf das Fiasko am Grab Jesu gewartet hatten, war Kenny eingeschlafen. Chloe sah Tsion entschuldigend an, als sie versuchte, mit dem Kleinkind auf den Armen von der Couch aufzustehen. Sie streckte ihre freie Hand aus. Tsion griff danach und zog sie von der Couch hoch. Als sie Kenny zu seinem Bettchen brachte, meinte er ein Piepen aus seinem Arbeitszimmer zu hören. Kam wieder eine Nachricht von Chang herein?

Er ging zurück und fand eine Nachricht vor, die zwei Tage, bevor sie automatisch an ihn übermittelt wurde, abgefasst worden war. Dort war zu lesen:

„Dr. Ben-Judah,
bitte leiten Sie diese Mitteilung an meine alten und neuen Freunde weiter. Ich weiß nicht, was ich davon halten soll, aber ich glaube, dass Gott mich berufen hat, mein Leben für die Sache zu opfern. Ich habe mich mit Sicherheit nicht darum gerissen, und ich hoffe, Sie alle wissen, dass ich nicht viel von mir halte. Ich kniete mich in meinem Hotelzimmer in Tel Aviv hin, um zu beten, und dann erschien plötzlich …“

Tsion erhob sich. Er erkannte, dass dies keine schwärmerische Träumerei eines neubekehrten Gläubigen war. Er beugte sich über den Bildschirm und las weiter. Schließlich machte er sich seufzend auf den Weg in den Aufenthaltsbereich, wo Chloe sich das Ende von Walter Moons Rede ansah. „Ich habe eine Nachricht auf deinen Computer gespielt, die du sofort lesen solltest“, erklärte er. Er wusste, dass seine zitternde Stimme ihr Angst einjagte.

„Ist es Buck?“, fragte sie. Er schüttelte den Kopf. „Chaim?“

„Nein“, erwiderte er. „Bitte weck die anderen auf. Wir wollen beten. Und du wirst sicher Cameron anrufen wollen.“

David ignorierte das Signal, das besagte, dass eine Nachricht von Tsion eingegangen war. Die konnte warten, bis er sich die Datei angesehen hatte, die Chang ihm geschickt hatte. Der junge Mann hatte die Aufzeichnungen von den verschiedenen Abhörvorrichtungen im Palast zusammengeschnitten. Die Einspielung begann im Gäste-Apartment der Wongs an dem fraglichen Morgen, aber er hatte sich auch die Zeit genommen, eine Übersetzung vom Chinesischen ins Englische an den Stellen hinzuzufügen, an denen es notwendig war. David würde das Band später mit Ming durchgehen, um zu überprüfen, ob die Übersetzung korrekt war. Chang begann mit der Information, dass er sich nur bruchstückhaft an die Zeit vor der so genannten Betäubung erinnere. „Sie müssen wissen, dass eine Betäubung gar nicht üblich ist.“

Das war David nicht neu. Aber darüber hinaus hatte er auch nicht mehr Informationen über die eigentlichen Vorgänge gehabt als Chang. Changs zusammengeschnittene Produktion begann mit einer lautstarken Auseinandersetzung zwischen ihm und seinem Vater. Mrs. Wong versuchte immer wieder, ihren Mann und ihren Sohn zu besänftigen, aber es gelang ihr nicht.

„Du wirst zu den Ersten gehören, die das Loyalitätszeichen bekommen!“, war auf den Untertiteln zu lesen. Mr. Wong flüsterte aufgeregt auf Chinesisch mit dem Jungen.

„Das werde ich nicht! *Du* bist Carpathia gegenüber loyal. Ich nicht!“

„Mach nicht solche gotteslästerlichen Äußerungen, junger Mann! Meine Familie ist der Weltregierung treu ergeben, so wie ich meinen Vorgesetzten auch immer treu ergeben war. Und wir wissen, dass der Potentat der Sohn Gottes ist!“

„Das ist er nicht! Ich weiß davon nichts! Er könnte auch durchaus der Sohn Satans sein!“

David hörte einen Schlag und dass jemand zu Boden fiel. „Das war ich“, kommentierte Chang.

„Du hast doch gesehen, wie der Mann auferstanden ist! Du wirst ihn genauso anbeten wie ich!“

„Niemals!“

Türenknallen. Dann ein Telefonanruf. „Mister Moon! Sohn redet Blödsinn. Sagt, er nicht wollen das Zeichen, aber er nur Angst vor Nadel. Sie haben Beruhigungsmittel?“

„Ich kann ein Beruhigungsmittel besorgen, Mr. Wong, aber nur in Form einer Injektion.“

„Injektion?“

„Spritze. Nadel unter die Haut.“

„Ja! Ja! Ich das machen.“

„Sie können eine Spritze verabreichen?“, fragte Moon.

„Ich nicht verstehen.“

„Sie geben die Spritze?“

„Ja! Sie bringen!“

Sie beendeten das Gespräch, und Mr. Wong kehrte offensichtlich zu dem Zimmer zurück, in das Chang sich eingeschlossen hatte. „Du bist in zehn Minuten fertig! Haben wir uns verstanden?“

„Ich werde nicht mitkommen!“

„Du wirst mitkommen oder dich vor mir zu verantworten haben!“

„Ich verantworte mich jetzt vor dir. Ich sage dir, dass ich nicht mitkomme. Ich möchte nicht hier arbeiten. Ich möchte nach Hause fahren.“

„Nein!“

„Ich möchte mit Mutter sprechen.“

„Sehr gut! Mutter wird dich zur Vernunft bringen.“

Ein paar Minuten später ein leises Klopfen. „Mutter?“

„Ja.“ Die Tür wurde geöffnet. „Sohn, du musst tun, was dein Vater sagt. Wir können in dieser neuen Welt nicht überleben, ohne unsere Loyalität zum Führer zu bekunden.“

„Aber ich glaube nicht an ihn, Mutter. Ming auch nicht.“

Eine lange Stille.

„Sie auch nicht, Mutter.“

„Sie hat es mir erzählt. Ich habe Angst um ihr Leben. Ich kann es deinem Vater nicht sagen.“

„Ich bin derselben Meinung wie sie, Mutter.“

„Du bist auch ein Judahit?“

„Das bin ich, und ich werde mich dazu bekennen, wenn er versucht, mich zu zwingen, das Zeichen anzunehmen.“

„Oh Chang, tu das nicht. Ich werde meine beiden Kinder verlieren!“

„Mutter, du musst unbedingt lesen, was Rabbi Ben-Judah schreibt! Sieh es dir wenigstens einmal an. Bitte!“

„Vielleicht, aber du darfst deinen Vater heute nicht verärgern. Du musst das Zeichen annehmen. Wenn du Recht hast, wird dein Gott dir vergeben.“

„So funktioniert das nicht. Ich habe meine Entscheidung bereits gefällt.“

Mr. Wong kehrte zurück. „Lass uns gehen. Mr. Moon wartet.“

„Nicht heute“, bat Mrs. Wong. „Lass Chang noch ein wenig Zeit, um darüber nachzudenken.“

„Es ist keine Zeit zum Nachdenken. Er wird Familie in Verlegenheit bringen.“

„Nein! Ich werde mich nicht fügen! Du kannst mich nicht zwingen.“

Stille. Mrs. Wong: „Bitte, Mann.“

„Also gut. Ich werde Mr. Moon sagen, heute nicht.“

„Danke, Vater.“

„Aber bald.“

„Danke für deine Geduld, Mann.“

Es hörte sich so an, als würden beide Elternteile gehen. Dann wurde eine Tür geöffnet.

„Vater?“

„Du wirst darüber nachdenken?“

„Ich habe viel darüber nachgedacht.“

Das Bett quietschte. „Vater, ich – au! Nicht! Was machst du? Was ist das?“

„Das hilft dir zu entspannen. Du solltest jetzt etwas ausruhen.“

„Ich brauche mich nicht auszuruhen! Was hast du getan?“

„Siehst du? Du hast doch nicht so viel Angst vor Nadeln! Das hat doch gar nicht weh getan.“

„Aber was war das?“

„Es wird helfen, dich zu beruhigen.“

„Ich *bin* ruhig.“

„Du dich jetzt ausruhen.“

Die Tür wurde geschlossen.

„Wie lange dauern, Mister Moon?“

„Nicht lange. Wir sollten nicht zu lange warten, sonst ist er nicht mehr in der Lage, selbst zu laufen.“

„In Ordnung. Sie helfen.“

Sie kehrten zurück.

„Chang?“

„Mmm?“

„Kommst du jetzt mit uns?“

„Mit wem?“

„Mit Mister Moon und mir.“

„Mit wem?“

„Du kennst doch Mr. Moon?“

„Nein, ich –“

„Komm schon.“

„Ich werde … das Zeichen … nicht …“

„Doch, das wirst du.“

„Nein, ich …“

Die beiden Männer versuchten, Chang zu ermutigen, sie zu begleiten. Er murmelte auf Chinesisch und Englisch, er wolle nicht, er weigere sich.

„Und jetzt sehen Sie sich das an“, schrieb Chang. „Die Überwachungskamera im Korridor zeigt ziemlich deutlich, dass sie mich mehr oder weniger den Flur entlang tragen, und sehen Sie nur, was ich tue! Ich bekreuzige mich! Ich weiß nicht einmal, woher ich das habe! Und sehen Sie nur! Hier, ich deute zum Himmel! Ich habe jegliche Erinnerung daran verloren, was ich getan habe, seit sie mir dieses Mittel gegeben haben. Ich kann mich nicht einmal mehr an das Gespräch mit meiner Mutter erinnern. Und ich habe keine Ahnung, was ich da zu sagen versuche, aber bestimmt wollte ich ihnen erklären, dass ich Christ bin!“

Den Rest des Weges zu Gebäude D hatte Chang von den Aufnahmen der unterschiedlichen Kameras zusammengeschnitten. David sah, wie Walter Moon und Mr. Wong Chang mitschleppten. An irgendeinem Punkt kam ein dritter Mann mit einer Kamera hinzu. Der Junge weinte, gestikulierte und versuchte, Wörter zu bilden. Moon beruhigte den Fotografen und alle, die stehen blieben und sie beobachteten. „Der Junge ist in Ordnung. Es geht ihm gut. Nur eine kleine Reaktion auf die Medikamente.“

Besonders schockierend war die Tatsache, dass Chang bereits bewusstlos war, als sie mit ihm Gebäude D erreichten. Wie David vermutet hatte, gab es auch in diesem Gebäude eine Überwachungskamera. „Nehmen Kappe ab“, forderte sein Vater. „Haar glatt streichen.“

Eine philippinische Technikerin stellte die Geräte an. „Geht es dem Jungen gut?“, fragte sie.

„Alles in Ordnung“, erwiderte Moon. „Welches ist der Gebietscode für die Vereinigten Asiatischen Staaten?“

„30“, erwiderte die Technikerin. „Ich habe nur Angst, dass ich Schwierigkeiten bekomme, wegen –“

„Sie wissen, wer ich bin?“

„Natürlich.“

„Ich sage Ihnen, tun Sie Ihre Arbeit.“

„Jawohl, Sir.“

Die Frau tupfte Changs hin- und herrollenden Kopf mit einem Tupfer ab, drückte den Mechanismus auf seine Haut und klickte. „Danke“, sagte Moon. „Und jetzt sorgen Sie bitte dafür, dass diese Halle in etwa einer Stunde bereit ist für den Andrang.“

Die Technikerin ging, und Mr. Wong und Mr. Moon wechselten sich damit ab, Chang aufrecht zu halten. „Das Mittel wird fast so schnell abgebaut, wie es anschlägt“, erklärte Moon.

„Streichen Haare glatt“, forderte Mr. Wong und schlug Chang auf die Wange. „Wir machen Foto.“

Der Fotograf nahm Chang mit einer digitalen Kamera auf. Der Junge kam wieder zu sich und sein Vater hielt ihm die Kamera vor das Gesicht.

„Da!“, freute sich Mr. Wong. „Sieh dir den neuen Angestellten der Weltgemeinschaft an, der als Erster das Zeichen bekommen hat!“

Chang zuckte zurück, griff nach der Kamera und versuchte, sich das Foto anzusehen. Seine Schultern sackten zusammen und er funkelte seinen Vater mit steinernem Gesicht an. Als Mr. Wong und Mr. Moon ihm beim Aufstehen halfen, sagte er: „Wo ist meine Kappe?“

Er setzte sie unwirsch auf und blieb stehen, bis er das Gleichgewicht wieder gefunden hatte. Er sagte etwas auf Chinesisch zu seinem Vater. „Ich habe gesagt: ‚Was hast du getan?‘“, schrieb er.

„Eines Tages du mir dankbar sein“, erwiderte Mr. Wong. „Und jetzt wir gehen. Dann kannst du vor dem Interview noch ein wenig entspannen.“

„Ich erinnere mich an Bruchstücke des Streites in der Wohnung, und daran, dass mein Vater mir eine Spritze gegeben hat“, schrieb Chang. „Ich habe eine vage Erinnerung an das Blitzlicht der Kamera und dass ich wütend auf meinen Vater war. Danach erinnere ich mich nur noch daran, dass ich mit Moon und meinem Vater in einem Nebenzimmer gesessen habe und an die langsame Erkenntnis, dass ich das Loyalitätszeichen bekommen hatte. Ich wollte sie töten, aber mir war das auch so peinlich. Ich machte mir Gedanken darüber, was Sie wohl denken würden. Im ersten Teil unseres Gesprächs war ich noch gar nicht ganz bei mir, doch dann beschloss ich, den Toughen zu spielen, Ihnen die Vorteile vor Augen zu stellen. Damals wusste ich ja nicht, dass unser Gespräch in Ihrem Büro ebenfalls aufgezeichnet wurde. Ich kann es noch schicken, wenn Sie es haben möchten, aber das ist jetzt das Ende der Datei."

David setzte sich zurück. Seine Beine waren eingeschlafen. Er rollte den Kopf hin und her, um die Spannung in seinem Nacken zu lockern. Mittlerweile war Chang vermutlich dabei, die Vorgänge am Grab Jesu aufzunehmen. David rief die Nachricht von Tsion ab.

Bucks Telefon vibrierte in seiner Tasche, aber er sah gar nicht nach, wer ihn anrief. Falls Gott ihm dies auftrug, war er bereit, Chaims Platz einzunehmen, doch das war eher unwahrscheinlich. Bestimmt würde ein israelischer Gläubiger diesen Auftrag bekommen. Vielleicht kam der Anruf von Chaim, der in der Menge feststeckte. Buck griff in die Tasche und stellte sein Handy ab. Sollte er doch seinen Weg allein finden. Er hatte lange genug Zeit gehabt, seine Rolle zu akzeptieren. Niemand hatte behauptet, dass es leicht sein würde. Nichts war mehr leicht in der heutigen Zeit. Aber Gottes Ruf war unschwer zu erkennen. Und er hatte eindeutig Chaim gegolten. Wenn Hattie den Mut gehabt hatte, das zu tun, was sie getan hatte, obwohl sie wusste, dass sie dabei ihr Leben verlieren würde, wie konnte einer von ihnen vor seinen Pflichten zurückschrecken?

Carpathia trat hinter einem Vorhang in der Nähe der Grabstätte hervor, lächelte und breitete seine Arme aus. Die Menge applaudierte zögerlich. Die Stimmung war etwas gedrückt. Der Jubel, das Niederknien, das Winken war vorüber. Die meisten schienen einfach nur noch den Wunsch zu haben, zum Tempelberg zu kommen und sich anzustellen, um das Loyalitätszeichen entgegenzunehmen. Sie würden sich absichern und keinesfalls ein so schreckliches Schicksal erleben wie die Frau auf dem Hügel Golgatha.

„Ich habe nie im Grab gelegen!", verkündete Carpathia. „Ich lag drei Tage aufgebahrt, damit die Welt es sehen konnte. Jemand soll aus diesem Grab auferstanden sein, aber wo ist er? Habt ihr ihn jemals gesehen? Wenn er Gott war, warum ist er dann nicht noch hier? Einige möchten euch glauben machen, er würde hinter dem großen Massenverschwinden stecken, das unsere Welt in ihren Grundfesten erschüttert hat. Was für ein Gott würde so etwas tun? Und dieselben Menschen möchten euch glauben machen, ich sei die Antithese zu diesem großen Mann. Und doch habt ihr selbst miterlebt, wie ich auferstanden bin! Ich stand dort unter euch, ein Gott auf Erden, nachdem ich meinen rechtmäßigen Platz eingenommen hatte. Ich nehme euren Gehorsam an."

Er verbeugte sich und die Leute klatschten erneut.

Moon trat jetzt ans Mikrofon und las von seinen Notizen ab. „Er ist auferstanden!"

Die Leute murmelten: „Er ist wahrhaftig auferstanden."

„Ach, kommt schon", forderte Moon nervös lächelnd. „Das könnt ihr doch besser. Er ist wahrhaftig auferstanden!"

„Er ist wahrhaftig auferstanden!", antwortete die Menge und jemand applaudierte. Der Applaus steigerte sich langsam zur Ovation, bis Moon die Hand hob und Ruhe forderte. „Wir geben Ihnen die Gelegenheit, Ihren Potentaten und sein Bild auf dem Tempelberg anzubeten. Dort können Sie auch Ihre ewige Treue beweisen, indem Sie das Loyalitätszeichen annehmen. Zögern Sie nicht. Schieben Sie dies nicht auf. Sie können Ihren Nachfahren erzählen, dass Seine Exzellenz an dem Tag, an dem Sie Ihr Gelübde abgelegt haben, persönlich anwesend war."

Etwas leiser und fast beiläufig fügte Moon hinzu: „Und bitte denken Sie daran, dass weder das Loyalitätszeichen noch die Anbetung des Bildes Ihre freie Entscheidung ist."

Ein Helikopter schwebte ein und setzte auf dem Boden auf, um Carpathia und die anderen Würdenträger zum Tempelberg zu bringen. Chaim hatte Buck nicht mehr gesehen, seit er ihn in der Nähe von Golgatha verlassen hatte. Die Menge zerstreute sich schnell, und viele eilten zu dem Platz, an dem das Loyalitätszeichen verteilt werden sollte.

Da Rayford Buck nicht erreichen konnte, rief er Tsion an. „Dann war Hattie also das Opfer bei den Ereignissen auf Golgatha?", fragte er traurig.

„So haben wir es uns jedenfalls zusammengereimt, Rayford. Wir trauern und beten, aber wir sind auch erstaunt darüber, wie Gott zu ihr gesprochen hat."

Rayford kannte Hattie schon seit Jahren und wegen ihr hätte er beinahe seine Ehe aufs Spiel gesetzt. Er bat darum, mit Chloe zu sprechen. Zuerst brachten weder er noch seine Tochter einen Ton heraus, aber schließlich sagte Rayford: „Es scheint schon so lange her zu sein, dass du sie zum ersten Mal gesehen hast."

„Denkst du, sie hat etwas bewirkt, Dad?"

„Mir steht es nicht zu, darüber ein Urteil abzugeben. Auf jeden Fall hat sie Gott gehorcht. Das scheint klar."

„Was hatte er dort vor?"

„Ich weiß es nicht. Falls jemand in der Menge noch keine Entscheidung getroffen hat, wer weiß?"

„Die Menschen konnten aber doch nur sehen, was passiert, wenn man sich Carpathia widersetzt", meinte Chloe. „Ich verstehe einfach nicht, was das sollte. Wir alle hier sind sprachlos."

Rayford versuchte, einen Gedanken zu verdrängen, der ihm gerade kam. „Chloe, du bist doch nicht etwa eifersüchtig?"

„Auf Hattie?"

„Ja."

„Natürlich bin ich das. Mehr als ich sagen kann."

Er hielt inne. „Geht es Kenny gut?"

„Er schläft." Sie schwieg. „Dad, bin ich ein schlechter Mensch?"

„Nein. Ich weiß, was du empfindest. Zumindest glaube ich das zu wissen. Aber die meisten Leute betrachten dich als Heldin, Liebes."

„Darum geht es doch nicht. Darum bin ich nicht eifersüchtig."

„Weshalb denn dann?"

„Sie war da, Dad! An vorderster Front. Sie hat es getan."

„Du bist –"

„Ich weiß. Plane mich das nächste Mal einfach mit ein, ja?"

„Wir werden sehen. Hast du etwas von Buck gehört?"

„Ich kann ihn nicht erreichen", erwiderte sie.

„Ich auch nicht. Vermutlich sind er und Chaim sehr vorsichtig."

„Ich wünschte nur, er würde sich melden, Dad."

Buck wartete an der Grabstätte, bis die Menge gegangen war. Ihm war es mittlerweile egal, ob er sich verdächtig machte. Suchend blickte er sich um und überlegte, wie er sich selbst erklären sollte, dass er Chaim verloren hatte. Buck vergaß, was er zu beweisen versucht hatte, indem er ihn einfach zurückließ. Er war noch immer frustriert und natürlich von Chaim enttäuscht, aber was konnte er schon von einem alten Mann erwarten, der so viel erlebt hatte? Chaim hatte sich nun wirklich nicht um diese Aufgabe gerissen.

Buck suchte zwischen den Olivenbäumen. Die Soldaten wurden bereits auf ihn aufmerksam. Er erinnerte sich an seine erste Begegnung mit Dr. Rosenzweig, die schon Jahre her war. Es war durchaus nicht üblich, dass man mit jemandem, über den man einen Artikel schrieb, Freundschaft schloss. Aber sie waren sich sehr nahe gekommen.

Die Nachmittagssonne brannte vom Himmel. Der Garten war noch immer ein wunderschönes Fleckchen und von dem Erdbeben unberührt geblieben. Ein bewaffneter Soldat stand neben dem Eingang des Grabes. Er stand so unbeweglich, dass er auch eine Puppe hätte sein können.

„Darf ich?“, fragte Buck. Aber der Soldat sah ihn nicht einmal an. „Nur eine Minute?“ Wieder keine Antwort. Buck schüttelte den Kopf und ging hinein, als wolle er sagen: „Wenn du mich aufhalten willst, dann los.“

Noch immer rührte sich der Soldat nicht. Buck fand sich in der kühlen Dunkelheit eines Grabes wieder. Das vom Eingang hereinscheinende Licht fiel auf die Stelle, an der Christi Leichentuch gelegen haben sollte. Buck fragte sich, warum Carpathia und seine Leute diesen Ort unangetastet gelassen hatten.

Er blickte auf, als Chaim hereingeschlurft kam. Buck wollte etwas anmerken, sich entschuldigen, irgendetwas. Aber der Mann weinte leise und Buck wollte ihn nicht stören. Chaim kniete sich an einen Felsbrocken, auf den das Licht fiel, barg sein Gesicht in den Händen und schluchzte. Buck lehnte sich an die Mauer. Er neigte den Kopf und seine Kehle war wie zugeschnürt. Konnte es sein, dass Chaim hier die letzten Reste seines Mutes zusammennahm, um seine Aufgabe zu erfüllen? In seinem übergroßen Gewand wirkte er so zerbrechlich. Er schien so am Boden zerstört zu sein, dass er seinen Kummer kaum ertragen konnte.

Buck hörte von draußen einen Seufzer, dann das Knarzen von Leder, das Knirschen von Schritten. Im Höhleneingang erschien die Silhouette des Soldaten, die das Licht fast ganz aussperrte.

„Geben Sie uns noch eine Minute“, sagte Buck. Aber der Soldat blieb wortlos stehen. „Wenn Sie nichts dagegen haben, lassen Sie uns einen Augenblick allein. Sir? Sprechen Sie Englisch? Entschuldigen Sie …“

Der Soldat flüsterte: „Was sucht ihr den Lebenden unter den Toten? Fürchtet euch nicht, denn ich weiß, ihr sucht Jesus, den Gekreuzigten. Er ist nicht hier, denn er ist auferstanden, wie er gesagt hat.“

Chaim richtete sich auf, drehte sich zu Buck um und sah ihn an.

„Du“, sagte Buck zu dem Soldaten. „Du bist ein – du bist ein –“

Aber der Soldat sprach weiter. „Und der Herr sprach zu Mose: ‚So sollst du sagen zu den Israeliten, wenn du sie segnest: Der Herr segne dich und behüte dich; der Herr lasse sein Angesicht über dich leuchten und sei dir gnädig; der Herr wende sein Angesicht dir zu und schenke dir Frieden.

So sollen sie meinen Namen auf die Israeliten legen und ich werde sie segnen.‘“

„Danke, Herr!“, keuchte Chaim.

Buck starrte den Mann an. „Sir? Sind Sie ein –“

„Ich bin Anis.“

„Anis!“

Der Soldat verließ das Grab wieder. Buck folgte ihm, aber der Soldat war fort. Chaim kam heraus und schirmte seine Augen gegen das helle Sonnenlicht ab. Er packte Buck am Arm und zog ihn zu einem Souvenirladen. Die junge Frau darin schien den Laden gerade schließen zu wollen. Buck fiel es schwer zu glauben, dass ein solcher Ort in der Weltgemeinschaft noch existierte.

Chaim schien genau zu wissen, wonach er suchte. Er wählte eine kleine, billige Imitation des Gefäßes, in dem in den Höhlen von Qumran die Schriftrollen des Toten Meeres gefunden worden waren. Er brachte sie zu der jungen Frau und sah Buck an, der in seinen Taschen nach Kleingeld suchte. „Zwei Dollar“, erklärte sie.

Er zog die Scheine heraus und auf dem Weg aus dem Laden öffnete Chaim das Päckchen. Er warf die Schachtel und die winzigen bedruckten Schriftrollen weg und steckte das kleine Tongefäß mit dem Deckel in die Tasche seines Gewandes. Plötzlich war sein Gang sicher und zielstrebig. Er führte Buck den Weg zurück, den die Menschenmenge gekommen war. Der Hügel Golgatha lag verlassen da, aber Chaim ging zu der Stelle, an der Hattie verbrannt worden war. Er kniete nieder und tat vorsichtig eine Handvoll ihrer Asche in das Gefäß, das er dann mit dem Deckel verschloss.

Chaim steckte das Gefäß mit der Asche in seine Tasche und erhob sich. „Kommen Sie, Cameron“, sagte er. „Wir müssen zum Tempelberg.“

5

Wie betäubt saß David Hassid in der wüsten Einöde der Opferstätte von Petra. Während die Anhänger der heidnischen Religionen des Altertums an solchen Orten in einem hilflosen, verzweifelten Versuch, die Gunst ihrer Götter zu erringen, Opfer dargebracht hatten, wollte er nichts anderes, als Gott seinen Dank auszusprechen für seine unermessliche Gnade. Durch nichts, weder durch das, was er sagte, tat noch opferte, konnte er sich erwerben, was Gott ihm umsonst anbot.

Er sah nichts als Himmel, Wolken, Täler und gelegentlich einen Raubvogel. Es war klar, dass dies der ideale Zufluchtsort für die Kinder Israels sein würde, für diejenigen, die erkannt hatten, dass Jesus tatsächlich der lang ersehnte und prophezeite Messias gewesen war. Er hatte Gottes Liebesgeschichte mit seinem auserwählten Volk zur Vollendung gebracht.

Aber Davids Spezialgebiet, die Geräte und Wunder der Technologie, hielten ihn in Atem, und er fand kaum die Zeit, über die Heiligkeit von Gottes Plan zu jubeln. Es war ihm so wichtig gewesen, die Wahrheit über Chang zu erfahren. Aber jetzt hatte die Nachricht von Hattie Durhams Tod ihn erschüttert. Und dann gab es da noch eine kurze Mitteilung von Bucks Handy, die besagte, David solle die Aktivitäten auf dem Tempelberg im Auge behalten. Eine weitere Nachricht von Tsion kündigte eine letzte Auslegung zum nächsten Ereignis im prophetischen Kalender an, die Entweihung des Allerheiligsten durch den Antichristen.

Nun, das war nichts Neues; Tsion hatte schon früher darüber gesprochen. Aber wenn der Rabbi die Notwendigkeit verspürte, dies für seine unzähligen Leser näher zu erläutern, wer war David, dass er dem widersprach? Die Auslegung würde an diesem Abend im Internet erscheinen, so die Ankündigung. Doch die Menschen, die in erster Linie von Tsions Auslegung profitieren könnten, waren dann vermutlich bereits auf der Flucht.

David schaltete auf die Berichterstattung der GCNN über die Vorgänge auf dem Tempelberg. Die andere Hälfte seines Bildschirms verband er mit einer alten Videokamera, die 24 Stunden am Tag die Vorgänge an der Klagemauer aufzeichnete. Er war überzeugt davon, dass die dort installierte Kamera schon lange in Vergessenheit geraten war. Erstaunlich, dass sie noch funktionierte, obwohl die Bildqualität im Laufe der Jahre gelitten hatte.

David wollte gerade seinen Empfänger an strategisch wichtigen Punkten installieren, um das drahtlose Netzwerk, das er für Petra vorgesehen hatte, zu maximieren. Aber es kam eine weitere dringende Nachricht von Chang herein.

„Ich bin ganz neu belebt, ermutigt und motiviert worden. Dr. Ben-Judah meint auch, dass mich die Aufzeichnung frei spricht, obwohl er befürchtet, Carpathia und seine Henker seien bösartig genug, auf den Gedanken zu kommen, bekannte Christen unter Drogen zu setzen und ihnen das Zeichen aufzuzwingen. Das wäre eine Katastrophe.

Ich weiß, Sie sind sehr beschäftigt, aber ich dachte, Sie würden es gern erfahren: Ich habe einen privaten Wortwechsel zwischen Moon und dem Leiter der Friedenstruppen und der Loyalitätsüberwacher in Jerusalem aufgezeichnet. Offensichtlich war Walter Moon verwirrt über den plötzlichen Stimmungsumschwung der Menge nach dem Märtyrertod der Dissidentin und der plötzlichen Geheimniskrämerei um Fortunatos Gesundheit. Ohne Carpathia darüber zu informieren, hat er veranlasst, dass die bewaffneten Truppen als Erste das Loyalitätszeichen entgegennehmen. Falls Sie davon noch nichts wissen, sehen Sie sich doch das Chaos auf dem Tempelberg an."

Das hatte Buck also so beunruhigt, dass er über sein Handy eine Kurznachricht an Davids Computer geschickt hatte. In der offiziellen Übertragung der Weltgemeinschaft wurden Menschen gezeigt, die gerade ihr Zeichen entgegengenommen hatten. Sie waren außer sich vor Freude. „Sehen Sie sich die Hunderte von Militärfahrzeugen an", sagte der Kommentator von GCNN gerade, „die in langen Schlangen draußen vor der Altstadt abgestellt wurden. Sie würden durch die engen Straßen zum Tempelberg gar nicht durchkommen. Nur ein Bruchteil der Mannschaft, vielleicht ein uniformierter Soldat der Friedenstruppen auf vier oder fünf Wagen, ist als Wache bei den Fahrzeugen zurückgeblieben. Unseren Informationen zu Folge gehören diejenigen, die die Fahrzeuge bewachen, zu denen, die ihr Loyalitätszeichen bereits erhalten haben. Die anderen gehen den Bürgern mit gutem Beispiel voran. Zu dem Zeitpunkt, als die ungeheure Menschenmenge Potentat Carpathias Triumphzug durch die Via Dolorosa folgte, vorbei an den Stationen des Kreuzes der mittlerweile außer Kraft gesetzten christlichen Religion, drängten sich bei dem Zentrum zur Verteilung des Loyalitätszeichens bereits die Soldaten der Friedenstruppen und Loyalitätsüberwacher.

Viele Bürger sind alles andere als glücklich über die Verzögerung, aber die Reaktion der Führungsebene der Weltgemeinschaft und auch von Seiten Seiner Exzellenz scheint große Freude zu sein. Im Bild sehen Sie den Tempelberg, auf dem Zehntausende von Soldaten der Weltgemeinschaft lärmend um ihre Position in der Warteschlange kämpfen, und größtenteils sehr geduldige Zivilisten, die vor den Stadtmauern warten, dass sie an die Reihe kommen.

Hier ist unsere Reporterin Anika Janssen im Gespräch mit einigen Zivilisten aus den langen Warteschlangen."

Die große, blonde Reporterin beherrschte zumindest die Grundlagen mehrerer Sprachen, denn sie sprach ihre Interviewpartner in ihrer Muttersprache an.

„Was halten Sie davon?", fragte sie ein Ehepaar aus den Vereinigten Afrikanischen Staaten.

„Es ist aufregend", erwiderte der Mann, „aber ich gestehe, wir hatten damit gerechnet, vorne in der Schlange zu stehen und nicht ganz hinten."

Seine Frau nickte. Sie schien nicht sprechen zu wollen. Doch als die Reporterin ihr das Mikrofon vor das Gesicht hielt, zeigte die Frau, dass auch sie eine Meinung hatte. „Offen gesagt, ich bin der Meinung, jemand, der etwas zu sagen hat, sollte diese Soldaten wegschicken. Diese Männer und Frauen sind hier stationiert. Viele von uns sind Pilger. Ich will den auferstandenen Potentaten natürlich nicht kritisieren, und ich kann denen, die zufällig den Vorteil eines Transportmittels zur Verfügung hatten und dadurch schneller hier sein konnten, auch keinen Vorwurf machen, aber irgendwie finde ich das nicht fair."

Bei den anderen Interviews wurden ähnliche Meinungen geäußert, obwohl die meisten eher amüsiert wirkten. Vielleicht hatten sie aber auch nur Angst, sich in der Öffentlichkeit zu beschweren. „Oh, sehen Sie nur, welche einmalige Gelegenheit", sagte Anika Janssen. „Hier ist Miss Viv Ivins aus dem inneren Kreis des Potentaten. Sie arbeitet sich sozusagen durch die Reihen. Sie begrüßt die Leute, dankt ihnen für ihre Geduld. Mal sehen, ob wir ein Wort mit ihr wechseln können."

David hatte den Eindruck, dass Miss Ivins an eine Stelle geführt worden war, wo die Kameraleute sie bemerken mussten. Natürlich war sie zu einem Interview bereit.

„Ich bin so beeindruckt von den loyalen Bürgern und ihrer Geduld", sagte sie. „Seine Exzellenz war überwältigt von dem Eifer seiner Leute, die unbedingt als gutes Beispiel vorangehen wollten."

„Obwohl dort natürlich auch für alle unübersehbar die Guillot–"

„Die wir lieber ‚Loyalitätssicherstellungsgerät' nennen", korrigierte Miss Ivins mit eisigem Lächeln. „Natürlich steht es für die schwer wiegenden Konsequenzen einer solchen Entscheidung. In aller Offenheit, Anika: Unsere Geheimdienstberichte ließen erwarten, dass wir hier auf mehr Widerstand stoßen würden, hier, im traditionellen Heimatland mehrerer veralteter Religionen. Doch ich wage zu behaupten, dass abgesehen von der Verrückten, die als einsame Vertreterin der Judahiten rücksichtslos die Macht und Autorität unseres Hohenpriesters herausgefordert hat, solche eigensinnigen Gegner gelernt haben, den Mund zu halten."

„Da wir gerade von Reverend Fortunato sprechen, Miss Ivins, was können Sie uns zu seinem Gesundheitszustand sagen? Wir haben erwartet, ihn hier zu sehen."

„Es geht ihm gut und vielen Dank für Ihr Interesse. Er leidet ein wenig unter dem Wetter, aber er lässt herzliche Grüße und die besten Wünsche ausrichten. Morgen wird er sicherlich wieder bei voller Gesundheit an der Segnung des Tempels durch den Potentaten teilnehmen."

„Der Segnung?"

„Oh ja. Wir sind der Meinung, dass der wunderschöne Tempel mit der Absicht gebaut wurde, Gott zu ehren, auch wenn die Menschen früher nicht wussten, dass ihre Hingabe fehlgeleitet war. Sie wollten dem einen wahren Gott dienen, wurden jedoch in ihrer unschuldigen Unwissenheit in die Irre geleitet, eine von ihnen gewählte Gottheit anzubeten. Wir wissen jetzt natürlich, dass unser auferstandener Potentat eindeutig der Gott über alle falschen Götter und dass sein rechtmäßiger Platz in einem Haus ist, das für den Einen erbaut wurde, der hoch über dem Himmel sitzt. Indem er dieses Haus zu seinem Haus der Anbetung macht, verleiht er ihm Glaubwürdigkeit und Authentizität, und es wird zum wahren Haus Gottes."

„Neben den Judahiten und ihrer großen Internet-Gefolgschaft –"

„Das ist natürlich eindeutig aufgebauscht und übertrieben."

„Natürlich. Aber rechnen Sie abgesehen von diesen Leuten noch mit Opposition von Seiten der Juden, die weder Christusanhänger noch Carpathianisten sind?"

„Eine ausgezeichnete Frage, Anika. Sie haben Ihre Hausaufgaben gemacht. Dies sollte diejenigen Lügen strafen, die behaupten, das ‚Global Community News Network' sei das Sprachrohr des Potentaten."

„Vielen Dank. Wie steht es denn nun mit dem Widerstand?"

„Nun, man hat uns eingeredet, dass es diesen Widerstand gäbe, und wir sind natürlich darauf vorbereitet. Es ist möglich, das stimmt, aber ich bin zuversichtlich, dass die Entfaltung göttlicher Macht, deren Zeuge wir vor wenigen Stunden waren, sowie der überwältigende Enthusiasmus der Angestellten der Weltgemeinschaft und dieser Tausenden Zivilisten alle Widerstandszellen sicherlich weit in den Schatten stellen wird."

„Aber sollten entweder die Judah–"

„Haben Sie das Bild des Potentaten schon gesehen, Anika? Reverend Fortunato hat die Eingaben selbst ausgewertet, und der Entwurf des Siegers ist einfach wunderschön."

„Ich habe noch keine Gelegenheit dazu gehabt, aber ich hoffe, es zu sehen – oh, gerade bekomme ich die Information, dass unsere Kameras das Bild jetzt einblenden werden."

Der Bereich um den Tempelberg, der mittlerweile von dem neu erbauten Tempel dominiert wurde, war so überfüllt, dass Buck und Chaim herumlaufen und beobachten konnten, ohne Aufmerksamkeit auf sich zu lenken. Buck hielt Ausschau nach anderen Dissidenten. Er war erstaunt zu sehen, dass viele orthodoxe Juden zur Klagemauer vorgelassen wurden. Er konnte jedoch nicht so nahe herankommen, um zu erkennen, ob jemand in diesem Bereich das Zeichen des Gläubigen auf der Stirn hatte, aber er vermutete, dass diese hingebungsvollen Männer des Gebets bereit waren, der Entweihung des Tempels noch entschiedener entgegenzutreten als nur durch das demonstrative Anlegen ihrer religiösen Gewänder und ihrer Zusammenkunft an der Mauer.

Der übrige Teil des Tempelbergs war ein deutliches Zeichen für die Effizienz der neuen Machthaber. Dutzende und Aberdutzende von Hilfskräften führten die carpathianischen Getreuen, oder zumindest die Furchtsamen, zu den Stationen, wo sie registriert und vorbereitet wurden und schließlich das Zeichen erhielten. Die meisten entschieden sich dafür, das Zeichen auf der Stirn zu tragen, viele wählten aber auch den rechten Handrücken.

Im Gegensatz zu dem, was Buck in Griechenland erlebt hatte, ging man hier nicht davon aus, dass sich irgendjemand in der Warteschlange gegen das Zeichen entscheiden würde. Inmitten der Zentren stand als Warnung eine funkelnde Guillotine. Zwei Henker saßen geduldig daneben. Drei Meter vor dem Fallbeil befand sich ein freistehender Rahmen mit einem daran aufgehängten Vorhang, so als wolle man den Hingerichteten diskret verbergen, nachdem das schreckliche Geräusch und das heruntersausende Fallbeil ihre abschreckende Wirkung getan hatten. Man wollte es scheinbar nicht übertreiben.

Nachdem das Zeichen auf Stirn oder Handrücken appliziert war, zeigten sich die Leute gegenseitig ihre Zeichen und posierten für Fotos. Dann wurden sie zu den nach Osten zeigenden Treppen des neuen Tempels geführt, wo das beeindruckende Standbild Carpathias auf der zweitobersten Ebene aufgestellt worden war. Der Tempel selbst war eine hervorragende Nachbildung von Salomos Originaltempel für Gott, von außen einfach, eigentlich bescheiden gegenüber der extravaganten Innenausstattung. Nur die feinsten Materialien waren verwendet worden: Zedern- und Olivenholz, überzogen mit Gold, Silber und Kupfer.

Das Bild Carpathias wirkte riesiger als Lebensgröße, aber so weit Buck gehört hatte, war es eine exakte Kopie von Carpathia. Dahinter befanden sich zwei frei stehende Säulen vor dem Eingang zum Tempel und Buck konnte eine scheinbar erst vor kurzem aufgestellte Plattform aus mit Gold überzogenem Holz erkennen.

„Carpathia lässt auch wirklich nichts aus“, sagte Chaim. „Das scheint eine Nachbildung des Podiums zu sein, von dem aus Salomo und der böse König Antiochus, ein Vorgänger des Antichristen, in den vergangenen Jahrhunderten zum Volk gesprochen haben.“

Viele fielen bei ihrem ersten Blick auf die goldene Statue, die das Sonnenlicht reflektierte, auf die Knie. Im Gegensatz zu den Warteschlangen vor den Zentren zur Verteilung des Loyalitätszeichens ging es hier schneller voran, da Dutzende von Menschen gleichzeitig die Stufen hinaufeilen und weinend, sich verneigend, betend und singend das Bild ihres Gottes anbeten konnten.

Chaims Abscheu war genauso groß wie die von Buck. Der ältere Mann wirkte entschlossener als zuvor, aber in seinem Verhalten lag keine Autorität. Und noch immer hinkte er. Buck wusste nicht genau, wie Chaim sich fühlte oder woher er wissen sollte, wann die Zeit gekommen war, sich als der Feind Carpathias zu offenbaren, aber je mehr er sah, desto weniger konnte Buck Haltung bewahren. Er erkannte, dass diese Menschen, sie alle, sich vor seinen Augen für Satan und die Trennung von Gott entschieden, und er war machtlos, etwas dagegen zu tun. Ihre Entscheidung war unwiderruflich und für immer.

Nach Bucks Schätzung würde es noch Stunden dauern, bis die Angestellten der Weltgemeinschaft Platz machten für die Zivilisten. Er fand eine kleine Mauer, auf der Chaim sich ausruhen konnte, und fragte ihn, ob er etwas essen wolle.

„Seltsamerweise nein“, erwiderte Rosenzweig. „Sie können essen. Ich würde jetzt nichts runterbringen.“

Buck holte einen Müsliriegel aus seiner Tasche und zeigte ihn Chaim. „Sind Sie sicher?“

Chaim nickte und Buck begann zu essen. Aber solange sich Tausende von Menschen voller Begeisterung anstellten, um ihr Schicksal zu besiegeln, konnte er das Essen nicht genießen. Er schluckte den letzten Bissen hinunter und suchte den Platz nach einem Wasserverkäufer ab. Plötzlich schob sich eine Wolke vor die Sonne und die Temperatur sank innerhalb von Sekunden rapide. Wie auf ein Stichwort brach jegliche Unterhaltung ab, und die riesige Menschenmenge starrte das Bild an, das zu wanken begann. Buck war davon überzeugt, dass er sich das nur einbildete.

Die Stimme war jedoch keine Einbildung. Sogar die Rabbiner an der Klagemauer hörten auf zu beten, obwohl sie die Statue nicht im Blickfeld hatten.

„Die hier versammelten Menschen sind nicht einmütig in ihrer Hingabe an mich!“, donnerte das Bild und erwachsene Männer fielen weinend auf ihr Angesicht. „Ich bin der Schöpfer des Himmels und der Erde, der Gott aller Schöpfung. Ich war und war nicht und bin wieder! Verneigt euch vor eurem Herrn!“ Selbst die Helfer bei der Verteilung des Loyalitätszeichens erstarrten.

Buck befürchtete, er und Chaim könnten entlarvt werden. Obwohl der alte Mann bestimmt genau so viel Angst hatte wie er, kniete auch er natürlich nicht vor der Erscheinung des Bösen nieder. Er zwang sich dazu, sich umzusehen, ob er vielleicht noch andere Gläubige entdeckte, und er war erstaunt, am hinteren Ende der Menge mehrere Reihen zu entdecken. Die Leute trugen Drillichanzüge; viele gingen leicht für Angestellte der Weltgemeinschaft durch. Sie gehörten sicherlich zur „Operation Adler“! Vermutlich hatten sie bei ihrer Ankunft in Jerusalem festgestellt, dass sich ihr Einsatz verzögerte, und sie wollten am Tempelberg bereitstehen, um bei der Evakuierung helfen zu können.

Buck hätte ihnen gern ein Zeichen gegeben, ihnen gewunken, seine Brüder und Schwestern umarmt. Aber wer wusste schon, wie weit der Schutz Gottes reichte? Die *Tribulation Force* war davon überzeugt, dass Chaim auf übernatürliche Weise beschützt werden würde, aber andere tapfere Gläubige waren für ihren Glauben und ihren Mut in den Tod gegangen.

„Die Entscheidung, die ihr heute trefft", brüllte das goldene Standbild, „ist eine Entscheidung zwischen Leben und Tod! Hütet euch, ihr, die ihr der Offenbarung eures wahren und lebendigen Gottes widersteht, der von den Toten auferstanden ist! Ihr, die ihr so töricht seid, euch an eure überholten, ohnmächtigen Mythologien zu klammern, werft die Ketten der Vergangenheit ab, sonst werdet ihr gewisslich sterben! Euer auferstandener Herrscher und König hat gesprochen!"

Die Sonne kam wieder zum Vorschein. Langsam erhoben sich die Menschen und immer mehr Touristen und Pilger stellten sich in der Warteschlange an. Buck war zornig und meinte, diese Unentschlossenen müssten beide Seiten hören, doch als er Chaim ansah, entdeckte er nichts als Passivität.

Es hatte ganz den Anschein, als könnte Rosenzweig seine Gedanken lesen, denn dieser warf ein: „Sie wissen um ihre Möglichkeiten. Kein Mensch kann daran zweifeln, dass es eine große Kluft zwischen Gut und Böse, Leben und Tod, Wahrheit und Falsch gibt. Dies ist die jahrtausendealte Schlacht zwischen dem Himmel und der Hölle. Es gibt keine Alternative, und niemand, der ehrlich ist, kann etwas anderes behaupten."

Nun, der alte Mann wusste auf jeden Fall, wie man Dinge zusammenfasste, aber er sprach noch immer mit der zaghaften, schwachen Stimme und dem ausgeprägten hebräischen Akzent, der Buck an jüdische Komödianten, Geschichtenerzähler oder schüchterne Gelehrte erinnerte – Letzteres war Dr. Rosenzweig ja auch tatsächlich. Buck wünschte sich, er könnte daran glauben, dass dieser bescheidene Mensch, der so liebenswert war, die Fantasie, die Herzen und die Sinne der Menschen fesseln möge.

Und doch war dies nicht Chaims Berufung. Er sollte gegen den Antichristen aufstehen, den Bösen, die Schlange, diesen alten Drachen, den Teufel. Er sollte Carpathia gegenübertreten und dem Volk Israel sagen, dass es Zeit war, in die Berge zu fliehen. Wen wollte Chaim denn mit seiner gleichgültigen Haltung zum Narren halten? Er war ein enger persönlicher Freund Carpathias gewesen, lange bevor Nicolai sich selbst zum Führer der Weltgemeinschaft ernannt hatte.

Chaim hatte den Mann sogar ermordet! Würde Chaim nicht sofort allein an seiner Stimme erkannt werden?

Das Ganze war wirklich ein unsinniges Unterfangen. Wenn es tatsächlich eine Million Juden in Israel gab, die an Jesus Christus als ihren Messias glaubten, dann waren sie bestimmt nicht bewaffnet. Carpathia würde sie niemals ziehen lassen! Mehr als 100 000 bewaffnete Loyalitätsüberwacher und Soldaten der Friedenstruppen hielten sich in der Stadt auf. Carpathias Arsenal an Truppentransportern, Panzern, Raketen, Raketenabschussrampen, Kanonen, Gewehren und Revolvern war der Öffentlichkeit bereits vorgeführt worden. Buck zuckte die Achseln. Nur Gott konnte dies vollbringen und das erleichterte die ganze Sache: Entweder man glaubte daran oder man tat es nicht.

Buck hatte schon vor langer Zeit beschlossen, daran zu glauben. Er musste ein Grinsen unterdrücken. Neben ihm ruhte nicht besonders bequem der zukünftige Führer von einer Million Menschen. Er konnte es kaum erwarten zu sehen, wie Gott das bewerkstelligen würde.

Mittlerweile hatten Tausende von Soldaten das Loyalitätszeichen erhalten. Sie zogen singend und jubelnd über den Platz. Ihre befehlshabenden Offiziere forderten sie auf, an ihren Posten und zu ihren Fahrzeugen zurückzukehren, und plötzlich herrschte auf dem Tempelberg wieder hektisches Treiben. Männer und Frauen der mittleren Führungsebene erinnerten über Megafon die Menschen, die gerade ihr Zeichen und ihren Chip erhalten hatten, daran, dass ihre geistliche Aufgabe für den Tag erst zur Hälfte erledigt war.

„Die Anbetung des Bildes ist nicht freiwillig!“, riefen sie. „Sie sind hier erst fertig, wenn Sie vor dem lebendigen, atmenden, sprechenden Bild Ihres Herrn niedergekniet haben.“

Es war nicht so, als würden sie versuchen, sich davor zu drücken, dachte Buck. Aber viele dieser Leute waren noch jung, begeisterungsfähig und voller Enthusiasmus für ihre Arbeit. Sie hatten die Manifestationen der Macht erlebt. Sie hatten den Potentaten gesehen. Sie wussten, dass Carpathias Inbesitznahme des Tempels von Jerusalem die gleiche Bedeutung hatte, als hätte er sich den Felsendom oder den Petersdom in Rom ausgesucht. Dieser Akt würde ihn ein für alle Male zum vermeintlich wahren Gott erklären. Und falls die bemitleidenswerte, geschwächte Widerstandsgruppe noch Mumm hatte, falls sie tatsächlich glaubte, es gäbe ein höheres Wesen als Seine Exzellenz, den Potentaten, wo war sie denn? Hatte sie den Mut, im Angesicht solcher überwältigender Beweise zu zeigen, wem ihre Loyalität galt?

Und nun verstummten die Feiernden wieder. Die Megafone wurden abgestellt. Die Aktivitäten erstarben. Carpathia erschien höchstpersönlich in seinem weißen Gewand und den goldenen Sandalen. Lächelnd stand er mit ausgebreiteten Armen eine Treppenstufe über seinem Standbild. Die Stille wich einem ohrenbetäubenden Jubel. Würde er zu ihnen sprechen? Würde er die Anbetenden berühren? Scheinbar hatten sich einige Besucher dieselben Fragen gestellt, denn sie erhoben sich langsam von den Knien und bewegten sich auf Carpathia zu. Er hielt sie mit einem Handzeichen auf und deutete zu der Warteschlange vor dem Zentrum zur Verteilung des Loyalitätszeichens.

Dort tauchten nun seine obersten militärischen Führer in ihrer Galauniform, mit weißen Handschuhen, breiten Epauletten, funkelnden Knöpfen und glänzenden Lederstiefeln auf. Ein eindrucksvolles Bild. Zwei Dutzend Männer und Frauen, mit hoch erhobenen Köpfen, in königlicher Haltung, marschierten zum Kopf der Warteschlange. Auf Kommando blieben sie stehen und nahmen ihre Uniformmützen ab.

Einer nach dem anderen ließ sich das Loyalitätszeichen auf die Stirn setzen. Mehrere entschieden sich sogar für das größte und dunkelste Tatoo, damit der Code für ihr Heimatland schon von weitem sichtbar war.

Nachdem die letzten ihr Zeichen erhalten hatten, marschierten die Mitglieder des Obersten Kabinetts heran. Den Abschluss bildeten Suhail Akbar, Walter Moon und Viv Ivins. Während die Militärführer auf der Tempeltreppe niederknieten und Carpathia und sein Bild anbeteten, warteten die Kabinettsmitglieder, bis alle ihr Zeichen erhalten hatten, und schritten gemeinsam weiter zum Anbetungsbereich.

Währenddessen stand Carpathia hoch über und neben der goldenen Statue und deutete auf diese demütige Loyalitätsbezeugung. Die versammelte Menge jubelte, als Akbar seine schwarze 42 auf der Stirn zeigte. Dann zeigte Moon seine 6. Viv Ivins kniete auf dem Pflaster nieder, während sie das Zeichen erhielt, dann erhob sie sich langsam und drehte sich um. Buck konnte ihre Nummer nicht erkennen, aber er wusste, dass ihr Geburtsland Rumänien zu den Vereinigten Carpathiatischen Staaten gehörte und dass auf ihrer Stirn die Zahl 216 zu lesen sein würde.

Feierlich marschierten die Kabinettsmitglieder zu den Tempelstufen, während sich die Militärführer entfernten. Nacheinander stiegen sie auf den Knien die Stufen hinauf, legten die Arme um die Füße der Statue. Carpathia beobachtete sie nacheinander und entließ sie, indem er ihnen die Hände auf den Kopf legte.

Viv Ivins blieb am Fuß der Treppe stehen. Die Menge schien den Atem anzuhalten, als sie die Schuhe auszog, den Saum ihres Rockes hochzog und langsam auf den Knien die Treppe hinaufrutschte. Ihre Strümpfe bekamen sofort Laufmaschen, aber die Menschen schienen vor Mitgefühl und Ehrfurcht vor ihrer Bereitschaft, sich in aller Öffentlichkeit zu demütigen, aufzustöhnen.

Als sie schließlich die dritte Treppenstufe von oben erreicht hatte, umarmte sie die Statue nur kurz, dann drehte sie sich zur Seite und stieg eine weitere Treppe hinauf. Dort legte sie sich flach auf den Boden und küsste Carpathias Füße. Er hob sein Gesicht zum Himmel, als könne er sich keine größere Huldigung vorstellen. Nach einiger Zeit bückte er sich und wollte ihr aufhelfen, doch sie nahm seine Hände und küsste sie. Dann griff sie in eine Tasche und holte ein Fläschchen heraus – Buck nahm an, dass es sich um Parfüm handelte – und goss es über Nicolais Schuhe.

Und wieder heuchelte Carpathia demütige Ergriffenheit. Er zuckte die Schultern. Schließlich half er Miss Ivins auf die Beine, wobei er darauf achtete, dass sie eine Stufe unter ihm stand, dann drehte er sie zur Menge um und ließ die Hände auf ihren Schultern liegen.

Als der Jubel erstarb, verkündete Carpathia: „Ich werde persönlich von einem sicheren Aussichtspunkt aus zusehen – die ganze Nacht, wenn es sein muss –, bis der letzte treue Bürger Jerusalems das Loyalitätszeichen entgegengenommen und mein Bild angebetet hat. Und morgen Mittag werde ich meinen neuen Thron in meinem neuen Haus besteigen. Ich werde neue Zeremonien einführen, und Sie werden die ‚Freundin' wieder sehen, die mich auf der Reise so lange es ging begleitet hat. Die Anbetung wird der Hohepriester des Carpathianismus leiten."

Nicolai winkte der Menge zum Abschied noch einmal zu, und die Warteschlangen setzten sich wieder in Bewegung.

„Ich bin müde", sagte Buck. „Wollen wir zum Hotel zurückkehren, uns ausruhen, beten und uns auf morgen vorbereiten?"

Chaim schüttelte den Kopf. „Sie können gehen, mein Freund. Ich habe das Gefühl, dass der Herr mich hier haben will."

„Hier?"

Chaim nickte.

„Dann bleibe ich bei Ihnen", bestimmte Buck.

„Nein, Sie brauchen Ihre Ruhe."

„Wie lange werden Sie bleiben?"

„Ich werde bis zur Konfrontation hier bleiben."

Buck schüttelte den Kopf und beugte sich vor. „Wird das vor oder nach der Entweihung sein?"

„Das hat Gott mir noch nicht gesagt."

„Chaim, ich kann Sie nicht verlassen. Was ist, wenn etwas passiert?" Der alte Mann winkte ab. „Ich kann nicht, Chaim! Wie könnte ich Sie über Nacht hier allein lassen? Das würde ich mir nie verzeihen!"

„Was verzeihen?"

„Alles! Sie sitzen hier, bis das letzte Zeichen verteilt wurde, und es wird offensichtlich sein, dass Sie es nicht haben. Ich habe Grund zu der Annahme, dass Carpathia die Vorgänge tatsächlich beobachten wird. Er schläft nicht mehr, Chaim. Er wird es wissen."

„Er wird es sowieso bald genug erfahren, Cameron. Gehen Sie jetzt. Ich bestehe darauf."

„Ich muss das mit den anderen klären. Das ist Wahnsinn."

„Wie bitte? Cameron, Sie glauben doch, dass Gott mich für diese Aufgabe auserwählt hat?"

„Natürlich, aber –"

„Er sagt mir, ich solle bleiben und mich vorbereiten. Allein."

Buck holte sein Handy heraus. „Lassen Sie mich nur –"

„Ich werde die Verantwortung für die Konsequenzen übernehmen. Ich habe meine Inspiration in meiner Tasche. Die junge Frau, die vorbildhaft den ultimativen Gehorsam gezeigt hat, hat mir einmal persönlich Mut gemacht, obwohl sie Gott noch nicht so lange kannte wie ich. Sie gehen jetzt zurück zum Hotel, ruhen sich aus und beten für mich."

„Das hat Gott Ihnen auch gesagt?"

Chaim lächelte traurig. „Nicht in so vielen Worten, aber ich sage Ihnen das."

Buck wusste nicht mehr weiter. Sollte er so tun, als würde er gehen, und dann irgendwo Beobachtungsposten beziehen? Das hatte er schon einmal getan. Ganz in der Nähe dieser Stelle hatte er gesehen, wie die beiden Zeugen auferstanden und in den Himmel aufgefahren waren.

„Ich sehe, wie sich Ihre Gedanken überschlagen", meinte Chaim. „Tun Sie, was ich sage. Wenn es wahr ist, dass diese Aufgabe mir zugewiesen wurde, muss ich doch auch die alleinige Führungsverantwortung tragen."

„Nur für eine Million Menschen."

„Aber nicht für Sie?"

„Ich bin kein messianischer Jude, Sir. Ich gehöre nicht zum Volk Israel."

„Aber bestimmt sollten Sie doch jemandem gehorchen, der die Verantwortung für so viele Menschen trägt."

„Ich kann Ihrer Logik nicht folgen."

„Ach, Cameron! Wenn dies etwas mit Logik zu tun hätte, was würde ich dann hier machen? Sehen Sie mich an! Ich bin ein alter Mann, ein Wissenschaftler. Ich sollte irgendwo in einem Schaukelstuhl sitzen. Aber hier stehe ich, und wenn ich in den Spiegel schaue, dann sehe ich nur einen mir Fremden, der Gott sagt, er habe einen Fehler begangen. Aber er will einfach nicht zuhören. Er ist noch eigensinniger als ich. Er gebraucht die Einfältigen, um die Klugen zu verwirren. Seine Wege sind nicht unsere Wege. Die Unlogik seiner Entscheidung für mich zwingt mich zu einer widerwilligen Annahme, dass es wahr sein muss. Bin ich bereit? Nein. Bin ich willig? Vielleicht. Nach heute Nacht muss ich vorangehen, ob ich will oder nicht. Glaube ich, dass er vor mir hergehen wird? Das muss ich."

Buck hatte den Eindruck, mit Chaim allein in einem Meer von Menschen zu stehen. Buck trommelte nervös mit dem Fuß auf das Pflaster. „Chaim, ich –"

„Cameron, ich möchte Sie bitten, mich ‚Micha' zu nennen."

„Micha?"

Chaim nickte.

„Das verstehe ich nicht."

„Ich bin nicht so töricht, mich Mose zu nennen, und meinen richtigen Namen werde ich Nicolai erst offenbaren, wenn Gott es will."

„Dann werden Sie ihm also sagen, Sie seien Micha? Warum nicht Tobias Rogoff? Zeke hat Ihnen doch Ausweispapiere auf diesen Namen ausgestellt, und –"

„Denken Sie darüber nach, dann werden Sie es verstehen."

„Soll ich meinen falschen Pass mitbringen? Für mich haben Sie doch keinen neuen Namen, oder?"

„Sie werden keinen Namen brauchen."

„Sie sind sich Ihrer Sache aber sehr sicher."

„Es gibt nichts, dass ich mit größerer Sicherheit weiß."

„Ich bringe meinen Ausweis also nicht mit."

„Ihre Papiere weisen Sie als Jack Jensen aus. Sollte das überprüft werden, wird Ihr Name in den Rängen der Friedenstruppen zu finden sein. Wie wollen Sie einem Korporal der Weltgemeinschaft erklären, dass Sie dem Führer der Opposition helfen?"

„Ich komme also ohne Papiere, und wenn die wissen wollen, wer ich bin, werde ich zum Vagabunden gemacht."

„Ich werde Sie als meinen Assistenten ausgeben, und das wird sie zufrieden stellen."

Buck wandte den Blick ab. „Ich mochte Sie lieber, als Sie noch nicht so selbstsicher waren."

„Und, Cameron", sagte Chaim, „Sie sind ein Vagabund. Das sind wir alle. Wir sind Fremde auf dieser Welt, so heimatlos, wie man nur sein kann."

Buck vergrub die Hände tief in der Tasche. Er konnte es nicht fassen. Der alte Mann hatte ihn überzeugt. Er würde seinen alten Freund über Nacht allein mit dem Feind lassen. Was war nur los mit ihm?

„Micha?" Mehr brachte er nicht heraus.

„Sie gehen", bestimmte Chaim. „Sprechen Sie mit unseren Gefährten und mit Ihrer Familie. Und denken Sie über meinen neuen Namen nach. Es wird Ihnen schon aufgehen."

6

Die Spätnachmittagssonne malte interessante Schatten auf die atemberaubende Architektur Petras. David holte einen Pullover und legte ihn sich über die Schultern, als er von der heidnischen Opferstätte zu einer der bemerkenswertesten Städte herabstieg, die je erbaut worden waren.

Die unterschiedlichen Gebäude, Gräber, Schreine und Versammlungsplätze waren Tausende von Jahren zuvor aus dem auffallend roten Sandstein gehauen worden, und obwohl die frühe Geschichte nicht historisch belegt war, war dieser Ort im 18. Jahrhundert zu einer Touristenattraktion geworden. David fragte sich, wie die neuen Bewohner eines solch surrealen Ortes sich aus Stein Bequemlichkeit schaffen würden. Tsion hatte gesagt, Gott habe versprochen, Nahrung vom Himmel zu senden, und die Kleider würden nicht verschleißen, aber wie würden die Menschen ohne die Annehmlichkeiten der modernen Welt zurechtkommen?

Die Stadt erstreckte sich über ein großes Areal, viele ihrer berühmten Gebäude – die Schatzkammer des Pharao, das 5 000 Menschen fassende Amphitheater, die verschiedenen Grabstätten – waren durch ein System von Gängen und Tunneln miteinander verbunden. Sie waren von den unterschiedlichen Zivilisationen in dieser Stadt immer wieder verschüttet und neu erbaut worden.

Da David mit dem Hubschrauber hergekommen war, musste er zur Hauptebene heruntersteigen, um den einzigen Eingang in die Stadt zu finden. Zu beiden Seiten erhoben sich die Felsen an einigen Stellen bis zu 100 Meter hoch und der Weg war manchmal kaum zwei Meter breit. Kein Wunder, dass die meisten Besucher auf Kamelen, Eseln oder Pferden hergeritten kamen. Durch die „Operation Adler“ würden die meisten Neuankömmlinge jedoch eingeflogen werden, weil die Gefahr, getötet zu werden, für die eine Million flüchtender Israelis zu groß war, wenn sie den gut eine Meile langen und sehr schmalen Pass zu Fuß würden überqueren müssen.

David konnte verstehen, warum diese Stadt vor Tausenden von Jahren eine ideale Verteidigungsstellung gewesen war. Tsion hatte erklärt, dass die Edomiter, die diese Stadt zur Zeit Moses bewohnt hatten, sich geweigert hätten, die Israeliten hindurchziehen zu lassen. Aber in dieser modernen Zeit konnte nur ein Wunder unbewaffnete unschuldige Menschen vor einem Angriff aus der Luft schützen. Ohne die Hand Gottes konnte dieser Ort sogar sehr leicht zu einem Hinterhalt werden.

In Davids Leben ging es nicht mehr um Komfort und Bequemlichkeit. Und er hatte vergessen, was Freizeit war. Bis zur Wiederkunft Christi fand sein Leben dort statt, wo etwas los war, wo Wunder an der Tagesordnung waren. Davids Volk würde in dieser Stadt wohnen, und sie würden vor Krankheit und Tod bewahrt bleiben, abgeschirmt gegen ihre Feinde, bis der Messias sie befreite. Wenn dies mitzuerleben bedeutete, dass man sein Lager auf einem Stein aufschlug, dann war das ein geringer Preis.

David achtete darauf, dass sein Laptop genügend Sonnenenergie gespeichert hatte, damit er während der Nacht in der Höhle betriebsbereit bleiben konnte. In der Einsamkeit auf dem Gipfel der einzigen Welt, die er von jetzt an sehen würde, waren das Lesen von Tsions Ausführungen über die Pläne des Antichristen, das Anhören der von Carpathia manipulierten Nachrichten und die Kommunikation mit seinen Brüdern und Schwestern Davids einzige Verbindung zur Außenwelt.

In den folgenden 24 Stunden würden die ersten Flüchtlinge eintreffen. Dann würde er mehr Gesellschaft haben, als ihm lieb war. Wie eine Million Menschen auf diesem zugegebenermaßen großen Areal der Stadt aus Stein unterkommen sollten, war ein Problem, das nur Gott lösen konnte. David hatte gelernt, sich nicht zu wundern und nicht in Frage zu stellen, sondern zu beobachten und zu staunen.

Nachdem Buck sich bei den anderen gemeldet und versucht hatte zu erklären, warum er Dr. Rosenzweig allein gelassen hatte, verbrachte er den Abend im Hotel „König David“. Chaims Bibel lag aufgeschlagen vor ihm, während er sich im Fernsehen die Berichte über den Tag ansah. Er las das Buch des Propheten Micha durch, erkannte Parallelen zwischen dem Jerusalem von damals und dem heutigen, und er bemerkte die Hinweise auf Mose. Ganz klar wurde in dem Buch die Strafe Gottes vorhergesagt, aber Buck kannte sich im Bereich der Theologie nicht genug aus, um ihre Bedeutung für Chaim zu erkennen. Die Prophezeiungen schienen sich mehr mit dem ersten Kommen Christi zu beschäftigen als mit der Entrückung oder dem zweiten Kommen, aber vielleicht hatte Chaim vor, einige der Worte und Wendungen in seiner Auseinandersetzung mit Carpathia zu verwenden.

In den Nachrichten wurden in erster Linie Wiederholungen der Ereignisse des Tages gezeigt, aber zumindest wurde über Hatties Tod nicht wie in der Livereportage gespottet. Zwar hatte man sie noch nicht identifiziert – der Tod einer Frau, die bereits als tot galt, gab den Leute von der Weltgemeinschaft sicherlich ein großes Rätsel auf, doch niemand konnte leugnen, dass sie gestorben war, weil sie den Mut gehabt hatte, dem Herrscher dieser Welt entgegenzutreten. Die Weltgemeinschaft stellte es natürlich nicht so dar, sondern prahlte mit dem Zwischenfall als Beweis für die Wahrhaftigkeit der Ansprüche Carpathias als Gottheit und als Bestätigung von Fortunatos Rolle als sein Prophet.

Buck war so erschöpft, dass er nicht einschlafen konnte. Aber während er in der Dunkelheit an die Decke starrte und es kaum erwarten konnte, am kommenden Morgen auf den Tempelberg zurückzukehren, dachte er über Dr. Rosenzweigs Forderung nach, „Micha“ und nicht mehr „Chaim“ genannt zu werden. Die Namen verschwammen ihm vor seinem inneren Auge, und er schlief ein.

Am Nachmittag druckte Dr. Tsion Ben-Judah die Botschaft aus, die er auf der populärsten Website in der Geschichte der Menschheit veröffentlichen wollte. Er bat Ming und Chloe, sie für ihn noch einmal durchzusehen. Sie setzten sich zusammen und begannen zu lesen.

„An alle, die an Jesus Christus, den Messias und unseren Herrn und Heiland, glauben und an die Neugierigen, die Unentschlossenen und die Feinde unseres Glaubens:

Mittlerweile ist klar geworden, dass Nicolai Carpathia, der sich selbst Herrscher dieser Welt nennt und den ich (in der Autorität der Heiligen Schrift) als Antichrist identifiziert habe, gemeinsam mit seinem falschen Propheten Leon Fortunato (der jetzt den gewagten Titel ‚Hoherpriester des Carpathianismus‘ trägt), die Entweihung des Tempels plant, wie es in der Bibel angekündigt wird.

Auch dieses Ereignis ist wie jede seiner anderen Intrigen, die, wie er glaubt, seiner eigenen Kreativität entspringen, im unfehlbaren Wort Gottes vorhergesagt. Im Alten Testament schrieb der Pro-

phet Daniel: ‚Der König tut, was er will. Er wird übermütig und prahlt gegenüber allen Göttern, auch gegenüber dem höchsten Gott führt er unglaubliche Reden ...'
Der Prophet hat ebenfalls vorhergesagt: ‚Viele werden niedergezwungen; nur Edom ... entgeht ihm.' Und dort, liebe Freunde, liegt Petra. Leider wird Ägypten seiner Hand nicht entkommen. ‚Er streckt seine Hand nach den Ländern aus; auch für Ägypten gibt es keine Rettung. Er wird Herr über die Schätze von Gold und Silber und über alle Kostbarkeiten Ägyptens. Libyer und Kuschiter leisten ihm Gefolgschaft.'
Der Antichrist hat bereits begonnen, die Prophezeiung zu erfüllen, dass er ‚in großem Zorn' auszieht, ‚um viele zu vernichten und auszurotten'. Glücklicherweise geht er eines Tages seinem Ende zu, ‚und niemand ist da, der ihm hilft'.
Es wird ebenfalls prophezeit, dass Michael ‚in jener Zeit' auftritt. Er wird beschrieben als der ‚große Engelfürst, der für die Söhne deines Volkes eintritt', womit der Überrest Israels gemeint ist, die Juden, die wie ich selbst zu der Erkenntnis gekommen sind, dass Jesus der Messias ist. Preis sei Gott, Daniel sagt ebenso voraus, dass das Volk in jener Zeit errettet werden wird, ‚jeder, der im Buch verzeichnet ist'.
Sie wissen aus meinen früheren Auslegungen, dass mit dem Buch das Buch des Lebens des Lammes gemeint ist, in dem diejenigen verzeichnet sind, die ihr Vertrauen auf Jesus Christus gesetzt haben. Zwar kann ich jetzt nicht näher darauf eingehen, aber auf Grund einer göttlichen Erfahrung, die ein Bruder erst kürzlich gemacht hat, glaube ich, dass der Erzengel Michael Wache hält und dass die Befreiung nahe ist.
Jesus selbst bezog sich auf die Prophezeiungen Daniels, als er vor den ‚unheilvollen Gräueln' an heiligem Ort warnte. Ich glaube, dass er von der vom Antichristen geplanten Entweihung des Tempels sprach.
Viele waren vor der Entrückung der Gemeinde verwirrt und glaubten, der 2. Brief des Apostels Paulus an die Thessalonicher würde sich auf dieses Ereignis beziehen, als er von der ‚Ankunft Jesu Christi, unseres Herrn, und unsere Vereinigung mit ihm' schrieb. Wir können uns freuen, weil jetzt klar ist, dass Paulus von der herrlichen Wiederkunft spricht. Paulus schreibt: ‚Lasst euch durch niemand und auf keine Weise täuschen! Denn zuerst muss der Abfall von Gott kommen und der Mensch der Gesetzwidrigkeit erschei-

nen, der Sohn des Verderbens, der Widersacher, der sich über alles, was Gott oder Heiligtum heißt, so sehr erhebt, dass er sich sogar in den Tempel Gottes setzt und sich als Gott ausgibt.'
Unsere Hoffnung liegt in der Verheißung, dass der ,gesetzwidrige Mensch allen sichtbar werden' wird. ,Jesus, der Herr, wird ihn durch den Hauch seines Mundes töten und durch seine Ankunft und Erscheinung vernichten. Der Gesetzwidrige aber wird, wenn er kommt, die Kraft des Satans haben. Er wird mit großer Macht auftreten und trügerische Zeichen und Wunder tun. Er wird alle, die verloren gehen, betrügen und zur Ungerechtigkeit verführen; sie gehen verloren, weil sie sich der Liebe zur Wahrheit verschlossen haben, durch die sie gerettet werden sollten.'
Wir fragen uns oft, warum sich nicht alle für Christus entscheiden, wenn die Wahrheit jetzt so klar ist. Der Grund dafür ist eben diese Verführung. Die Menschen haben sich, wie Paulus schreibt, ,der Liebe zur Wahrheit verschlossen'. Er schreibt weiter: ,Darum lässt er sie der Macht des Irrtums verfallen, sodass sie der Lüge glauben; denn alle müssen gerichtet werden, die nicht der Wahrheit geglaubt, sondern die Ungerechtigkeit geliebt haben.' Können Sie sich das vorstellen? Es gibt Menschen, die die Wahrheit kennen, die wissen, dass sie verloren sind, und doch freuen sie sich an der Sünde! Eine Warnung, falls Sie dazu gehören: Wegen Ihrer Rebellion hat Gott Ihr Herz vielleicht bereits verhärtet, sodass Sie Ihre Meinung gar nicht mehr ändern können, selbst wenn Sie das wollten.
Nach meiner Ansicht handelt es sich bei dem Folgenden eindeutig um eine Beschreibung der beiden, die die Seele von jedem Mann und jeder Frau stehlen: ,Die Menschen warfen sich vor dem Drachen nieder, weil er seine Macht dem Tier gegeben hatte; und sie beteten das Tier an und sagten: Wer ist dem Tier gleich und wer kann den Kampf mit ihm aufnehmen? Und es wurde ermächtigt, mit seinem Maul anmaßende Worte und Lästerungen auszusprechen; es wurde ihm Macht gegeben, dies zweiundvierzig Monate zu tun. Das Tier öffnete sein Maul, um Gott und seinen Namen zu lästern, seine Wohnung und alle, die im Himmel wohnen. Und es wurde ihm erlaubt, mit den Heiligen zu kämpfen und sie zu besiegen. Es wurde ihm auch Macht gegeben über alle Stämme, Völker, Sprachen und Nationen. Alle Bewohner der Erde fallen nieder vor ihm: alle, deren Namen nicht seit der Erschaffung der Welt eingetragen sind ins Lebensbuch des Lammes, das geschlachtet wurde.'

Was könnte klarer sein? Wenn Sie zu Christus gehören, können Sie sicher sein, dass Sie die Ewigkeit mit Gott verbringen, trotz allem, was wir in den kommenden dreieinhalb Jahren zu erdulden haben. Wenn Sie noch unentschlossen sind, flehe ich Sie an, Ihre Entscheidung zu treffen, solange Sie dazu noch in der Lage sind. Das Herz so vieler Menschen wurde bereits von Gott verhärtet, eine Erkenntnis, die vielleicht dem widersprechen wird, was wir einst von ihm glaubten. Dies ist die Gefahr, die Sie eingehen, wenn Sie eine Entscheidung für Christus aufschieben.

Eines Tages wird Gott mir hoffentlich die Gelegenheit geben, persönlich zu den israelischen Gläubigen zu sprechen, die schon bald in Sicherheit gebracht werden sollen, an einen Ort, an dem der Antichrist ihnen nichts anhaben kann. Ich bitte Sie darum zu beten, während die letzten Ereignisse die zweite Hälfte der Trübsalszeit einläuten, bevor unser Herr dann in Herrlichkeit wiederkommen wird.

Ihr Freund in Christus,
Tsion Ben-Judah"

Tsion freute sich, dass die beiden Frauen nach dem Lesen noch miteinander flüsterten. Er räusperte sich und blickte auf die Uhr.

„Ming hat eine wundervolle Idee, Tsion", sagte Chloe. „Sie denkt, ihr Bruder könnte sich in den Sender der Weltgemeinschaft hineinhacken und Nicolais nächster Botschaft an die Welt Ihre Lehre gegenüberstellen."

„Was, meine Botschaft auf den Bildschirm bringen?"

„Nein", widersprach Ming. „Sie selbst. Live. Im Wesentlichen würden Sie seiner Aussage widersprechen."

„Aber wie?"

„Ich werde mit Chang reden, aber die kleine Webcam über Ihrem Monitor, mit der Sie Ihr Bild an die Mitglieder der *Tribulation Force* übermitteln, die sich gerade nicht in Chicago aufhalten, könnte ebenfalls zur Übertragung im Fernsehen verwendet werden."

„Aber würden wir damit nicht riskieren, Hinweise auf unseren Aufenthaltsort zu geben?"

„Wir würden natürlich dafür sorgen, dass das nicht passiert."

„Ist das denn nicht eher Dr. Rosenzweigs Bereich?", wandte Tsion ein. „Sollte er nicht derjenige sein, der dem Antichristen entgegentritt?"

„Das wird er vermutlich auch", meinte Chloe. „Die Auseinandersetzung dieser beiden wird sowieso im internationalen Fernsehen gezeigt werden."

„Und wofür werde ich dann noch gebraucht?"

„Wenn die Flucht nach Petra erst einmal begonnen hat, wird Nicolai gegen Sie und uns so genannte Judahiten hetzen. Aber wir wären ihm immer einen Schritt voraus. Wenn Chaim nicht mehr da ist, um ihm persönlich zu widersprechen, können Sie das über seinen eigenen Fernsehsender tun", schlug Ming vor.

Wortlos nahm Tsion das Manuskript entgegen und gab einige Befehle in seinen Rechner ein, um es ins Internet zu stellen. „Mir gefällt die Art, wie Sie denken, Mrs. Toy", sagte er.

„Mir auch", meinte Chloe. „Ich wünschte nur, Sie hätten Hatties Namen nennen oder sagen können, dass sie Mitglied der *Tribulation Force* war."

„Ich wollte nicht verraten, dass wir Leute dort unten haben, obwohl ich sicher bin, dass die Weltgemeinschaft dies bereits vermutet."

„Und doch haben Sie Petra namentlich genannt, Tsion", meinte Chloe.

Der Rabbi legte die Hand erschrocken an den Mund. „Oh nein, wirklich?"

„Ich wollte Sie noch darauf aufmerksam machen, bevor Sie es losschicken", entschuldigte sich Chloe.

„Darum wollte ich ja, dass ihr es noch mal lest."

„Es tut mir Leid, Tsion. Ich dachte, Sie hätten einen Grund dafür."

„Das ist nicht deine Schuld", beruhigte er sie und ließ sich auf einen Stuhl sinken. „Was habe ich mir nur dabei gedacht?"

Als Rayford aufwachte, ging gerade die Sonne auf. Er hatte in den vergangenen Stunden nachgedacht und eine Entscheidung getroffen. Lea und Hannah hatten eine mobile Sanitätseinheit zusammengestellt, aus diesem Grund würde Lea noch eine weitere Aufgabe übernehmen und die durchreisenden Israelis überprüfen können. Das bedeutete, dass Rayford in Mizpe Ramon nicht unbedingt gebraucht würde. Sicher wäre er im Augenblick am Steuerknüppel eines Hubschraubers von größerem Nutzen.

In Windeseile zog er sich an. Auf der Landebahn herrschte bereits hektisches Treiben. Die Sonne lugte gerade hinter dem Horizont hervor, und Rayford dachte daran, dass es nicht mehr lange dauern würde, bis er und seine Gefährten anfangen würden, die Tage bis zum

Ende, zum wirklichen Ende, bis zur Wiederkunft Jesu und dem Tausendjährigen Reich zu zählen. Natürlich würde vorher noch vieles geschehen, aber die Schwindel erregenden Ereignisse der vergangenen Wochen, die regelrecht an den Menschen vorübergerast waren, würden noch vor dem letzten Gericht Gottes vor der Schlacht von Armageddon in eine wundervolle Ruhepause übergehen. Dann würden die Geschehnisse wieder ihren Lauf nehmen. Wie sehr freute er sich auf wenigstens eine kleine Ruhepause zwischen den Krisen. Rayford kämmte sich das Haar zurück und setzte seine Kappe auf. Die kommenden Tage würden darüber entscheiden, ob er und seine Freunde bis zum Ende überleben würden.

Buck stand unter der Dusche und ließ das Wasser so heiß über sich fließen, wie er es ertragen konnte. Doch scheinbar war im Hotel „König David" eine Regulierung eingebaut, denn nach ein paar Minuten wurde das Wasser zuerst lauwarm, dann kalt. Da Personal und Energie knapp waren, mussten sie sich augenscheinlich auf diese Weise behelfen.

Buck steckte gerade so viel Geld ein, wie er brauchte, um den Wagen vollzutanken. Chaims Rat folgend, ließ er seine Brieftasche und seinen Pass im Zimmer zurück. Einen Parkplatz zu finden war noch schwieriger als am Tag zuvor, und er musste eine halbe Meile weit laufen, bis er endlich die Straße erreichte, an der noch zu beiden Seiten die verlassenen Militärfahrzeuge standen.

Trotz der frühen Morgenstunde herrschte bereits ansehnlicher Betrieb auf dem Tempelberg. Riesige Fernsehmonitore hingen an jedem Aussichtspunkt, und die Menschen, die auf die für den Mittag angesetzten Festlichkeiten warteten, vertrieben sich die Zeit, indem sie die Sendungen des GC Networks verfolgten, und winkten, wann immer sie sich selbst auf dem Bildschirm entdeckten.

Zu Bucks großer Erleichterung erspähte er Chaim sofort. Dieser saß nicht weit von der Stelle entfernt, an der die beiden Zeugen gesessen hatten, wenn sie sich vom Predigen ausruhten. Buck eilte zu ihm hinüber. Mit übereinandergeschlagenen Beinen saß der alte Mann da und starrte in den Himmel

„Guten Morgen Chaim", grüßte er ihn, aber sein Gegenüber ignorierte ihn. „Tut mir Leid", fügte Buck schnell hinzu. „Micha."

Chaim lächelte unmerklich und wandte sich ihm zu. „Cameron, mein Freund."

„Haben Sie etwas gegessen?“

„Ich bin noch immer nicht hungrig“, erwiderte Chaim.

„Bemerkenswert.“

„Gott ist gut.“

„Und hat er Sie ermutigt, gestärkt, bevollmächtigt?“, fragte Buck.

„Ja, ich bin bereit.“

Seine Worte klangen jedoch alles andere als mutig. Im Gegenteil, er wirkte sogar noch müder als am Tag zuvor. „Haben Sie geschlafen?“, fragte Buck.

„Nein, aber ich habe geruht.“

„Wie funktioniert das?“

„Es gibt nichts Besseres als das Ruhen im Herrn“, erklärte Chaim, als habe er sein ganzes Leben lang nichts anderes getan.

„Und was geschieht nun?“, fragte Buck. „Wie sieht der Plan aus?“

„Gott wird es uns zeigen. Er offenbart mir nur, was ich wissen muss und wann ich es wissen muss.“

„Unglaublich.“

„Höre ich da eine Spur Sarkasmus aus Ihren Worten heraus, Cameron?“

„Ich bekenne mich schuldig. Ich plane gern alles bis ins Detail.“

Chaim griff nach Bucks Hand und erhob sich unsicher. Er stöhnte, als seine Gelenke knackten. „Aber dies ist weder mein Plan noch mein Projekt, Sie verstehen.“

„Ich denke schon. Wir stehen also einfach herum und warten?“

„Oh nein, Cameron. Nicht einmal ich habe die Geduld, bis zum Mittag zu warten.“

„Und wenn Carpathia erst dann in Erscheinung tritt?“

„Ein Aufruhr wird ihn schon aus seinem Loch treiben.“

Buck fand das faszinierend, aber dieser zerbrechliche alte Mann sah kaum so aus, als könne er etwas bewirken. Erwartete er etwa, dass Buck etwas unternahm? Ohne Papiere? Ohne das Loyalitätszeichen? Buck war bereit, aber er wusste noch nicht, was er von Chaims Urteilsvermögen halten sollte.

„Wann haben sie aufgehört, das Zeichen zu verteilen?“, fragte Buck.

„Sie haben gar nicht aufgehört. Sehen Sie, zwei Reihen dort drüben bleiben offen, aber es scheint, dass die eine Vergabestelle geschlossen wird, obwohl noch so viele Menschen warten. Sie haben heute Morgen nichts bemerkt, Cameron?“

„Etwas bemerkt?“

„Den Unterschied zwischen heute und gestern."

Buck sah sich um. „Die Menge ist größer und alle waren früher auf den Beinen. Die Militärfahrzeuge stehen noch immer vor der Altstadt. Aber warum schließen sie eine Vergabestelle, wenn noch Menschen warten? Und warum sind sie gestern nicht fertig geworden? Sind noch mehr Menschen aufgetaucht?"

„Und Sie wollen Journalist sein!"

„Also gut, Sie haben gewonnen. Was habe ich übersehen?"

„Sie haben es selbst gesagt. Die Fahrzeuge stehen noch da."

„Ach ja? Eine Demonstration der Stärke. Vermutlich rechnet Carpathia heute mit Opposition."

„Aber sie würden doch nicht gehen und dann wiederkommen", wandte Chaim ein. „Denken Sie, diese Soldaten hätten in den Fahrzeugen geschlafen? Das brauchen sie gar nicht. Es gibt Unterkünfte, Quartiere, in denen sie sich aufhalten können."

„Und das heißt ...?"

„Wie viele Soldaten haben Sie heute bei den Fahrzeugen gesehen?"

„Um ehrlich zu sein, Chaim, äh, Micha, ich war so darauf konzentriert, Sie zu finden und mich von Ihrem Wohlergehen zu überzeugen, dass ich nicht darauf geachtet habe. Ich war zu sehr in Eile."

„Bestimmt. Und jetzt schauen Sie mal nach dort drüben: Sie weisen die Wartenden der noch geöffneten Reihe zu."

„Und vermutlich wissen Sie auch den Grund dafür."

„Natürlich", erwiderte Chaim.

„Und Sie sind nicht einmal Journalist. Aber trotzdem werden Sie es mir sagen."

„Sie haben diese Reihe aus demselben Grund geschlossen, aus dem sich heute auf dem Tempelberg Zivilisten tummeln und keine Angehörigen der Weltgemeinschaft."

Buck wirbelte herum und ließ seinen Blick über den gesamten Bereich schweifen. „Allerdings. Wo stecken sie nur?"

„Sie leiden. Schon bald wird es ihnen so schlecht ergehen wie dem armen Mr. Fortunato, der sich so elend fühlt, dass er beinahe dem Tode nahe ist. Wie unglaublich findig von unserem Herrn, jemandem die Idee zu geben, dass die Angehörigen der Weltgemeinschaft zuerst das Zeichen annehmen sollen. Sie haben das Zeichen des Tieres erhalten und sein Bild angebetet. Und jetzt sind sie Opfer der Prophezeiung aus Offenbarung, Kapitel 16, Vers 1 und 2."

„Die Plage der Geschwüre!", flüsterte Buck.

Chaim blickte ihn bedeutungsvoll an, dann setzte er sich in Bewegung und trat in einen offenen Bereich. Buck stolperte und wäre beinahe gefallen, so verblüfft war er von den tiefen Tönen, die aus der Kehle des zierlichen Mannes kamen. Chaims Stimme war so laut, dass alle inne hielten und herüberstarrten. Buck musste sich die Ohren zuhalten.

„‚Dann hörte ich'", rief er, „‚wie eine laute Stimme aus dem Tempel den sieben Engeln zurief: Geht und gießt die sieben Schalen mit dem Zorn Gottes über die Erde! Der erste ging und goss seine Schale über das Land. Da bildete sich ein böses und schlimmes Geschwür an den Menschen, die das Kennzeichen des Tieres trugen und sein Standbild anbeteten.'"

Die Menschen, die auf dem Tempelberg herumschlenderten, blieben stehen und erschraken bei der durchdringenden Stimme. Buck staunte über Chaims Haltung. Der alte Mann stand gerade und wirkte größer, seine Brust wölbte sich, wenn er zwischen den Sätzen einatmete. Seine Augen funkelten, sein Kiefer war angespannt und er gestikulierte mit geballten Fäusten.

Jetzt begannen die Neugierigen, sich um den alten Mann in dem braunen Gewand zu versammeln. „Was?", fragte jemand. „Was sagst du?"

„Wer Ohren hat zu hören, der höre! Der Gott des Himmels hat den Menschen der Sünde gerichtet, und diejenigen, die sein Zeichen angenommen und sein Bild angebetet haben, sind heimgesucht worden!"

„Verrückter alter Narr!", rief ein anderer. „Du wirst noch getötet werden!"

„Bevor du weißt, wie dir geschieht, werden wir deinen Kopf rollen sehen, alter Mann!"

Buck hatte den Eindruck, dass Chaims Stimme noch lauter wurde, falls das überhaupt möglich war. Er brauchte keinen Verstärker, denn es war offensichtlich, dass alle Menschen auf dem Berg ihn hören konnten. „Niemand wird es wagen, die Hand gegen den Auserwählten des Herrn zu erheben."

Die Leute lachten. „Du bist ein Auserwählter? Wo ist dein Gott? Kannst du tun, was unser auferstandener Potentat tun kann? Willst du, dass Feuer vom Himmel fällt und von dir nur noch ein Häufchen Asche übrig bleibt?"

„Ich verlange, von dem Bösen gehört zu werden! Er muss sich vor dem einen wahren Gott verantworten, dem Gott Abrahams, Isaaks und Jakobs! Er soll es nicht wagen, das Volk Israel anzutasten, die an den allerhöchsten Gott und seinen Sohn glauben, den Messias, Jesus von Nazareth!"

„Du hörst besser –"

„Ruhe!", brüllte Chaim und das Echo hallte von den Mauern wider. Die Menge war sprachlos.

Drei junge bewaffnete Soldaten in Uniform kamen angelaufen. Auch eine Frau befand sich darunter. „Ihre Papiere, bitte", forderte sie.

„Ich habe keine Papiere und brauche sie auch nicht. Ich stehe hier in der Autorität des Schöpfers des Himmels und der Erde."

„Ihre Stirn ist ohne Zeichen. Zeigen Sie mir Ihre Hand."

Chaim zeigte seinen rechten Handrücken. „Siehe die Hand des Dieners Gottes."

Die Frau hob ihre Pistole und stieß Chaim am Arm an. Sie wollte ihn zu der Warteschlange vor der Verteilstelle des Loyalitätszeichens schieben. Doch er rührte sich nicht. „Kommen Sie, Sir. Sie sind entweder betrunken oder unterernährt. Ersparen Sie sich den Kummer und mir den Papierkram. Lassen Sie sich Ihr Zeichen geben."

„Und dann das Bild Carpathias anbeten?"

Sie funkelte ihn an und entsicherte ihre Pistole. „Sie werden ihn als Seine Exzellenz oder Seine Heiligkeit oder als den auferstandenen Potentaten ansprechen."

„Ich nenne ihn den Fleisch gewordenen Satan!"

Sie drückte Chaim den Lauf ihrer Waffe an die Brust und schien abdrücken zu wollen. Buck trat vor; er fürchtete, jeden Augenblick den Schuss zu hören und seinen Freund auf das Pflaster fallen zu sehen. Aber die junge Frau rührte sich nicht, sie blinzelte nicht einmal mit den Augen. Chaim sah ihre Partner an. „Wann haben Sie Ihr Zeichen erhalten?"

Die Angesprochenen legten ihre Waffen an. „Wir gehörten zu den Letzten", erklärte einer.

„Und Sie haben das Bild angebetet?"

„Natürlich."

„Dann werden auch Sie bald leiden. Die Geschwüre haben sich bereits in Ihrem Körper ausgebreitet."

Der eine blickte den anderen an. „Ich habe tatsächlich etwas am Unterarm. Sieh nur."

Sein Gegenüber entgegnete: „Willst du wohl aufhören? Wir haben das Recht, diesen Mann zu erschießen, und ich hätte gute Lust, das zu tun."

„Erschießt ihn!", rief jemand aus der Menge. „Was ist mit eurer Kollegin los?"

Beide betrachteten sie vorsichtig, dann wandten sie sich erneut Chaim zu: „Sir, wir müssen Sie bitten, sich in die Warteschlange zu stellen, sonst werden Sie die Konsequenzen zu tragen haben."

„Ich bin nicht zum Märtyrertum aufgerufen worden, junger Mann. Wenn meine Zeit kommt, werde ich mich stolz vor der Klinge beugen und den Gott des Himmels anbeten. Aber wenn Sie nicht auch bewegungsunfähig werden wollen, sollten Sie dem Einen, den Sie anbeten, mitteilen, dass ich mit ihm sprechen möchte."

Einer der Soldaten drehte sich um und sprach in sein Walkie-Talkie. Dann: „Ich weiß, Sir. Aber Korporal Riehl kann sich nicht rühren, und –"

„Was?"

„Er hat sie gelähmt, Sir, und –"

„Wie?"

„Das wissen wir nicht! Er fordert –"

„Erschießen Sie ihn!"

Der junge Mann zuckte die Achseln, dann zielten beide mit ihren Pistolen auf Chaim. „Geben Sie mir das Gerät!", forderte Chaim und griff nach dem Walkie-Talkie. Er drückte auf den Knopf. „Wer immer Sie sind, sagen Sie Ihrem so genannten Potentaten, Micha wolle ihn sprechen."

„Wie kommen Sie an dieses Funkgerät?", fragte die Stimme.

„Er wird mich und meinen Assistenten in der Mitte des Tempelbergs zusammen mit drei bewegungsunfähigen Soldaten finden."

„Ich warne Sie –"

Chaim stellte das Walkie-Talkie ab. Innerhalb weniger Sekunden tauchten ein halbes Dutzend weiterer Soldaten mit gezückten Pistolen auf. „Niemand hat das Recht, ein Treffen mit Potentat Carpathia zu fordern", schimpfte einer.

„Doch, das habe ich!", rief Chaim und die sechs Männer betrachteten ihre gelähmten Gefährten.

„Nun, Sir, darf ich Sie nach Ihrem Namen fragen?"

„Sie können mich Micha nennen."

„Also gut, Mr. Micha. Der Potentat befindet sich in der Knesset, wo sein Jerusalemer Hauptquartier aufgeschlagen wurde. Wenn Sie uns bitte dorthin begleiten würden –"

„Ich fordere ein Treffen mit ihm, und zwar hier. Sie können ihm mitteilen, dass er sich im Falle einer Weigerung einem dezimierten leidenden Stab gegenübersehen wird. Ich bin bereit, die Plagen zurückzuholen, die von den beiden Zeugen vom Himmel herabgerufen wurden! Fragen Sie ihn, ob es ihm gefallen würde, wenn seine Sanitäter und Ärzte ihre Geschwüre und Karbunkeln mit in Blut verwandeltem Wasser behandeln müssten."

7

David war nicht sicher, wie spät es war, als ihn der Lärm von schweren Maschinen aufweckte, aber er wusste sofort, was es bedeutete. Er war verblüfft gewesen, als Dr. Ben-Judah in seiner Botschaft an die Welt den Namen der Zufluchtsstätte erwähnt hatte, und zweifellos hatte der Feind die Website überwacht.

Im Schutz der Dunkelheit kroch David zurück zur Opferstätte. Die Sterne boten ihm kaum genügend Licht, um den Weg zu finden. Immer wieder stieß er sich an Steinen und rutschte ab, wobei er sich die Hände und Arme aufschrammte. Nachdem sich seine Augen an die Dunkelheit gewöhnt hatten, konnte er weit unter sich sehen, wie Panzer und Artilleriegeschütze aufgefahren wurden. Obwohl sie nur mit wenig Licht fuhren, konnte er erkennen, dass der Hauptfußweg in die Stadt versperrt worden war. Auch an möglichen Landeplätzen waren Leute postiert worden.

Gott hatte versprochen, die Kinder Israels zu beschützen, die vor dem Zorn des Antichristen fliehen würden, aber was war mit den Freiwilligen, die ihnen halfen? Wie würden sie einem Feind entkommen können, der ihnen bereits einen Schritt voraus war? Wie hatte Tsion ein solcher Fehler unterlaufen können? David wählte Rayfords Nummer, aber niemand meldete sich. Er probierte es bei Albie.

Tsion war untröstlich. Die Hand auf den Mund gepresst, betete er leise. Ming und Chloe hatten versucht, ihn damit zu beruhigen, dass Gott souverän sei, aber er verstand einfach nicht, was er gemacht hatte. Das Fernsehgerät lief ununterbrochen, und er fürchtete die Nachricht über ein Massaker, wenn die Flucht aus Jerusalem erst einmal begonnen hatte.

Tsion hatte sich schließlich auf der Armlehne der Couch vor dem Fernsehgerät niedergelassen. Der große junge Mann, der unpassenderweise „kleiner Zeke“ genannt wurde – sein erst kürzlich dem Märtyrertod zum Opfer gefallener Vater war der große Zeke –, kam mit einem Skizzenblock hereingeschlendert.

„Wollen Sie sehen, was ich mir für Ming ausgedacht habe? Ich meine, es ist schwierig, eine, äh, Asiatin zu verkleiden, aber ich denke, ich werde versuchen, sie wie einen Mann aussehen zu lassen. Ich habe ein Foto ihres Bruders, und mit dem richtigen Haarschnitt und den passenden Kleidern und, Sie wissen schon, Tüchern und Zeug –"

„Verzeih mir, Z, aber –"

„Oh, ich habe ihr bereits gesagt, dass ich sie keineswegs beleidigen will oder so. Ich meine, sie ist schlank und zierlich, aber ich will nicht sagen, dass sie jetzt wie ein Mann aussieht. Eigentlich ist sie ziemlich hübsch, attraktiv und weiblich."

„Ich bin hier beschäftigt, Z. Tut mir Leid. Ich habe einen schrecklichen Fehler gemacht, und ich bete, dass –"

„Ich weiß", erwiderte Zeke. „Darum bin ich eigentlich gekommen. Ich meine, ich habe mir natürlich Gedanken über Mings Identität gemacht, aber ich dachte, darüber zu reden, würde Sie vielleicht ablenken von –"

„Mich ablenken von der anderen Seite der Weltkugel, wo unsere Brüder und Schwestern sind? Danke, aber ich denke, die Weltgemeinschaft wird nichts anderes tun, als sich dort auf die Lauer zu legen und auf sie zu warten –"

Zeke legte seinen Block auf die Couch und setzte sich auf den Boden. „Sie sind hier der Bibelkenner", sagte er, „aber irgendwie scheint mir die ganze Sache auch logisch zu sein."

„Logisch? Wohl kaum."

„Ich meine, es muss doch einen Grund für Ihren Fehler geben."

„Vielleicht will Gott mich demütigen, aber das ist ein ziemlich hoher Preis. Ich habe nie behauptet, dass ich vollkommen bin, doch ich bete so viel über meinen Botschaften, und Gott weiß, dass ich niemals mit Absicht –"

„Das meine ich doch, Doc. Gott muss gewollt haben, dass das passiert."

„Oh, ich weiß nicht –"

„Sie haben es doch selbst gesagt. Sie beten über Ihren Botschaften. Aber das setzt Ihre Botschaften doch nicht der Bibel gleich, denke ich, und Gott wird nicht zulassen, dass ein sterblicher Mensch wie Sie mit einem einzigen Fehler seinen ganzen Plan zunichte macht, oder?"

Tsion wusste nicht, was er sagen sollte. Dieser junge Mann hatte oft erstaunliche Einsichten. „Vielleicht habe ich mich ein wenig zu wichtig genommen."

„Vielleicht. Aber diesen Eindruck hat man nicht, obwohl Sie Millionen von Menschen erreichen. Wie kommt es, dass Ihnen das nicht zu Kopf steigt?"

„Ich sehe das nicht als meine Leistung, Z. Es ist ein Vorrecht."

„Sehen Sie? Sie haben doch allen Grund, hochmütig zu werden, weil Sie über das Internet so viele Menschen erreichen, aber Sie sind es nicht. Vielleicht sollten Sie sich bewusst machen, dass Sie nicht so wichtig sind, dass Sie Gottes Pläne durchkreuzen könnten."

„Offensichtlich bin ich nicht über Fehler erhaben", meinte Tsion.

„Ja, aber kommen Sie. Sie denken, Gott wird sagen: ‚Ich hatte mir diesen Plan so schön ausgedacht, und da kommt dieser Ben-Judah daher und vermasselt mir die Tour'?"

Tsion musste unwillkürlich lachen. „Ich nehme an, er kann meine Fehler ausbügeln."

„Ich hoffe. Sie haben ihn immer als groß genug dargestellt."

„Vielen Dank, Z. Darüber muss ich –"

„Aber es geht noch weiter", unterbrach Zeke ihn. „Ich denke immer noch, dass Gott einen Grund gehabt hat, Sie das tun zu lassen."

„Im Augenblick versuche ich zu akzeptieren, dass Gott meinen Fehler wieder gut machen kann."

„Warten Sie nur ab, Doc. Ich wette, Sie werden feststellen, dass die Weltgemeinschaft das für eine falsche Spur hält, oder sie denken, sie hätten etwas Wichtiges herausgefunden und versuchen, das zu ihrem Vorteil zu nutzen, aber es wird ihnen nicht gelingen."

Bei Tagesanbruch traf Rayford Albie an, der zusammen mit George mehrere der Waffenkisten auspackte. „Was ist los, Albie?"

„Funktioniert Ihr Telefon nicht?"

Rayford tastete an seiner Jackentasche nach dem Handy und holte es hervor. „Mist!", schimpfte er. „Habe es gestern zu häufig gebraucht." Er zog den Solarakku ab und klemmte ihn an die Außenseite seiner Hemdtasche, wo die Sonne ihn wieder aufladen würde. Dann steckte er einen neuen Akku auf. Er stellte fest, dass er mehrere Anrufe bekommen hatte.

„Ich erspare es Ihnen, alle diese Leute zurückzurufen", sagte Albie, „und erzähle Ihnen, worum es bei diesen Anrufen ging. Ach, noch etwas. Ich dachte, nun, da ich der Ältere bin, würde ich doch vorschlagen, dass auch wir zum Du übergehen. Was hältst du davon?"

„Sehr gern, Albie."

„Alle Mann zurücktreten.“ Der sportlich wirkende dunkelhaarige Beamte in Zivil trug deutlich sichtbar eine Pistole unter der Jacke. „Wer sind Sie?“, fragte er Buck, während die übrigen Loyalitätsüberwacher und Soldaten zurückwichen. Auch die drei, die Chaim gelähmt hatte.

Buck war fest davon überzeugt gewesen, auf alles vorbereitet zu sein, aber er betastete seine Taschen, als suche er nach seinem Ausweis, dann deutete er auf Chaim. „Ich bin mit ihm zusammen. Wer sind Sie?“

„Mein Name ist Loren Hut und ich bin der Chef der Loyalitätsüberwacher der Weltgemeinschaft. Der Potentat möchte den Aufrührer am Telefon sprechen.“ Er blickte Chaim an. Die umstehende Menge brach in Gelächter aus. „Aus irgendeinem Grund scheinen meine Leute nicht zu einem verwirrten alten Mann durchdringen zu können. Das müssen Sie dann wohl sein.“

„Sagen Sie Ihrem Chef“, erwiderte Chaim, „ich spreche nur persönlich mit ihm.“

„Das ist nicht möglich, Mr. –“

„Micha.“

„Ich denke, Sie sollten diesen Anruf entgegennehmen, Mr. Micha. Wissen Sie, ich fühle mich heute Morgen nicht besonders wohl und Sie stellen meine Geduld auf eine harte Probe.“

„Sie fühlen sich nicht wohl, Mr. Hut?“

„Möchten Sie nun mit Seiner Exzellenz sprechen oder nicht?“

Chaim wandte kopfschüttelnd den Blick ab.

Hut runzelte finster die Stirn und hielt sein Telefon ans Ohr. „Falscher Alarm. Entschuldigen Sie sich beim Potentaten für mich … Ja, sicher, ich werde mit ihm reden, aber ich möchte nicht seine – guten Morgen, Sir. Ja … Ich weiß nicht … ich werde mir von allen ausführliche Berichte geben – ja, das schaffe ich schon … Das soll ich tun? Ich – ja, ich weiß, aber es ist nicht so, als würde er eine reale Bedrohung darstellen … Ja, Sir. Neun im Magazin … wenn Sie wünschen … ich widerspreche nicht, es ist nur so, dass er sehr gebrechlich ist … Nein, kein Problem. … Sie können selbstverständlich auf mich zählen.“

Hut klappte sein Handy zu und fluchte. „Sie“, sagte er an Buck gewandt. „Halten Sie Abstand. Seien Sie um Ihretwillen froh, dass Sie sich da rausgehalten haben. Und ihr Leute“, rief er der Menge zu, „tretet zurück!“ Einige bewegten sich, die meisten jedoch nicht. „Sagt nicht, ich hätte euch nicht gewarnt!“

„Na, sind die Geschwüre bei Ihnen bereits ausgebrochen, junger Mann?“, fragte Chaim.

„Halten Sie den Mund! Sie werden jetzt sterben.“

„Das liegt nicht in Ihrer Macht, Sohn.“

„Um ehrlich zu sein, doch, allerdings tut es das. Und jetzt seien Sie still! Korporal Riehl? Sind Sie in Ordnung?“

„Mir ist ein wenig schwindelig“, meinte sie schwach. „Wie lautet der Befehl?“

„Suchen Sie ein Kamerateam der GCNN und schaffen Sie es her. Der Potentat möchte, dass ich neun Kugeln in diesen Mann schieße, und er möchte es sehen.“

„Ich auch“, meinte sie, während sie sich entfernte.

„Mr. Hut“, sagte Chaim, „werden Sie in der Lage zu sein, Ihre Pflicht zu erfüllen? Ihnen geht es doch von Minute zu Minute schlechter.“

Hut beugte sich vor und kratzte sich am Bauch. „Ich brauche nicht hundertprozentig gesund zu sein, um einen Menschen in blankem Zorn zu töten.“

„Das wird nicht geschehen.“

„Sie denken, Sie könnten auch mich lähmen?“

„Ich weiß nicht, wie Gott handeln wird.“

„Nun, ich weiß, wie *Sie* handeln werden. Sie werden sich winden und schreien und um Ihr Leben betteln.“

„Mein Leben gehört nicht mir. Wenn Gott es möchte, kann er es haben. Aber da ich noch weitere Pflichten zu erfüllen habe – wozu auch gehört, persönlich mit dem Feigling zu reden, der mich am liebsten ignorieren möchte –, wird Gott mich verschonen.“

Korporal Riehl kehrte mit einem Mann zurück, der eine Kamera auf der Schulter trug. In seiner Begleitung befand sich eine Frau mit Mikrofon. „Was tun wir hier?“, fragte sie mit britischem Akzent.

„Sagen Sie mir nur, wenn Sie drehbereit sind“, erklärte Hut. „Dies ist für Seine Exzellenz.“

„Live oder Aufzeichnung?“

„Egal! Drehen Sie nur mit!“

„In Ordnung! Einen Augenblick!“ Sie sprach in ein Funkgerät. „Ja!“, sagte sie. „Carpathia höchstpersönlich. Nur eine Minute.“ Sie wandte sich an Hut. „Die Zentrale möchte wissen, ob Sie autorisiert sind.“

Hut fluchte erneut und kratzte sich vom Bauch bis zu den Schultern. „Hut!“, sagte er. „GC Loyalitätsüberwacher! Und jetzt lassen Sie uns anfangen!“

„In Ordnung", sagte die Frau und trat vor die Kamera. „Hier spricht Bernadette Rice live vom Tempelberg in Jerusalem, wo wir eine Exekution verfolgen werden, die von Seiner Exzellenz Nicolai Carpathia höchstpersönlich angeordnet wurde. Hinter mir steht Loren Hut, der neue Chef der Loyalitätsüberwacher der Weltgemeinschaft. Er wird das Urteil an einem Mann vollstrecken, der sich selbst ‚Micha' nennt. Dieser weigert sich, das Loyalitätszeichen anzunehmen, und hat sich seiner Verhaftung widersetzt." Als die Leute an anderen Stellen des Tempelbergs auf den riesigen Monitoren sahen, was vor sich ging, strömten sie zum Schauplatz des Geschehens.

„Kommt schnell her!", rief Zeke. „Aber Kenny sollte das möglichst nicht sehen!"

In Chicago war es nach Mitternacht und Tsion war von der Armlehne auf ein Kissen auf dem Boden gerutscht. Mir vorgebeugtem Oberkörper saß er da und spähte durch die Finger auf den Bildschirm. „Gott, bitte ..."

„Da ist Buck."

Tsion fand, dass Cameron seltsam aussah. Er wirkte ausgesprochen uninteressiert, als er, die Hände in die Taschen vergraben, daneben stand.

Der Leiter der GCL zog seine Pistole aus dem Holster, kratzte sich erst einmal mit der linken Hand am rechten Ellbogen, dann bereitete er die Waffe vor. Mit gespreizten Beinen baute er sich vor Chaim auf, packte die Waffe mit beiden Händen und zielte auf Chaims Hände, die dieser verschränkt vor sich hielt. Hut zielte so, dass die Waffe sie durchschlagen würde, ohne den Körper zu treffen.

Der Knall ließ Buck zusammenzucken. Er sprang aus dem Weg, und die Menge fuhr zusammen, aber Chaim rührte sich nicht. Ungläubig starrte Hut auf Chaims unversehrte Hände und ging zur anderen Seite, um erneut darauf zu schießen. Die Menge ging in Deckung. WUMM! Wieder ein Schuss, der aus nur wenigen Zentimetern Entfernung sein Ziel nicht traf.

Zwischen den Schüssen kratzte sich Hut jetzt bis hinunter zu den Knien. Er zielte auf Chaims Füße und schoss. Nichts. Nicht einmal ein Loch in dem Gewand des alten Mannes war zu sehen. Mit der linken Hand hob Hut den Saum des Gewandes an und schoss auf den anderen Fuß. Vor Schmerzen und offensichtlich auch vor Furcht stöhnend, kratzte sich Hut mit der freien Hand, drückte den Lauf seiner Pistole auf eines von Chaims Knien, dann auf das andere. Die Schüsse produzierten nichts als Lärm.

Die Menge begann zu lachen. „Das ist ja wohl ein Witz!“, rief jemand. „Eine inszenierte Show! Er schießt mit Platzpatronen!“

„Platzpatronen?“, schrie Hut und wirbelte zu dem Spötter herum. „Möchten Sie Ihr Leben darauf verwetten?“ Kugel Nummer sieben jagte er dem Mann in die Brust. Mit einem entsetzlichen Krachen, das deutlich über das Mikrofon der Fernsehjournalistin übertragen wurde, knallte der Hinterkopf des Opfers auf das Pflaster.

Die Menge stob auseinander und Bernadette Rice wurde aus dem Bild ausgeblendet. Loren Hut feuerte jetzt aus sechs Zentimetern Entfernung auf Chaims linke Schulter, dann drückte er dem unverletzten alten Mann die Mündung an die Stirn. Mitfühlend betrachtete Chaim den erschütterten, vor Zorn bebenden Hut und hielt sich die Ohren zu. Der Pistolenlauf hinterließ eine kleine Einbuchtung auf Chaims Haut. Die Kugel konnte keinen Schaden anrichten.

Hut warf die Pistole weg, legte die Arme um einen Baum und rieb seinen Körper daran. Er schrie vor Schmerzen auf, dann drehte er sich um und rief nach Korporal Riehl. Er griff nach ihrer Pistole und hielt sie sich unters Kinn. Ruhig kam Chaim näher.

„Das wird nicht nötig sein, Mr. Hut“, sagte er. „Der Tod, den Sie gewählt haben, wird Sie zu gegebener Zeit ereilen. Legen Sie die Waffe weg und rufen Sie für mich Carpathia an.“

Hut warf die Waffe beiseite und taumelte davon. Schon war das Surren von Hubschrauberrotoren zu hören. Zwei Helikopter landeten, und die Menge, die sich größtenteils zurückgezogen hatte, kehrte vorsichtig wieder zurück.

Um die in einer Blutlache am Boden liegende Leiche machte sie einen großen Bogen.

Carpathia war der einzige Zivilist an Bord. Er trug seinen schwarzen Nadelstreifenanzug, ein weißes Hemd und eine leuchtend rote Krawatte. Mit festen Schritten ging er geradewegs auf Chaim und Buck zu, während sieben uniformierte Soldaten hinter ihm einen Halbkreis bildeten und auf Chaim zielten.

Carpathia lächelte in die Menge, dann drehte er sich herum und blickte suchend nach dem Kameramann von GCNN. Bernadette lag noch immer zitternd auf dem Boden.

„Drehen Sie weiter, Junge“, sagte er. „Wie heißen Sie?“

„R-R-Rashid.“

„Und bleiben Sie dort stehen, R-R-Rashid, damit die Welt sehen kann, wer es wagt, meine Souveränität zu verhöhnen.“

Carpathia näherte sich Chaim und blieb etwa einen Meter vor ihm mit verschränkten Armen stehen. „Sie sind zu alt, um Tsion Ben-Judah zu sein“, begann er. „Und Sie nennen sich Micha.“ Er legte den Kopf zur Seite und sah zu Buck herüber, der Angst hatte, Carpathia könnte ihn erkennen. „Und das ist?“

„Mein Assistent“, erklärte Chaim.

„Hat er auch einen Namen?“

„Er hat einen Namen.“

„Darf ich ihn erfahren?“

„Das ist nicht nötig.“

„Sie sind wirklich sehr impertinent, meinen Sie nicht auch?“ Carpathia wandte sich an einen Soldaten und deutete auf Buck. „Schaffen Sie ihn hier weg. Das Zeichen oder die Klinge.“

Buck bereitete sich innerlich darauf vor, Widerstand zu leisten, aber der Soldat wirkte zutiefst entsetzt. Er räusperte sich. „Kommen Sie mit, Sir.“

Buck schüttelte den Kopf. Der Soldat blickte hilfesuchend zu Carpathia, der ihn jedoch ignorierte. Plötzlich ging der Soldat zu Boden, wand sich und kratzte sich am ganzen Körper.

„Also gut“, erklärte Carpathia. „Ich schätze, ich habe Ihnen die Tatsache zu verdanken, dass fast meine gesamte Truppe heute Morgen leidet.“

„Vermutlich alle“, erwiderte Chaim. „Wenn nicht, dann sollten Sie vielleicht die Echtheit der Zeichen überprüfen.“

„Wie haben Sie das gemacht?“

„Das war nicht ich, sondern Gott.“

„Sie *schauen* in das Angesicht Gottes“, widersprach Carpathia.

„Im Gegenteil“, erwiderte Chaim. „Ich fürchte Gott. Aber *Sie* fürchte ich nicht.“

Rayford breitete eine topografische Karte auf der Motorhaube aus. „Mac und Smitty sollten dabei sein“, sagte er. Albie rief sie telefonisch herbei.

George beugte sich vor. „Können wir irgendwo im Umkreis von ein paar Meilen von Petra entfernt landen?“

Rayford schüttelte den Kopf. „Ich bin mir nicht sicher. Auf einem

Blatt Papier sieht das alles ganz anders aus als von der Luft aus. Ich weiß, Sie sind ganz wild darauf zu kämpfen, aber ich bin nicht bereit, einen Menschen zu töten."

„Bei allem nötigen Respekt, Captain", erwiderte George, „aber diese Soldaten werden unsere Leute ohne zu zögern töten. Sie könnten Ihre Meinung ändern, wenn Sie das sehen."

„Wir sind hier, um Menschen in Sicherheit zu bringen, nicht um den Feind zu töten."

Albie klappte sein Telefon zu. „Und wenn der einzige Weg, die Israelis in Sicherheit zu bringen, der ist, den Feind zu töten?"

„Das ist Gottes Aufgabe."

„Der Meinung bin ich auch", stimmte Albie zu, „zumindest nach dem, was Dr. Ben-Judah sagt. Aber ich würde nur ungern einen Bruder oder eine Schwester verlieren, und wenn ich diese Waffen einsetzen muss, um das zu verhindern, dann bin ich dabei."

Buck würde nie auch nur ein Detail der makabren Begegnung vergessen, die die ganze Welt auf dem Bildschirm verfolgte.

„Also, Micha", sagte Carpathia und verlagerte sein Gewicht. „Was fordern Sie als Gegenleistung dafür, dass Sie diesen magischen Bann durchbrechen, der meine Leute krank gemacht hat?"

„Es ist keine Zauberei im Spiel", erklärte Chaim mit einer lauten, volltönenden Stimme, die noch meterweit zu hören war. „Dies ist das Gericht des allmächtigen Gottes."

„Na, gut", sagte Carpathia tolerant lächelnd. „Und was möchte der allmächtige Gott als Gegenleistung für das Ende dieses –" Er machte mit den Fingern Anführungszeichen. „‚– Gerichts'?" Chaim schüttelte den Kopf. „Kommen Sie, Micha. Wenn Sie für Gott verhandeln, fällt Ihnen doch sicher etwas ein!"

„Diejenigen, die Ihr Zeichen angenommen haben und Ihr Bild anbeten, werden leiden."

Carpathia trat näher an ihn heran. Sein Lächeln war jetzt verschwunden. „Wagen Sie es nicht, meinen geliebten Anhängern zu sagen, sie sollten das Loyalitätszeichen nicht annehmen und mich nicht anbeten!"

„Sie kennen die Konsequenzen und können sie hier sehen."

Rashid schwenkte die Kamera herum und auf den Bildschirmen überall auf der Welt waren zahllose leidende loyale Anhänger zu sehen.

„Das werden Sie nicht wagen", flüsterte Carpathia Chaim zu. Er packte ihn an der Schulter und schüttelte ihn. Dann fuhr er fort: „Wer immer sich weigert, mein Zeichen anzunehmen, wird von mir persönlich zu Tode gebracht werden!"

„Dann bleibt diesen Menschen die Wahl", konstatierte Chaim, „zwischen einem Leben in außerordentlicher Pein oder dem Tod von Ihrer Hand."

„Was wollen Sie?"

„Sie werden Ihren Plan für den Tempel durchführen", erklärte Chaim, „aber viele werden sich Ihnen widersetzen."

„Auf eigene Gefahr."

„Viele haben sich bereits gegen Sie entschieden und sich dem einen wahren Gott und seinem Sohn, dem Messias, verpflichtet."

„Sie werden mit ihrem Leben dafür bezahlen."

„Sie haben gefragt, was ich will."

„Und Sie schlagen vor, dass den Menschen gestattet werden soll, mir drohend die Faust vors Gesicht zu halten? Niemals!" Rashid fiel zitternd auf die Knie. Carpathia sah ihn an. „Stehen Sie auf!"

„Ich kann nicht!"

„Ich erkenne die 42 auf Ihrer Stirn, Rashid! Sie brauchen keine Angst zu haben!"

„Ich habe keine Angst, Exzellenz! Ich habe Schmerzen!"

„Verflixt. Stellen Sie die Kamera auf einen Ständer und kümmern Sie sich um Ihre Geschwüre!"

Chaim fuhr ruhig fort. „Eine Million Menschen aus dem auserwählten Volk Gottes allein in diesem Gebiet haben entschieden, an den Messias zu glauben und nicht an Sie. Sie würden lieber sterben, als Ihr Zeichen anzunehmen!"

„Dann werden sie sterben!"

„Sie müssen sie von hier ziehen lassen, bevor Sie Rache an Ihren Feinden üben."

„Niemals!"

„Die Konsequenzen für Ihren Eigensinn liegen ganz bei Ihnen. Die schmerzhaften Geschwüre Ihrer Anhänger werden Ihre geringsten Probleme sein."

Buck sah an Carpathia vorbei, wo die Warteschlangen zur Verteilung des Loyalitätszeichens verschwunden waren. An ihrer Stelle standen nun provisorische Sanitätszelte. Lange Schlangen leidender Menschen hatten sich davor gebildet. Einige Kranke stützten ihre Freunde, während sie langsam vorrückten, um dann selbst unter Schmerzen zusammenzubrechen. Bernadette war davongekrochen. Rashid eilte ebenfalls auf die Zelte zu. Einer der Hubschrauber wurde ausgestellt und der Pilot kam jammernd herausgetaumelt. Der Pilot des anderen war über den Kontrollanzeigen zusammengebrochen.

Zivilisten, die als Letzte das Loyalitätszeichen angenommen hatten, versuchten vom Tempelberg zu fliehen, doch sie stolperten und fielen, während überall an ihrem Körper die Geschwüre aufbrachen.

Chaim sagte: „Ihre einzige Hoffnung, die nächste schreckliche Plage des Himmels zu verhindern, besteht darin, die Israelis, die an den Messias glauben, ziehen zu lassen."

Carpathia wirkte zum ersten Mal erschüttert. „Und was ist diese nächste Plage?"

„Das werden Sie zu gegebener Zeit merken", erwiderte Chaim. „Ich kann Ihnen Folgendes sagen: Sie wird noch schlimmer sein als die Plage, die Ihr Volk jetzt getroffen hat. Ich brauche einen Schluck Wasser."

Carpathia wandte sich an einen seiner Anhänger und trug diesem auf, Micha eine Flasche Wasser zu besorgen. Chaim starrte währenddessen den Potentaten an.

„Sie sind nichts als ein durstiger alter Mann in einem übergroßen Gewand."

„Ich bin nicht durstig."

„Und warum –?"

„Sie werden sehen."

„Ich kann es kaum erwarten."

Der Mann kam mit einer Flasche Wasser angelaufen. Er reichte sie Carpathia, der sie wiederum an Chaim weitergab. Der alte Mann hielt sie hoch und betrachtete sie. „Ich könnte das sowieso nicht trinken", erklärte er.

„Was stimmt damit nicht?", fragte Carpathia.

„Sehen Sie selbst."

Chaim reichte sie ihm. Das Wasser in der Flasche hatte sich in Blut verwandelt.

„Ach!", spottete Carpathia. „Das schon wieder? Wissen Sie nicht, was mit Ihren beiden Kollegen an der Klagemauer passiert ist?"

„Jeder Vorteil, den Sie herausschlagen, wurde Ihnen von Gott geschenkt, und er ist nur von begrenzter Dauer."

Carpathia drehte sich herum. Er wollte die Katastrophe am Tempelberg mit eigenen Augen sehen. Fast alle Menschen wanden und krümmten sich. Er blickte Chaim wieder an. „Ich möchte, dass mein Volk gesund und das Wasser klar ist."

„Sie kennen den Preis."

„Nennen Sie Einzelheiten."

„Israelische Juden, die an Jesus Christus als ihren Messias glauben, müssen die Erlaubnis bekommen, diese Stadt zu verlassen, bevor Sie alle Menschen bestrafen, die sich weigern, Ihr Zeichen anzunehmen. Und tief gläubige orthodoxe Juden müssen eine Stätte zugewiesen bekommen, an der sie anbeten können, nachdem Sie ihren Tempel entweiht haben."

„Die orthodoxen Juden stehen nicht einmal hinter Ihnen und doch sprechen Sie für sie?"

„Ich werde auch weiterhin versuchen, sie zu überzeugen."

„Wollen Sie sie zusammen mit den Judahiten nach Petra gehen lassen?"

„Ich würde Masada als Versammlungsstätte für sie vorschlagen. Alle, die wir überzeugen können, werden dann zu uns stoßen."

„In Petra."

„Ich habe nicht gesagt, wo."

„Wir wissen bereits, wo, Sie Narr, und um das zu erfahren, bedurfte es nicht einmal umfassender Geheimdienstarbeit unsererseits."

„Sie bewegen sich auf gefährlichem Boden, wenn Sie einen Menschen, der die Macht hat, Ihr Wasser in Blut zu verwandeln, einen Narren schimpfen."

Carpathia brüllte ihn an: „Ich brauche die Hilfe von loyalen Anhängern, die das Zeichen noch nicht angenommen und mein Bild noch nicht angebetet haben!" Ein paar Zivilisten kamen herbeigelaufen. „Folgt mir zur Knesset. Gehorcht mir und ich werde euch reich belohnen."

David ließ seinen Blick über den Horizont schweifen und versuchte, die Stärke der Streitmacht einzuschätzen, die Petra umzingelt hatte. Zwar waren unzählige Fahrzeuge und Waffen zu sehen, die Soldaten der Weltgemeinschaft hatten jedoch augenscheinlich Schwierigkeiten. Die meisten lagen auf dem Boden oder in den Kojen der Lastwagen und wurden von denen versorgt, die weniger schwer betroffen zu sein schienen.

Er rief Albie an, um ihn über den Stand der Dinge zu informieren.

Rayford fuhr in einem Wagen nach Petra, in dem jeweils drei der Waffen verstaut waren, die George mit nach Mizpe Ramon gebracht hatte. Albie und Mac folgten ihm. Auch sie führten Waffen mit sich. George und Abdullah fuhren zusammen in einem Fahrzeug. Sie hatten ebenfalls DEWs dabei. Rayford hoffte, einen geeigneten Platz zu finden, von dem aus sie ihre Waffen würden einsetzen können. David Hassid würde ihnen mitteilen, wie viele Fahrzeuge er, Albie und Mac mit den großkalibrigen Gewehren würden zerstören können. Falls Davids Berichte zutrafen, würden sie keine Soldaten der Weltgemeinschaft töten müssen. Wenn der Feind die Flucht ergriff, würden George und Abdullah aus größerer Nähe versuchen, ihre Haut zu überhitzen, was die Geschwüre noch verschlimmern würde. Rayfords größte Sorge war jedoch, ob er wieder rechtzeitig nach Mizpe Ramon zurückkehren würde, um die ersten israelischen Flüchtlinge nach Petra zu transportieren.

8

Buck folgte Chaim zum Tempel, wo innerhalb von 20 Minuten Zivilisten, die das Zeichen des Tieres noch nicht trugen, Fernsehkameras aufstellten und Vorbereitungen trafen. Offenbar folgten sie in aller Eile aufgestellten und vervielfältigten Anweisungen. Buck und Chaim beobachteten von dem Platz aus, an dem sie saßen, wie einige der Zivilisten auf dem Tempelberg für Ordnung sorgten. Die Menschen wurden entweder den Zuschauerrängen für die so genannten „Tempel-Feierlichkeiten" zugewiesen oder den Erste-Hilfe-Warteschlangen; andere sprangen in den Sanitätszelten für die Schwestern und Ärzte ein, die selbst zu krank waren, um ihren Mitmenschen zu helfen.

„Beten Sie für mich", forderte Chaim Buck auf.

„Warum? Was? Carpathia ist doch noch nicht einmal da."

Chaim erhob sich und begann mit lauter Stimme zu reden. „Bürger! Hört mich an! Ihr, die ihr das Loyalitätszeichen noch nicht angenommen habt! Für euch wird der Zeitpunkt kommen, da ihr euch entscheiden müsst, dem einen, wahren und lebendigen Gott zu gehorchen! Solange der Herrscher dieser Welt Frieden verspricht, wird es keinen Frieden geben! Seht euch doch die Welt an! Jeder, der das Zeichen bereits angenommen und das Bild des Menschen der Sünde angebetet hat, leidet jetzt an schlimmen Geschwüren. Dies wird euer Schicksal sein, wenn ihr ihnen folgt.

Ihr müsst mittlerweile erkannt haben, dass die Welt geteilt ist. Nicolai Carpathia ist der Gegner des wahren Gottes und strebt eure Vernichtung an, egal, was er euch vorlügt. Der Gott, der euch geschaffen hat, liebt euch. Sein Sohn ist für eure Sünden gestorben und wird in weniger als dreieinhalb Jahren auf die Erde zurückkehren, um sein irdisches Königreich aufzurichten, und wenn ihr ihn noch nicht endgültig zurückgewiesen habt, könnt ihr ihn jetzt annehmen.

Ihr wurdet als Sünder geboren und habt ohne Gott gelebt, aber in der Bibel lesen wir, Gott möchte nicht, dass jemand verloren geht, sondern dass er reumütig zu ihm kommt. Im Brief an die Epheser, Kapitel 2, Vers 8 bis 9 wird uns gesagt, dass wir selbst uns durch nichts unser Heil verdienen können, sondern dass es ein Geschenk

Gottes ist – und nicht das Resultat von Werken, damit niemand sich selbst rühmen kann. Nur Jesu stellvertretender Tod am Kreuz konnte den Abgrund zwischen uns und Gott überbrücken. Denn er war nicht nur völlig Mensch, sondern ist auch völlig Gott, und durch seinen Tod bezahlte er für unsere Schuld.

Im Johannes-Evangelium, Kapitel 1, Vers 12 heißt es: ‚Allen aber, die ihn aufnahmen, gab er Macht, Kinder Gottes zu werden, allen, die an seinen Namen glauben.' Wie könnt ihr Christus in eurer Leben aufnehmen? Sagt Gott einfach, dass ihr Sünder seid und ihn braucht. Nehmt das Geschenk der Erlösung an, glaubt daran, dass Christus auferstanden ist und sprecht es auch aus. Für viele ist es bereits zu spät. Ich bitte euch, vertraut euer Leben Christus gleich jetzt an!"

David Hassid, der sich in den Bergen oberhalb von Petra verborgen hielt, versuchte, sich mit Rayford und seinen Leuten in Verbindung zu setzen, die sich ebenfalls zwei Meilen von ihm entfernt versteckt hatten. Sie waren so gut versteckt, dass er sie nicht sehen konnte, obwohl er meinte, ein paar Staubwolken südlich des Dorfes Wadi Musa unmittelbar östlich von Petra wahrgenommen zu haben. Sie sprachen über ihr abhörsicheres Handy miteinander, und Rayford informierte ihn darüber, dass George und Abdullah versuchten, nahe genug heranzukommen, um die Energiewaffen einsetzen zu können. Auch sie konnte David an seinem Aussichtsposten nicht entdecken.

„Wir können das Kriegsgerät der Weltgemeinschaft an drei unterschiedlichen Standpunkten ausmachen", berichtete Rayford. „Weißt du, ob diese Waffen bemannt sind?"

„So weit ich sehen kann, nicht", erwiderte David flüsternd, da er keine Ahnung hatte, wie weit seine Stimme zu hören war. „Vermutlich warten sie auf die Benachrichtigung aus Jerusalem, dass die Israelis auf dem Weg sind."

„Es ist schwer, den Standort der Soldaten auszumachen", sagte Rayford.

„Rechts von mir und äußerst links von euch", erklärte David. „Die ersten sechs Fahrzeuge sind unbesetzt. Anscheinend sind nur ein paar der Soldaten noch einsatzbereit, und die kümmern sich um die anderen, und zwar entweder unmittelbar unter mir oder links von mir."

„Geh in Deckung", unterbrach Mac. „Es dauert eine Weile, bis wir diese Dinger auf das Ziel ausgerichtet haben. Es könnte einige Fehlschüsse geben, und vermutlich mehr als Treffer."

„Passt bloß auf", warnte David. „Ich habe meine kleine Höhle bereits voll ausgestattet. Wenn wir fertig sind, werde ich eine Weile nicht in der Lage sein zu kommunizieren."

„Jeder von uns wird zwei Runden aus den großen Gewehren feuern", bestimmte Rayford. „Wenn Sie sechs Schüsse gehört haben, kommen Sie heraus und versuchen, uns zu erreichen. Wir werden die Soldaten nach links treiben, damit wir einige der Fahrzeuge sicher herausholen können. Wenn wir die Soldaten in die Flucht schlagen, werden George und Smitty versuchen, sie außer Gefecht zu setzen."

„Ihnen geht es bereits miserabel", meinte David. „Aber ich habe verstanden. Wenn sie um ihr Leben fürchten müssen, werden sie sich auf den Rückweg nach Israel machen! Okay, ich bin bereit."

Er duckte sich in die Höhle und wartete auf den ersten Schuss.

Rayford gab sich alle Mühe, sich alles wieder in Erinnerung zu rufen, was George ihm über die Handhabung der Gewehre Kaliber 50 erzählt hatte. Er stellte zwei auf der Ladefläche des Lastwagens auf, Seite an Seite, und lud sie. 50 Meter entfernt stand Albie und weitere 50 Meter dahinter Mac. Alle luden ihre Waffen. Sie würden in dieser Reihenfolge feuern. Jeder würde durch sein starkes Zielfernrohr sehen und die Gewehrläufe in der zweiten Runde optimal ausrichten. *Sechs Schüsse sollten ausreichen,* dachte Rayford. Irgendwann würden die Soldaten der Weltgemeinschaft sich fragen, ob der Beschuss jemals aufhören würde und ob sie eine Überlebenschance hatten. Sein Ziel war es, ihre Waffen und ihre Transportmittel zu zerstören, sie in die Flucht zu jagen und jede Hoffnung, die Israelis in die Enge zu treiben, zunichte zu machen.

George hatte ihm erklärt, es sei unmöglich, den Seitenwind hundertprozentig einzukalkulieren, und er solle hoch zielen und die Auswirkung der Schwerkraft über zwei Meilen hinweg mit einbeziehen, und er solle nicht mit einer Zielgenauigkeit von mehr als 20 oder 30 Metern rechnen. Rayford hatte Angst, ein verirrter Schuss könnte jemanden töten, vielleicht sogar David. Er lag auf dem Bauch auf der Ladefläche des Wagens und traf seine letzten Vorbereitungen. Dann nahm er das ganz links stehende Fahrzeug ins Visier. Wenn er es verfehlte, würde die Kugel die Soldaten zumindest erschrecken. Wenn die Kugel rechts an ihnen vorbeiging, würden andere Fahrzeuge getroffen, jedoch keine Soldaten.

Rayford hatte den Finger an den Abzug gelegt, den Kolben fest gegen seine rechte Schulter gepresst. Durch das Zielfernrohr sah er, dass er zehn Meter über dem Ziel lag. Kurz bevor er abdrückte, nahm er sich vor, die Augen offen zu halten – nicht dass das für die Zielgenauigkeit etwas ausgemacht hätte. Nur Amateure schlossen die Augen.

Und der Gedanke an seine Augen erinnerte ihn an seine Ohren und Georges dringende Mahnung, sie irgendwie zu schützen. Beinahe wäre er aus eigener Schuld taub geworden. Rayford rollte sich zur Seite, riss ein Stück von seinem Hemd ab, teilte es in der Mitte und steckte sich den Stoff in die Ohren. Während er sich wieder in Position rollte, klingelte sein Telefon.

Es war Albie. „Du feuerst, oder?"

„Ja. Hätte beinahe meine Ohrstöpsel vergessen."

„Oh Mann! Danke, dass du mich daran erinnert hast!"

„Zehn Sekunden."

„Gib mir 30", forderte Albie. „Wir wollen doch dicht hintereinander feuern, aber ich muss mir erst noch was in die Ohren stecken. Erinnerst du Mac auch noch dran?"

Rayford wählte Mac an. „Noch eine halbe Minute, während wir uns mit Ohrstöpseln rüsten."

„Wiederhole?"

„Hast du deine Ohrstöpsel?"

„Einen Augenblick. Ich muss nur den Hörschutz aus meinem Ohr holen. Also, was ist?"

„Noch ein paar Sekunden. Bereit?"

„Bin bereit, Boss. Wir können anfangen."

Rayford sah auf die Uhr und rollte sich wieder in Position. Wie laut würde der Knall sein? Wie stark der Rückstoß? Die Geschichten waren zu Legenden geworden. Immer wieder wurden diese Dinger abgefeuert. Es würde interessant werden. Er würde die erste Runde abfeuern und durch das Zielfernrohr beobachten, wo die Kugel einschlug.

Der Knall war so laut, als hätte er keinen Stöpsel in den Ohren. Während seine Augen noch geöffnet gewesen waren, als er den Abzug gedrückt hatte, waren sie zugekniffen, als der Kolben sich tief in seine Schulter bohrte und ihn zurückprallen ließ, bis seine Stiefel gegen die Fahrerkabine schlugen. Rayford war ganz benommen von dem Knall und der Hitze. Seine Ohren klingelten, die Hände zitterten.

Dann wurde die Waffe nach vorn geschleudert, sodass die Beine des Ständers vom Lastwagen kippten. Rayford hatte vorgehabt, von eintausendeins bis eintausendsieben zu zählen, während er durch das Zielfernrohr beobachtete, wo die Kugel einschlug, aber er brachte nur ein Stöhnen zu Stande und hörte das Echo seiner Stimme. Seine Ohren funktionierten noch nicht wieder richtig.

Die zweite Waffe war auch vom Stativ gekippt und lag auf der Seite, und Rayford war froh, dass sie ebenfalls nicht heruntergefallen war. Albie sollte drei Sekunden warten und dann schießen, Mac würde weitere drei Sekunden danach feuern. Rayford hörte den Knall von Albies Gewehr und überlegte, dass er noch vier Sekunden hatte, um die zweite Waffe in Position zu bringen. Er würde trotzdem sehen können, wo seine erste Kugel einschlug.

Er stellte das Gewehr wieder auf, aber das Zielfernrohr hatte sich verstellt. Macs Schuss klang nur ein wenig weiter entfernt als Albies. Rayford sollte schon in wenigen Sekunden wieder feuern, aber er suchte verzweifelt mit dem Zielfernrohr nach dem Einschlag der ersten Kugel, während er sein Gewehr für den zweiten Schuss bereit machte. Sein ganzer Körper schmerzte und weigerte sich, das Ganze noch einmal durchzumachen.

Schließlich entdeckte er eine große Rauchwolke, und er nahm an, dass er den Felsen oberhalb der Fahrzeuge getroffen hatte. Rasch zielte er etwas tiefer und etwas weiter nach rechts und drückte ab. Der Rückschlag schleuderte ihn erneut zurück. Rayford wusste, dass er bei diesem Schuss die Augen zugekniffen hatte, aber eine Wolke aus Sand und eine schwarze Rauchfahne sagten ihm, dass ihre ersten drei Runden zu hoch, zu tief und zu weit rechts getroffen hatten. Sein zweiter Schuss schickte einen Funkenregen und weiteren roten Staub in die Luft. Nach Albies Schuss ertönte das Geräusch von Metall und Macs schien noch immer in der Luft zu sein.

Mittlerweile hatten vermutlich auch George und Abdullah ihre Energiewaffen in Position gebracht, aber da die DEWs keine Projektile verschossen, gab es beim Abschuss nicht mehr als ein Klicken, das Rayford nicht hören konnte. Er zog sich den Stoff aus den Ohren, dann kroch er zur zweiten Waffe und entfernte das Zielfernrohr. Er setzte sich auf und versuchte, die Trefferquote einzuschätzen. Doch ohne Stütze konnte er durch die hochempfindliche Linse nicht viel erkennen. Er ging auf die Knie und stützte sie an der Seite der Ladefläche ab. Dann suchte er langsam die Umgebung ab. Keine Soldaten der Weltgemeinschaft in Sicht.

Etwa 8 Meter von den Fahrzeugen auf der Linken und etwa sechs Meter darüber war ein Loch so groß wie ein LKW in den Felsen gerissen worden. Zwei Transporter schienen durch einen Schuss, der vermutlich zwischen ihnen hindurchgegangen war, zur Seite geschleudert worden zu sein. Das nächste Fahrzeug stand in Flammen. Zu sehen waren noch zwei breite, in den Sand gerissene Spuren und ein weiteres riesiges Loch im Felsen.

David rief an. „Wow!“, sagte er. „Das Ganze noch einmal und wir sind frei!“

„Verlassen Sie sich nicht darauf“, stöhnte Rayford. „Ich hoffe, ich muss das nie wieder tun!“

„Das klang wie der Vierte Weltkrieg, Mann! Die Weltgemeinschaft hat scheinbar bereits bei der ersten Explosion die Flucht ergriffen, denn als ich über den Rand spähte, befanden sie sich fast alle am anderen Ende. Viele von ihnen flehten um ihr Leben, aber ein paar Dutzend sind hinaus in die Wüste gerannt. Anscheinend haben diese Energiedinger gewirkt, denn es dauerte nicht lange, bis diese Jungs sich im Sand wälzten. Ein paar von ihnen kommen jetzt zurück, um die Lastwagen zu holen, ihr könnt also über ein paar weitere Runden nachdenken.“

Rayford sackte stöhnend in sich zusammen. Und lud nach.

Um vier Uhr morgens Chicagoer Zeit hatte Tsions Verzweiflung über seinen Fehler noch nicht abgenommen, aus diesem Grund freute er sich über den Bericht über den Angriff auf die Weltgemeinschaft.

„Sie wussten, wo wir sein würden, also wussten wir auch, wo *sie* sein würden“, schrieb David. „Dieses Gebiet wird bald sicher sein für die fliehenden Kinder Israels.“

Eigentlich sollte er schlafen, aber Tsion war klar, dass nicht die ganze zweite Hälfte der Trübsalszeit so hektisch und voller Aktivität verlaufen würde. Es würde auch Zeiten der Ruhe geben, wie er Rayford immer wieder versichert hatte, wenn dieser zu erschöpft war und glaubte, nicht mehr weitermachen zu können. Es würde eine Atempause geben zwischen dem Zeitpunkt, an dem Carpathia den Bund mit Israel brach, und der Schlacht von Armageddon. Wenn sie es schafften, im Moment bei Kräften zu bleiben, würden sie durchhalten können.

Tsion stellte das Fernsehgerät an und erfuhr, dass sich die Plage der Geschwüre über die ganze Welt ausgebreitet hatte. Sogar die Fernsehreporter litten Schmerzen und ein Sender brachte ausschließlich Tipps für die Leidenden. Zwar stand die Berichterstattung über den

Besuch des Potentaten gegen Mittag carpathiatischer Zeit auf dem Sendeplan, doch Tsion schaltete auf einen anderen Kanal um, weil er hören wollte, was über das gesagt wurde, was nicht „von dieser Welt" war. Es gab wenig Hilfe für eine von Gott gesandte Plage, aber die Weltgemeinschaft versuchte, die Situation dennoch zu beschönigen.

In Neu-Babylon sorgte sich Chang darum, entlarvt zu werden, falls den Leuten klar wurde, dass er als Einziger unter ihnen nicht unter den Geschwüren litt. Sein Chef hatte ihn per E-Mail gefragt, wie es ihm ging, und Chang hatte angedeutet, es sei besser, wenn er ein paar Tage lang auf seinem Zimmer bliebe. Daraufhin hatte ihm dieser die Erlaubnis dazu erteilt, vorausgesetzt, dass Chang die notwendigen Vorbereitungen für eine Live-Sendung der hochrangigen Mediziner im Palast auf dem Spezialsender traf. Sie sollten Behandlungsvorschläge weitergeben.

Das konnte Chang erledigen, ohne sein Apartment zu verlassen. Er sah sich einen Teil der Sendung an, erinnerte sich jedoch daran, dass um ein Uhr Palastzeit Nicolai Carpathia den Tempel betreten würde.

Dr. Consuela Conchita hatte dunkle Ringe unter den Augen und ganz augenscheinlich Mühe, aufrecht zu sitzen. Sie gab den Zuschauern Hinweise zur Behandlung ihrer Geschwüre. „Tatsache ist, dass wir bisher nicht in der Lage gewesen sind, diese pandemische Erkrankung zu diagnostizieren", erklärte sie. „Sie beginnt als Reizung der Haut, häufig in Bereichen, die normalerweise von Kleidung bedeckt sind, breitet sich dann aber auch im Gesicht und an den Händen aus.

In der Anfangsphase macht sich die Erkrankung als Jucken bemerkbar, doch schon bald bricht das Geschwür auf und ähnelt dann einem Furunkel oder einer Verbrennung, manchmal sogar einem Karbunkel. Aber während normalerweise solche Ekzeme durch eine Staphylokokken-Infektion hervorgerufen werden, hat diese Art der Erkrankung nicht auf die konventionelle Symptombehandlung angesprochen. Staphylokokken-Bakterien werden üblicherweise in solchen Geschwüren festgestellt, weil sie sowieso auf unserer Hautoberfläche zu finden sind, doch diese Geschwüre werden durch eine noch unbekannte Bakterienart hervorgerufen. Das macht die Erkrankung sehr viel ernster und die Behandlung so schwierig.

Zwar scheinen diese Geschwüre nicht lebensbedrohlich zu sein, doch sie müssen sorgfältig versorgt werden, um die Bildung von infizierten Abszessen zu verhindern. Wir haben jeden Zusammenhang zwischen den Geschwüren und der Verabreichung des Loyalitätszeichens ausgeschlossen. Zwar scheinen nur die Menschen unter den Geschwüren zu leiden, die das Zeichen tragen, aber ein Zusammenhang ist wissenschaftlich nicht nachweisbar.

Diese Art der Hautprobleme kann Narben hinterlassen, darum ist es wichtig, die betroffenen Bereiche sauber zu halten und jedes juckreizlindernde Mittel anzuwenden, das Sie bekommen können. Antibiotika haben sich bei der Eindämmung der Infektion als nicht wirksam erwiesen, werden aber trotzdem empfohlen.

Tragen Sie weite Kleidung, damit Luft an die Haut kommt. Vermeiden Sie intravenös gespritzte Medikamente und besorgen Sie sich eine gute antibakterielle Seife. Legen Sie heiße oder kalte Kompressen auf, je nachdem, was Ihnen am besten Linderung verschafft. Fieber und Müdigkeit sind allgemeine Nebenwirkungen."

Chang wusste nicht, ob es die Macht der Suggestion war oder nur seine eigene irrationale Angst. Aber er bemerkte ein Jucken am Schienbein, sprang von seinem Stuhl auf und zog sein Hosenbein hoch. Es war nichts zu sehen, aber dennoch konnte er nicht aufhören, die betreffende Stelle zu kratzen. Dadurch wurde sie natürlich rot, aber war da nicht doch ein Anzeichen für die Erkrankung zu sehen? Er sagte sich, es könnte nicht sein, da er zwar tatsächlich das Zeichen Carpathias trug, es jedoch weder freiwillig erhalten hatte, noch hatte er das Bild Nicolais angebetet, geschweige denn Nicolai selbst.

Buck konnte es kaum glauben, als Dutzende von Zivilisten ohne Zeichen zu Chaim kamen und ihn baten, mit ihnen zu beten.

„Sie wissen, dass Sie für diese Entscheidung unter Umständen mit Ihrem Leben bezahlen müssen", ermahnte Chaim sie. „Dies ist eine ernste Sache."

Die Leute knieten vor ihm nieder und sprachen sein Gebet nach. Das Zeichen des Siegels Gottes erschien auf ihren Stirnen.

„Diejenigen von Ihnen, die Juden sind", sagte Chaim, „hören Sie genau zu. Gott hat einen besonderen Zufluchtsort für Sie bereitet. Achten Sie auf meine Ankündigung und begeben Sie sich nach Süden, wenn Carpathias Pläne zum Gegenschlag ihren Höhepunkt erreichen. Freiwillige Helfer werden Sie nach Mizpe Ramon in der Negev-Wüste fahren. Mein Assistent hier wird Ihnen sagen, woran Sie sic erkennen können. Es ist etwas, das wir sehen können, unser Feind jedoch nicht. Wenn Sie kein Transportmittel finden, begeben Sie sich zum Ölberg, wo Sie genau wie von Mizpe Ramon aus per Hubschrauber nach Petra gebracht werden, der alten arabischen Stadt südwestlich des Jordan. Dort wird Gott uns bis zur Wiederkunft Jesu beschützen, wenn er seine tausendjährige Herrschaft auf der Erde aufrichten wird."

Als es Mittag wurde, machten sich orthodoxe Juden von der Klagemauer aus auf den Weg zum Tempel. Einige sahen sehr ernst aus und eindeutig nicht glücklich. Viele trugen die traditionelle jüdische Kleidung und hielten sich am Rand der Menge, die sich um Chaim drängte. Sie hörten zu, aber niemand trat näher oder sprach ihn an. Mehrere blickten über die Schultern zurück auf den Tempel und die Monitore, um sicherzugehen, dass sie nichts verpassten.

Chaim hatte seine Rede an die Neubekehrten beendet, und während sie sich langsam zerstreuten, bedeutete er den Männern, die von der Klagemauer gekommen waren, näher zu treten. „Ihr heiligen Männer Israels", sagte er, „ich weiß, wer ihr seid. Ihr lasst euch nicht davon überzeugen, dass Jesus bar Joseph von Nazareth der angekündigte Messias ist, doch ihr akzeptiert auch nicht Nicolai Carpathia als Gott. Ich fordere euch auf, einfach zuzuhören, während ein Mensch euer Allerheiligstes betritt und es in seinem eigenen Namen verunreinigt. Ich werde euch die Stellen aus den Schriften vorlesen, in denen genau dieses Ereignis vorhergesagt wurde. Ich werde bitten, dass man euch Zuflucht in Masada gewährt. Dort werde ich euch die Beweise dafür vorlegen, dass Jesus Christus der Messias des Judentums ist."

Die heiligen Männer blickten finster drein und murmelten vor sich hin.

„Meine Brüder!", rief Chaim voller Autorität. „Ich bitte euch nur um eure Aufmerksamkeit. Was ihr mit dieser Information tut, bleibt ganz euch überlassen. Ohne Gottes Schutz lauft ihr Gefahr, von dem Herrscher dieser Welt getötet zu werden, weil ihr euch ihm widersetzt habt. Und doch wird seine Entweihung dieser heiligen Stätte euch erzürnen."

Buck spürte, dass das Telefon vibrierte, und ein Blick darauf verriet ihm, dass Chang gerade versuchte, ihn zu erreichen.

„Mach schnell", sagte Buck.

„Haben Sie von der Idee meiner Schwester gehört, dass ich mich in Carpathias Sendung einschalte und sie durch eine Rede Dr. Ben-Judahs ersetze?"

„Chloe hat mir davon erzählt. Kannst du das auch für Chaim machen?"

„Mit Ihrer Hilfe schon."

„Was brauchst du?"

„Eine Kamera und ein Mikrofon."

„Wo bekomme ich das?"

„Sie sind vor Ort, Mr. Williams, ich nicht. Offensichtlich werden Kameras im Tempel aufgestellt sein, denn Carpathia möchte, dass die ganze Welt sieht, was er dort tut. Laut meinem Zeitplan wird er danach eine Rede halten, aber ich weiß nicht, ob im Gebäude oder davor. Wenn Sie irgendwie eine Kamera und ein Mikrofon beschaffen könnten, solange er noch im Tempel ist, kann ich Rosenzweig zwischenschalten, und Carpathia wird das nicht einmal merken, bis es ihm jemand steckt."

„Die Idee gefällt mir."

„Mir auch", erwiderte Chang, „aber wenn er seine Rede draußen hält, wird er merken, was wir tun."

„Wir müssen diese Gelegenheit nutzen. Und da kommt er schon. Chaim glaubt, er würde seine Rede draußen auf einer Nachbildung von Salomos Tribüne halten. Er hat sich mit Zivilisten umgeben, die seinen extravaganten Thron tragen, und einige zerren das Schwein von gestern herum. Carpathia hat ihnen einfach nur gesagt: ‚Ihr werdet belohnt werden. Schon bald wird die Welt zweifelsfrei wissen, dass ich Gott bin.'"

„Und es sind keine Bonzen der Weltgemeinschaft dabei?"

„Doch, Fortunato und Moon und ein paar andere, aber sie sehen schrecklich aus. Sie werden ihm keine große Hilfe sein."

„Es müssen doch irgendwelche Kameras herumstehen, die nicht benötigt werden, wo doch so viele Leute mit Geschwüren daniederliegen."

„Ich sehe ein paar auf Stativen. Sie sind auf den Tempel ausgerichtet."

„Können Sie sich nicht eine schnappen?"

„Wer sollte mich aufhalten?"

„Dann mal los. Ich muss nur die Nummer oben links auf der Rückseite wissen. Auf jeden Fall müssen ein Monitor und ein Mikrofon daran angeschlossen sein."

„Bleib dran."

Buck zögerte, als Carpathia neben ihnen stehen blieb, Fortunato, Moon, Ivins und andere seiner engsten Anhänger im Schlepptau. Alle sahen blass und ausgezehrt aus. Die orthodoxen Juden drehten sich herum und funkelten sie wütend an. Nicolai deutete auf Chaim. „Mit

Ihnen werde ich mich später befassen“, drohte er. „Dieser Fluch ist nur von begrenzter Dauer, und was mit den beiden Verrückten an der Klagemauer geschehen ist, wird auch Ihnen zustoßen. Und was Sie betrifft“, fügte er hinzu und deutete auf die erzürnten orthodoxen Juden, „Sie werden den Tag bereuen, an dem Israel mir den Rücken gekehrt hat. Ein Friedensbündnis ist nur so lange von Nutzen, wie jede Seite ihr Wort hält.“

„Buh!“, rief jemand und andere zischten und pfiffen. „Sie wagen es, unseren Gott zu verspotten?“ Immer mehr kamen mit geballten Fäusten hinzu.

Carpathia hatte sich zum Tempel gewandt, doch bei den Zwischenrufen wirbelte er plötzlich herum. „Euer Gott?“, rief er. „Wo ist er denn? Im Inneren? Warum gehe ich nicht hinein und sehe ihn mir an? Sollte ich nicht vor Angst zittern, wenn er dort drin ist und mich nicht willkommen heißt? Könnte er mich töten?“

„Ich bete, dass er es tut!“, rief ein Rabbi.

Carpathia blickte die Männer an. „Ihr werdet den Tag bereuen, an dem ihr euch mir widersetzt habt! Es wird nicht lange dauern, bis ihr euch entweder meinem Zeichen unterwerft oder unter meiner Klinge umkommt.“

Er stieg die Stufen zum Tempel hinauf. Seine kranken Anhänger mussten sich gegenseitig stützen. Die Juden gingen wiederum mehrere Meter hinter ihnen. Als Carpathia und seine Leute einer Gruppe loyaler Zivilisten an den Säulen vorbei in den Innenhof folgten, blieben die orthodoxen Juden draußen stehen; schwankend und sich verneigend schrien sie zu Gott.

Buck rannte zu einer unbesetzten Kamera mit Mikrofon, sein Handy ans Ohr gepresst. Ein kleiner Monitor und Kopfhörer hingen hinter der Kamera herunter. Sie waren an den Beinen des Stativs befestigt. Über den Monitor wurde die aktuelle Berichterstattung übertragen. Man sah gerade Carpathia, der zusammen mit einigen Anhängern den Tempel betrat. Der Kameramann kannte sich offensichtlich in seinem Metier noch nicht aus. Seine Kameraführung war sehr unsicher.

„Ich hab’s“, sagte Buck zu Chang, dann gab er ihm die Daten durch.

„Gut! Drahtlos. Gehen Sie so dicht an Rosenzweig heran wie möglich und stecken Sie das Mikrofon in die dazugehörige Buchse unterhalb der Linse.“

Buck versuchte, das Stativ mitzunehmen, aber die Räder waren blockiert. Da er nur mit einer Hand arbeiten konnte, hätte er es beinahe umgeworfen. Er sagte Chang, er würde ihn später zurückrufen, und machte sich an den Rädern zu schaffen.

In der Zwischenzeit wandte sich Chaim wieder Carpathia zu. „Wenn Sie Gott sind“, wütete er, „warum können Sie nicht Ihren eigenen Hohenpriester heilen oder die Frau, die ihnen näher steht als eine Verwandte? Wo sind all Ihre Militärführer und die anderen Mitglieder Ihres Kabinetts?“

Die Aufmerksamkeit der Menge richtete sich von Chaim wieder auf den Eingang zum Tempel. Sein Trick hatte funktioniert. Carpathia war wieder erschienen. Viele der heiligen Männer eilten die Treppen hinab, um Nicolai den Blick auf die Kamera zu versperren, die nun vor Chaim aufgebaut war, aber Buck fürchtete, es würde so aussehen, als hätten sie Angst vor dem Potentaten.

„Wo sind Ihre loyalen Anhänger“, fuhr Chaim fort, „diejenigen, die Ihr verfluchtes Zeichen angenommen und Sie und Ihr Bild angebetet haben? Ein Körper bedeckt mit Beulen ist der Preis, den jeder bezahlt, der Sie anbetet, und Sie behaupten, Gott zu sein?“

Buck hatte den Eindruck, dass Nicolai versuchte, den alten Mann dazu zu bringen, zuerst den Blick abzuwenden. Der Rosenzweig, den Buck kannte, hätte bei dieser Art der psychologischen Kriegsführung nicht durchhalten können, aber Micha, dieser neue Mose, hielt Carpathias Blick, ohne auch nur zu blinzeln, so lange stand, dass Nicolai sich schließlich abwandte. Buck betrachtete den Monitor. Es sah so aus, als sei der letzte Austausch nicht gesendet worden. Auf dem Bild war jetzt ein Kommentator im Neu-Babyloner Studio zu sehen, der verkündete, GCNN schalte nun nach Jerusalem, „wo Seine Exzellenz den berühmten Tempel besuchen wird. Viele unserer Brüder und Schwestern sind erkrankt; wir bitten um Ihr Verständnis für die nicht ganz so gute Bild- und Tonqualität. Eine ganze Reihe der Techniker, die es uns ermöglichen, Ihnen dieses Ereignis zu übertragen, besitzen noch keine Erfahrung mit den technischen Geräten.“

David machte sich Sorgen, als mehrere Schüsse der großen Gewehre und der strategische Einsatz der DEWs nötig waren, um die bereits durch die Geschwüre dezimierten und angeschlagenen Truppen der Weltgemeinschaft aus Petra zu vertreiben. Er war sicher, dass man ihn nicht entdeckt hatte, und nun hoffte er, dass die Militärführung Verstärkung ablehnen würde.

Rayford hatte ihm mitgeteilt, es ginge ihm, Albie und Mac gut, abgesehen von wunden Schultern und klingelnden Ohren, und George und Abdullah hatten von einigen Treffern berichtet, die sie den nur eine Viertelmeile innerhalb ihrer Reichweite fliehenden Soldaten beigebracht hatten.

„Ich wäre nicht erstaunt“, fügte Rayford hinzu, „wenn heute gegen Abend eine ganze Flut von neuen Bewohnern eintreffen würde.“

Noch nie hatte David eine Schlacht so hautnah miterlebt, aber irgendwie war der Kampf ihm nicht fair erschienen. Er konnte sich nicht vorstellen, einen Angriff zu führen, während die meisten der Soldaten an schlimmen Geschwüren litten.

Da er nicht wusste, ob Chaim die fliehenden Israelis nach Petra führen oder erst später nachkommen würde, machte David sich klar, dass er bis zum Eintreffen von Dr. Rosenzweig die Verantwortung trug. Er überlegte, wo sich die ersten 250 000 Menschen niederlassen sollten. Als er an seinen Computer zurückkam, um zu sehen, was beim Tempel geschah, wartete eine Nachricht von Hannah Palemoon auf ihn.

„David, wir haben hier gerade eine Pause, und natürlich wissen wir nicht, wie lange sie andauern wird. Wir beten, dass die kleine Gruppe, die auf deinen Ruf hin gekommen ist, um die Weltgemeinschaft zurückzudrängen, gesund und nach erfolgreich erledigter Aufgabe hierher zurückkehrt.
Mir fällt es nicht leicht, das zu schreiben, aber ich habe das Gefühl, ich müsste mir von der Seele schreiben, was mich bewegt. Abgesehen davon, dass du noch immer um die Liebe deines Lebens trauerst, käme wohl niemand von uns auf die Idee, während dieser Phase der Geschichte eine ‚Beziehung‘ auch nur in Betracht zu ziehen, außerdem kennen wir uns kaum. Also, bitte, bitte, denke nicht, ich würde dies wegen irgendwelcher ‚Gefühle‘ schreiben, die wir vielleicht füreinander empfinden sollten. Aber wir sind Freunde. Das verpflichtet uns zu nicht viel, falls überhaupt. Um unseretwillen lass mich es einfach aussprechen. Ich war verletzt über die Art und Weise, wie du deine Entscheidung, nach Abschluss der ‚Operation Adler‘ nicht in die Vereinigten Nordamerikanischen Staaten zurückzukehren, getroffen hast. Es war eine sehr weitreichende Entscheidung, eine wichtige Station in deinem Leben. Ich möchte hinzufügen, dass es nach meiner Ansicht vermutlich die richtige Entscheidung ist.

Aber ich habe erst zusammen mit den anderen davon erfahren. Offensichtlich hast du ausführlich mit Captain Steele darüber gesprochen, und schon wurde es verkündet, du verabschiedest dich, und fort bist du. Mein Freund, mein Kumpel, der Mann, den ich für eine Stütze gehalten habe, ist einfach so fort. Es tut mir Leid, dir dies sagen zu müssen, aber ich habe einfach das Gefühl, dass du mich nicht wie einen Freund behandelt hast. Ich hätte mich geehrt gefühlt, wenn ich dich bei der Entscheidung hätte unterstützen können oder wenn du mich zumindest persönlich darüber informiert hättest. Das hätte mir gezeigt, dass ich dir wichtig bin. Wenn das verrückt ist und du zweifelsfrei weißt, dass ich bedauern werde, diese Mail abgeschickt zu haben, dann tu so, als hätte ich es nicht getan. Und vielen Dank für einige sehr schöne Erinnerungen.
Liebe Grüße,
Hannah“

9

Buck richtete die Kamera ausschließlich in einer Nahaufnahme auf Chaim, um möglichen Überwachern in Neu-Babylon keine Hinweise auf seinen genauen Standort zu liefern. Wenn das tatsächlich so funktionierte, wie Chang zu hoffen schien, würden die Verantwortlichen von *Global Community News Network* versuchen, Chaim aus der Sendung zu nehmen und natürlich die gestohlene Kamera aufzuspüren.

Buck stellte den Monitor so, dass sowohl er als auch Chaim Carpathia im Blick behalten konnten und merkten, wann Chang auf sie umschaltete. Als GCNN auf die Kamera im Tempel umschaltete, bemerkten sie eine Auseinandersetzung. Carpathia brüllte den Assistenten des Kameramannes an und das Bild begann zu wackeln. Buck setzte sich schnell die Kopfhörer auf und hörte die Stimme des Assistenten. „Es tut mir Leid, Exzellenz, aber ich möchte das nicht tun."

„Sie wollen meinen Anweisungen nicht Folge leisten?", flüsterte Carpathia.

„Ich möchte schon, Sir, aber –"

„Sir?!"

„Heiligkeit! Aber ich sollte nicht einmal hier drin sein, und sie werden nicht auf mich hören."

„Sie sprechen in meinem Namen, und wenn die nicht hier raus sind, wenn ich komme, dann wird ihr Blut für die Opferungen verwendet werden."

„Oh, Sir – Potentat!"

„Und jetzt los, sonst steht Ihnen dasselbe Schicksal bevor."

GCNN in Neu-Babylon schaltete sich ein. „Das Gefolge Seiner Exzellenz hat den Hof der Frauen durchschritten. Dort wird Miss Viv Ivins warten. Die anderen haben nun den Hof der Männer betreten und sind offensichtlich auf Priester gestoßen, die sich weigern, den Tempel für Potentat Carpathias private Besichtigungstour zu verlassen, die ganz eindeutig vereinbart worden war. Seit seinen Verhandlungen mit den Muslimen, den Felsendom von Jerusalem nach Neu-Babylon zu verlegen, hatte der Potentat klar gemacht, dass alle Aktivitäten im neu erbauten jüdischen Tempel seine Billigung benötigen. Es ist kein Geheimnis, dass orthodoxe Juden auch weiterhin die täglichen Rituale und Opferungen, die ihr Glaube verlangt, fortgesetzt haben, auch nachdem der Enigma-Babylon-Welteinheitsglaube, der die Ziele aller Glaubensrichtungen in sich vereint, als einzige legale internationale Religion eingeführt worden war. Nachdem Seine Exzellenz sich selbst von den Toten auferweckt hat, wurde er zum Mittelpunkt unserer Anbetung, was zur Auflösung des Welteinheitsglaubens und der Einführung des Carpathianismus führte. Trotzdem bleiben die Juden und eine Splitterpartei fundamentalistischer Christen, nach ihrem Führer, dem messianischen Juden Dr. Tsion Ben-Judah, als Judahiten bekannt, die letzten Widerstandsparteien gegen unseren wahren und lebendigen Gott.

Seine Exzellenz wird schließlich das Allerheiligste betreten, aber zunächst besteht er auf der Entfernung der Dissidenten. Wir geben zurück nach Jerusalem."

„Jeder, der mir nicht die Ehre gibt, könnte erschossen werden", erklärte Carpathia. „Sind Sie bewaffnet und bereit?"

„Nein!", rief der Assistent.

„Ich bin bewaffnet", meldete sich Walter Moon zu Wort.

„Sie", bestimmte Nicolai und deutete auf den Assistenten, „nehmen Mr. Moons Waffe und tun Sie Ihre Pflicht."

Bucks Blick hing an dem Monitor. Carpathia sah nicht in die Kamera, sondern daran vorbei zu dem Freiwilligen. Ruckartig wurde die Kamera bewegt, und ins Bild kam nun der Mann, der sich weigerte, die Pistole zu nehmen. Es gab ein Handgemenge, ein Schuss war zu hören und dann ein Schrei, und der Mann sank zu Boden. Die Kamera wurde auf Carpathia gerichtet, der nun die Pistole in der Hand hielt.

„Zeigen Sie ihn", forderte Carpathia und die Kamera schwenkte zu dem leblosen Körper auf dem Boden.

Über Bucks Kopfhörer meldete sich Changs Stimme. „Und los geht's", sagte er.

Chaim stellte sich in Position; das rote Licht an Bucks Kamera leuchtete auf.

„Wie es scheint, will der Herrscher dieser Welt nicht nur die Priester ihres rechtmäßigen Platzes in ihrem Tempel berauben", sagte Chaim, „offenbar hat er auch persönlich einen Mord an dieser heiligen Stätte begangen." Was Buck hörte, entsprach nicht Chaims Mundbewegung, und ihm wurde klar, dass der Mann auf Hebräisch sprach, er jedoch Englisch hörte.

Die protestierenden Orthodoxen, die die Vorgänge vor dem Tempel über den Monitor verfolgten, schrien ärgerlich und ballten die Fäuste. Das zog eine große Menschenmenge an. Wie Buck bemerkte, trugen viele dieser Menschen kein Loyalitätszeichen, und es wurden immer mehr. Er spähte auf den kleinen Monitor unterhalb seiner Kamera. GCNN sendete Chaim, obwohl er über seine Kopfhörer hören konnte, wie die Verantwortlichen etwas von technischen Schwierigkeiten sagten.

Chang meldete sich und versicherte Buck: „Ich habe die Leute in Neu-Babylon ‚abgewürgt', sie sind im Fernsehen nicht zu hören, aber sie versuchen natürlich, Ihre Kamera ausfindig zu machen. Ich schalte jetzt zurück zu Carpathia und lasse sie noch eine Weile im Ungewissen."

„Lass laufen, bis Chaim seinen Gedanken zu Ende gebracht hat", schlug Buck vor.

„Bei Carpathias Besichtigungstour", fuhr Chaim fort, „ist er nun bei dem Waschbecken angekommen, in dem sich die Priester die Hände waschen, bevor sie sich dem Hauptaltar nähern. Der Tempel wurde über einer Reihe unterirdischer Wasseradern erbaut, wo die Schwerkraft für ständigen Wasserdruck für die unterschiedlichen Reinigungsrituale sorgt. Natürlich hat Carpathia dort nichts zu suchen, und nicht einmal ein zeremonielles Waschen der Hände wird ihn freisprechen von der Tatsache, dass er den Tempel verunreinigt hat."

„Ich schalte jetzt um", teilte Chang mit, und auf dem Monitor erschien Carpathia, der seinem Kameramann bedeutete, ihm zu folgen.

„Wir waren einen Augenblick nicht auf Sendung", erklärte der Mann.

„Was haben Sie verpasst?"

„Ich glaube nicht, dass wir das, Sie wissen schon …"

„Sie haben nicht aufgenommen, wie ich das Blut berühre?"

„Nein, Exzellenz. Sollen wir zurückgehen?"

„Nein!", erklärte Carpathia angewidert. Er hielt seine schwarzroten Hände vor die Kameralinse. „Meine Getreuen verstehen diese Botschaft." Er hob die Stimme, bis sie widerhallte und ganz verzerrt klang. „Jeder, der es wagt, meine Pilgerreise zu stören, dessen Blut wird an meinen Fingern zu finden sein!"

Donnernde Schritte ließen den Kameramann herumfahren. Auf dem Bildschirm tauchten Priester in vollem Ornat auf, die Carpathia zur Rede stellten.

„Seht nur, wo dieses Blut herkommt!“, rief Carpathia, und die Kamera schwenkte auf die Gesichter der Priester, die stehen blieben und erbleichten. Als sie die Leiche erblickten, stöhnten sie auf und riefen: „Kennt Ihre Bösartigkeit denn keine Grenzen?“

„Seid ihr die Gotteshasser“, wütete Carpathia, „die mich nicht als einen Gott anerkennen, einen Gott, der von allen anderen anerkannt wird, aber von euch nicht so genannt wird?“

Einer der Priester ergriff das Wort. „Es sollte Sie nicht erstaunen, dass wir Ihnen doch unsere Loyalität gezeigt haben, indem wir täglich Opfer für Sie gebracht haben.“

„Ihr habt Opfer dargebracht“, entgegnete Carpathia, „aber einem anderen, auch wenn es für mich bestimmt war. Was nützt das, denn ihr habt nicht mir geopfert. Kein Opfer soll jemals wieder in diesem Tempel dargebracht werden, es sei denn, es ist für mich bestimmt. Nicht wird *für* mich geopfert, sondern nur noch *mir*. Und jetzt geht, oder euch erwartet dasselbe Schicksal wie diesen Unglücklichen, der dumm genug war, nicht zu glauben, dass ich das Wesen eines Gottes habe!“

„Gott wird dich richten, Satan!“

„Geben Sie mir noch einmal Ihre Pistole, Supreme Commander!“

„Wir gehen nicht in Furcht, sondern vielmehr, weil Sie das Haus Gottes in ein Schlachtfeld verwandelt haben!“

„Geht nur! Ich verhalte mich in meinem Haus, wie ich es möchte, und solltet ihr am Ende der Woche noch kein Loyalitätszeichen haben, werdet ihr euren Kopf als Opfer darbringen.“

Protestierend zogen die Priester ab, und Buck sah, wie die anderen Priester vor dem Tempel sie voller Mitgefühl empfingen. „Ihr, die ihr Gott liebt, vereinigt euch!“, rief einer von ihnen und die Zuschauer nahmen den Ruf auf.

Das Licht an Bucks Kamera ging an und Chaim ergriff erneut das Wort. „Die Treppen im Innenhof innerhalb der Säulen sind nach Osten ausgerichtet und führen zum Hauptaltar. Die gottesfürchtigen Priester ziehen um den Hof der Priester und das Heiligtum, die linke Hand zum Altar ausgestreckt. Dieser Mensch, der es gewagt hat, heiligen Boden zu betreten, läuft bereits in die andere Richtung, sodass seine rechte Hand dem Altar am nächsten ist. In den Schriften wird vorhergesagt, dass er keinerlei Achtung vor dem einen, wahren Gott hat. Welche Pläne er mit dem Untier hat, auf dem er über die Via Dolorosa gezogen ist, wird sich zeigen, wenn er noch tiefer in Gottes Wohnstatt eingedrungen ist.

Was für ein beschämender Kontrast ist dies zu der Shekinah Herrlichkeit Gottes, die dreimal erschien, das letzte Mal in diesem Tempel. Gott erschien Mose auf dem Berg Sinai, als er diesem die Zehn Gebote gab. Er erschien erneut, als Mose die Stiftshütte weihte. Und schließlich zeigte er sich bei der Weihung von Salomos Tempel genau an dieser Stelle. Sollte es Gott gefallen, könnte er sich selbst sogar heute offenbaren und diesen Feind unter seinem Fuß zertreten. Aber er hat einen ewigen Plan und der Antichrist ist nur ein Mitspieler. Obwohl der Antichrist Macht hat, seine Schreckensherrschaft über die Welt eine gewisse Zeit lang auszuüben, wird er doch ein schlimmes Ende finden."

„Wir waren wieder nicht auf Sendung, Exzellenz", berichtete der Kameramann, als das rote Licht wieder aufleuchtete.

„Was machen Sie denn verkehrt?"

„Nichts, Potentat! Mein rotes Licht geht an und aus, ich habe gar keinen Einfluss darauf."

„Zeigen Sie dies hier! Zeigen Sie, dass der Bau mir zu Ehren so schön errichtet wurde, auch wenn der Architekt und die Handwerker dies damals noch nicht wussten." Die Kamera schwenkte über das Zypressen- und das Zedernholz, die goldenen Intarsien und Verzierungen, das Silber und Messing.

„In meinem Haus wurden keine Kosten gescheut!", freute sich Carpathia.

Leon Fortunato, der sich offensichtlich vernachlässigt fühlte, sagte etwas, das von dem Mikrofon nicht aufgefangen wurde. „Sprechen Sie lauter, mein Freund!", sagte Carpathia. Er entfernte sein Ansteckmikrofon und hielt es Fortunato an den Mund.

„Sie, mein Herr", sagte der erschöpft und schwach wirkende Fortunato mit heiserer Stimme, „sind der gute Geist der Welt und die Quelle alles Guten."

David Hassid saß hoch über der Stadt Petra. Die Solarzelle seines Laptop war auf die Sonne ausgerichtet und der Bildschirm lag im Schatten. Chang war wirklich erstaunlich. Aber das Drama, das über das internationale Fernsehen und über das Internet ausgetragen wurde, veranlasste David dazu, sich die Frage zu stellen, wie Chaim die gläubigen Juden befreien würde. Er wünschte, er könnte auf irgendeine Art und Weise mit Chaim in Verbindung treten, ihm irgendwie mitteilen, er solle jetzt alle auffordern zu fliehen, bevor Carpathia die Entweihung des Tempels beendet hatte und wieder anfangen würde, Vergeltung zu üben.

Aber das Pläneschmieden war nicht seine Aufgabe, das wusste David. Seit Anbeginn der Welt hatte Gott diese Ereignisse geplant und er allein konnte Chaim zum Handeln bewegen.

Die Menschen vor dem Tempel wirkten gefährlich. Carpathias Anhänger versuchten, die orthodoxen Juden niederzuschreien, aber diejenigen, die das Zeichen bereits erhalten und das Bild angebetet hatten, konnten sich kaum auf den Beinen halten. Die wachsende Opposition schien mit steigender Zahl immer mutiger zu werden, vor allem angesichts der Tatsache, dass der innere Kreis des Potentaten und die Militärführer so offensichtlich handlungsunfähig waren.

Trotz alledem war Carpathia eine tödliche Gefahr, das wusste David, der sich in seiner gegenwärtigen Macht sonnte. Der Potentat wies seinen Ersatzkameramann an, sich hinter ihm aufzustellen, während er vor dem Vorhang zum Allerheiligsten wartete. David stellte sich vor, dass der Gott des Himmels zusah, wie Carpathia mit einem strahlenden Lächeln ein langes Messer aus seinem Gürtel nahm und den Vorhang von so weit oben, wie er hinaufreichen konnte, bis zum Boden aufschlitzte und ihn dann zur Seite schob. Über Carpathias Schulter hinweg konnte David dessen Thron und das riesige Schwein vom Vortag erkennen, die sich in der Nähe des Altars befanden. Das Schwein trug nun keinen Sattel mehr und stand auch nicht mehr unter Betäubung. Es kämpfte gegen die beiden Seile um seinen Hals an und wurde von treuen Anhängern Carpathias gehalten, die das Zeichen noch nicht erhalten hatten. Fortunato und Moon stellten sich hinter dem Schwein auf, als wollten sie sicher sein, dass sie auch im Bild waren.

Plötzlich schaltete die Kamera wieder vor den Tempel. Chang hatte Buck vermutlich vorgewarnt. Er hatte die Opposition im Bild, die wie gebannt auf die Monitore starrte. Viele fielen auf die Knie und zerrissen ihre Kleider. Und schon war wieder das Innere des Tempels zu sehen, wo das Schwein sich wand und kämpfte. Lachend trat Carpathia mit dem Messer näher. Er sprang auf das Tier zu, doch es entwand sich seinen Bewachern. Er glitt aus.

„Du willst spielen?“, brüllte Carpathia und sprang auf das Tier, das in die Knie ging. Doch schnell richtete es sich wieder auf und der Potentat rutschte beinahe herunter. Dennoch konnte er sich an einem der Seile festhalten und wieder hochziehen. Dann packte er das Messer und schnitt dem Tier die Kehle durch.

Das Schwein wurde wild und warf Carpathia ab. Es schlug aus, während Carpathia versuchte, sich wieder auf die Beine zu kämpfen. Seine Kleider waren blutbefleckt. Die beiden Männer hielten die Seile fest, und schon bald erlahmte die Kraft des Schweins, und es sank zu Boden.

Carpathia steckte sein Messer weg und hielt beide Hände unter das Blut, das aus dem Hals des sterbenden Tieres strömte. Noch bevor er wieder auf den Beinen stand, schleuderte er das Blut in Richtung Altar, wobei auch die Männer getroffen wurden, die das Schwein festhielten. Hysterisch schreiend sprangen sie aus dem Weg. Fortunato und Moon waren mitten in dem Handgemenge gefangen. Sie trugen ein aufgesetztes Lächeln zur Schau, sahen aber gleichzeitig so aus, als würden sie jeden Augenblick zusammenbrechen.

David verfolgte mit offen stehendem Mund die Vorgänge und fragte sich, wie jemand einen Mann ernst nehmen konnte, der nicht nur Gott ins Gesicht spuckte, sondern sich auch noch wie ein Betrunkener verhielt, der keine Kontrolle mehr über sich hat.

Als das Schwein schließlich reglos liegen blieb, versuchte Carpathia, es mit dem Messer zu zerlegen, doch er musste feststellen, dass weder er noch das Messer der Aufgabe gewachsen war.

„Schade!“, rief er unter dem Gelächter seiner Leute. Erschöpft ließ er sich auf seinen Thron sinken. „Ich hätte Lust auf gebratenes Schweinefleisch!“

Carpathia schien jedoch schnell von der Tollheit genug zu haben. „Schafft das Schwein hier heraus“, forderte er, „und bringt mein Bildnis herein.“ Er erhob sich und eilte zu einem Wasserbecken. Die Kamera blieb auf sein Gesicht gerichtet, aber es war klar, dass er sich unter dem Wasserstrahl umzog.

„Kalt!“, rief er schließlich und griff nach einem Handtuch, das ihm von einem seiner Lakaien gereicht wurde. Jemand gab ihm das Gewand, den Gürtel und die Sandalen vom Vortag, und er blickte direkt in die Kamera. „Also, wenn mein Bildnis erst aufgestellt ist“, sagte er, „kommen wir heraus auf Salomos Tribüne.“

Chang schaltete zu Chaim um. „Ist dies nicht der bösartigste Mensch, der je gelebt hat?“, begann Rosenzweig. „Ist er nicht die Antithese dessen, was er zu sein behauptet? Ich wende mich an alle, die sich geweigert oder noch gezögert haben, sein Zeichen anzunehmen und bitte euch: Verweigert es. Wenn ihr es annehmt, werdet ihr schlimme Geschwüre bekommen, und euer Los ist mit Gewissheit der Tod.“

David bewegte sich ein wenig und streckte seine Beine. Er musste jetzt unbedingt mit jemandem über das sprechen, was gerade die ganze Welt miterlebt hatte. Sofort fiel ihm Hannah ein.

Als eine kleine Gruppe orthodoxer Juden, die sich spontan zusammengetan hatte, um die ausgeliehene Kamera vor Carpathia und seinen Schergen abzuschirmen, zur Seite sprangen, fürchtete Buck, er sei verloren. Auf dem Tempelberg wimmelte es mittlerweile von wütenden Bürgern, und nicht nur solchen, die das Zeichen des Tieres noch nicht trugen. Die loyalen Anhänger verloren scheinbar allmählich die Geduld, da die Geschwüre an ihrem Körper ihnen große Qualen bereiteten. Und das Fiasko, das Carpathia gerade im Tempel angerichtet hatte, hatten vermutlich nur seine schlimmsten, bösartigsten Anhänger lustig gefunden.

Messianische Juden, Menschen, die an Christus glaubten, die orthodoxen Juden und Tausende Unentschlossener unter der allgemeinen Bevölkerung hatten den neuen Carpathia erlebt. Es war, als habe er jeden Versuch, die Menschen zu überreden oder zu überzeugen, aufgegeben. Er wollte verehrt und angebetet werden, weil er Gott war, und jeder, der sich nicht seiner Meinung anschloss, würde leiden. Doch diejenigen, die ihm von ganzem Herzen nachfolgten, litten ganz besonders.

Allerdings war es Tatsache, dass er kaltblütig einen Menschen ermordet hatte, während die ganze Welt zusah, dass er buchstäblich seine Hände in dem Blut des Mannes gebadet und dass er das Ende der zeremoniellen Opferungen (außer zu seinen Ehren) verkündet hatte und nicht nur Anspruch auf den Tempel als sein Haus erhob, sondern ihn auch auf so abscheuliche Weise verunreinigte, mehr, als der normale Mensch hinnehmen konnte.

Männer mit langen Bärten riefen: „Wie kann er ein Schwein im Allerheiligsten opfern und in seinem Blut baden?“ Weinend und seufzend fielen sie auf die Knie. Noch mehr Menschen sammelten sich unter den Säulen auf den Stufen und verlangten Carpathias Blut.

Buck wurde klar, dass Carpathia die Sache eindeutig überzogen hatte. Die Stimmung der Menschen hatte sich gegen ihn gewendet. Die orthodoxen Juden brachten die Menge zum Schweigen, als Carpathias kleine Gruppe noch gesunder Anhänger kam, um die goldene Statue zu holen. Das bislang leise missbilligende Raunen wurde immer lauter. Die Menschen konnten nicht mehr an sich halten, während sie gleichzeitig zu verstehen versuchten, was er als Nächstes tun würde.

„Warum an einem Altar aus Messing anbeten?“, sagte der Potentat gerade verächtlich schnaubend. „Wenn dies tatsächlich der heiligste aller heiligen Orte ist, sollte jeder Bittsteller das Privileg bekommen, sich vor meinem Bildnis zu verneigen, dem unser Hoherpriester die Macht gegeben hat zu sprechen, wenn ich nicht anwesend bin!“

Carpathia wartete darauf, dass die Statue herbeigebracht wurde, doch als seine Anhänger sie vorsichtig hochheben und waagerecht in den Tempel tragen wollten, wurden sie von der wütenden Menge umzingelt.

„Sogar die Angestellten der Weltgemeinschaft wehren sich dagegen, Chaim“, erläuterte Buck und der alte Mann nickte abwesend. Buck warf ihm einen neugierigen Blick zu. Chaim wirkte mehr als ernst. Er schien abwesend zu sein, vermutlich überlegte er seinen nächsten Schritt. Diese Ereignisse waren noch hässlicher, als sie in der *Tribulation Force* erwartet hatten, so weit sich Buck an ihre Planungsgespräche erinnerte. Irgendetwas musste passieren, und zwar bald.

Als die Protestierenden auf die Männer zudrängten, die die Statue trugen, stürmten bewaffnete loyale Anhänger aus dem Tempel heraus. Ein paar feuerten in die Luft und die Menge wich schimpfend und Fäuste schwingend zurück. Auf den Monitoren erschienen nun die Männer, die die lebensgroße Statue zur westlichen Seite des Tempels und die Stufen hinauf zum Allerheiligsten trugen. Jetzt hatte die Menge genug und begann zu protestieren. Ihr Protest richtete sich gegen jede Person, die die Uniform der Weltgemeinschaft trug und nicht selbst an dem Handgemenge beteiligt war.

Die meisten Uniformierten waren zu schwach, um auch nur ihre Waffen abzufeuern, doch als es trotzdem jemand tat und einige in dem Kugelhagel zu Boden sanken, wurde es der Menge zu viel. Sie ging zum Angriff über. Die Sanitätszelte wurden umgerissen, Bänke und Stühle umgekippt, die Guillotine wurde umgeworfen und zerstört. Loyalitätsüberwacher und Soldaten wurden zu Boden gerissen, entwaffnet und schon bald fielen auch die Fernsehmonitore ihrer Zerstörungswut zum Opfer.

Auf dem ganzen Tempelberg schrien die Leute: „Nieder mit Carpathia! Tod dem Ungeheuer! Stirb und bleib auch tot!“

Buck brachte sich und Chaim in Sicherheit und versuchte, die entliehene Kamera abzuschirmen. Auf seinem Monitor war zu sehen, dass Carpathia von dem Aufruhr auf dem Tempelplatz erfahren hatte. Er wirkte bleich und erschüttert.

„Ich komme heraus, um meine Leute zu beruhigen“, erklärte er in die Kamera. „Ich muss sie nur daran erinnern, dass ich ihr auferstandener Herr und Gott bin.“

Nur wenige verstanden seine Worte über den Lärm hinweg, und sie hatten diese Information offensichtlich in Windeseile weitergegeben, denn während Buck Carpathia beobachtete, wie er zum Eingang des Tempels zurückkehrte, sah er, dass die orthodoxen Juden die Menge zu der Tribüne des Salomo führten und sie zerstörten.

Eine Gruppe von Zeloten entdeckte Bucks Kamera, und bevor er sie davon überzeugen konnte, dass er auf ihrer Seite stand, schnappten sie sie sich und zerschmetterten sie auf dem Boden. Da Buck so gern wissen wollte, was sich vor dem Tempel ereignete, kletterte er auf einen Baum und sah, dass Viv Ivins Carpathia in der Nähe des Eingangs erwartete. Irgendetwas hielt die Aufrührer davon ab, das Gebäude zu betreten. Buck schätzte, dass es ihr Widerwille war, einen Menschen im Innern des Tempels zu töten, ungeachtet dessen, was dieser im Tempel getan hatte.

Carpathia wirkte zu Tode erschrocken, obwohl er sich Mühe gab, sich nichts anmerken zu lassen. Immer wieder drehte er sich zu seinem Gefolge um. Endlich schloss dieses auf, aber es schien Fortunato, Moon und viele andere an den Rand ihrer Kräfte zu bringen, sich einfach nur aufrecht zu halten. Carpathia gestikulierte und rief, und jemand beschaffte ihm ein Mikrofon, das an einen Verstärker im Außenhof angeschlossen war.

Carpathia wirkte wie ein Verrückter und versuchte, die Menge zurückzugewinnen. Doch augenscheinlich stieß das, was er nun sagte, noch stärker auf die Ablehnung der Menschen. Carpathia hielt das Mikrofon in einer Hand und hob die andere, um die Aufmerksamkeit der Leute auf sich zu ziehen.

„Ihr habt den Bund gebrochen!“, rief er. „Mein Friedensbund mit Israel ist hiermit aufgehoben und für null und nichtig erklärt! Jetzt müsst ihr mir und meinen –“

Aber die weiteren Worte gingen im Geschrei der Menge unter. Zwar wagten sie nicht, die Schwelle des Tempels zu überschreiten, doch sie drängten immer dichter heran und bildeten eine menschliche Barriere, sodass Carpathia nicht mehr hinaus konnte. Plötzlich wurden sie ruhig und begannen zu kichern, dann zu lachen, und schließlich brüllten sie vor Lachen über das, was sie geschafft hatten. Es war, als hätten sie eine hilflose Ratte in die Enge getrieben und wüssten nun nicht, was sie mit ihr anstellen sollten.

„Meine Brüder und Schwestern der Weltgemeinschaft!“, setzte Carpathia erneut an, „ich werde dafür sorgen, dass eure Geschwüre heilen, und daran werdet ihr erkennen können, dass ich euch liebe und euch Frieden bringe!“

„Du wirst hier nicht lebend herauskommen, du Betrüger!“, rief jemand und andere stimmten ihm zu.

Dann ertönte kristallklar in der frühen Nachmittagsluft die durchdringende Stimme des kleinen Mannes in dem braunen Gewand und aller Augen und Ohren wandten sich ihm zu. „Es ist noch nicht der richtige Zeitpunkt gekommen für das Gericht des Mannes der Sünde, obwohl er eindeutig entlarvt wurde!“

Ein Raunen ging durch die Menge. Sie wollte sich nicht davon abhalten lassen, Carpathia zu töten.

Chaim ging langsam auf die Gruppe zu und schweigend und respektvoll wichen die Menschen auseinander.

„Wie bereits vor Jahrhunderten vorhergesagt wurde“, fuhr Chaim fort, während er zu den Tempeltreppen schritt, „hat Gott beschlossen, dieses Unrecht eine Zeit lang zuzulassen, und so ohnmächtig dieser Feind eurer Seelen heute auch erscheinen mag, so wird doch noch sehr viel mehr Böses von seiner Hand begangen werden. Sobald er erst wieder die Oberhand gewonnen hat, wird er diese Auflehnung gegen seine Autorität vergelten, und ihr tut gut daran, nicht mehr hier zu sein, wenn sein Zorn erst ausgegossen wird.“

„Das stimmt!“, rief Carpathia. Im Vergleich zu Chaims volltönender Stimme klang Carpathias blechern und dünn. „Ihr werdet den Tag bereuen, an dem ihr es gewagt habt –“

„Du!“, brüllte Chaim und zeigte auf den Potentaten. „Du wirst Gottes Auserwählte ziehen lassen, bevor sein Fluch aufgehoben ist, sonst wirst du eine noch schlimmere Plage erleben.“

Buck, der noch immer auf dem Baum saß, telefonierte mit Chang. „Die Kamera wurde zerstört“, erklärte er.

„Das habe ich mitbekommen.“

„Wird diese Szene gerade übertragen?“

„Die Leute sind unsicher. Es ist, als könnten sie nicht entscheiden, ob Carpathia das gesendet haben möchte. Hier werden mit Sicherheit Köpfe rollen.“

„Was hat Carpathia gerade gesagt?“, fragte Buck. „Ich habe es nicht verstanden.“

„Irgendetwas darüber, dass er in der Knesset ist und für ehrliche Anfragen seiner Untertanen zur Verfügung steht."

„Sie werden ihn niemals aus dem –"

Aber sie ließen ihn gehen. Die Menge wich für Carpathia und seine Leute genauso auseinander, wie sie für Chaim Platz gemacht hatte.

„Besteht irgendeine Chance, dass wir uns in die Knesset einschalten?", fragte Buck.

„Nicht, dass ich wüsste", erwiderte Chang. „Gehen Sie hin?"

„Wenn Chaim geht, begleite ich ihn natürlich."

„Lassen Sie Ihr Telefon an. Ich werde es an alle anderen weiterschicken."

Doch bevor Buck vom Baum herabsteigen konnte, hob Chaim die Arme und suchte die Aufmerksamkeit der aufgebrachten Menschenmenge. „Lasst die Bewohner von Judäa auf die Berge fliehen; wer gerade auf dem Dach ist, soll nicht mehr ins Haus gehen, um seine Sachen mitzunehmen; wer auf dem Feld ist, soll nicht zurückkehren, um seinen Mantel zu holen."

„Warum sollten wir fliehen?", rief jemand. „Wir haben den Potentaten als ohnmächtigen Betrüger entlarvt!"

„Weil Gott gesprochen hat!"

„Und jetzt sollen wir glauben, dass du Gott bist?"

„Der große ‚Ich bin' hat es mir gesagt. Was immer er auch nur denkt, wird geschehen, und seine Pläne kommen zum Ziel."

Buck war sicher, dass die Leute nichts davon hören wollten, aber offenbar hatte Chaim mit solcher Autorität gesprochen, dass sie sich sofort beruhigten.

„Wohin sollen wir gehen?", fragte jemand.

„Wenn ihr glaubt, dass Jesus Christus der Messias ist", sagte Chaim, „brecht sofort über Mizpe Ramon nach Petra auf. Wenn ihr ein Transportmittel habt, nehmt so viel mit, wie ihr könnt. Freiwillige Helfer aus der ganzen Welt sind ebenfalls hergekommen, um euch dorthin zu bringen, und von Mizpe Ramon aus werdet ihr mit dem Hubschrauber nach Petra gebracht. Ihr Schwachen, Älteren und Kranken, begebt euch auf den Ölberg, von da werdet ihr dorthin geflogen."

„Und wenn wir nicht daran glauben, dass Jesus der Messias ist?"

„Wenn ihr Ohren habt zu hören, macht euch auf den Weg nach Masada, wo ihr Gott frei werdet anbeten können, wie ihr es hier in diesem Tempel getan habt. Dort werde ich euch Jesus als den Messias vor Augen stellen. Zögert nicht! Wartet nicht! Geht sofort, alle!"

Buck war erstaunt zu sehen, dass viele Menschen, die Carpathias Zeichen bereits trugen, sich ebenfalls der Menge anschlossen, die nun in aller Eile den Tempelberg verließ. Er wusste, sie konnten ihre Meinung nicht mehr ändern, sie hatten Gott ein für alle Male den Rücken gekehrt. Aber sie befanden sich nun im Niemandsland. Sie waren ohne den Schutz Gottes und hatten sich doch in aller Öffentlichkeit gegen den Antichrist gestellt. Sollte die Plage der Geschwüre beendet werden, würden sie sicherlich durch die Hand der Truppen der Weltgemeinschaft fallen. Die orthodoxen Juden und die Unentschlossenen durften nach Masada gehen, aber niemand, der das Zeichen des Tieres angenommen hatte, durfte sich dort aufhalten.

David hatte Hannah telefonisch nicht erreichen können, darum schrieb er ihr eine E-Mail und schickte diese los, kurz bevor er die Vorgänge auf dem Tempelberg verfolgte. Aufregung erfasste ihn. Bald würden die ersten Flüchtlinge eintreffen. In stundenlanger Arbeit hatte er ein drahtloses Computersystem installiert. Jetzt konnte er nur noch warten.

Buck wollte Chaim nicht aus den Augen verlieren, aber seine Sorge war unbegründet. Schon bald lag der Tempelberg verlassen da. Chaim stieg die Tempelstufen hinab und bedeutete Buck, ihm zu folgen. Während sie auf dem Weg zur Knesset waren, schien Jerusalem um sie herum zu explodieren. Plünderer zertrümmerten Fensterscheiben und stießen die Verkaufsstände auf den Straßen um. Betrunkene sangen und tanzten und tranken vor den Bars und Clubs. Die an Geschwüren Erkrankten jammerten und stöhnten, und viele versuchten, sich am helllichten Tag zu töten.

In der Zwischenzeit waren die jüdischen Gläubigen, die Unentschlossenen und die orthodoxen Juden unterwegs, suchten Mitfahrgelegenheiten zum Ölberg, nach Masada oder Mizpe Ramon. Fahrzeuge der „Operation Adler“ waren reichlich vorhanden, aber nur durch eifrige Fahrer zu identifizieren, die andere mit dem Zeichen Gottes auf der Stirn aufforderten, schnell einzusteigen. Fahrer, die an Buck und Chaim vorbeifuhren, grüßten entweder oder deuteten zum Himmel. Überall riefen die Leute: „Er ist auferstanden“, und andere antworteten: „Christus ist wahrhaftig auferstanden!“ Viele sangen.

Buck hatte eine Menge zu verarbeiten. Er trauerte noch immer um

Hattie. Er vermisste Chloe und Kenny und hatte Angst um sie. Er war entsetzt und verwirrt, aber gleichzeitig auch fasziniert von dem, was er miterlebt hatte, und voller Hoffnung. Er hatte nicht damit gerechnet, dass Chaim die Menschen würde davon überzeugen können, vor Carpathia zu fliehen, solange sie noch glaubten, die Oberhand zu haben. Und natürlich hatte er keine Ahnung, was sie in der Knesset erwartete.

Als Berufspilot hatte Rayford sich immer nach einem Flugplan richten müssen, alles war vorhersehbar gewesen. Doch bei dieser Mission musste er spontan sein, musste sich auf Gott verlassen und darauf, wie er Chaim führen würde. Alles hätte ganz leicht sein können. Sie hätten die Leute von Jerusalem nach Mizpe Ramon gebracht, das waren gut 100 Meilen von hier, und sie dann etwa 50 Meilen südöstlich nach Petra geflogen. Aber irgendwie waren sowohl Masada als auch der Ölberg mit ins Spiel gekommen, und er musste seine Leute nun so einteilen, dass sie die Herausforderung bewältigen konnten. Für ihn blieb die Aufgabe, Chaim und Buck aufzusammeln, sobald alle anderen in Sicherheit waren. Dr. Rosenzweig bestand darauf, als Letzter in Petra anzukommen, ähnlich einem Kapitän und seinem Ersten Offizier, die als Letzte ein sinkendes Schiff verließen. Rayford würde erst in der letzten Minute erfahren, wo er sie abholen musste.

„Ein Fernglas?", fragte Z. „Ich kann dir etwas Besseres beschaffen, Chloe. Willst du nach oben oder nach draußen sehen?"

„Meistens nach draußen", erwiderte Chloe gähnend. „Nichts Spezielles." Zeke sollte nicht wissen, was sie beschäftigte. Nicht, dass sie ihm nicht traute. Sie wollte einfach nicht, dass sich jemand in ihre Angelegenheiten einmischte. Die Erwachsenen hatten vor dem Bildschirm das Debakel auf dem Tempelberg verfolgt und der Flugverkehr nach Petra war aufgenommen worden. Nachdem sie sich vergewissert hatte, dass Buck in Sicherheit war, konnte sie nicht mehr länger untätig herumsitzen.

Wochen zuvor hatte Zeke eine interessante Idee gehabt. Er hatte Chloe ermutigt, sich über das Internet Gleichgesinnte zu suchen. „Du weißt schon, andere Frauen, die sich in derselben Situation befinden wie du. Es muss doch eine Menge junger Mütter geben, die das Gefühl haben, außen vor gelassen zu werden. Bring ihnen bei, was du machst. Dann können sie ein bestimmtes Gebiet übernehmen. Du kannst sowieso nicht alles alleine erledigen."

Das Konzept hatte gut eingeschlagen. Chloe hatte Handbücher und Listen mit Punkten ins Internet gestellt, die bedacht werden mussten, sie hatte Prozedere aufgeführt und Dateien zum Nachschlagen, alles, was ein Gebietsdirektor der Internationalen Handelsgesellschaft brauchen würde. Sie brachte sich buchstäblich selbst um den Job.

Und nun hatte sie sich an den Hansdampf in allen Gassen und den einzigen Mann außer ihrem Vater gewandt, der eine Inventarliste des gesamten Strong-Gebäudes aufgestellt hatte. Zeke war noch weiter gegangen als Rayford. Er hatte eine Liste von allem, was er gefunden hatte, zusammengestellt. In einem so großen Gebäude waren eine Menge Schätze vorhanden.

„Ich meine, es gibt tatsächlich Ferngläser", sagte er. „Einige wirklich leistungsstarke Teile. Aber so wie ich dich kenne, möchtest du das stärkste Fernglas, das ich auftreiben kann, richtig?"

„Wie üblich."

„Es wird bald hell. Willst du es sofort?"

„Wenn möglich."

„Ich bin gleich wieder da."

Zeke brauchte mehrere Minuten. In seinem Computer sah er nach, wo er es finden konnte, dann ging er zu den Aufzügen.

Ming legte sich wieder ins Bett, während Tsion berichtete, Chang habe ihn darüber informiert, dass er versuchen würde, Chicago in das Gespräch in der Knesset zwischen Chaim, Buck und Carpathia einzuschalten.

„Ich muss schlafen", sagte Tsion zu Chloe, „aber ich werde mit einem Ohr hinhören … es sei denn, du möchtest das übernehmen."

„Für eine Nacht habe ich genug von dem heiligen Nick", sagte sie. „Wir könnten es doch einfach aufnehmen, dann könnten Sie sich ausruhen."

Tsion nickte. In seinen Augen lag ein Blick, der ihr sagte, dass ihre Idee ihm gefiel. „Auf diese Weise kann ich zuhören, wenn ich wach bleiben kann, und brauche mir keine Sorgen zu machen, falls ich einschlafe."

Zeke kam zurück. Er sah aus, als könnte er Chloes Reaktion kaum erwarten. Er reichte ihr eine einfache weiße Schachtel, die erstaunlich schwer war. Als sie sie öffnete, holte sie ein großes Fernglas von etwa 30 Zentimetern Länge heraus.

„Wow“, sagte sie. „Brauche ich dafür ein Stativ?“

„Nein, nicht unbedingt“, erwiderte Zeke. „Aber du musst dich irgendwo abstützen. Das Fensterbrett wird ausreichen. Brauchst du Hilfe?“

„Nein, danke, Zeke. Ich weiß das zu schätzen. Ich möchte das selbst herausfinden. Wir hätten schon lange im Bett liegen sollen, nicht?“

„Allerdings.“

10

Durch die Geschwüre war Carpathias Mannschaft so stark dezimiert, dass Buck den Eindruck hatte, jeder könne einfach so an den Sicherheitskräften in der Knesset vorbeimarschieren und den großen Boss entführen. Die schwachen, sich kratzenden und windenden Leute sahen erschöpft aus, als Buck und Chaim eintraten, und registrierten kaum ihre Anwesenheit. Buck wurde nicht gesucht und er wurde noch nicht einmal nach seinem Namen gefragt. Man führte ihn und Chaim in einen kleinen Konferenzsaal, in dem Carpathia mit Fortunato an seiner rechten und Moon an seiner linken Seite saß. Sie sahen aus wie Flüchtlinge in einem Quarantänelager – über den Tisch gebeugt, den Kopf in den Händen vergraben und kaum in der Lage, die Augen offen zu halten.

Als die Tür hinter Buck ins Schloss fiel, sagte Carpathia sarkastisch: „Verzeihen Sie, dass ich nicht aufstehe." Er deutete auf zwei Stühle. Buck nahm sofort Platz, doch er fühlte sich unbehaglich, als Chaim stehen blieb.

„Ich repräsentiere den einen wahren Gott und seinen Sohn Jesus, den Christus", begann der alte Mann. „Ich ziehe es vor zu stehen."

Carpathia schien so wütend zu sein, dass er keinen Ton herausbrachte. Seine Kiefermuskeln spannten sich, während er mit den Zähnen knirschte. Er funkelte Chaim an. Der alte Mann hielt seinem Blick stand.

„Also gut", fuhr Carpathia fort, „ich lasse diese Leute in die Berge fliehen. Wann verschwinden die Geschwüre? Ich werde meinen Teil der Vereinbarung einhalten."

„Hatten wir eine Vereinbarung?", fragte Chaim.

„Ach, kommen Sie! Wir vergeuden hier unsere Zeit. Sie haben gesagt, Sie würden diesen Zauber beenden, wenn ich –"

„Daran kann ich mich nicht erinnern", widersprach Chaim. „Ich habe gesagt, dass Sie noch viel schlimmer leiden würden, wenn Sie sie nicht ziehen lassen würden."

„Also, ich lasse sie gehen. Und jetzt –"

„Nicht, dass Sie eine Wahl hätten."

Carpathia schlug mit der Hand auf den Tisch. Seine Gefährten zuckten zusammen. „Spielen wir hier Spielchen? Ich möchte, dass die Geschwüre, von denen meine Leute geplagt werden, verschwinden! Was muss ich dafür tun?“

„Unternehmen Sie keinen Versuch, die israelischen Gläubigen daran zu hindern, nach Petra zu gelangen.“

Carpathia erhob sich. „Ist Ihnen das noch nicht aufgefallen? Ich bin der einzige vollzeitliche Angestellte der Weltgemeinschaft, der *nicht* von den Geschwüren befallen ist!“

Chaim blieb ruhig. „Und nur weil Sie nicht Ihr eigenes Zeichen angenommen haben, obwohl ich zu behaupten wage, dass Sie sich selbst anbeten.“

Carpathia eilte um den Tisch herum und beugte sich über Chaim. „Unsere medizinischen Experten haben herausgefunden, dass es keine Verbindung zwischen der Verabreichung des Loyalitätszeichens und –“

„Warum kann Ihr schlechter Atem mich nicht in Erstaunen versetzen?“

„Sie wagen es nicht, den Fluch aufzuheben, aus Angst, dass Sie dasselbe Schicksal treffen wird wie Ihre beiden Gefährten an der Mauer.“

„Wenn Ihre Experten so viel wissen“, meinte Chaim, „wie kommt es dann, dass sie keine Hilfe anbieten können?“

Carpathia seufzte und setzte sich auf den Tisch, mit dem Rücken zu Fortunato und Moon. „Sie sind also nicht hier, um zu verhandeln? Sie sind hier, um mir zu sagen, dass ich Ihrer Gnade ausgeliefert bin und dass ich nichts tun kann, um den Schmerz meiner Leute zu lindern?“

„Ich bin hier, um Sie daran zu erinnern, dass dieses Skript bereits geschrieben wurde. Ich habe es gelesen. Sie verlieren.“

Carpathia erhob sich erneut. „Wenn ich nicht Gott bin“, sagte er, „dann fordere ich Ihren Gott heraus, mich hier und jetzt zu töten. Ich spucke ihm ins Gesicht und nenne ihn einen Schwächling. Wenn ich in den nächsten zehn Sekunden am Leben bleibe, dann sind er und auch Sie Schwindler.“

Chaim lächelte. „Was für ein Gott wäre er, wenn er sich zwingen ließe, sich nach Ihrem Zeitplan zu richten?“

Buck gefiel es, Carpathia sprachlos zu sehen. Er schien regelrecht vor Wut zu zittern. Kopfschüttelnd starrte er sie an. Hinter ihm tippte Moon Fortunato auf die Schulter, was den Reverend zusammenzucken ließ.

„Entschuldigung!“, brachte Moon mühsam heraus und beugte sich näher zu ihm heran.

„Exzellenz“, krächzte Fortunato. „Auf ein Wort, bitte.“

„Was? Was ist los?“

Fortunato rappelte sich hoch, verschränkte die Hände vor sich und verneigte sich. „Bitte, Euer Heiligkeit. Einen Augenblick.“

Carpathia sah aus, als würde er jeden Augenblick explodieren. Er trat hinter den Tisch und forderte Moon auf, sich ebenfalls zu erheben. Fortunato sprach mit so leiser Stimme auf ihn ein, dass Buck ihn nicht verstehen konnte.

„Ich nehme an, Sie sind derselben Meinung, Moon“, konstatierte Carpathia.

Moon nickte und Fortunato fügte hinzu: „Eigentlich war es seine Idee“, woraufhin Moon ein Gesicht zog. Er warf Leon einen bösen Blick zu.

„Sie zwei verschwinden hier. Ich möchte ein Treffen, Sie wissen schon wo, mit dem ganzen Kabinett.“

„Nicht hier?“

„Nein! Ich sagte, Sie wissen schon, wo! Diese Wände hier haben Ohren!“

Die beiden verließen vorsichtig das Zimmer. Carpathia sah auf Buck herab. „Der hier macht mich nervös“, sagte er. „Muss er unbedingt hier sein?“

„Er muss.“

„Meine Leute flehen mich um Erleichterung an“, erklärte Carpathia. „Mir ist klar, dass ich gezwungen bin, Zugeständnisse zu machen.“

„Und welche?“

Carpathias Augen tanzten, als würde ihm überhaupt nicht gefallen, was er zu sagen hatte. „Dass … ich … mich Ihnen in diesem Punkt unterwerfen muss. Ich bin bereit zu tun, was getan werden muss, damit die Plage aufhört.“ Er senkte den Kopf, als kämpfe er gegen eine unsichtbare Macht an.

„Sie stehen unter der Autorität des Gottes Abrahams, Isaaks und Jakobs, des Schöpfers Himmels und der Erde. Sie werden diesen Auszug zulassen, und wenn das mir anbefohlene Volk in Sicherheit ist, werde ich zu Gott beten, die Geschwüre heilen zu lassen.“

Buck wäre nicht erstaunt gewesen, wenn Carpathia Rauch aus den Ohren gekommen wäre.

„Wie lange?“, fragte Carpathia.

„Dies ist ein großes Unterfangen“, erwiderte Chaim. „Sechs Stunden sollten ausreichen.“

Carpathia blickte hoffnungsvoll auf.

„Aber sollten Sie versuchen, Hand an einen der Auserwählten zu legen“, warnte Chaim, „wird das zweite Gericht über die Erde kommen.“

„Verstanden“, stimmte Carpathia ein wenig zu schnell zu. Er hielt Chaim die Hand hin.

Chaim ignorierte sie, warf Buck einen Blick zu und ging.

Buck erhob sich, um ihm zu folgen. Er fragte sich, ob Carpathia einen von ihnen erkannt hatte. Er mied jeglichen Blickkontakt, doch als Buck an dem Antichristen vorbeischlüpfte, fauchte dieser: „Ihre Tage sind gezählt.“

Buck nickte. Er sah ihn noch immer nicht an. „Da haben Sie Recht.“

Chloe kratzte ein kleines Loch in die schwarze Farbe am unteren Teil eines Fensters. Dann legte sie ein Kissen von der Couch auf den Marmorfußboden, hielt die Linse des Teleskops an das Glas und stützte es am Rahmen ab. Nachdem sie mehrere Minuten lang probiert und ausgerichtet hatte, entdeckte sie ein Bild in der Morgendämmerung. Vor einigen Tagen glaubte sie dort draußen einen Lichtschimmer entdeckt zu haben, aber sie hatte ihn nicht noch einmal ausfindig machen können. Darum hatte sie niemandem davon erzählt. Jetzt suchte sie langsam den Horizont ab, während sie sich bemühte, das starke Gerät und damit das Bild vor ihren Augen ruhig zu halten. Das Bild war so stark vergrößert, dass sie meinte, es unmittelbar vor sich zu sehen, obwohl es mehr als eine halbe Meile entfernt war.

Das Problem war natürlich, dass eine solche Linse sehr viel Licht benötigte. In klaren Nächten sollte sie die Sterne näher heranholen. Chloe konnte nichts entdecken als die dunkle Silhouette einer zerklüfteten Skyline. Nirgendwo ein Licht. Frustriert legte sie das Teleskop beiseite und suchte mit dem bloßen Auge, um das wiederzufinden, was ihr einmal ins Blickfeld geraten war. Rechts von ihr und vielleicht eine dreiviertel Meile entfernt ließ ein Lichtstreifen sie innehalten. Ihre Fantasie hatte ihr also doch keinen Streich gespielt. Die Frage war, wieso war in einer Stadt, die die Welt für strahlenverseucht hielt, ein Lichtstrahl zu sehen? War es möglich, dass die Mitglieder der *Tribulation Force* nicht die einzigen Menschen in diesem fremden Universum waren?

Sie schüttelte den Kopf. Vermutlich handelte es sich dabei nur um eine Straßenlaterne, die aus irgendeinem Grund noch Strom bekam. Trotzdem, das Teleskop könnte ihr mehr Aufschluss vermitteln. Ohne den Lichtstreifen aus den Augen zu verlieren, hob sie das Fernglas wieder ans Fenster und suchte sorgfältig den Bereich ab. Nach kurzer Zeit wurde ihr klar, dass sie es zu hoch gehalten und auf das düstere Wasser des Michigansees geblickt hatte. Sie richtete das Gerät neu aus und sah wieder durch die Linse.

Das Bild sprang und bewegte sich, erschien und verschwand wieder. Es war mehr als eine Straßenlaterne, und je mehr sie versuchte, sich darauf zu konzentrieren, desto mehr entschwand es ihr. Ihr Hals versteifte sich, ihre Handgelenke schmerzten, ihr Auge wurde müde. Sie merkte, dass sie den Atem angehalten hatte, um sich so wenig wie möglich zu bewegen. Aber als sie bereit war, es noch einmal zu versuchen, ging im Osten gerade die Sonne auf. Chloe würde es in einer anderen Nacht noch einmal probieren müssen.

„Zum Ölberg?“, fragte Buck, als er Chaim einholte.

„Natürlich. Und dann nach Masada, um zu sehen, wie viele Menschen wir angesprochen haben.“

„Eine Frage noch: Warum sechs Stunden? Trauen Sie ihm?“

Chaim blickte Buck mit gespieltem Entsetzen an. „Ihm trauen? Natürlich! Er wollte das doch mit Handschlag besiegeln.“

„In Ordnung, dumme Frage. Aber auf keinen Fall werden bei Einbruch der Dunkelheit alle in Sicherheit sein.“

„Wir wissen doch bereits, dass er die Vereinbarung brechen wird, Cameron. Aus Offenbarung 12 geht klar hervor, dass Israel die zwei Flügel eines großen Adlers bekommt, es in die Wüste fliegen muss zu ihrem Ort, dass aber die Schlange Wasser aus ihrem Mund speien würde wie eine Flut, die es verfolgt. Auf jeden Fall wird er irgendwie angreifen, Plage hin oder her. Tsion glaubt, dass die ‚Flut‘ die Armee des Antichristen ist. In demselben Kapitel steht, dass die Erde der Frau helfen wird, indem sie den Mund öffnet und die Flut verschluckt. Möge der Herr mir verzeihen, aber das würde ich gern sehen. Sie nicht?“

Buck nickte. Er nahm sein Telefon heraus und lauschte, um zu sehen, ob Chang noch aufpasste. „Bist du da?“, fragte er.

„Ich arbeite an der Phoenix-Verbindung“, erklärte Chang. „Danke, das war unheimlich.“

„Du bist der Beste.“

„Ich rufe an, wenn ich soweit bin, dass ich Sie einschalten kann.“

Chaim wartete, bis Buck fertig gesprochen hatte, dann erkundigte er sich: „Sie wissen sicher, was passiert, nachdem Gott die Armeen des Antichristen zunichte gemacht hat, oder?“

„Meinen Sie, bevor oder nachdem Sie das zweite Gericht über ihn kommen lassen?“

„Bevor ich das kommen lasse? Ich bin nur der Botschafter, mein Freund.“

„Ich weiß“, erwiderte Buck.

„In der Bibel steht, dass der Drache über die Frau zornig und Krieg gegen den Rest ihrer Nachkommen führen wird, ‚die den Geboten Gottes gehorchen und an dem Zeugnis für Jesus festhalten‘. Für mich klingt das so, als seien die anderen gläubigen Juden auf der Welt gemeint.“

„Und was unternehmen wir dagegen?“

„Ich habe keine Ahnung“, erwiderte Chaim resigniert. „Wir gehorchen, das ist alles.“

Rayford war zu aufgeregt, um in Mizpe Ramon zu sitzen und auf die ersten Ankömmlinge zu warten. Er flog zum Ölberg und telefonierte unterwegs mit Tsion in Chicago. Es tat Rayford Leid, dass er Dr. Ben-Judah aus dem Schlaf gerissen hatte. Aber dieser wehrte ab: „Sie stören mich nie, Captain Steele.“

„Ich gestehe, ich bin beunruhigt, Dr. Ben-Judah. Ich habe meine militärische Ausbildung in Friedenszeiten absolviert, und dies ist das erste Mal, dass ich in einer gefährlichen Situation für so viele Menschen verantwortlich bin.“

„Aber Sie haben mit der ‚Tribulation Force‘ doch schon viel durchgemacht.“

„Ich weiß, aber ich wünschte einfach, ich könnte sicher sein, dass es keine Opfer geben wird.“

„In unserem inneren Kreis gibt es ganz bestimmt keine solche Garantie“, erwiderte Tsion.

„Das klingt nicht gerade beruhigend.“

„Ich möchte nur ehrlich sein, Captain. Ich nehme an, dass Sie auch nichts anderes von mir erwarten.“

„Was ich will, ist das, worum ich gebeten habe: das Wissen, dass ich niemanden verlieren werde.“

„Ich denke, wir werden keinen der 144 000 verlieren, aber die meisten von ihnen sind auf der ganzen Welt verteilt. Mit ziemlicher Sicherheit können wir den Prophezeiungen entnehmen, dass Gott die messianischen Gläubigen beschützen wird, die aus Jerusalem fliehen. Aber Sie fragen nach Ihren Leuten."

„Genau."

„Ich kann nur beten und hoffen."

„Ich möchte den Feind nicht in tödliche Gefechte verwickeln."

„Das gefällt mir und doch wollen Sie auch auf Ihrer Seite keine Todesopfer. Ich weiß nicht, wie realistisch das ist. Würden Sie sich in einer Situation, in der es um alles oder nichts geht, nicht gerechtfertigt fühlen?"

„Sie meinen, wenn es um das Überleben meiner Leute oder der Feinde geht? Ich denke, dann würde ich schon einen Schusswechsel riskieren."

„Sie wissen, Captain, dass der Feind sehr wahrscheinlich Verluste erleiden wird. Der Bibel können wir entnehmen, dass viele in den Katastrophen umkommen werden, die Gott über sie kommen lässt."

„Ich ziehe es vor, diese Arbeit ihm zu überlassen."

David sah nach, ob er eine Antwort von Hannah erhalten hatte, aber es war nichts angekommen. Daraufhin stellte er eine Verbindung zu Chang her, der die *Tribulation Force* auf die Abhöranlage für die Phoenix 216 geschaltet hatte.

Die erste Stimme gehörte zu Walter Moon. „Ich sollte eigentlich im Bett liegen, Exzellenz. Ich beklage mich nur ungern, aber ich wünschte, dieses Treffen wäre in der Knesset abgehalten worden. Dieses ständige Herumfahren –"

„Ach, hören Sie doch mit Ihrem Gejammer auf, Walter. Ich möchte Ihr Unbehagen ja nicht herabwürdigen, aber Sie klingen so, als stünden Sie auf der Schwelle des Todes."

„Wir fühlen uns tatsächlich so, Euer Heiligkeit", sagte Leon. „Ich beklage mich nicht oft –"

„Natürlich tun Sie das! Aber ich habe diesen Micha dazu gebracht zu garantieren, dass diese Krankheit gegen neun Uhr heute Abend aufhört, sonst wird es Konsequenzen geben."

„Tatsächlich? Nun, wie –"

„Er hat es nicht gewagt, mich nicht ernst zu nehmen."

„Aber ich dachte –"

„Das ist Ihr Problem, meine Herren. Manchmal muss man eben tun, was getan werden muss. Sind alle hier?“

„Viele werden noch von ihrem Krankenbett geholt“, erklärte Walter. „Wo ich eigentlich –“

„Wo Sie eigentlich auch sein sollten, ja, ich weiß. Anwesend sind Viv und Suhail. Sagen Sie Bescheid, wenn alle eingetroffen sind.“

„Wie lange wird die Genesung dauern, nachdem die Krankheit fortgenommen wurde?“, fragte Viv.

„Ich weiß es nicht“, erwiderte Carpathia. „Aber selbst wenn ihr noch Müdigkeit oder Schmerzen spürt, müsst ihr dagegen angehen und euren Leuten Mut machen, das ebenso zu tun.“

„Mr. Hut ist der Letzte, Potentat.“

„Sie sehen schrecklich aus, Junge“, sagte Carpathia.

„Mir geht es gar nicht gut“, erwiderte Hut.

„Das kann ich mir nicht vorstellen. Also, wie geht es meinem schlechten Schützen?“

„Sehr lustig.“

„Entschuldigung“, meinte Carpathia, „aber Sie haben jetzt zwei Mal hintereinander meinen Titel weggelassen.“

„Oh, entschuldigen Sie, Hoheit.“

David hörte ein Geräusch und nahm an, dass Carpathia sich erhoben hatte. „Sie wollen wohl mir gegenüber sarkastisch sein?“

„Ich habe diesen Mann acht Mal getroffen, Euer Heiligkeit! Den Spötter habe ich aus einem Meter Entfernung erschossen. Nicht einmal Sie hätten Micha töten können.“

„Mr. Akbar, Ihre Pistole bitte.“

„Oh, Exzellenz, ist das nö–“

„Haben denn alle vor, mir den Respekt zu entziehen? Ich habe Todespillen für alle von euch und ich werde sie durch den Lauf dieser Pistole verteilen.“

„Wenn Sie Mr. Micha hätten töten können“, sagte Hut, „warum haben Sie es nicht getan?“

„Oh, ihn sprechen Sie mit Titel an, aber nicht mich, nein, nicht Ihren auferstandenen Herrn.“

„Sie sind gar nichts für mich, Carpathia.“

„Steh auf, Junge.“

„Diese Genugtuung werde ich Ihnen nicht geben.“

Wumm!

Schreie und entsetztes Keuchen folgten auf das Niederstürzen eines Körpers.

„Walter, lassen Sie die Stewards ihn hier wegschaffen. Also, wer ist der Nächste?“

Stille.

„Ist jemand hier, der gern auf mich schießen würde?“

„Nein!“

„Nein, Exzellenz!“

„Bitte, Potentat!“

„Nein!“

„Ist jemand unter euch, der der Meinung ist, dies sei keine ernste Angelegenheit? Ich erinnere euch, dass ich drei Tage lang tot war und mich selbst auferweckt habe! Ich habe gefordert, dass ihr von diesen Geschwüren frei werdet, und obwohl wir es erst wissen werden, wenn es so weit ist, bin ich der Meinung, dass ihr unmittelbare Heilung erfahren werdet. Aber wie auch immer, ihr werdet auf jeden Fall in der Lage sein, meinen Schlachtplan auszuführen.“

„Würde ein Angriff die Plage nicht zurückbringen, Exzellenz?“, fragte Moon.

„Viv, siehst du, mit wem ich es hier zu tun habe? Mr. Moon ist mein Supreme Commander, mein Vizepräsident, wenn man so will, und doch möchte er wissen, ob –“, an dieser Stelle ahmte er Moon mit einem lächerlich jammernden Tonfall nach – „ob ein Angriff nicht die Plage zurückbringen würde! Also ehrlich, Walter, denken Sie, ich hätte noch nie Verhandlungen geführt?“

„Nein, Sir, ich –“

„Ersparen Sie mir Ihr Gesülze! Der Fluch wird um 21 Uhr aufgehoben werden, und Hunderttausende von Feiglingen werden sich an einem von vier Orten aufhalten. Na? Kommt schon! Wer hat was zu sagen?“

Suhail Akbar meldete sich zu Wort. „Auf dem Ölberg, auf dem Weg nach Mizpe Ramon, Masada oder Petra.“

„Ausgezeichnet! Hier gibt es ja tatsächlich jemanden, der mitdenkt! Und was ist so einzigartig daran, wenn sich so viele Menschen an so wenigen Orten aufhalten? Suhail?“

„Sie sind alle zusammen und sie sind verletzlich.“

„Genau. Ich möchte, dass um 21 Uhr 15 über ganz Israel ein Flugverbot verhängt wird, das selbstverständlich nicht für die Flugzeuge der Weltgemeinschaft gilt.“ David hörte, wie Suhail diese Anweisung an seine Leute weitergab. „Und wo Sie gerade dabei sind, Direktor“, fuhr Carpathia fort, „verhängen Sie auch ein Fahrverbot für Zivilfahrzeuge ab 21 Uhr 15 für die gesamten Vereinigten Carpathiatischen

Staaten. Bereiten Sie einen Vergeltungsschlag für den Schaden vor, den wir heute bei Petra erlitten haben, da wir davon ausgehen können, dass dieser Angriff von den Judahiten durchgeführt wurde.“

„Wo werden wir angreifen, Potentat?“, fragte Akbar.

„In Masada um 21 Uhr 30. Hatten Sie nicht die Teilnahme von mehr als 100 000 vorhergesagt?“

„Aber das sind keine Judahiten, Exzellenz.“

„Sie sind potenzielle Konvertiten, Mann! Und dieser Micha wird persönlich zu ihnen sprechen! Bestimmt sind einige Anhänger in seiner Begleitung, aber unwissentlich hat er sie alle für uns in eine Schachtel gesteckt und eine Schleife darum gebunden. Was ist nötig, um eine Vernichtung sicherzustellen?“

„Wir besitzen die nötige Feuerkraft, Sir.“

„Keine Verhaftungen auf offener Straße. Keine Warnung in der Luft. Illegale Fahrzeuge werden bei Sichtkontakt zerstört und eindringende Flugzeuge vom Himmel geschossen. Diese Landebahn in Mizpe Ramon ist irgendwie getarnt worden, sodass es aussah wie eine Operation der Weltgemeinschaft. Das werden wir uns jetzt zu Nutze machen. Und falls sich noch irgendjemand nach 21 Uhr auf dem Ölberg aufhält, ist er Freiwild.“

„Sir?“, fragte Moon. „Und was ist, falls Micha die Geschwürenplage wieder über uns kommen lässt?“

„Er wird die Konsequenzen am eigenen Leibe spüren, wenn wir schnell genug handeln.“

„Und wenn er seine Drohung doch wahr macht und all das Wasser in –“

„Meine Güte, seien Sie doch nicht so kleingläubig, Walter. Sie dienen dem Herrscher dieses Universums und wir werden siegen. Ich habe diesen Dummkopf dazu gebracht, seinen Bann zu brechen, und bevor er seinen Fehler erkennt, werden wir im Vorteil sein. Wir können die jüdisch-orthodoxe Bevölkerung Jerusalems buchstäblich eliminieren und die Judahiten dezimieren, wenn nicht sogar auslöschen. Im Idealfall werden wir Ben-Judah selbst aus seinem Versteck treiben und dieses Mal wird er mich nicht so gastfreundlich erleben.“

„Was ist mit denen, die Petra erreichen?“

Carpathia lachte. „Petra ist eine leichte Beute. Diese Stadt ist so schwer zu verteidigen wie Masada. Sie werden zu Fuß sein, sich in einer Höhle aus Stein verkriechen. Ein Angriff aus der Luft wird in Minuten vorbei sein, aber das werden wir uns bis zuletzt aufheben, wenn alle dort eingetroffen sind.“

„Die Judahiten haben heute schwere Geschütze eingesetzt", warf Akbar ein.

„Das rechtfertigt doch nur unseren Gegenschlag. Gibt es irgendwelche Todesopfer?"

„Es gibt keine Berichte darüber, dass jemand tatsächlich getroffen wurde. Zwei werden vermisst."

„Bei Kampfhandlungen vermisst?"

„Wenn Sie so wollen."

Eine lange Pause. Dann Carpathia: „Zwei MIAs."

Buck und Chaim saßen unter einem alten Baum auf dem Ölberg und beobachteten, wie die Menschen herbeiströmten. Innerhalb einer Stunde schwebten die Hubschrauber der „Operation Adler" heran. Rayford gehörte zu den Ersten. Die Vögel wurden bis an die Grenzen ihrer Kapazität beladen, konnten jedoch keinesfalls der wachsenden Menge Herr werden.

Buck hatte das Gespräch zwischen Carpathia und seinen Leuten Wort für Wort an Chaim weitergegeben, aber Dr. Rosenzweig zeigte keinerlei Reaktion. Schließlich äußerte er sich doch: „Das erstaunt mich nicht. Ich werde beten, dass Gott die Plage der Geschwüre fortnimmt und allen wieder ihre Kraft zurückgibt. Ich möchte, dass sie zuversichtlich sind, voll und ganz von sich und ihrer eigenen Kraft überzeugt, wenn sie versuchen, Rache zu nehmen. Und wenn dann die zweite Plage über sie kommt, bete ich, dass Gottes Macht darin spürbar wird."

„Doktor, riskieren wir, dass es in Masada zu einer Katastrophe kommt?"

Der alte Mann schüttelte den Kopf. „Ich weiß es nicht, aber ich habe nicht das Gefühl, dass wir zurückweichen sollten. Wir werden vor neun Uhr fertig sein und die Juden vor Carpathias Plan warnen. Sie können gehen oder bleiben und kämpfen, aber ich hoffe, sie werden die Dringlichkeit einer Entscheidung für Christus erkennen. Wenn Menschen von Gott versiegelt werden, werden wir sie nach Petra schaffen."

Rayford fühlte sich in dem überfüllten Hubschrauber ganz allein. Carpathias Gespräch mit seinen Leuten hatte seine schlimmsten Ängste bestätigt. Der einzige Ort, an dem er sich sicher fühlte, war Petra, und selbst da musste er sich fragen, ob der Ort oder die Menschen beschützt werden würden. Über sein abhörsicheres Funkgerät leitete er jeglichen Flugverkehr direkt nach Petra um.

„Keine Stopps, wiederhole, keine Stopps in Mizpe Ramon. Bodenfahrzeuge werden ihre Passagiere bei dem Fußweg in die Stadt hinein absetzen. Diejenigen, die laufen können, werden zu Fuß gehen. Diejenigen, die das nicht können, werden per Hubschrauber in die Stadt gebracht. Dasselbe gilt, wenn zu viel Andrang herrscht. Fliegt auch weiterhin den Ölberg an. Ein eventuelles Flugverbot wird ignoriert. Ausweich- oder Verteidigungsmanöver, wenn notwendig, aber lasst diese Leute nicht im Stich."

Rayford sprach per Konferenzschaltung mit Albie, Mac und Abdullah. „Ich wünschte, wir könnten die Köpfe zusammenstecken", sagte er. Aber jeder von ihnen war entweder mit vollbesetztem Hubschrauber auf dem Weg nach Petra oder auf dem Rückweg nach Jerusalem.

„Überdenkst du deine Nichtangriffs-Politik, Chef?", fragte Mac.

„Das hoffe ich doch", meinte Albie.

Rayford stieß einen tiefen Seufzer aus. „Ich möchte einfach nicht, dass es zu einem Gemetzel kommt."

„Gib uns Waffen", sagte Albie. „George hat genügend Waffen für –"

„Sagt mir, dass George nicht über das Gespräch in der Phoenix Bescheid weiß", forderte Rayford. Es war nicht so, dass er dem Mann nicht traute, aber der Kreis derjenigen, die Bescheid wussten, sollte so klein wie möglich gehalten werden.

Stille.

„Sag es mir, Albie!"

„Ray, du kennst mich doch. Du hast gesagt, niemand außer den Mitgliedern der ‚Tribulation Force', und wir halten uns daran."

„Wie viele unserer Piloten können mit einem 50-Kaliber-Gewehr umgehen?"

„Keiner", erwiderte Mac. „Du musst sie den Fahrern geben. Von der Luft aus sind sie nicht zielgenau genug und zu gefährlich. Gib uns die Energiewaffen. Wenn jemand uns vom Boden aus aufhalten will, heizen wir sie auf."

„Sie haben vor, uns vom Himmel zu holen, meine Herren!"

„Der einzige Weg, das zu verhindern, ist, mit den Fünfzigern zuerst zu schießen", entgegnete Mac. „Das bedeutet eine Änderung der Politik. Hast du das vor, Rayford?"

Rayford zögerte. „Ich habe noch nichts von Abdullah gehört. Bist du da?"

„Hier, Boss."
„Und?"
„Nicht schlecht, danke schön."
„Ich meine, was hältst du davon?"
„Wovon?"
„Smitty! Kommen Sie schon! Ich brauche Ihren Rat."
„Wir können nicht gleichzeitig die großen Gewehre abschießen und fliegen, Ray. Das geht nur, wenn zwei Piloten in einem Hubschrauber sitzen. Und aus welchem Loch schießen wir so ein Teil ab?"
„Er hat Recht", meinte Mac. „Wie gewöhnlich."
„Ich bin bereit, Gott mein Leben anzuvertrauen", fuhr Abdullah fort. „Und wenn er es mir gestattet, würde ich gern eine Energiewaffe einsetzen, um dem Feind einzuheizen."
Rayford blickte über die Schulter zurück zu den Gläubigen, die sich hinter ihm zusammenkauerten. Auf ihren Gesichtern zeigte sich Furcht und Hoffnung. Über den Lärm der Rotoren hinweg konnten sie ihn nicht hören.
„Also gut, meine Herren", rief er ins Telefon, „nachdem ihr eure Passagiere abgesetzt habt, fliegt ihr in Mizpe Ramon vorbei, nehmt ein Drittel der DEWs an Bord und verteilt sie an die euch zugewiesenen Leute. Albie, George soll mitmachen. Und wer als Erster dort ankommt, sorgt dafür, dass Lea und Hannah evakuiert werden, falls sie schon fertig sind. Ihr werdet auch Platz für ihre medizinische Ausrüstung brauchen."
„Denkst du, die Weltgemeinschaft wird versuchen, die Landebahn und unser Quartier zu zerstören?", fragte Albie.
„Das ist wahrscheinlich."
„Wohin bringen wir diese Frauen?"
„Zuerst mal nach Masada."
„Und du wirst die Fünfziger an die Fahrer verteilen, Chef?"
„Darüber denke ich noch nach", erwiderte Rayford.

Nach Chaims Rede auf dem Tempelberg würde es schätzungsweise noch zwei Stunden dauern, bis die ersten Flüchtlinge eintrafen. David rief Rayford an. „Was ist mit unseren Schwestern? Hannah schuldet mir noch eine E-Mail. Sind sie in Ordnung?"
„Ich habe keinen Grund, etwas anderes anzunehmen. Haben Sie versucht, sie anzurufen?"

„Keine Antwort.“
„Ich werde mich um sie kümmern.“ Er berichtete David, was sie mit den Waffen und dem Sanitätszentrum vorhatten.
„Brauchen Sie dabei meine Hilfe?“, fragte David.
„Sie müssen dort bleiben und alles koordinieren, bis Chaim kommt, und das könnte noch ein paar Tage dauern.“
„Das könnte ich den Ersten übertragen, die hier ankommen. Das ist ja nicht schwer. Sie können doch nicht allein alle diese großen Gewehre verladen.“
„Ich werde Lea und Hannah bitten zu helfen.“
„Haben sie schon abgebaut und gepackt?“
„Ich denke, ja.“
„Tut es Ihnen Leid, dass Sie die Landebahn gebaut haben und sie nun aufgeben müssen?“
„Sicher, aber wir haben sie anfangs ja sowieso gebraucht. Wo sonst hätten all die großen Vögel landen sollen?“
„Haben Sie irgendwelche Kandidaten an Bord?“
„Für Ihren Job? Ich weiß nicht, David. Warum bleiben Sie nicht einfach da, wo Sie sind?“
„Wenn sie Hebräisch sprechen und vertrauenswürdig sind, dann könnte ich zur Landebahn kommen und Ihnen helfen, die Gewehre zu verladen.“
„Nun, ich weiß nicht einmal genau, ob ich die Fünfziger ausgebe“, zögerte Rayford.
„Ich bin auf jeden Fall da, wenn Sie mich brauchen.“
Am Spätnachmittag kletterte David zur Opferstätte hinauf und suchte den Horizont ab. Es war noch nichts zu sehen, aber unter sich in den Felsen hörte er Geräusche. Es konnte unmöglich bereits jemand vor den Hubschraubern zu Fuß eingetroffen sein. Mit angehaltenem Atem kniete er sich hin und kroch zum Felsrand. Sein Herz klopfte zum Zerspringen. Er meinte, die Schritte von zwei Menschen zu hören, die sich langsam bewegten.

David zog die einzige Waffe heraus, die ihm einfiel, sein Telefon, und machte sich bereit, Rayfords Nummer per Wahlwiederholung zu wählen. Vorsichtig erhob er sich, um über den Felsrand zu spähen. Kaum 20 Meter unter ihm arbeiteten sich zwei Soldaten der Friedenstruppen, die sehr elend wirkten, den Abhang hinauf. Sie marschierten vorsichtig, doch fest entschlossen. Ihre Uniformen waren schweißnass und jeder trug ein Schnellfeuergewehr bei sich. David drückte dic Wahlwiederholung von Rayfords Nummer. In diesem Augenblick sahen die beiden Soldaten zu ihm hoch. Bevor er noch das Telefon ans Ohr halten konnte, legten sie ihre Waffen auf ihn an.

David ließ das Telefon fallen und ging in Deckung. Die spitzen Steine gruben sich tief in seine Knie und Hände. Die Soldaten, die von ihren Gefährten offensichtlich für tot gehalten und zurückgelassen worden waren, erlebten scheinbar einen Adrenalinstoß. Sie konnten nicht damit gerechnet haben, jemanden hier vorzufinden, nachdem sie den Angriff aus der anderen Richtung überlebt hatten, aber jetzt marschierten sie mit neuer Kraft weiter.

David rappelte sich hoch und stellte dabei fest, dass er sich scheinbar den Knöchel verstaucht hatte. Er versuchte, zu einer Höhle zu humpeln, aber da er unbewaffnet war, würde er dort eine leichte Beute sein. Er hörte, dass seine Verfolger sich unmittelbar unter dem Felsvorsprung trennten. Sie schienen nur noch etwa sechs Meter entfernt zu sein. David hatte keine Fluchtmöglichkeit.

Er konnte es nicht mit ihnen aufnehmen, aber Rückzug war auch keine Möglichkeit. Er humpelte zum Felsrand und hob eine Handvoll Steine auf. Er würde sie auf den ersten Kopf werfen, der auftauchte.

Rayford sah nach, wer ihn erreichen wollte. Schon wieder. Und so bald. David hatte sich noch nie als lästig erwiesen.

„Steele“, meldete er sich.

Er hörte das Geräusch von Schritten.

„David? Sind Sie da?“

Aus der Ferne: „Gott, hilf mir!“

„David?“

Ein verzweifelter Schrei, ein hebräischer Schrei, Schüsse aus mindestens zwei Waffen, ein Sturz, ein Stöhnen. Davids heiseres Flüstern: „Gott, bitte!“ Das Plätschern von Flüssigkeit.

David lag auf dem Rücken, sein Körper war wie betäubt. Er spürte nicht einmal den Schmerz in seinem Knöchel. Der wolkenlose blaue Himmel füllte sein Blickfeld vollkommen aus. Sein Herz raste und seine Lungen hoben und senkten seine Brust in Wellen. Obwohl er nichts spüren konnte, hörte er, dass Blut aus seinem Kopf strömte.

Die Soldaten beugten sich über ihn, aber er konnte die Augen nicht bewegen, um sie anzusehen. Wenn sie ihn nur schon für tot halten würden … aber er konnte seine Brust nicht daran hindern, sich zu heben. David betete stumm. Er flehte Gott an, ihn den Todesschuss, den die Beiden ihm versetzen würden, weder hören noch fühlen zu lassen. Sie hatten die Mündung auf sein Herz gerichtet und drückten den Abzug.

Rayfords Leitung stand noch. Er hörte noch zwei weitere Schüsse, danach ein Keuchen und Geräusche, die darauf schließen ließen, dass ein Körper hochgehoben und über einen Felsen geworfen wurde. Dann Schritte, die sich von dem Telefon entfernten, und schließlich gar nichts mehr.

Rayford hatte Angst vor dem, was er in Petra vorfinden würde, aber er konnte es auch nicht riskieren, einen Hubschrauber voller Gläubigen dort abzusetzen, wenn er annehmen musste, dass der Feind auf der Lauer lag. Er hasste sich dafür, dass er bereits weiterdachte, statt von David Hassids Tod erschüttert zu sein, aber Rayford musste unbedingt dafür sorgen, dass das Telefon nicht in die falschen Hände fiel.

11

Lea konnte Hannah nicht verstehen, aber das war in Ordnung. Sie verstand sich ja auch oft selbst nicht. Sie verstauten die letzten Verbände und Medikamente in Kisten und wandten sich nun Hannahs Computer zu.

„Und du weißt genau, dass es Hassid war, der angerufen hat?"

Hannah nickte.

„Du willst doch mit ihm sprechen, warum hast du nicht –?"

„Ich möchte nicht unbedingt mit ihm sprechen, bis ich weiß, was er auf meine E-Mail antwortet. Er hätte mir schreiben sollen, dann könnte ich seinen Anruf entgegennehmen. Vielleicht."

Lea schüttelte den Kopf. „Selbst wenn wir nicht nur noch dreieinhalb Jahre hätten, würde ich dir sagen, das Leben ist zu kurz. Du solltest ihn anrufen. Er ist sehr beschäftigt. Wann sollte er Zeit haben, dir zurückzuschreiben?"

„*Ich* habe die Zeit zum Schreiben gefunden."

„Hannah! Wir installieren auch kein Computersystem für eine Million Menschen."

Hannah starrte auf den Bildschirm. In den Nachrichten lief nichts als Carpathia-Propaganda. Die Experten versuchten, sein seltsames Verhalten im Tempel so zu erklären, dass es Sinn ergab. Lea beugte sich vor, um die Schlagzeilen zu lesen. „Seine Exzellenz, der Potentat, garantiert Heilung von den Geschwüren um 21 Uhr carpathiatischer Zeit."

„Ich bin so dumm", sagte Hannah.

„Ich weiß."

„Hey, was soll das?! Wir kennen uns doch kaum."

„Tut mir Leid. Warum bist du dumm?"

Hannah deutete auf die Statusleiste unter den ablaufenden Schlagzeilen. Das Symbol zeigte, dass sie eine Mail hatte. „Ich wette, die ist von David", meinte sie.

„Lass es uns herausfinden", sagte Lea, aber bevor sie die Mail abrufen konnten, klingelten gleichzeitig ihre Telefone. „Rayford", sagte sie zu Hannah.

„Bei mir auch", erwiderte diese.

Lea hob die Hand. „Lass mich“, sagte sie. „Sanitätszentrum.“
„Lea, hier spricht Rayford. Seid ihr zwei okay?“
„Ja, abgesehen davon, dass es so aussieht, als hätten Sie uns beide gleichzeitig angerufen.“
„Das habe ich auch. Ist Hannah da?“ Lea nickte ihr zu und Hannah meldete sich über ihr Handy. „Habt ihr bereits gepackt und seid startbereit?“
„Ja“, erwiderte Lea, „aber wo –?“
„Hört einfach nur zu. Mein Terminplan ist zeitlich sehr eng. Kennt ihr George?“
„So ein Großer? Aus Kalif–“
„Genau. Ich habe ihm gerade eine andere Aufgabe zugewiesen. Er wird hier in drei oder vier Minuten landen und Hilfe brauchen, um die 50-Kaliber-Gewehre aufzustellen. Smitty wird sich bald zu ihm gesellen.“
„Haben sie nicht den Hubschrauber voller Passagiere?“
„Ja, und wir müssen sie so weit von dem Landeplatz und den Gebäuden entfernt unterbringen, wie es geht.“
„Sie fliegen nicht nach Petra?“
„Doch, später. Hört einfach zu. Wenn es dunkel ist, müssen diese Leute bereit und von der Luft aus unsichtbar sein. Ich werde kurz landen und dann weiterfliegen, alle anderen Flugzeuge über Mizpe Ramon werden von der Weltgemeinschaft sein. George und Smitty werden den Landeplatz verteidigen.“
„Und wir werden auf die Passagiere aus den beiden Hubschraubern aufpassen, bis jemand sie abholt?“
„Drei. Ich habe auch eine Ladung, und ich werde selbst ein Fünfziger mitnehmen.“
„Wohin fliegen Sie?“
„Ich muss etwas in Petra überprüfen und eine von euch muss mich begleiten. Lea, das werden Sie sein.“
„Einen Augenblick mal!“, wandte Hannah ein. „Wer hält sich außer David in Petra auf?“
„Wir haben noch niemanden hingebracht. Ich möchte mich nur davon überzeugen, dass die Stadt auch sicher ist, bevor wir –“
„Warum sollte sie das nicht sein? Wo liegt das Problem?“
„Ich weiß es noch nicht, aber –“
„Aber es gibt ein Problem. David würde Sie sicher informieren.“
„Ich kann ihn im Augenblick aber nicht erreichen, das ist alles“, erwiderte Rayford. „Wir wollen doch nicht auf jede –“

„Dann werde ich mitkommen. Lea kann George und Abdullah helfen und diese Leute irgendwo verstecken."

„Hannah", sagte Rayford, „ich –"

„Versuchen Sie nicht, mir das auszureden, Captain Steele. „Ich –"

„Hannah! Dies ist eine militärische Operation und ich bin Ihr vorgesetzter Offizier. Ich entscheide, wer was tun wird, und ich habe Ihnen gesagt, wer mitkommt und wer hier bleibt. Verstanden?"

„Ja, aber –"

„Noch irgendwelche Fragen?"

„Nein, aber, na ja, ich glaube, ich habe gerade eine Nachricht von David bekommen."

„Haben Sie nun oder haben Sie nicht? Hat er angerufen?"

„Er hat eine E-Mail geschickt."

„Sind Sie sicher?"

„Nicht ganz", erwiderte Lea. „Überprüf es, Hannah."

Sie rief ihre E-Mail ab. „Ja, sie ist von ihm!"

„Wann wurde sie abgeschickt?"

„Einen Augenblick – oh!"

„Gerade oder …?"

„Nein, schon vor einer Weile."

„Irgendetwas Wichtiges? Probleme? Braucht er Hilfe?"

„Nein", erwiderte sie, während sie die Nachricht überflog. „Nur persönliche Dinge."

Lea legte Hannah die Hand auf die Schulter und hob ermutigend ihr Kinn. Die jüngere Frau sah aus, als sei sie außer sich vor Angst.

„Alles in Ordnung, Hannah? Sind wir uns einig?"

„Jawohl, Sir."

„Dann lassen Sie mich einen Augenblick allein mit Lea sprechen, ja?"

Hannah klappte ihr Telefon zu und las Davids Nachricht.

„Lea", sagte Rayford, „ich weiß nicht genau, was wir in Petra vorfinden werden, aber David hat versucht, mich anzurufen, und ich habe Geräusche gehört, die darauf schließen lassen, dass er erschossen wurde."

„Oh nein!"

„Bringen Sie den Erste-Hilfe-Kasten und eine Bahre mit."

„Verstanden."

„Falls wir ihn in den Hubschrauber laden müssen, schaffen Sie das?"

„Machen Sie sich nur keine Gedanken, Captain", beruhigte sie ihn.

Sie wandte sich von Hannah ab und flüsterte: „Und Sie fangen besser an, sich um das Telefon und die Computer Gedanken zu machen."
„Das tue ich bereits", erwiderte Rayford. „Ich bin in ein paar Minuten da."

Chang untersuchte gerade eingehend die juckende Stelle an seinem Bein, als Rayford anrief. Nachdem Rayford ihn über die Geschehnisse informiert hatte, entgegnete Chang: „Machen Sie sich um das Telefon keine Gedanken. Ich kann das von hier aus neutralisieren."
„Was meinst du?"
Chang tippte bereits eifrig auf seinem Keyboard herum. „Ich kann die Innereien vernichten, den Chip löschen. Um ehrlich zu sein, das tue ich gerade."
„Wir können nur hoffen, dass sie es noch nicht gefunden haben."
„Wenn Sie mit David Verbindung aufnehmen", sagte Chang, „und er noch lebt, dann muss ich mit ihm sprechen."
„Mir hat gar nicht gefallen, was ich gehört habe, Chang."
„Ich weiß, aber man weiß nicht so genau, was Sie gehört haben."
„Ich weiß, dass David unbewaffnet war."
„Ich überprüfe die Computer."
„Sofort? Das geht?"
„Von hier aus kann man fast alles machen, dank David. Zum Glück können sie die Software nicht knacken. Die liegt auf einem revolvierenden Encoder, der sich nur selbst öffnen kann, und er ist so programmiert, dass er das nicht tut."
„Davon verstehe ich nicht viel, aber ich mache mir Sorgen, dass wir einen Haufen ausgeflippter Weltgemeinschaftler dort haben, die denken, sie würden ihrer Sache dienen, indem sie die ganze Hardware zerstören."
„Sie würden ihrer Sache tatsächlich dienen. Und sie würden uns weit zurückwerfen. Aber eine ganze Gruppe vermutlich eher nicht."
„Woher sollen wir das wissen?"
„Die sind von Ihrem Angriff übrig geblieben, nicht?"
„Vermutlich."
„Sie haben es doch in dem Gespräch in der Phoenix gehört", meinte Chang. „Zwei werden vermisst."

Rayford landete am südlichen Ende der Landebahn in Mizpe Ramon und sprach über Funk mit Mac und Albie, während Hannah und Lea den Erste-Hilfe-Kasten und eine Bahre zum Hubschrauber brachten. Hannah nahm die Flüchtlinge in Empfang und fragte als Erstes, wer von den Ankommenden Englisch verstand, damit sie für die nur hebräisch Sprechenden übersetzen konnten. Währenddessen lud Lea die Bahre und die medizinischen Gerätschaften in den Hubschrauber und wartete draußen.

„Abdullah bringt Ihre Waffen“, flüsterte sie.

Rayford nickte und trug Mac und Albie auf, ihre Schutzbefohlenen nach Wadi Musa in der Nähe von Petra zu fliegen. Allerdings könnten sie durchaus von den beiden Soldaten der Weltgemeinschaft, die in Petra vermutet wurden, bemerkt werden.

„Sagen Sie den Leuten, sie sollen im Hubschrauber bleiben, bis Sie sie holen, und dann lauft so schnell es geht zu dem Fußweg. Geht aber nicht hinein, bis ich mit den Waffen für euch dort gelandet bin.“

„Eine Frage“, sagte Albie.

„Aber schnell.“

„Haben wir uns in Bezug auf diesen Zufluchtsort geirrt?“

„Albie, ich weiß nur, dass wir diesen Ort jetzt für die Leute klar machen, sie dorthin schaffen und auf Gott vertrauen müssen, dass er sich um sie kümmert.“

„Und wenn du Hassids Leiche findest?“

Rayford zögerte. „Dann heißt es, entweder sie oder wir, und eins möchte ich euch beiden sagen: Sie werden es sein.“

Als Rayford aus dem Hubschrauber sprang, eilte Abdullah ihm bereits mit der Munition über den Sand entgegen. Das Gewicht der drei 50-Kaliber-Gewehre auf der Schulter drückte ihn herunter. Ein großer Munitionsgürtel lag darüber. Seinen anderen Arm hatte er seitlich ausgestreckt, um das Gleichgewicht zu behalten. Rayford und Lea rannten zu ihm und halfen ihm, die Waffen zum Hubschrauber zu bringen.

„Sind Sie okay, Smitty? Bereit?“

„George gibt mir einen Kurs-Crash“, sagte er, „was immer das bedeutet.“

„Einen Crashkurs. Einen Schnellkurs.“

Abdullah nickte. „Mir gefielen die DEWs, aber ich werde auch mit den Dingern hier schießen. George baut sie in einem steilen Winkel auf, damit wir die Flugzeuge des Feindes vom Himmel holen können, aber ich mache mir Sorgen um die Treffsicherheit.“

„Sie müssen eigentlich nur einen treffen, dann hauen die anderen ab.“

„Ich hoffe, Sie haben Recht, Captain. Ich werde für euch beten, und ich hoffe, ihr habt in Bezug auf David Hassid Unrecht. Er ist ein wundervoller Mensch.“

Rayford hoffte das ebenfalls. Er und Lea gingen an Bord, und als er mit dem Hubschrauber abhob und davonflog, sah er den Jordanier zu der Stelle zurücklaufen, an der George die Gewehre aufbaute, um den Landeplatz zu verteidigen. Rayford befand sich nun mitten in dem, was er eigentlich hatte vermeiden wollen. Menschen würden sterben. Einer hatte vermutlich bereits sein Leben gelassen. Das Wissen, dass er diese Menschen zusammen mit all den anderen, die er in so kurzer Zeit verloren hatte, wieder sehen würde, war ihm kein großer Trost. Es gab doch sicher eine Grenze dessen, was ein Mensch an Leid ertragen konnte. Er hatte seine bestimmt schon weit überschritten.

Buck hatte Chaim an Bord eines der Hubschrauber nach Masada geholfen. Bei ihrer Ankunft auf der alten Festung fanden sie Zehntausende neugieriger Israelis vor. Buck hatte seltsame Berichte bekommen, die Flugaktion sei auf ein paar Schlangen gestoßen und die Flüge von Petra zum Ölberg könnten sich ein wenig verzögern. Zweifellos war Rayford sehr beschäftigt und stand mit seinen Leuten im Kontakt, denn er war telefonisch nicht zu erreichen, auch rief er Buck nicht zurück. Chang sagte, er würde Buck raten, zu warten und persönlich mit Rayford zu sprechen.

In Chicago war es neun Uhr morgens, darum rief Buck Chloe an, während Chaim unruhig hinter ihm auf und ab schritt. Kurz bevor Chloe sich meldete, beugte sich Chaim vor und flüsterte: „Ich werde sprechen, wenn dieser Platz voll ist.“

Rayford fiel keine Möglichkeit ein, wie er einer Entdeckung durch die Soldaten der Weltgemeinschaft in Petra entgehen konnte. Drei Hubschrauber würden innerhalb von wenigen Minuten nebeneinander landen, und es würde nicht lange dauern, bis noch Dutzende andere folgten. Er dachte darüber nach, die anderen nach Mizpe Ramon umzuleiten, aber er fürchtete, Carpathia könnte noch vor dem Ende der Plage die Landebahn unter Beschuss nehmen, als Vergeltung für den Angriff auf seine Truppen. Die Furcht, der Landeplatz könnte Ziel von Vergeltungsmaßnahmen werden, hielt ihn davon ab, mehr als die Passagiere der drei Hubschrauber dorthin zu leiten, die bereits dort warteten. Vielleicht waren Carpathia oder Akbar ja klug genug, ihren Angriff bis zum Einbruch der Dunkelheit hinauszuzögern.

Da er sich nur um Lea und sich selbst Gedanken zu machen brauchte, beschloss Rayford, den Helikopter auf dem schmalen Siq zu landen, über den die Fußgänger und Reiter in die Stadt Petra gelangten. Vorsichtig setzte er mit dem Hubschrauber so nahe es ging an den Außenmauern auf, sodass es unmöglich war, aus der Stadt heraus das Feuer auf den Vogel zu eröffnen, selbst wenn er gesehen worden war.

Wenn der Feind nicht gerade schlief oder sich tief in einer Höhle verbarg, musste er ihre Ankunft bemerkt haben. Mac und Albie rannten heran. Letzterer schnappte nach Luft. „Er ist so viel älter und doch in viel besserer Verfassung als ich“, meinte Albie.

„Ich jogge jeden Tag“, erklärte Mac. „Außerdem bin ich viel größer als du.“

„Jetzt komm erst mal wieder zu Atem“, schlug Rayford vor. „Wir müssen noch etwa eine Meile zu Fuß gehen, bis wir die Stadt erreichen. Wenn wir nicht zur Zielscheibe werden wollen, werden wir klettern müssen, und ihr wisst ja, wie schwer diese Babys sind.“

Er reichte jedem ein Gewehr mit dazugehöriger Munition, während Lea ihren Erste-Hilfe-Koffer holte. „Sollen wir die Bahre mitnehmen oder sie später holen?“

„Wir können sie ja später holen“, entschied er und erinnerte Mac und Albie daran, die Waffen vertikal zu tragen. „Wenn wir hineinkommen, werden wir uns aufteilen. Um das Risiko zu senken, werden wir nur zu zweit gehen. Ich nehme an, sie befinden sich irgendwo über uns, wodurch sie natürlich im Vorteil sind. Auf keinen Fall dürft ihr nach David rufen.“

„Das wird mir aber schwer fallen“, sagte Mac.

Rayford nickte. „Ja, mir auch. Ich möchte wissen, was mit ihm passiert ist, selbst wenn es das ist, was ich befürchte.“

„Ich werde nach ihm suchen“, erklärte Lea. „Meine Sachen lasse ich am anderen Ende der Schlucht. Mir ist schleierhaft, warum Sie nicht noch eines von diesen Gewehren mitgenommen haben.“

„Zu viel zu schleppen“, erwiderte Rayford. „Außerdem hoffe ich ja, dass Sie sich um einen Patienten werden kümmern müssen.“

„Ich werde ihm nicht viel nützen, wenn ich tot bin“, beharrte sie.

Mac reichte ihr seine Pistole. „Es ist nur eine 45er“, erklärte er.

„Ich nehme sie.“

„Du kannst damit umgehen?“

„Entsichern links?“

Mac nickte.

„Ich weiß mehr, als Captain Steele denkt“, meinte sie.

„Wir sind nur so gut wie der langsamste Mann“, ergriff nun Rayford wieder das Wort. „Albie, du führst. Wir müssen uns beeilen, aber teile dir deine Kräfte ein.“

Albie zog sich die Hose hoch, schnallte sich seinen Gürtel enger und schnürte seine Stiefel neu. Er hievte seine Waffe vertikal auf die Schulter und setzte sich mit schnellem Spazierschritt in Bewegung, was Rayford frustrierte, doch schon bald schien er wieder neue Energie zu bekommen und verfiel in einen leichten Trab. Mac lief als Letzter. Rayford ließ Lea den Vortritt, und mit Erstaunen nahm er zur Kenntnis, dass sie trotz Erste-Hilfe-Kasten mithalten konnte. Rayford hatte keine Probleme, Schritt zu halten, aber er spürte sein Alter – und auch jedes Gelenk.

Etwas mehr als zehn Minuten später öffnete sich die schmale Schlucht, und man hatte einen atemberaubenden Blick auf Al-Khasneh, die Schatzkammer, in der damals zur Zeit des Auszugs aus Ägypten die Schätze des Pharao aufbewahrt worden waren. Unter anderen Umständen hätte Rayford sich liebend gern die aus Fels gehauene Fassade angesehen, aber er und seine Leute, und natürlich die vielen Flüchtlinge, waren an einem Punkt angekommen, an dem es kein Zurück mehr gab.

Albie blieb stehen und beugte sich nach Luft schnappend vor. Die anderen legten geräuschlos ihre Last ab und Rayford sah sich vorsichtig um. In diesem Augenblick wurde ihm klar, dass er entweder aus purem Glück oder auf Grund der wunderbaren Führung Gottes genau das Richtige getan hatte. Er hörte das Surren von mindestens einem Hubschrauber. Die anderen konnten nicht mehr weit entfernt sein. Alle diese Helikopter brachten die Soldaten der Weltgemeinschaft, falls sie es waren, die sich hier verschanzt hatten, in Bedrängnis. Ihnen blieb nichts anderes übrig, als sich in einer Höhle zu verstecken. Aber für den Fall, dass sie sofort zum Angriff übergingen, wären sie sehr schnell zahlenmäßig unterlegen und würden davon ausgehen müssen, leicht überrannt zu werden.

Rayford drehte sich um und flüsterte: „Lea, gehen Sie nach rechts, bleiben Sie geduckt und halten Sie sich so gut wie möglich außer Sicht. Schlagen Sie einen möglichst großen Bogen, bevor Sie aufsteigen. Wenn Sie beim Aufstieg zu sehen sind, suchen Sie sich ein Versteck. Das Wichtigste ist es jetzt, David zu finden und ihn hier herauszuschaffen. Normalerweise hat er mich immer von der Opferstätte aus angerufen, weil er dort den besseren Empfang hatte."

„Haben Sie versucht, ihn noch einmal zu erreichen?", fragte Lea.

„Chang hat sein Telefon aus Sicherheitsgründen bereits unschädlich gemacht.".

„Und wenn er nun versucht hat, sich mit uns in Verbindung zu setzen?"

„Wir konnten es nicht riskieren, Lea", erklärte Rayford. „Albie wird nach links gehen. Mac und ich werden uns gegenseitig Deckung geben und sehen, was vor uns liegt. Wir alle versuchen, so hoch wie möglich zu kommen, ohne zur Zielscheibe zu werden. Wer immer David findet, stellt zweimal das Funkgerät an, wir anderen werden ihn dann finden. Wenn ihr dem Feind begegnet, klickt weiter, bis ihr uns seht. Noch Fragen?"

Sie sahen sich im kühlen Schatten der Schlucht an und schüttelten die Köpfe. Als sie in den hellen Sonnenschein hinaustraten, hatte Rayford das ungute Gefühl, eine wandelnde Zielscheibe zu sein. Ein sehr unangenehmes Gefühl.

Scheinbar bewegte sich Rayford in Macs Augen viel zu langsam, denn sobald sie eine Stelle erreichten, die breit genug war, dass er ihn überholen konnte, setzte er sich an die Spitze. Er lief zu einem überstehenden Felsen, um dort Deckung zu suchen, und Rayford musste schneller laufen, um mit ihm mithalten zu können. Dort sanken sie keuchend in die Knie. Mac suchte den Horizont hinter ihnen ab. Zwei weitere Hubschrauber kamen hereingeschwebt, und fast im selben Augenblick hörte Rayford zwei Klicks an seinem Funkgerät. Er und Mac sahen sich an. „Wer?", fragte Mac lautlos. Er spähte nach links, wo Albie sein musste.

Rayford beugte sich zur anderen Seite und entdeckte Lea hinter einem Felsen etwa 100 Meter von ihnen entfernt. Er stieß Mac in die Seite. Sie hielt ihnen die geöffnete Handfläche entgegen und hielt den Blick in die Richtung dessen, was sie gesehen hatte. Mit der freien Hand zog sie die Pistole aus ihrem Gürtel, aber ihre offene Handfläche und ihr Blick bewegten sich nicht.

Schließlich wandte sie sich um und sah Rayford und Mac an. Sie deutete mit zwei Fingern auf ihre Augen, dann hob sie den Zeigefinger über sich und nach links, was bedeutete, dass das Ziel sich fast unmittelbar über ihnen befand. Sie hielt zwei Finger in die Höhe. „Zwei unmittelbar über uns?“, flüsterte Rayford.

Mac nickte. „Ich schätze, ein paar hundert Meter über uns.“

Rayford hielt den Blick auf Lea gerichtet, als er langsam unter dem Felsüberhang hervorkam, aber sie hob wieder die Hand und hielt ihn auf, während sie weiter beobachtete. Plötzlich zeigte sie ihm ihren Handrücken und winkte ihn mit den Fingern weiter. Er zögerte, sie sah ihn nickend an, dann sah sie wieder hoch.

Rayford rannte mit Blick auf Lea geduckt los, um zu sehen, ob er tatsächlich aus seiner Deckung herauskommen konnte. Sie nickte und er hörte zwei weitere Klicks in seinem Funkgerät. Er, Mac und Lea sahen sich nach Albie um. Er signalisierte dasselbe wie Lea. Rayford ging rückwärts weiter, während Mac blieb, wo er war. Schließlich entdeckte er die beiden Soldaten der Weltgemeinschaft auf einem hohen Felsvorsprung. Sie hatten ihm den Rücken zugewandt. Beide waren in Uniform und bewaffnet, aber sie wirkten lethargisch, beobachteten die Hubschrauber und behielten auch die Täler unter sich im Auge.

Rayford bedeutete sowohl Lea als auch Albie weiterzugehen, dann nickte er Mac zu, ihm zu folgen. Sie rannten aus ihrer Deckung zwischen den Gebäuden hindurch zu einer kleinen Schlucht, von der aus ein Weg nach oben führte. An einer Biegung, wo sie von den Beiden dort oben nicht gesehen werden konnten, warteten sie. „Sie sind zu weit von Lea und Albie entfernt, sie können ihre Funkgeräte nicht hören“, flüsterte Mac.

Rayford drückte den Knopf und sagte: „Können wir sicher sein, dass es nur zwei sind?“

„Keine Ahnung“, erwiderte Lea.

„Sie haben keinen Auftrag“, meinte Albie. „Sie haben Schmerzen und sie scheinen niemandem zu unterstehen. Sie tun nichts Besonderes. Hängen einfach nur herum und warten.“

„Und ihr seid sicher, dass nicht noch andere da sind?“

„Nicht so sicher, dass ich mein Leben darauf setzen würde“, meinte Albie.

Mac schaltete sich ein. „Genau das tun wir“, erklärte er. „Also los.“

„Wenn wir zu entscheiden hätten, würde ich sagen, wir sollten es riskieren. Aber warum die Eile?“

„Hunderte von Menschen warten vor der Stadt“, erläuterte Rayford. „Und es dauert bestimmt eine Stunde, bis wir sie erreichen.“

Zwei Klicks unterbrachen ihn und Lea meldete sich. „Ich habe ungefähr 100 Meter vor mir, die ich zurücklegen kann, ohne dass sie mich sehen können. Soll ich losgehen?“

Rayford sah zu Mac hinüber, der nickte. „Ja. Drei Klicks, wenn Sie angekommen sind, aber sprechen Sie nicht, wenn Sie nicht sicher sind, dass sie weit genug entfernt sind.“

Sobald Lea die Erlaubnis hatte, begann sie mit dem Anstieg, die Pistole in der Hand. Die beiden Soldaten drehten sich abrupt um und entfernten sich in der anderen Richtung.

„Sie kommen auf dich zu, Albie“, warnte Rayford.

„Ich hoffe, dass sie näher kommen“, sagte er und legte sich flach auf den Boden. Er zog das Stativ heraus und lud die Waffe.

„Das ist keine schlechte Idee“, meinte Mac. „Wir können unsere Waffen hier aufbauen.“

„Lea ist dort oben, Mac. Sollen wir sie als Köder benutzen?“

Mac schüttelte den Kopf. „Es sei denn, sie kehren wieder um und gehen in ihre Richtung.“ Er deutete mit dem Kopf zu ihr. „In 30 Minuten wird sie ein Plateau erreicht haben.“ Mac lud das Magazin der Waffe und legte sich auf den Bauch.

Etwa 20 Minuten später näherte sich ein Hubschrauber. Die beiden Soldaten blieben stehen und starrten ihn an. Sie machten nicht einmal den Versuch, sich zu verstecken. Gleichzeitig hoben sie ihre Waffen und legten auf den Hubschrauber an.

„Denkt nicht einmal daran, ihr Halunken“, murmelte Rayford.

Mac rollte sich auf die linke Seite und seufzte. „Ich habe hier einen schlechten Schusswinkel. Hast du sie noch im Blick?“

Rayford legte an und sah durch sein Zielfernrohr. „Ja.“ Er sprach in sein Funkgerät. „Siehst du sie, Albie?“

„Und ob! Sie haben beide das große Zeichen Carpathias auf der Stirn, etwa zwei Zentimeter über dem rechten Auge.“

„Einen Augenblick“, sagte Rayford. „Vielleicht haben sie ja David irgendwo.“

„Ich habe sie verloren“, meldete Albie.

„Ich auch“, bestätigte Mac.

„Ich habe sie noch“, sagte Rayford.

Klick.

„Was ist, Lea?“

Sie klickte erneut.

„Sie sind weit genug entfernt“, informierte Rayford sie. „Was haben Sie?“

Aber Mac packte ihn am Arm. „Vielleicht kann sie nicht sprechen. Vielleicht hat sie Gesellschaft bekommen."

„Habe ich sie vielleicht durch mein Reden verraten?" Bei dem Gedanken wurde Rayford ganz übel.

„Ich sehe mal nach", schlug Mac vor. „Hast du noch eine andere Waffe?"

„Eine neun Millimeter."

Mac griff danach. „Ich kann von hier aus sowieso nicht schießen und die dicke Berta wird mich nur behindern."

Rayford nahm die Waffe vom Gürtel und reichte sie Mac, der sich schnell erhob und davoneilte.

Nach weiteren 20 Minuten meldete sich Lea. „Sie wollen gar nicht wissen, was ich gefunden habe."

Rayford wäre vor Erleichterung beinahe zusammengebrochen. „Sind Sie okay?"

Mac hörte das Gespräch und blieb mit dem Rücken zum Felsen auf dem Pfad stehen.

„Mir geht es gut", sagte Lea mit zitternder Stimme. „Ich habe Davids Telefon gefunden."

„Gut."

„Nicht so gut. Hier ist überall Blut und es führt zu dem Vorsprung."

Rayford ließ die Augen mehrere Sekunden lang geschlossen. „Bleiben Sie besser, wo Sie sind."

„Ich muss es wissen, Ray. Ich bitte um die Erlaubnis, weitergehen zu dürfen."

„Erlaubnis verweigert. Die beiden sind um eine weitere Felsspitze herumgekommen und können Sie sehen."

„Ich dachte, Sie hätten gesagt, sie wären eher in Albies Nähe."

„Das sind sie auch, aber wenn sie weitergehen, haben sie einen guten Blick."

„Ich werde es riskieren."

„Negativ."

„Kommen Sie, Rayford! Sie könnten mich von überall treffen."

„Lea! Bleiben Sie, wo Sie sind."

Selbst aus der Entfernung konnte Rayford ihren funkelnden Blick spüren. Er wollte genauso dringend wie sie wissen, ob die Blutspur zu Davids Körper führte, vor allem, falls die Möglichkeit bestand, dass er noch am Leben war.

„Wo sind sie jetzt?", fragte sie.

„Ich werde es Ihnen mitteilen, wenn Sie weitergehen können. Gibt es noch Hoffnung, dass er am Leben ist?“

„Nicht, wenn das sein Blut ist.“

„Woher wissen Sie das?“

„Sind Sie sicher, dass Sie das hören wollen?“

„Geben Sie mir Ihre professionelle Meinung.“

„Es ist schrecklich viel Blut hier, Ray. Wenn das alles von einer Person stammt …“

„Und Sie denken, dass dies der Fall ist?“

„An einer Stelle scheint Blut aus der Schlagader ausgetreten zu sein. Es ist ein Spritzmuster zu erkennen. Soll ich weitermachen?“

„Ja.“

„An einer anderen Stelle sieht man ausgetretenes Blut. Und das Blut, das zum Felsvorsprung führt, sieht auch so aus, als wäre es herausgelaufen.“

„Wer immer das also war, war tot, bevor er hinübergeworfen wurde.“

„Genau.“

„Ich möchte wissen, ob das David war, Lea.“

„Ich auch. Sagen Sie, wann.“

„Warten Sie noch.“

Die israelischen Gläubigen machten erstaunlich wenig Mühe, wie Hannah rasch feststellte. Viele hatten sich Essen mitgebracht, das sie mit anderen teilten. Alle wollten wissen, wann sie denn nach Petra gebracht würden, und Hannah teilte ihnen mit, so weit sie wüsste, würde das noch an diesem Abend geschehen. Die Leute liefen herum oder saßen irgendwo und sprachen über Carpathia, die Ereignisse im Tempel und am Tempelberg und wie aufgeregt sie über dieses neue Abenteuer waren. Darüber hinaus wollten sie Micha kennen lernen.

George, der sich in Hannahs Nähe sehr schüchtern verhielt, und Abdullah, der allen gegenüber sehr zurückhaltend war, bauten ihre Waffen an Stellen auf, an denen sie weder von der Luft aus noch von den ankommenden Israelis gesehen werden konnten. Sie wollten die Leute nicht unnötig beunruhigen.

Hannah betete für David, Lea, Rayford und das ganze Unternehmen. Als sie einen Augenblick Zeit hatte, schlich sie in das Sanitätszelt und las Davids E-Mail noch einmal.

„Liebe Hannah,
verzeih mir. Was soll ich sagen? Du hast Recht. Ich war unsensibel. Denk bitte nicht, dass ich deine Gefühle falsch interpretieren würde. Die Wahrheit ist, falls es etwas gab, das mich an dieser ganzen Entscheidung störte, so war es die Tatsache, dass ich dich vermissen würde. Ich wusste nicht, wie ich dir das erklären sollte, denn auch ich wollte nicht missverstanden werden. Ich weiß nicht, warum wir das Gefühl haben, um solche Themen herumreden zu müssen, vor allem in der jetzigen Zeit. Nein, wir kannten einander einfach nicht gut genug, um über irgendetwas anderes als Freundschaft nachzudenken, und natürlich trauere ich noch immer um Annie. Keinesfalls würde ich eine neue Liebesbeziehung auch nur in Betracht ziehen, da uns nur noch so wenig Zeit hier auf der Erde bleibt.
Auf der anderen Seite denke ich, es ist verständlich, dass wir uns so ungeschickt verhalten haben, weil wir auf einmal ja ‚zu haben‘

sind. Es war dumm von mir anzunehmen, du würdest es missverstehen. Wir sind so gute Freunde geworden, noch dazu in so kurzer Zeit, wer weiß, vielleicht hatte ich auch nur Angst, etwas Tieferes würde sich in ebenso kurzer Zeit entwickeln. Natürlich war ich davor auf der Hut und du vermutlich auch.
Wir hätten unsere Freundschaft einfach wachsen und reifen lassen sollen in der Annahme, dass nichts daraus entsteht. An dir, Hannah, gefällt mir besonders deine tiefe Liebe zu Gott. Man hat den Eindruck, dass alles, was du tust – deine Freundlichkeit gegenüber den Menschen, deine dienende Haltung, deine Fröhlichkeit und Ermutigung in so schwierigen Zeiten – deutliche Hinweise darauf sind, dass Christus in dir wirkt. Du bist für mich ein Vorbild wie für alle anderen auch, die einen Blick dafür haben.
Du hast Recht, hier wird vermutlich kein medizinisches Personal benötigt und ganz bestimmt bist du keine Israelin. Trotzdem ist es fast sicher, dass wir uns erst im Himmel oder im Tausendjährigen Reich wieder sehen werden. Das allein hätte mich veranlassen sollen, mir die Zeit für einen angemessenen Abschied zu nehmen, und wenn du es gestattest, würde ich gern versuchen, das telefonisch wieder gut zu machen.
Dank unserer Satelliten- und Solartechnik können wir problemlos, und dazu noch kostenlos, in den Vereinigten Staaten anrufen, aber genauso einfach kann ich dich an deinem jetzigen Standort, 50 Meilen von mir entfernt erreichen. Wenn wir das Chaos, das ich verursacht habe, weil ich ohne einen persönlichen Abschied von dir abgefahren bin, aus dem Weg geräumt haben, würde ich gern dann und wann mit dir telefonieren. Ich bin mir über den beträchtlichen Zeitunterschied im Klaren; wir würden uns natürlich abstimmen müssen. Wir werden beide beschäftigt sein, aber mir würde es Freude machen, wenn du es auch willst.
Da wir gerade von Beschäftigung reden: Ich weiß, es fallen momentan so viele Aufgaben an, dass du vielleicht kaum die Zeit haben wirst, dies zu lesen, geschweige denn darauf zu antworten. Hier ist es ein wenig einsam, was kein Wunder ist, darum tue ich manchmal gar nichts, außer auf die Ankunft der Hubschrauber zu warten. Vielleicht rufe ich dich mal an und frage, ob du meine E-Mail bekommen hast, dann erspare ich dir die Mühe einer Antwort.
Ich weiß, dass du mich verstehen und mir vergeben wirst, weil du bist, wer du bist. Ich freue mich auf einen neuen Anfang.
David“

Rayford fühlte sich überfordert. Er war kein Militärstratege. Seine Opfer waren zwar ganz offensichtlich geschwächt, doch er hatte seinen Leuten gestattet, sich in unhaltbare Positionen zu begeben. Albie hatte keine Schusslinie und wagte sich nicht zu rühren. Mac trug nur eine Handfeuerwaffe bei sich. Lea musste geduldig sein, sonst würde sie vermutlich selbst getötet werden. Rayford war der Einzige, der sich in einer guten Schussposition befand, aber mit dem großkalibrigen Gewehr, das er bei sich trug, konnte er nur einen Schuss abgeben. Außerdem war ihm klar geworden, dass er tatsächlich jemanden töten würde, sollte es dazu kommen. Und das konnte er einfach nicht.

Die Waffe jedoch bot alles, was er brauchte. Er legte sich auf den Boden und zielte sorgfältig auf den Felsen, an dem die beiden Zielpersonen vorbeikommen würden, wenn sie ihren eingeschlagenen Weg beibehielten. Seine rechte Hand lag am Abzug, während er mit der linken Hand das Zielfernrohr ausrichtete. In diesem Augenblick meldete sich Lea wieder über das Funkgerät. Sie wollte die Erlaubnis, sich dem Felsvorsprung nähern zu dürfen.

Rayford wollte sein Ziel nicht aus dem Blick verlieren, darum griff er langsam zum Funkgerät und hielt es an den Mund. „Negativ. Melden Sie sich nicht mehr; ich melde mich bei Ihnen."

Er ließ das Funkgerät fallen und legte die Hand erneut an das Gewehr und wartete ... wartete. Die Soldaten der Weltgemeinschaft hatten sich auf einen Felsen gesetzt. Rayford richtete das Gewehr neu aus, sodass er beide im Visier hatte. Er drehte leicht den Kopf und entdeckte Lea, die ebenfalls wartete. Die beiden hatten ihr den Rücken zugewandt. Sie würde es schaffen, an ihnen vorbeizukommen, wenn sie sich beeilte. Er nahm das Funkgerät zur Hand, während er seinen Blick fest auf die beiden Zielpersonen gerichtet hielt. Sie sahen zum Himmel hinauf, und einen Augenblick später hörte er, was ihre Aufmerksamkeit erregt hatte. Ein weiterer Hubschrauber.

„Lea, kommen Sie so schnell wie möglich zurück. Sie brauchen nicht zu bestätigen, setzen Sie sich einfach in Bewegung."

Rayford legte das Funkgerät vorsichtig beiseite und versuchte, seine Atmung zu regulieren. Er hatte die beiden Soldaten im Visier und er meinte, aus 200 Metern Entfernung Wunden auf ihrem verschwitzten Hals sehen zu können. Er zielte nur wenige Zentimeter über den Kopf des Rechten. Beide glitten nun von dem Felsen herunter, knieten sich hin und zielten auf den Vogel, der direkt über sie hinwegflog. Eine übergroße Maschine, ein Transporthubschrauber aus den Armeebeständen der Vereinigten Nordamerikanischen Staaten. Ein solcher Hubschrauber kostete mehrere Millionen Dollar und zweifellos befanden sich mindestens zwei Dutzend fliehende israelische Gläubige an Bord. Gut gezielte Schüsse der Soldaten konnten diesen Vogel zum Absturz bringen. Rayford brauchte nur einen Schuss mit diesem Teufelsgewehr abzugeben, dann wäre der Hubschrauber gerettet, selbst wenn er nur auf den Felsen zielte. Die Soldaten würden durch den Lärm und die herumfliegenden Steinstücke abgelenkt sein. Aber er brauchte einen größeren Ansporn, um das Risiko einzugehen.

Diesen bekam er wenig später durch eine erneute Mitteilung von Lea. „Es ist David … oh mein Gott, sie haben ihn abgeschlachtet … die Vögel haben sich bereits über ihn hergemacht.“

Die Soldaten waren angespannt; Rayford hatte den Eindruck, dass sie abdrücken würden. Er senkte das Gewehr millimeterweise, als der linke Soldat sich gerade vor den anderen beugte. Wenn er David nur nach Mizpe Ramon zurückgeholt hätte, als er es vorgeschlagen hatte, dann säße er jetzt nicht in diesem Schlamassel. Er erinnerte sich daran, seine Zehen einzuziehen und die Knie zu beugen, darum wurde er, als er den Abzug betätigte, nur etwa einen Meter zurückgeschleudert. Allerdings hatte er vergessen, sich etwas in die Ohren zu stecken, darum war der Rückschlag seine geringste Sorge. Der Knall war so laut, dass er nichts mehr hören konnte. Langsam stand er auf, ließ den Kopf kreisen, hob das umgekippte Gewehr auf und sah durch das Zielfernrohr. Er befürchtete, seine Trommelfelle dauerhaft geschädigt zu haben, aber wenigstens war sein Sehvermögen nicht beeinträchtigt. Der große Hubschrauber flog vorbei. Die beiden Soldaten lagen reglos und zusammengesunken auf dem Weg. Hinter ihnen erhob sich eine dichte Staubwolke.

Rayford nahm sein Funkgerät zur Hand. „Achtet auf andere Angreifer“, warnte er, wobei er sehr wohl merkte, dass er besonders laut sprach. Seine Worte hallten in seinem Kopf wider, aber er selbst hörte keines davon. „Mal sehen, was wir hier haben“, sagte er.

Albie war der Erste, der die beiden Soldaten erreichte. Dann kamen Lea, Mac und schließlich Rayford. Er rechnete damit, dass Lea sich abwenden würde, aber das tat sie nicht. Sie sagte etwas, und er bat sie, es zu wiederholen. Sie packte ihn an den Schultern und drehte ihn zu sich herum. „David sieht schlimmer aus als sie“, rief sie. Er konnte ihr von den Lippen ablesen.

Falls das stimmte, wollte er Hassid gar nicht sehen. Aber auf jeden Fall mussten sie den Leichnam beerdigen.

„Können wir ihn rausholen?“

Sie schüttelte den Kopf. „Unmöglich.“

„Dorthin sollten wir auch diese beiden werfen“, wütete Mac, zumindest meinte Rayford ihm dies von den Lippen abgelesen zu haben.

Die Kugel hatte Rückgrat und Herz des einen und den Hals des anderen durchschlagen, bevor sie ein riesengroßes Loch in den Felsen geschlagen hatte. Rayford drehte sich herum und atmete tief durch. Er hatte Angst, sich übergeben zu müssen. Isoliert durch seine Taubheit war er überwältigt von Reue. Er hatte es wirklich getan. Er hatte diese beiden Menschen getötet. Er hatte einen Mann an einem Ort verloren, der eigentlich ein Zufluchtsort sein sollte. Jetzt war dieser Landeplatz in Gefahr. Vor dem Eingang zu Petra setzten die Hubschrauber bereits unzählige Menschen ab, die darauf warteten, hereingelassen zu werden.

Rayfords Knie gaben unter ihm nach, doch Mac hielt ihn fest. Er beugte sich dicht über ihn. „Wir befinden uns im Krieg!“, erklärte Mac. „Diese Männer haben einen unbewaffneten Menschen getötet und hätten auch uns umgebracht. Sie wollten den Hubschrauber vom Himmel holen. Du hast uns allen das Leben gerettet, Ray!“

Rayford verzog das Gesicht und wollte ihnen klarmachen, dass diese Leichname von hier verschwinden müssten, doch er brachte kein Wort heraus. Aber Mac war ihm bereits voraus. Er sagte etwas zu Albie. Ohne zu zögern, trat der drahtige kleine Mann vor. Er bückte sich und hob das erste Opfer hoch, ging mit ihm zum Felsvorsprung und warf ihn hinab in das Unbekannte. Auch der andere verschwand in der tiefen Schlucht.

„Blas ins Horn, Rayford!“, forderte Mac ihn auf. „Wir wollen zusehen, dass die Menschen hier hereinkommen.“

Rayford schüttelte den Kopf und reichte Mac das Funkgerät. Er deutete auf ihn. „Mit Vergnügen“, erwiderte Mac. „Packen wir zusammen und verschwinden wir von hier.“

Hinauszukommen war viel leichter als hereinzukommen. Lea hielt sich immer in Rayfords Nähe, und er fand, dass sie so aussah, wie er sich fühlte. Noch bevor sie die Schlucht, durch die man nach Petra gelangte, erreicht hatten, tauchten die Hubschrauber auf und setzten ihre Passagiere ab. Vor dem Eingang hatte sich eine riesige Menschenmenge versammelt. Unterwegs hatte Mac die meiste Zeit in sein Funkgerät gesprochen, und nun forderten er und Albie die Leute auf, nicht zu laufen, sondern sich mit dem Hubschrauber in die Stadt Petra bringen zu lassen.

Lea half, das Gewehr, ihren Erste-Hilfe-Kasten und die Bahre in den Hubschrauber zu laden, dann zog sie Rayford zur Seite. „Sie dürfen nicht fliegen, bis Sie wieder hören können", sagte sie.

„Doch, das kann ich", widersprach er.

„Hören Sie denn schon wieder?"

„Sie können für mich hören."

Sie zuckte die Achseln. „Aber ich kann ganz bestimmt nicht fliegen", erklärte sie.

Trotz seiner Jugend und seines Kummers hatte Chang die Reife und Geistesgegenwart besessen, die schreckliche Nachricht über David Hassids Tod vorsichtig zu verbreiten. Die *Tribulation Force* war sich einig, dass weder Chaim noch Buck davon erfahren sollten, bis Chaim seine Aufgabe erfüllt hatte und in Petra in Sicherheit war. Chloe wollte Buck zu gegebener Zeit davon in Kenntnis setzen.

Während der folgenden Stunden überwachte Chang die Aktivitäten der *Tribulation Force*. In Mizpe Ramon behandelte Lea Rayfords Ohren. Jedem, der es hören wollte, erklärte sie, die Zeit würde alle Wunden heilen. Die von George und Abdullah dort zurückgelassenen Israelis wurden späteren Flügen zugeteilt. Rayford gesellte sich zu George und Abdullah, die ebenfalls 50-Kaliber-Gewehre trugen. Von der Weltgemeinschaft war nichts zu sehen.

Lea berichtete, dass Hannah die Nachricht von Davids Tod tief getroffen habe. Sie brachte keinen Ton heraus. Offensichtlich hatte sie sich aufgerafft und plante, mit Mac und Lea nach Masada zu fliegen, wo sie das Sanitätszelt aufbauen wollten. Erstaunlich und ganz klar ein Wunder Gottes war, dass während der großen Umsiedelungsaktion kein einziger mechanischer Defekt auftrat, weder in der Luft noch auf dem Boden.

Als es Abend in Jerusalem wurde und die Welt auf das für 9 Uhr angekündigte Ende der Beulenplage wartete, erhob sich Chang und streckte sich. Er betrachtete sich im Spiegel und dankte Gott dafür, dass er nicht erkrankt war. Selbst der Stich an seinem Bein war verschwunden. Vermutlich hatte es sich um einen Insektenstich gehandelt oder eine psychosomatische Sache.

Er kehrte an seinen Computer zurück, um seine E-Mails abzurufen. Wie sehr wünschte er sich, diese Idee mit Masada wäre von längerer Hand geplant und nicht eine spontane Idee gewesen. Sie hatten nicht einmal die Zeit gehabt, eine Verstärkeranlage zu installieren, geschweige denn irgendetwas, in das Chang sich einhacken konnte.

Verblüfft entdeckte Chang eine Nachricht von seiner Mutter. Rasch rief er sie auf. Sie wimmelte von Fehlern, aber offensichtlich hatte sie sich selbst beigebracht, E-Mails zu verfassen und abzuschicken, und nach dem, was sie sagte, hatte sie sogar gelernt, Tsion Ben-Judahs Website aufzurufen.

„Vater erzürnt über Carpathias beschämende Vorstellung in Jerusalem. Weiß nicht, was ich denken soll. Was denkst du? Ich schicke dies ab, bevor er es entdeckt und löscht. Sei vorsichtig mit deiner Antwort, für den Fall, dass er sie sieht. Carpathia scheint sehr schlecht zu sein. Ben-Judah sehr interessant, ein Prophet. Woher wusste er das im Voraus? Ich muss wissen, wie ich das an Ming schicken kann. Sag ihr, dass ich es tun werde.
Mutter"

Kurz nach Einbruch der Dunkelheit, aber noch vor 21 Uhr blickte Chaim über die Festung von Masada hinweg auf die riesige Menschenmenge unter sich. Buck stimmte mit dem alten Mann überein, dass fast alle, die hierherkommen wollten, vermutlich bereits da waren. Buck legte den Arm um Dr. Rosenzweigs Schulter und senkte den Kopf.

„Gott, gib mir die Weisheit zu sagen, was ich nach deinem Willen sagen soll", betete Chaim, „und mögen diese Menschen hören, was du ihnen mitteilen willst."

„Und lieber Gott", fügte Buck hinzu, „salbe seine Stimme."

Es gab weder eine Bühne noch Scheinwerfer. Chaim stand auf einer Erhebung und hob die Arme. Sofort wurde es still. Niemand rührte sich. Buck flüsterte Chang über das Telefon zu: „Nimm das Folgende auf. Über eine Verstärkeranlage können wir uns später Sorgen machen. Die ‚Tribulation Force' wird das hören wollen."

„Wie sieht es mit Ihrem Saft aus?"

„Ich habe noch eineinhalb Päckchen. Das sollte reichen."

Chaim sprach Hebräisch, aber wieder konnte Buck alles verstehen. „Meine Freunde", begann er mit lauter und autoritätsgeladener Stimme, doch Buck befürchtete, dass sie nicht laut genug war, „ich kann euch garantieren, dass ihr heute Abend hier in Sicherheit seid. Allein eure Anwesenheit macht euch zu einem Feind und einer Bedrohung für den Herrscher dieser Welt. Wenn um neun Uhr die Beulenplage von seinen Leuten genommen wird, könntet ihr zum Ziel ihrer Rache werden."

Buck erhob sich und blickte über die Menschenmenge hinweg. Niemand schien Probleme zu haben, Chaim zu verstehen. Niemand rührte sich oder gab einen Laut von sich, abgesehen von Lea und Hannah, die leise das provisorische Sanitätszelt aufbauten. Aber bisher schien niemand ihre Hilfe zu benötigen.

„Ich werde mich kurz fassen", fuhr Chaim fort, „aber ich möchte euch bitten, eine Entscheidung zu treffen, die euer Schicksal verändern wird. Wenn ihr mir zustimmt und diese Entscheidung trefft, werdet ihr mit Autos, Lastwagen und Hubschraubern zu einem Zufluchtsort gebracht werden. Wenn ihr euch dagegen entscheidet, könnt ihr nach Hause zurückkehren und die grausige Entscheidung zwischen der Guillotine und dem Loyalitätszeichen des Mannes treffen, der an diesem Tag in eurem Tempel gesessen und sich selbst zum Gott ernannt hat. Es ist der Mann, der Gottes Haus mit Mord und Schweineblut geschändet hat, der seinen eigenen Thron und sein Standbild im Allerheiligsten aufgestellt hat, der alle Opferungen für den wahren und lebendigen Gott abgeschafft und seine Friedenszusicherung an Israel zurückgezogen hat.

Ich muss euch leider sagen, dass viele von euch genau diese Entscheidung treffen werden. Ihr werdet euch für die Sünde entscheiden und nicht für Gott. Ihr werdet euch für Stolz, Selbstsucht und das Leben entscheiden und dies über die Androhung des Todes stellen. Einige von euch haben Gottes Geschenk bereits so oft zurückgewiesen, dass ihr Herz verhärtet ist. Und obwohl eure Anwesenheit hier bei diesem Treffen darauf hinweisen könnte, dass ihr eure Meinung geändert habt, wird es für eine Herzensänderung zu spät sein. Nur Gott weiß das.

Auf Grund eurer Abstammung und Herkunft und auf Grund meiner Abstammung und Herkunft stimmen wir in vielen Dingen überein. Wir glauben, dass es nur einen Gott gibt, der das Universum geschaffen hat und das Leben erhält und dass alles Gute und Vollkommene von ihm allein kommt. Aber ich sage euch, dass das große Massenverschwinden, das unsere Welt vor dreieinhalb Jahren erschüttert hat, das Werk seines Sohnes war, des in der Bibel vorhergesagten Messias. Alle Prophezeiungen wurden durch Jesus Christus erfüllt."

Obwohl so viele Juden anwesend sind, ist kein einziger Einwurf zu hören, dachte Buck. Konnte dies wirklich Chaim Rosenzweig sein, der kleine Wissenschaftler mit der leisen Stimme? Hier sprach er zu einer Zuhörerschaft von Zehntausenden, und das ohne Verstärkeranlage und allein in der Autorität seiner Botschaft.

In Mizpe Ramon war es stockdunkel, sodass Rayford nicht einmal mehr von den Lippen ablesen konnte. Glücklicherweise kehrte sein Gehör ganz allmählich wieder zurück. Wenn George oder Abdullah laut sprachen, konnte er wieder ein wenig verstehen.

„Ich weiß, dass ich noch neu dabei bin und alles, Captain", sagte George, „aber ich frage mich, ob es hier irgendetwas gibt, das vor der Weltgemeinschaft beschützt werden muss. Ich meine, sollen die ihre Bemühungen doch darauf konzentrieren, die Erde wieder aufzureißen, die wir mit so viel Mühe glatt gewalzt haben. Und dieses provisorische Quartier ist doch auch keinen Pfennig wert. Was halten Sie davon, wenn wir dahin zurückkehren, wo die Musik spielt, und anfangen, die Leute in Sicherheit zu bringen, anstatt hier auf einen Feind zu warten, der vielleicht gar nicht auftaucht?"

Rayford rollte sich auf den Rücken und starrte in den mit Sternen übersäten Himmel. Abdullah äußerte ebenfalls seine Meinung. Rayford musste sich auf einen Ellbogen abstützen und ihn bitten, etwas lauter zu sprechen.

„Ich habe gerade gesagt, Boss, dass ich auch dieser Meinung bin. So sehr ich meinen Spaß daran hätte, mit diesen Gewehren vielleicht jemanden vom Himmel zu holen, der es nicht anders verdient hat, warum sollten wir die Munition verschwenden? Wir könnten sie später gebrauchen, um die Bodentruppen oder Hubschrauber zu verteidigen."

Rayfords Hubschrauber war als Einziger noch vor Ort. Die beiden von George und Abdullah waren bereits im Einsatz. Rayford rollte sich zurück auf den Rücken und ließ sich die Sache durch den Kopf gehen. Um ehrlich zu sein, es war ihm ziemlich egal, ob die Weltgemeinschaft diesen provisorischen Flugplatz angriff. Sollten sie doch ihre Zeit vergeuden. Er war ausgebrannt, verzweifelt und brauchte eine Pause. Falls ein anderer seinen Hubschrauber fliegen würde und falls Mac vielleicht die Leitung der laufenden Operation übernehmen würde, zumindest für eine Weile, könnte er sich bis zum Morgengrauen ausruhen. Mac hatte sowieso im Augenblick die Verantwortung übernommen, da Rayford, nur vorübergehend, wie er hoffte, außer Gefecht gesetzt war.

„Wir brechen das Lager ab“, beschloss er schließlich und die anderen beiden bauten in Windeseile die Waffen ab und luden sie in den Hubschrauber. Rayford bat George, das Steuer zu übernehmen. Abdullah sollte Mac über ihre Entscheidung informieren. Er legte sich auf den Boden des Hubschraubers und bedeckte sein Gesicht mit den Händen. Das Problem war, überlegte Rayford, dass er einen Heldenkomplex hatte. Er wusste, dass alles Gute, das in einer Zeit wie dieser geschah, Gottes Werk war und nicht seines. Aber ausgebrannt zu sein, bevor eine Mission zu Ende gebracht war, passte nicht in seine Vorstellung von einem Anführer.

War es möglich, dass Gott ihm gestattet hatte, etwas so Einfaches wie Ohrstöpsel zu vergessen, um ihn so lange außer Gefecht zu setzen, dass er sich erholen konnte? Er war über Davids Tod verzweifelt und darüber, dass er zwei Menschen getötet hatte. Dies alles laugte ihn aus. Er merkte nicht einmal, dass er einschlief, bis Abdullah ihn kurze Zeit später aufweckte.

„Bitte verzeihen Sie mir, aber wir werden in Masada gebraucht. Mac McCullum meint, dass auch von dort viele Menschen nach Petra gebracht werden müssten.“

Buck war fasziniert und begeistert. Vor Jahren hatte Tsion Ben-Judah den Menschen im internationalen Fernsehen Jesus als den von den Juden schon so lange erwarteten Messias präsentiert. Genau dasselbe tat Chaim nun hier. Während er die 109 Prophezeiungen nannte, die allein von Jesus erfüllt wurden, erhob sich zuerst einer, dann immer mehr Menschen aus der Menge. Schon bald war die ganze Menge auf den Beinen. Sie schwiegen noch immer und keiner von ihnen rührte sich. Eine heilige Stille hatte sich über den Ort gelegt.

„Er ist der Einzige, der der Messias sein könnte“, rief Chaim. „Er ist wie kein anderer in der Geschichte gestorben. Er gab sich bereitwillig als Opfer hin und erwies sich als würdig, als Gott ihn von den Toten auferweckte. Selbst Skeptiker und Ungläubige haben Jesus die einflussreichste Persönlichkeit in der Geschichte genannt.

Von den Milliarden von Menschen, die je auf dieser Erde gelebt haben, hatte nie jemand mehr Einfluss. Wegen ihm sind mehr Schulen, Universitäten, Krankenhäuser und Waisenhäuser eingerichtet worden als wegen eines anderen Menschen. Es wurde mehr Kunst geschaffen, mehr Musik geschrieben und auf Grund seiner Person und seines Einflusses wurden mehr humanitäre Aktivitäten ins Leben gerufen als wegen eines anderen Menschen. Große internationale Enzyklopädisten opfern 20 000 Wörter, um ihn und seinen Einfluss auf diese Welt zu beschreiben. Selbst unsere Zeitrechnung beginnt mit seiner Geburt. Und all dies hat er mit seinem öffentlichen Wirken vollbracht, das nur dreieinhalb Jahre dauerte!

Jesus von Nazareth, der Sohn Gottes, der Retter dieser Welt und Messias, sagte voraus, er würde seine Gemeinde bauen und die Tore der Hölle würden dagegen keinen Bestand haben. Jahrhunderte nach seiner öffentlichen und gnadenlosen Verspottung, nach seiner Verfolgung und seinem Märtyrertod wurden unzählige Menschen Mitglieder seiner Gemeinde und machten sie zur größten Religion der Welt. Und als er zurückkam, wie er es verheißen hatte, um die in den Himmel zu holen, die an ihn glauben, hatte das Verschwinden von so vielen Menschen einen solch tief greifenden Einfluss auf diese Erde, wie die Menschheit es noch nicht erlebt hat.

Der Messias wurde in Bethlehem von einer Jungfrau geboren, er führte ein sündloses Leben, stellte sich als Gottes fleckenloses Opferlamm zur Verfügung und starb bereitwillig am Kreuz für die Sünden der Welt, um drei Tage später aufzuerstehen und zur Rechten Gottes, des Vaters, zu sitzen. Jesus erfüllte diese und alle anderen der 109 Prophezeiungen und bewies damit, dass er der Sohn Gottes ist.

Heute Abend spricht der Messias durch die Jahrhunderte zu euch. Er ist die Antwort auf eure Fragen. Er bietet Vergebung für eure Sünden. Er hat die Strafe für euch auf sich genommen. Ein sehr bedeutender Schreiber der Bibel, selbst ein Jude, erklärte: ‚Wer mit dem Herzen glaubt, und mit dem Mund bekennt, wird Gerechtigkeit und Heil erlangen. Denn die Schrift sagt: Wer an ihn glaubt, wird nicht zugrunde gehen. Darin gibt es keinen Unterschied zwischen Juden und Griechen. Alle haben denselben Herrn; aus seinem Reichtum beschenkt er alle, die ihn anrufen.‘

Jahrelang haben sich Skeptiker über die Bitte des Evangelisten lustig gemacht: ‚Willst du heute Abend errettet werden?‘, aber genau diese Frage stelle ich euch heute Abend. Rechnet nicht damit, dass Gott sich zum Narren halten lässt. Lasst euch nicht täuschen. Gott lässt sich nicht spotten. Tut dies nicht, um eine Konfrontation mit dem Antichristen zu vermeiden. Ihr braucht die Erlösung, weil ihr euch nicht selbst erretten könnt.

Der Preis ist hoch, aber die Belohnung noch größer. Diese Entscheidung mag euch eure Freiheit kosten, eure Familie, sogar euren Kopf. Vielleicht überlebt ihr die Reise in die Sicherheit nicht. Aber ihr werdet in Ewigkeit bei Gott sein und den Herrn Jesus Christus, den Messias, anbeten.

Wenn ihr euch für Christus entscheidet, dann sprecht dieses Gebet mit mir: Lieber Gott, ich bin ein Sünder und getrennt von dir. Ich glaube, dass Jesus der Messias ist und dass er am Kreuz gestorben ist, um meine Sünde auf sich zu nehmen. Ich glaube, dass er am dritten Tag auferstanden ist und dass ich, indem ich dieses Geschenk der Liebe annehme, ein Kind Gottes werde, weil ich an seinen Namen glaube. Danke, dass du mich erhörst und mich errettest, und ich weihe dir den Rest meines Lebens."

Überall auf dem Platz dieser historischen Festung, wo nach der Legende jüdische Eltern ihre eigenen Kinder lieber getötet haben sollen, statt sie in die Hände der Römer fallen zu lassen, sprachen Männer und Frauen dieses Gebet laut nach. Das Zeichen von Gottes Siegel erschien auf ihren Stirnen, und Tausende und Abertausende folgten Chaim, während er durch die Menge und die Stufen hinunter ging, wo Hunderte von Fahrzeugen und Hubschraubern in langen Reihen warteten. Hannah und Lea gehörten zu den Ersten, die losfuhren. Buck sah, wie Mac seinen Hubschrauber einem anderen Piloten zuwies und mithalf, die medizinische Ausrüstung in einen Lastwagen zu laden. Er setzte sich ans Steuer, während Hannah und Lea etwa ein Dutzend neue Gläubige zum Einsteigen aufforderten.

Tausende andere rannten mit verzweifelten Gesichtern davon und suchten sich eine Mitfahrgelegenheit nach Jerusalem.

Buck holte Chaim ein und blieb neben ihm stehen. Er beobachtete, wie Wagen, Lastwagen und Hubschrauber besetzt wurden und davonfuhren oder -flogen. Der alte Mann keuchte und stützte sich auf Buck, als wäre das letzte Quäntchen Kraft aus ihm herausgesogen worden. „Dank sei Gott", flüsterte er. „Dank sei Gott, Dank sei Gott."

Buck blickte auf die Uhr. Es war kurz vor neun, und die Lautsprecher auf den Wagen der Weltgemeinschaft fingen an, die Nachricht zu verbreiten, die bereits im Fernsehen und über das Internet weitergegeben wurde: „Der gesamte Staat Israel ist vom Leiter des Sicherheits- und Geheimdienstes der Weltgemeinschaft zur flugfreien Zone erklärt worden. Eine Warnung an alle Zivilflugzeuge: Jede Maschine, die nicht zur Weltgemeinschaft gehört und im israelischen Luftraum entdeckt wird, riskiert, abgeschossen zu werden.

Der Potentat hat den Ausnahmezustand verhängt und in Israel eine Ausgangssperre für Zivilfahrzeuge verhängt. Verstöße dagegen werden mit Arrest geahndet.

Auf Grund der schweren Erkrankung von zahlreichen Angehörigen der Weltgemeinschaft ist diese Ausgangssperre notwendig. Nur ein Minimum an Hilfskräften ist körperlich in der Lage, für Ordnung zu sorgen.

Seine Exzellenz erinnert die Bürger daran, dass er eine Erleichterung von der Plage bewirkt hat, die um 21 Uhr eintreten soll, und die Bevölkerung sollte bei Tagesanbruch bereitstehen, um mit ihm zu feiern."

Abdullah weckte Rayford erneut auf. Dieser setzte sich müde auf und stellte fest, dass er noch immer nicht hören konnte.

„Ihr Schwiegersohn bittet darum, dass man ihn und Dr. Rosenzweig aus Masada abholt. Er sagt, Sie wollten diesen Flug selbst übernehmen. Wollen Sie das noch immer tun?"

Rayford nickte, wischte sich mit der Hand über das Gesicht und setzte sich auf einen Platz. George flog nach Masada und landete am Rand des Platzes. Dort warteten sie, bis alle mit Ausnahme von Chaim, Buck und einem Mann, der ein ähnliches Gewand wie Chaim trug, fort waren.

„Wer ist das?", fragte Rayford.

„Dr. Rosenzweig und Mr. Williams", erwiderte Abdullah.

„Nein, der andere", widersprach Rayford.

„Ich verstehe nicht."

„Wer ist bei ihnen?"

Rayford bemerkte, wie Abdullah und George sich bedeutungsvoll ansahen. „Ich sehe niemanden", erwiderte Abdullah, aber Rayford nahm an, er meinte, er würde ihn nicht kennen.

Als später die Fahrzeuge der Weltgemeinschaft ankamen und schließlich nur noch Buck, Chaim und der andere Mann draußen waren, stieg Abdullah aus dem Hubschrauber aus und hielt die Tür auf. Müde kam Chaim heran, Buck stützte ihn. Der dritte Mann blieb immer einen Schritt hinter ihnen. Als sie einstiegen, hatte Rayford den Eindruck, dass Abdullah dem Unbekannten beinahe die Tür vor der Nase zugeschlagen hätte.

Rayford stellte Chaim und Buck George vor. „Und wer ist euer Freund?", fragte er.

Buck lächelte. „Wie bitte?"

„Euer Freund. Stellt uns doch euren Freund vor. Wer ist das?"

Er deutete auf den dritten Mann, der ihn einfach nur ansah. Chaim und Buck blickten zu der Stelle, auf die er gedeutet hatte, dann sahen sie wieder Rayford an.

„Nun?“, fragte er.

„Haben wir hier etwas verpasst?“, fragte Buck, und Rayford fragte sich, ob er vielleicht träumte.

Rayford beugte sich zu dem Mann vor. „Also, wer sind Sie?“, fragte er.

„Ich bin Michael“, antwortete er. „Ich bin hier, um dir neue Kraft zu geben und dich zu heilen.“

Rayford versteifte sich, als Michael seinen Kopf in die Hände nahm und die Handflächen über seine Ohren legte. Der Pilot konnte auf einmal hören, und plötzlich fühlte er sich so lebendig und energiegeladen, dass er sich gerade aufrichtete.

„Du meinst, Michael, der … ich meine, *der* Michael?“

Aber der Mann war verschwunden.

13

Rayford fühlte sich 20 Jahre jünger und wünschte, er würde selbst am Steuerknüppel des Hubschraubers sitzen. Aber George machte seine Sache gut. Abdullah, der auf dem Platz des Kopiloten saß, suchte mit ernstem und besorgtem Blick den Himmel und den Boden ab. Buck saß neben Chaim auf der langen Seitenbank, den Kopf zurückgelehnt, mit offenem Mund in tiefem Schlaf.

„Sie müssen nach all der Aufregung doch erschöpft sein, Dr. Rosenzweig“, meinte Rayford.

„Zum ersten Mal heute stimmt das, und Sie wissen, dass ich den größten Teil der gestrigen Nacht wach gewesen bin.“

„Ich habe es gehört. Gott hat Ihnen geholfen, nicht?“

„Captain, ich gestehe, ich bin am Verhungern! Es ist, als hätte mich die Energie der Engel angetrieben, die Gott mir an die Seite gestellt hat.“

„Haben Sie sie gesehen, Sir?“

„Ich? Nein. Aber Sie wissen, dass Miss Durham den Erzengel Michael gesehen hat.“

Rayford nickte. Zu gegebener Zeit würde er seine Geschichte erzählen. „Abdullah?“, er wandte sich an den Kopiloten, und der Jordanier drehte sich zu ihm herum. „Wo sind die Lebensmittel, die wir eingeladen hatten?“ Kurz bevor sie von Mizpe Ramon aufgebrochen waren, hatte er etwas auf einem kleinen Kocher warm gemacht.

„Dort!“ Abdullah sprach sehr laut und deutlich.

„Ich kann wieder hören, Smitty. Ich bin geheilt worden.“

„Wirklich?“ Er lehnte sich zurück und hörte auf zu schreien, doch er sprach noch so laut, dass er den Lärm des Hubschraubers übertönte. „Ich habe warmes Pitabrot in einer Warmhaltebox und Soße zum Tunken.“

Chaim beugte sich vor. „Großartig, für mich klingt das wie Milch und Honig.“

Abdullah schnallte sich ab, zwängte sich an ihnen vorbei und holte die Box hervor. Er öffnete den Deckel und zum Vorschein kam ein Stapel von fast 20 runden dampfenden Pitabroten.

Der Duft durchzog den Hubschrauber und weckte Buck auf.

George griff ohne hinzusehen nach hinten. Rayford drückte ihm ein paar Pitabrote in die Hand. „Davon habe ich doch die ganze Zeit gesprochen!“, erklärte der Pilot, obwohl er seit einer Stunde kein Wort mehr gesagt hatte. Alle bissen in das leckere Brot.

„Herr, du weißt, wie dankbar wir sind!“, sagte Chaim mit vollem Mund und die anderen sagten Amen dazu.

Abdullah kniete noch immer neben der Box, als er Rayford anstieß und nach draußen deutete. Der Himmel war voller Hubschrauber der „Operation Adler“ und Flugzeugen und Hubschraubern der Weltgemeinschaft. Auf den Straßen unter ihnen wimmelte es nur so von fliehenden Fahrzeugen, die um die Kurven rasten, über die Bürgersteige und aufgerissene Straßen hinwegfuhren und von Fahrzeugen der Weltgemeinschaft mit Blaulicht verfolgt wurden.

Die anderen drehten sich zum Fenster, um hinauszusehen. „Wie steht es mit unserem Treibstoff?“, fragte Chaim.

„Wir können noch ein paar Stunden in der Luft bleiben“, berichtete George.

„Captain Steele“, sagte Chaim, „könnten wir hier in diesem Gebiet bleiben und die Sache ein wenig im Auge behalten?“

Rayford trug George auf, auf eine sichere Flughöhe zu gehen und zu kreisen. Irgendwann setzte sich ein Hubschrauber der Weltgemeinschaft hinter sie und funkte sie an. „Zivilhubschrauber, Sie werden angewiesen, sofort den israelischen Luftraum zu verlassen.“

„Captain“, sagte George, „auf welcher Frequenz können die mich hören?“

Rayford erklärte es ihm und fragte, was er vorhabe.

„Ich dachte nur, ich solle höflich sein, meinen Sie nicht?“

„Verärgern Sie sie nicht.“

Alle Passagiere des Hubschraubers brachen in Gelächter aus, und Rayford erkannte, wie dumm seine Bemerkung gewesen war. Egal, wie höflich er war, die Weltgemeinschaft würde alles als feindlichen Akt ansehen.

George stellte das Funkgerät auf die Frequenz ein, die Rayford ihm vorgeschlagen hatte. „Hubschrauber der Weltgemeinschaft, hier spricht der Zivilvogel. Über welchen Teil Ihrer Stadt wollen Sie unser brennendes Wrack abstürzen lassen?“

„Zivilisten, Sie verstoßen gegen die Ausgangssperre, die Potentat Carpathia höchstpersönlich angeordnet hat.“

„Ich erkenne seine Autorität nicht an.“

„Wiederhole! Carpathia! Seine Exzellenz höchstpersönlich.“

„Ich kenne den Namen, Weltgemeinschaft. Aber ich wiederhole, ich erkenne seine Autorität nicht an.“

Abdullah wurde nun lebendig. „Ihr Amerikaner seid wirklich verrückt!“

Das Funkgerät knackte. „In der Autorität der Weltgemeinschaft und ihres auferstandenen Potentaten und Herrn, Seiner Exzellenz Nicolai Carpathia, werden Sie aufgefordert, sofort an geeigneter Stelle zu landen und sich selbst, Ihre Passagiere, Ihre Ladung und Ihren Hubschrauber auszuliefern.“

„Nein, danke“, erwiderte George.

„Das ist keine Bitte, Zivilist. Das ist ein Befehl des Potentaten.“

„Tut mir Leid, Weltgemeinschaft, aber wir sind in einer Mission des wahrhaftig auferstandenen Herrn unterwegs, und wir haben sowohl menschliche als auch essbare Ladung, die wir nicht ausliefern möchten.“

„Wiederholen Sie!“

„Den Teil mit den Menschen oder mit dem Pitabrot?“

„Seien Sie gewarnt, Zivilhubschrauber, wir sind voll bewaffnet und bereit, Ihren Hubschrauber zu zerstören, wenn Sie sich nicht sofort fügen.“

„Sofort?“

„Allerdings.“

„Einen Augenblick.“

„Sie brauchen Zeit, um aufzugeben?“

„Nein, ich brauche nur eine Minute.“

„Sie haben 60 Sekunden.“

„Kann ich keine Minute haben?“

„55 Sekunden, Zivilist.“

„Ich will nur zusehen, dass ich über einer belebten Straße kreise, für den Fall, dass ich doch nicht so unverwundbar bin, wie ich glaube.“

„Es bleiben noch 45 Sekunden. Landen Sie diesen Hubschrauber.“

„Wir sind beim Essen und haben keine Tüten dabei, für den Fall, dass wir uns übergeben müssen. Wenn wir Ausweichmanöver fliegen müssen, könnte es eine große Sauerei geben.“

„Letzte Warnung. 30 Sekunden.“

„Und dann hören wir nichts mehr von Ihnen?“

„Nein.“

„Keinen Ton?“

„Korrekt.“

„Nicht ein einziges Wort?“

„20 Sekunden.“

„Das sind zwei Wörter.“

Rayford fragte sich unwillkürlich, ob George genauso viel Angst hatte wie er. Offensichtlich war der Mann davon überzeugt, unverwundbar zu sein, weil Chaim an Bord war, und Rayford hatte nun wirklich Grund genug, Gott zu vertrauen. Aber als er sah, dass der Hubschrauber der Weltgemeinschaft zurückfiel, um bei einer eventuellen Explosion nicht getroffen zu werden, war er davon überzeugt, dass die anderen auf sie schießen würden.

„Schnallen Sie sich an, Smitty“, rief er.

Abdullah sprang auf seinen Sitz, während Rayford die Lebensmittelbox sicherte. Buck wirkte genauso besorgt wie Rayford, aber Chaim schien sich zu amüsieren. „Wir gehören zu Gott“, sagte der alte Mann. „Sein Wille geschehe.“

Mac hatte nicht mehr so viel Spaß gehabt, seit er als Schulkind seine Lieblingsschlange ins Zimmer seiner Schwester geschmuggelt hatte. Mit seiner Lastwagenladung israelischer Gläubiger und den beiden amerikanischen Krankenschwestern jagte er durch die Straßen Jerusalems. Die Fahrer der „Operation Adler“ waren einfach nicht aufzuhalten. Sie umfuhren Barrikaden, rasten über Hindernisse hinweg und durch die noch herumliegenden Trümmer des Erdbebens und an den Fahrzeugen der Friedenstruppen vorbei.

Schon als Kind hatte Mac landwirtschaftliche Fahrzeuge steuern können. Mit zwölf Jahren fuhr er Traktoren und Mähdrescher, Pickups und Lastwagen. Und jetzt saß er in einem neuen Personentransportmittel aus Frankreich, das von einem Freiwilligen der internationalen Handelsgesellschaft gebracht worden war.

Der Lastwagen hatte einen Hochleistungsmotor und konnte mit Automatik und Schaltgetriebe gefahren werden. Das Automatikgetriebe war auf offener Straße besser zu handhaben, aber in dem Chaos, in dem er sich im Augenblick befand, war Mac froh über das Sechsganggetriebe. Mehr noch, er unterhielt sich bestens, obwohl dies unter den gegebenen Umständen ein zu oberflächliches Wort zu sein schien. Das Spektakel der gerade geheilten Angestellten der Weltgemeinschaft, die die Vereinbarung zwischen Micha und Carpathia missachteten und versuchten, sich dem Exodus von einer Million Menschen in den Weg zu stellen, war wirklich sehenswert.

Fast alle bei der „Operation Adler“ verwendeten Fahrzeuge hatten Allradantrieb und waren in der Lage, jedes Hindernis zu umfahren. Wenn die Straßen mit angehaltenen Wagen und Lastwagen verstopft waren, scherten sie einfach aus und suchten sich ihren eigenen Weg. Die Friedenstruppen und Loyalitätsüberwacher der Weltgemeinschaft – Erstere in Uniform, Letztere mit Marke und orangefarbenen Schärpen – regelten den Verkehr, hielten Zivilfahrzeuge an und klärten jeden darüber auf, dass er gegen die verhängte Ausgangssperre verstieß. Sie wurden ignoriert, und Mac fragte sich, wie Gott das machte. Er sah viele Waffen, hörte aber nur wenige Schüsse. Niemand ließ sich anhalten, und wenn Fahrzeuge der Weltgemeinschaft den Weg blockierten, dann scherten die Wagen einfach aus und fuhren um sie herum.

Mac fragte sich, warum die Weltgemeinschaft diese Fahrzeuge nicht einfach rammte oder auf sie schoss, aber vermutlich würde er das erleben, wenn er an der Reihe war. Im Augenblick bat Lea den Israeli, der auf dem Beifahrersitz saß, mit ihr den Platz zu tauschen, weil sie mit Mac zu reden habe.

„Werden wir es schaffen?“, fragte sie.

Er warf ihr einen kurzen Blick zu. Sie war blass und ihr Blick wanderte unruhig hin und her. „Sieht so aus“, erwiderte er. „Sehen Sie irgendjemanden, der es nicht schafft?“

Sie schüttelte den Kopf und schnallte sich an. Mit geballten Fäusten saß sie auf dem Beifahrersitz. „Äh, Mac, Hannah fragt sich, warum wir nach Petra fahren, sie und ich, meine ich. Offensichtlich werden dort doch keine Krankenschwestern gebraucht, und keiner von uns ist Israeli.“

„Ich auch nicht“, erwiderte Mac. „Wir bringen diese Menschen in ihr neues Zuhasue. Chloe hat Baumaterialien und anderes dorthin beordert, das verstaut werden muss. Vielleicht können Sie bei der Koordination helfen, während wir die Flüchtlinge abholen. Das wird eine Weile dauern.“

„Okay.“

„Ist das ein Problem?“

„Nein, es ist nur –“

„Du willst mir sagen, dass das nicht die dir zugewiesene Aufgabe ist. Ich meine, wir alle tun, was wir tun müs–“

„Nein, ich weiß, dass das in Ordnung ist. Es ist nur, dass ein Aufenthalt in Petra sehr schwer für Hannah sein wird, nach allem, was dort passiert ist, weißt du?“

„Ich war dort.“
„Dann weißt du ja, was ich meine.“
„Hol sie mal nach vorn, ja?“
„Sie bringt kaum ein Wort heraus, Mac.“
„Sie braucht nicht zu reden. Sie soll zuhören.“

Rayford beugte sich so weit nach rechts wie möglich, um den Hubschrauber der Weltgemeinschaft, der hinter ihnen flog, im Auge behalten zu können. Offensichtlich war dessen Insassen vollkommen gleichgültig, was oder wer sich unter ihnen befand.

„Sind alle angeschnallt?“, fragte er. „Bereitet euch auf den ersten Einschlag vor.“ Der Hubschrauber flog direkt hinter ihnen und konnte sie eigentlich gar nicht verfehlen. Rayford überlegte, ob George Ausweichmanöver fliegen sollte, aber das wäre vermutlich sinnlos. Der Hubschrauber der Weltgemeinschaft war kleiner und wendiger. Selbst wenn George der ersten Salve ausweichen konnte, wäre es nur eine Frage der Zeit, bis sie getroffen würden.

„Sie schießen!“, rief Rayford und barg seinen Kopf zwischen den Knien. Er hatte die orangefarbenen Feuerstöße gesehen und rechnete jeden Augenblick mit dem Einschlag und freiem Fall.

Er spürte, dass die Kugel zwischen ihm, Buck und Chaim hindurchschoss, und blickte auf. Sie zischte durch den Hubschrauber, und durch den Druck wurde Georges Kopf nach links und Abdullahs Kopf nach rechts geschleudert. Beide duckten sich unwillkürlich und hielten sich die Ohren zu. Aber weder hinten noch vorn entstand ein Schaden am Hubschrauber.

Fassungslos beobachtete Rayford, wie die Kugeln in die Heckrotoren eines anderen Hubschraubers der Weltgemeinschaft vor ihnen einschlugen und diesen zum Absturz brachten. Er erschauderte und merkte plötzlich, dass er sich an seinem Sitz festklammerte.

„Warum seid ihr so furchtsam? Wie kommt es, dass ihr keinen Glauben habt? Seid guten Mutes! Habt keine Angst.“

Rayford drehte sich langsam herum und entdeckte Michael neben sich. „Dieses Mal habt ihr ihn alle gesehen, nicht?“, fragte er.

„Wir haben ihn gesehen“, erwiderte Chaim. „Preist den Herrn.“

„Ich habe ihn gehört“, sagte Abdullah und drehte sich um. Aber Michael war schon wieder weg.

Im Seitenspiegel entdeckte Mac eingeschaltetes Blaulicht. „Du wirst doch nicht anhalten, oder?“, fragte Hannah leise.

„Da ist schon mehr nötig, um mich jetzt aufzuhalten.“ Der Wagen hinter ihm rief ihn über seinen Lautsprecher. „Ich möchte nicht mit denen sprechen“, sagte er. „Ich muss unbedingt mit dir reden. Du hast heute einen geliebten Menschen verloren, oder?“

„Natürlich. Du etwa nicht?“

„Doch.“

„Dann solltest du mich eigentlich verstehen.“

„Ich verstehe dich eben nicht, Hannah. Ich behaupte nicht, dass es leicht ist. Aber hast du etwa erlebt, dass David zusammengebrochen ist, als er seine Verlobte verloren hat? Nein. Ich weiß, du und David, ihr standet euch nah, aber was denkst du, was er sich wünschen würde? Muss ich dich daran erinnern, dass Rayford zwei Frauen und einen Sohn verloren hat? Dass Tsions ganze Familie tot ist? Ich möchte deinen Kummer nicht herunterspielen und sagen, dass du keinen Grund hast, Petra fernzubleiben. Aber David war mein Vorgesetzter und mein Freund, und auch für mich ist dies kein Spaziergang.“

„Ich weiß.“

„Wir alle werden Zeit zum Trauern brauchen, aber wir werden damit bis nach unserer Rückkehr in die Staaten warten müssen. In der Zwischenzeit brauchen wir dich, Hannah. Wir können leider nicht so trauern, wie wir das gern tun würden. Viel zu viele Menschen verlassen sich auf uns. Vielleicht gibt es für dich und Lea in Petra keine Aufgabe, aber du weißt genauso gut wie ich, dass keinem von uns Helfern Sicherheit garantiert ist. Wer kann schon sagen, was alles passieren wird?“

Sie nickte. „Mac, äh, du fährst besser an die Seite.“

„Wie bitte?“

Sie deutete an ihm vorbei aus dem Fenster. Ein Soldat hatte sich aus dem Seitenfenster seines Fahrzeugs gelehnt und zielte mit einem Maschinengewehr auf Mac.

„Also gut“, sagte George, „das war wirklich das Erstaunlichste, was ich je erlebt habe. Werden wir auch weiterhin unser Glück auf die Probe stellen oder fliegen wir jetzt nach Petra?“

„Wenn Sie denken, dass das Glück war“, meinte Rayford, „vielleicht –“

„Das war doch nur eine Redewendung, Captain. Ich weiß sehr gut, was das war."

„Wir sollten hierbleiben und die Lage weiter beobachten", schlug Abdullah vor. Er verrenkte sich den Hals, um den Hubschrauber zu sehen, der auf sie geschossen hatte.

„Es macht keinen Sinn, hier inmitten des Geschehens zu bleiben", bestimmte Rayford. „Wir sollten uns einen Ort suchen, an dem wir alles beobachten können, ohne unnötig in die Schusslinie zu geraten."

Am frühen Nachmittag Chicagoer Zeit telefonierte Chang mit Tsion und erklärte ihm, wie er von dort, wo er sich gerade aufhielt, über das internationale Fernsehen senden konnte. „Können Sie sich hinter Ihren Monitor stellen und in den Raum sehen?"

„Ja."

„Jemand sollte sich an die Stelle setzen, an der Sie sitzen werden. Sie stellen sich hinter den Monitor und sehen sich das Zimmer an. Alles, was einen Hinweis auf Ihren Aufenthaltsort geben könnte, sollte entfernt werden."

Tsion bat Ming, sich auf seinen Stuhl am PC zu setzen, und er stellte sich an die Wand hinter den Computer-Bildschirm. Die Uhr an der gegenüberliegenden Wand würde die Zeitzone verraten, in der sie sich befanden.

„Chang", sagte Tsion, „ich entferne eben noch die Uhr, dann ist der Hintergrund nur eine kahle Wand."

„Gut. Und dann, können Sie mir sagen, wie lange Ihre Botschaft dauern wird – warten Sie mal. Sir?"

„Was denn?"

„Sie könnten auf der Uhr doch Carpathiatische Zeit einstellen, dann würden sich die Leute fragen, wo Sie sich wohl aufhalten."

„Eine gute Idee."

Ming ergriff das Wort. „Werden sie nicht erkennen, dass das nur ein Trick ist, Chang?"

„Das könnte natürlich sein, wenn wir die Uhr voll ins Bild nehmen", erwiderte er. „Aber wenn sie nur ganz zufällig ins Bild gerät, könnten sie denken, es sei ein Fehler gewesen."

„Meine Botschaft wird sehr kurz sein, Chang", erklärte Tsion. „Ich möchte die Gläubigen nur ermutigen, bevor du das Band von Chaims Aufruf zur Entscheidung für Christus abspielst."

„Entschuldigen Sie, Dr. Ben-Judah, aber da kommt gerade etwas über die Wanze in der Phoenix 216 herein. Einen Augenblick."

„Mach nur, Chang. Melde dich dann einfach später wieder bei mir."

Mac hob die Hand, um den Leuten von der Weltgemeinschaft zu signalisieren, er werde gleich anhalten. Er hatte Rayfords Nummer gewählt. „Bitte um Erlaubnis, auf die Weltgemeinschaft zu schießen, bevor sie unsere Reifen zerfetzen."

„Erlaubnis verweigert, Mac. Weich aus. Gott wird uns schon irgendwie helfen."

„Er kann doch durch deine neun-Millimeter-Waffe helfen, oder?"

„Hast du die noch immer?"

„Tut mir Leid."

„Komm nur nicht auf die Idee anzuhalten", forderte Rayford.

„Nicht einmal mit einem platten Reifen?"

„Ruf mich an, wenn sie eure Reifen zerschießen."

Mac hielt mitten auf der Straße an; der Wagen der Weltgemeinschaft blieb neben ihm stehen, aber er weigerte sich, das Fenster herunterzulassen, woraufhin sich der Wagen seiner Gegner vor ihn setzte. Als der Beifahrer ausstieg, setzte Mac zurück und fuhr um den Wagen herum, und die Verfolgungsjagd begann von Neuem. Als der Wagen der Weltgemeinschaft aufschloss, trat Mac in die Bremsen.

„Tut mir Leid, Freunde!", rief er. „Hätte euch vorher warnen sollen, euch anzuschnallen!"

Nur Millimeter von Macs Stoßstange entfernt, kam der Wagen der Weltgemeinschaft zum Stehen. Schreiend und ihre Waffen schwenkend, sprangen die Insassen heraus. Mac fuhr erneut los, und sobald sie wieder in ihren Wagen gesprungen und losgefahren waren, machte er eine Kehrtwende und setzte sich hinter sie.

Offensichtlich vermutete Carpathia noch immer, sie würden in der Knesset abgehört. Sein Flugzeug schien ihm die sichere Alternative zu sein. Chang schaltete sich in die Abhörvorrichtung im Flugzeug ein, und tatsächlich, es hatte den Anschein, als würde dort eine weitere Sitzung stattfinden.

Einige Stewards unterhielten sich in einem indischen Dialekt, darum ließ Chang die Unterhaltung schnell durch einen Filter laufen, den David empfohlen hatte, und sofort hörte er die Simultanübersetzung.

„Dann werden sie die Landebahn der Rebellen nicht zerstören?“

„Wie es scheint, wird die Weltgemeinschaft sie zu eigenen Zwecken nutzen. Natürlich werden sie die Gebäude übernehmen und vom Feind säubern, doch dann werden sie die eigenen Truppen hereinfliegen, die von da aus nach Petra gebracht werden, um die fliehenden Aufständischen aufzuhalten. Sie werden versuchen – schsch, sie kommen.“

„Mr. Akbar, Sir.“

„Pakistani?“

„Nein, Verzeihung, Direktor.“

„Sprechen Sie Englisch?“

„Ja, Englisch.“

„Es wird nur eine kleine Runde sein, nur der Potentat, Reverend Fortunato, Mr. Moon, Miss Ivins und ich.“

„Oh, vielen Dank, Sir. Wir haben uns auf zu viele vorbereitet, nicht?“

„Kein Problem. Sie wissen, was jeder mag. Sehen Sie zu, dass es bereit steht. Und vergessen Sie nicht Miss Ivins’ Vorliebe für Eiscreme.“

„Tausend Dank, dass Sie mich daran erinnert haben. ‚Noch etwas Eiscreme, bitte‘, sagt sie immer. Wasser für Sie und Mr. Moon, Saft für Mr. Fortunato, und –“

„Reverend Fortunato.“

„Oh ja, bitte vielmals um Entschuldigung.“

„Mir ist das egal. Aber diesen Fehler sollten Sie nicht vor seiner Exzellenz begehen.“

„Oder dem allerhöchsten Reverend!“

Chang hörte, wie Suhail Akbar lachte. „Machen Sie sich rar, sobald alle da sind.“

Chang startete das Programm, um die Unterhaltung aufzuzeichnen, und schaltete nach Chicago zurück. „Bereit?“, fragte er.

„Allerdings“, sagte Tsion. „Wie sehe ich aus?“

„Verängstigt.“

„Ich möchte nicht verängstigt aussehen.“

„Dabei kann ich Ihnen nicht helfen, Doktor. Wir senden ohne Erlaubnis in die ganze Welt. Jeder, der Fernsehen sieht, Radio hört oder im Internet surft, wird Sie sehen.“

„Das beruhigt mich jetzt aber wirklich!“

„Ich versuche nur Ihre Nervosität zu erklären.“

„Sagen Sie, wann es losgeht.“

„Jetzt.“

„Ich bin auf Sendung?“, fragte Tsion. „Ernsthaft?“

Aber Chang wagte nicht zu antworten aus Angst, dass seine Stimme erkannt werden könnte. Er hielt die Luft an und war froh, dass Tsion seinen Namen nicht genannt hatte.

„Ich grüße Sie herzlich“, begann Tsion. „Es ist mir ein Vorrecht, durch das Wunder der Technologie zur Welt zu sprechen. Aber da ich ein unwillkommener Gast bin, verzeihen Sie mir, wenn ich mich kurz halte, und bitte schenken Sie mir Ihre Aufmerksamkeit …“

Chang schaltete sich in die Phoenix ein. Anscheinend waren mittlerweile alle eingetroffen und hatten Platz genommen. „Commander Moon, jemand soll das Fernsehgerät abschalten. Warten Sie! Wer ist das?“

„Sie kennen ihn, Euer Exzellenz“, erklärte Leon. „Das ist dieser Häretiker Tsion Ben-Judah.“

„Der ist mehr als ein Häretiker“, erwiderte Carpathia. „Er steckt hinter diesem Micha und damit hinter der Beulenplage. Und jetzt bringt er die orthodoxen Juden auf seine Seite. Wie hat er es geschafft, einen Fernsehsender zu bekommen?“

„Das ist GCNN, Potentat.“

„Also los, dann sorgen Sie dafür, dass ihm der Saft abgedreht wird!“, wütete Carpathia. „Walter!“

Das Fernsehgerät in der Phoenix verstummte. Carpathia explodierte vor Wut. „Sehen Sie zu, dass die Übertragung unterbrochen wird, Sie Blödmann. Rufen Sie an, wen immer Sie anrufen müssen, tun Sie, was immer Sie tun müssen! Wir haben die Plage überwunden, und jetzt stehen wir da wie ein Hanswurst, der seinem Feind Sendezeit einräumt!“

Moon telefonierte mit zitternder Stimme. Chang hatte den Eindruck, als fürchte er, Carpathia könnte ihn umbringen, falls Tsion noch eine Minute länger auf Sendung war. Moon fluchte und forderte, mit dem Leiter des Senders verbunden zu werden. „Keine Entschuldigungen!“, schrie er. „Ziehen Sie den Stecker! Sofort!“

„Geben Sie mir den Hörer!“, forderte Carpathia.

„Unterbrechen Sie die Stromzufuhr! Stören Sie das Signal! Tun Sie irgendwas, um diesem Mistkerl einen Riegel vorzuschieben.“ Es klang, als würde das Telefon durch die Kabine geschleudert. „Stellen Sie das an! Ich will das sehen!“

Moon versuchte, ihn zu beschwichtigen: „Ich bin sicher, dass mittlerweile wenigstens der Bildschirm schwarz ist, Exzell–"

„Schalten Sie das an! Ach! Er ist noch immer auf Sendung! Was ist nur mit Ihnen los? Suhail, kommen Sie her. Genau hierher!"

„Exzellenz."

„Keine Nachsicht mehr bei der Durchsetzung der Ausgangssperre." Carpathia sprach so schnell, dass seine Worte beinahe ineinander übergingen und Chang Mühe hatte, ihn zu verstehen. „Auf dem Ölberg wird geschossen, in Masada, auf –"

„Diese Orte sind geräumt worden, Hoh–"

„Sie sollen mich nicht unterbrechen, Suhail! Jedes Zivilflugzeug wird zerstört und –"

„Es gab durch abstürzende Flugzeuge Todesopfer auf dem Boden, Sir –"

„Haben Sie mich nicht verstanden? Begreifen Sie nicht, was ich sage? Muss ich Sie exekutieren lassen, wie ich auch Walter exekutieren werde, falls dieser Ben-Judah nicht verschwunden ist, wenn ich wieder auf den Bildschirm sehe!?"

Moon jammerte: „Was kann ich denn sonst noch tun, Exzellenz?"

„Sie können sterben!"

„Nein!"

„Suhail, eine Waffe."

„Bitte, Sir!"

„Sofort, Suhail!"

Rascheln. WUMM! Ein Schrei.

„Strecken Sie die Hand aus, Walter!"

„Bitte!"

WUMM! Weitere Schreie. Weitere Schüsse, bei jedem Schuss neue Schreie. Das Treten von Füßen gegen Sitze und Tische, während Moon, wie Chang annahm, verzweifelt versuchte, sich in Sicherheit zu bringen. Weitere Schüsse in schneller Folge, ein Jammern, das klang, als käme es von einem verängstigten Kind, schließlich ein letzter Schuss und dann Stille.

„Du tust genau das Richtige, Nicolai", sagte Viv Ivins. „Du solltest alle töten und noch einmal neu anfangen."

„Vielen Dank. Viv."

Fortunato: „Ich bete Sie an, auferstandener Meister."

„Halten Sie den Mund, Leon. Suhail, ein neues Magazin für die Waffe." Chang hörte ein Schnappen, als ein neues Magazin eingeschoben wurde.

Fortunato: „Ich neige mich in respektvoller Stille vor Ihrer Herrlichkeit. Oh, welch ein Privileg, Ihren Ring zu küssen."

„Geben Sie sie mir, Suhail."

„Wie Sie wünschen, Exzellenz, aber ich werde jeden exekutieren, den Sie mir nennen. Ich habe immer Ihre Anweisungen ausgeführt."

„Dann tun Sie, was ich sage!"

„Alles, Potentat."

„Ich möchte tote Aufständische! Überfahren Sie sie. Zerstören Sie ihre Fahrzeuge. Schießen Sie ihnen den Kopf weg. Und was Petra betrifft, warten Sie, bis wir sicher wissen, dass Micha dort eingetroffen ist, dann machen Sie cs dem Erdboden gleich. Haben wir alles dafür Notwendige zur Verfügung?"

„Das haben wir."

„In der Zwischenzeit sorgt jemand dafür – *irgendjemand* –, dass Ben-Judah unterbrochen wird!"

„Ich werde ihn wegbeten, Euer Hoheit", sagte Fortunato.

„Ich werde Sie töten, wenn Sie nicht den Mund halten."

„Beruhigen Sie sich doch, Hoheit. Oh!"

„Was?"

„Schauen Sie doch! Das Wasser! Das Eis!"

Chang sprang auf und stellte den Wasserhahn an.

Blut.

14

Die Bremslichter des vor ihm fahrenden Wagens leuchteten auf und Mac reagierte unverzüglich. Doch plötzlich verschwand das Auto aus seinem Blickfeld, während die Fahrzeuge und Lastwagen der „Operation Adler“ ungestört weiterfuhren. Hinter ihnen öffnete sich eine breite Kluft. Die sie verfolgenden Fahrzeuge der Weltgemeinschaft stürzten hinein.

Mac sprang aus dem Wagen und sah, dass seine Vorderräder am Rand der riesigen Erdspalte standen. Erstaunlicherweise wurden die Lichter der Fahrzeuge der Weltgemeinschaft beim Fallen immer kleiner. Die Erdspalte schien bestimmt hundert Meter tief zu sein, und seine Idee, hinter dem Fahrzeug der Weltgemeinschaft herzufahren, wäre für sie beinahe fatal gewesen. Mit zitternden Knien stieg er wieder in den Wagen, setzte vorsichtig zurück und suchte nach einem Weg, wie er die Erdspalte umfahren konnte.

Ein weiterer Wagen der Weltgemeinschaft kam angerast, doch als er sich der Spalte näherte, sprangen seine beiden Insassen rechtzeitig heraus. Ihre Waffen fielen krachend auf den Asphalt; ihr Wagen stürzte in die tiefe Erdspalte. Die Soldaten erhoben sich langsam, hoben ihre Gewehre auf und zielten auf Macs Lastwagen.

„In Deckung!“, rief er. Sein Kopf streifte Hannahs Schulter, als beide in Deckung gingen. Die Israelis duckten sich ebenfalls.

Der Lärm der Schüsse veranlasste Mac, die Augen zu schließen und die Hände über den Kopf zu legen, doch unmittelbar darauf verstummten die Gewehre. Mac richtete sich auf, und als er aus dem Wagen ausstieg, sah er, dass die Soldaten tot auf dem Boden lagen. Niemand sonst war in der Nähe. Er musste davon ausgehen, dass sie irgendwie durch ihre eigenen Kugeln getötet worden waren, denn der Lastwagen war unbeschädigt.

Sein Telefon läutete und am anderen Ende meldete sich Rayford. „Tsion spricht im Augenblick im Fernsehen“, berichtete dieser.

„Das ist gut, Ray. Im Augenblick kann ich wirklich ein wenig Ablenkung gebrauchen.“

„Wie bitte?“

„Nichts.“

„Wo steckst du?“
„Ich glaube, im Grand Canyon.“
„Was? Ich kann dir nicht folgen.“
„Gute Idee, das nicht zu tun.“
„Mac, bist du in Ordnung?“
„Ja. Abgesehen davon, dass ich meine Leute beinahe ins Niemandsland gefahren hätte, geht es uns ganz gut.“
„Das klingt so, als hättest du wie üblich eine aufregende Geschichte zu erzählen. Kannst du sehen, was in der Luft über Jerusalem vorgeht?“
„Ich schätze, ich habe in die andere Richtung geschaut, Ray.“
„Nun, dann sieh nach oben und hör zu.“
Die Luftschlacht hatte sich von Macs Position wegverlagert, aber in der Ferne konnte er die Flugzeuge sehen, und er hörte auch das leise Brummen. „Wurde jemand getroffen?“
„Sie haben nur sich selbst getroffen“, erklärte Rayford. „Passt gut auf euch auf!“
„Das machen wir.“

Chang amüsierte sich prächtig. Die Sendeabteilung im Nebengebäude versuchte verzweifelt, GCNN abzuschalten. Aber was sie auch tat, nichts funktionierte. Er hoffte nur, dass Tsion bald fertig war, damit er die Aufnahme von Chaim abspielen konnte. Das würde sie verrückt machen. Da sie sich dann um das Bild keine Gedanken mehr machen mussten, würden sie sich voll darauf konzentrieren, den Ton zu unterbrechen.
Mit einem Ohr überwachte Chang das, was Tsion sagte, aber er hörte auch, was in der Kabine der Phoenix 216 gesprochen wurde. Carpathia bedachte nun Fortunato mit seinen verbalen Angriffen.
„Was ist eine Religion denn nütze, wenn Sie nicht mit ein paar Wundern aufwarten können, Leon?“
„Euer Heiligkeit! Erst gestern habe ich Feuer auf einen Ihrer Feinde herabbeschworen!“
„Sie haben eine harmlose Frau mit großem Mundwerk gebraten.“
„Aber Sie sind der Mittelpunkt unserer Anbetung, Exzellenz! Ich bete zu Ihnen um Zeichen und Wunder!“
„Nun, ich brauche ein Wunder, Reverend.“
„Exzellenz“, unterbrach Akbar, „Sie könnten diesen Telefonanruf als ein Wunder bezeichnen.“

„Solange dieser verfluchte Ben-Judah noch immer auf Sendung ist, ist das einzige Wunder, dass einer von Ihnen am Leben bleibt. Also, fesseln Sie meine Aufmerksamkeit."

„Sie erinnern sich doch, dass vor kurzem in Griechenland zwei Gefangene in Griechenland verschwunden sind?"

„Zwei junge Leute, ja. Ein Junge und ein Mädchen. Haben Sie sie gefunden?"

„Nein, aber wir hatten nicht die Zeit und auch nicht die Leute für eine intensivere Untersuchung des Falles. Allerdings haben wir einige Zeugen, die sagen, ein Offizier der Friedenstruppe mit Namen Jensen könnte in beiden Fällen beteiligt sein."

„Ja, ja, und obwohl er zu uns gehört, haben Sie seine Spur verloren. Ist er denn jetzt gefunden worden?"

„Vielleicht."

„Ich hasse Antworten wie diese!"

„Verzeihen Sie mir, Exzellenz. Sie wissen, dass Micha und sein Assistent wie aus dem Nichts aufgetaucht sind."

„Kommen Sie doch endlich zur Sache! Sie machen mich noch verrückt!"

„Wir haben den Tipp bekommen, dass diese beiden im Hotel ‚König David' gesehen wurden, aber nachdem alle krank geworden waren, konnten wir diesem Hinweis nicht mehr nachgehen. Jetzt haben wir uns darum gekümmert, und wir wissen sogar, welche Räume sie bewohnt haben."

„Und das ist ein Wunder?"

„Wir haben beide Zimmer durchsucht. In einem haben wir eine Brieftasche gefunden, die Jensen zu gehören scheint. Das Foto stimmt jedoch überhaupt nicht mit dem in unseren Personalakten überein."

„Warum sollte er so dumm sein, seinen Ausweis zurückzulassen? Das ist doch eindeutig ein Versuch, uns in die Irre zu führen."

„Wir überprüfen gerade die Fingerabdrücke, die wir in den beiden Zimmern genommen haben, mit denen in unserer internationalen Datenbank."

Changs Finger flogen über die Tasten. Innerhalb von wenigen Sekunden hatte er sich in die Personalakten der Friedenstruppen der Weltgemeinschaft eingeloggt und alle Hinweise auf Jack Jensen gelöscht.

„Suhail, in einem Hotelzimmer gibt es bestimmt Dutzende unterschiedlicher Fingerabdrücke, von den Gästen bis hin zum Personal und –"

„In dem einen Zimmer sind auffällig viele Abdrücke von Chaim Rosenzweig zu finden."

Carpathia lachte. „Der Mann, der mich ermordet hat."

„Genau der."

Er lachte erneut. „Nun, und welcher ist Ihrer Meinung nach Rosenzweig? Der in dem Gewand oder der mit dem vernarbten Gesicht?"

„Exzellenz, das Interessante ist, dass die Fingerabdrücke des Mannes mit dem vernarbten Gesicht erstaunlicherweise nicht zu Offizier Jensen gehören. Sie stimmen mit den Fingerabdrücken eines ehemaligen Angehörigen Ihres Inneren Kreises überein."

Und wieder loggte sich Chang in das System ein, und Sekunden später war Cameron „Buck" Williams, ehemaliger Medienzar für die Weltgemeinschaft, verschwunden, als hätte er nie existiert.

„Ich habe mir den Mann nicht genau angesehen", erwiderte Carpathia, „aber er hat mich an niemanden erinnert."

„Er war verantwortlich für die Pressearbeit."

„Plank? Unsinn. Er ist tot."

„Mein Fehler. Ihr zweiter Pressemann, aber Ihre erste Wahl."

„Williams?"

„Genau der."

„Michas Assistent ist nicht Cameron Williams, Suhail. Das würde ich wissen. Und lassen Sie mich noch etwas sagen – Micha ist nicht Dr. Rosenzweig."

„Mit allem nötigen Respekt, Exzellenz, aber heutzutage können mit einer guten Verkleidung wahre Wunder vollbracht werden."

„Er hat vielleicht dieselbe Größe, aber diese Stimme? Sein Aussehen? Sein Verhalten? Nein. Das kann nicht vorgetäuscht sein." Eine lange Pause. „Außerdem", sagte Carpathia leise, „habe ich dem Attentäter öffentlich verziehen."

„Und das schützt ihn vor wem?"

„Vor allen."

„Auch vor Ihnen?"

„Ausgezeichneter Punkt, Suhail."

„Na ja, schließlich haben Sie Walter Moon als Supreme Commander eingesetzt, und das hat ihn offensichtlich auch nicht geschützt."

Chang hörte die Männer lachen, während Viv Ivins im Hintergrund die Entfernung von Moons Leichnam und die Säuberung des Bereichs überwachte.

Chang schaltete auf Tsions Sendung um, die mit Dr. Ben-Judahs

Versprechen zu Ende ging, persönlich nach Petra zu reisen und zu den Millionen „Brüdern und Schwestern in Christus“ zu sprechen.

Suhail bekam einen Anruf. Chang hörte, wie er Carpathia um die Erlaubnis bat, ihn entgegenzunehmen, dann: „Ben-Judah kommt nach Petra, Exzellenz.“

„Warten Sie mit der Zerstörung bis zu seiner Ankunft.“

„Und das Blutproblem ist international.“

„Wie bitte?“

„Der Geheimdienst meldet, dass das Meerwasser unzweifelhaft zu Blut geworden ist.“

„Welches Meeres?“

„Aller Meere. Das ist ein schwerer Schlag. Und wir haben einen Maulwurf.“

„Wo?“

„Im Palast. Und irgendwie kann er sich hier einschalten.“

„Woher wissen Sie das?“

„Jensen und Williams. Ihre Akten sind aus unserer Zentraldatei verschwunden, nachdem wir darüber gesprochen hatten.“

„Stellen Sie dieses Flugzeug unter Quarantäne, Suhail.“

„Sir?“

„Wir werden den Maulwurf natürlich töten, aber zuerst müssen wir das Leck finden. Lügendetektortests für alle. Wie viele sind das?“

„Glücklicherweise nicht viele. Zwei Stewards, ich selbst und Leon.“

„Es war klug, mich auszuklammern und sehr diplomatisch, Viv Ivins nicht zu erwähnen. Seien Sie nicht diplomatisch.“

„Sie möchten, dass auch sie sich einem Test unterzieht, Exzellenz?“

„Aber natürlich.“

„Vielleicht werde ich diesen Test selbst durchführen“, erklärte Suhail.

„Und wer wird Ihren Test durchführen, Mr. Akbar?“

„Um ehrlich zu sein, Exzellenz, dieser Lügendetektortest ist recht vereinfacht worden. Wir verwenden jetzt nur noch ein spezielles Computerprogramm, das Veränderungen in der Stimmfrequenz sichtbar macht. Darüber hat der Mensch keine Kontrolle. Er kann in unterschiedlicher Geschwindigkeit oder sogar Lautstärke sprechen, aber die Stimmfrequenz wird sich nur unter Stress verändern.“

„Tatsächlich.“

„Das ist Gold wert, Sir.“

„Auch ich möchte mich diesem Test unterziehen."

Chang loggte sich erneut in die Personalakten ein und machte einen Vermerk, dass er die letzten beiden Tage auf der Krankenstation verbracht hatte, zur Behandlung der Beulen an seinem Körper. Er überspielte alle Daten von seinem Computer auf die Minidisk im Innern des Palastes, dann zerstörte er bewusst die Festplatte seines Laptops und löschte somit alles, was sich darauf befand. Er schuf ein verborgenes Hilfslaufwerk und versteckte es unter einer so umfangreichen Codierung, dass nur ein Computer, der jahrelang 24 Stunden pro Tag rechnete, sie knacken konnte. Er loggte sich in das Miniarchiv ein und lud alles herunter, was er brauchte, dann packte er die Maschine zusammen und versteckte sie ganz hinten in einem Schrank. David, der einzige andere Mensch auf diesem Planet, der auf diesem Laufwerk etwas entdecken könnte, befand sich nicht mehr auf diesem Planeten.

Chang würde am folgenden Morgen an seinem Schreibtisch sitzen, pünktlich und zur Arbeit bereit. Sie würden den Maulwurf nicht finden, aber sie würden bei der Suche danach alles auf den Kopf stellen.

George landete weit von der Menschenmenge vor Petra entfernt und öffnete die Tür, um ein wenig Luft hereinzulassen. Buck und die anderen dösten, während immer mehr Flüchtlinge eintrafen. Rayford und Chaim hatten beschlossen, Chaims Anwesenheit solange wie möglich geheim zu halten, um den Einzug der Flüchtenden nicht durcheinanderzubringen. Obwohl einige sich bereits zu Fuß auf den Weg gemacht hatten und andere mit dem Hubschrauber abgesetzt wurden, warteten bei Tagesanbruch Hunderttausende am Siq darauf, ins Innere der Stadt gebracht zu werden. Sie sangen, jubelten und beteten.

Buck verließ den Hubschrauber und ging durch die Menschenmenge. Er behielt den Himmel und den Horizont im Westen im Auge, und hörte auch Radio. Die Truppen der Weltgemeinschaft waren dezimiert und hatten eine ganze Reihe ihrer Leute bei den Feuergefechten am Himmel und auf der Erde verloren, die der „Operation Adler" nichts hatten anhaben können. Die Fahrzeuge und Leichname lagen so tief unter der Erde, dass man darauf verzichtete, Rettungsversuche zu unternehmen.

GCNN war nach der Ausstrahlung von Chaims Rede, in der er dargelegt hatte, warum Jesus der Messias ist, wieder unter Carpathias

Schirmherrschaft zurückgekehrt. Buck glaubte an Tsions Vorhersage, dass inmitten des schlimmsten Schreckens der Trübsalszeit eine weltweite Erweckung stattfinden würde. Man hörte auch von schlimmen Tragödien und Todesfällen, nachdem das Wasser im Meer zu Blut geworden war.

Schiffe mit der Vorrichtung, Meerwasser in Trinkwasser zu verwandeln, waren nun ohne Wasser unterwegs. Die verwesenden Kadaver der Meerestiere stiegen an die Oberfläche, und die Mannschaften auf den Schiffen erkrankten schwer, weil sie nicht an Land zurückkehren konnten.

Carpathia verkündete, sein Sicherheits- und Geheimdienst habe die Identität der Betrüger herausgefunden, die behaupteten, die Rebellen zu vertreten. Diese Katastrophe sei auf ihre Machenschaften zurückzuführen.

Die Nacht war über Chicago hereingebrochen, und Chloe fand einen Weg, sich während einer Pause in der Nachrichtensendung fortzuschleichen. Sie nahm ihr neues Teleskop und stellte es an einem Fenster fern von neugierigen Blicken auf. Nachdem sich die Nacht über die Stadt gesenkt hatte, suchte sie den Himmel zuerst mit dem bloßen Auge ab. Der schwache Schein, den sie am vorangegangenen Abend entdeckt hatte, war etwa eine dreiviertel Meile entfernt wieder zu sehen.

Vorsichtig richtete Chloe das Teleskop in die Richtung, in der sie den Lichtstrahl entdeckt hatte. Nach einer Weile hatte sie ihn mit dem Teleskop eingefangen. Sehr zu ihrem Erstaunen war die Lichtquelle auf dem Boden zu finden. Sie setzte sich und zwang sich, still zu halten, damit sie das Bild betrachten und schließlich zuordnen konnte.

Gedanklich ging sie die unterschiedlichen Formen und Bilder in ihrer Erinnerung durch, und allmählich glaubte Chloe zu erkennen, was sie da sah. In einem Fenster im Erd- oder Untergeschoss eines großen Gebäudes, das vielleicht zehn oder zwölf Stockwerke hoch war, brannte Licht. Und je länger sie dieses Licht anstarrte, desto mehr war sie davon überzeugt, Aktivität dahinter wahrnehmen zu können. Menschliche Aktivität.

Gegen acht Uhr morgens Palastzeit bekam Chang von seinem Vorgesetzten den Auftrag, ihm bei der Überprüfung der Berichte über Todesfälle und Unglücke zu helfen, die in Zusammenhang mit der

Meereskatastrophe standen. Sehr zum Erstaunen aller Beteiligten waren die Seen und Flüsse nicht davon betroffen.

Im großen Büro, in dem Chang und etwa 30 andere an ihren Computern saßen, achtete er besonders darauf, jedem eine Antwort zu geben, der ihn ansprach. Er sah niemanden an und lächelte auch nicht. Sein Chef, ein großer, knochiger Mexikaner mit Namen Aurelio S. Figueroa, war ein diensteifriger Einzelgänger, der seine Vorgesetzten wie Könige, seine Untergebenen aber wie Sklaven behandelte.

„Wie geht es Ihnen heute, Wong?", fragte Mr. Figueroa.

„Danke, Sir."

„Gefällt Ihnen Ihre Arbeit?"

„Ja, danke."

„Haben Sie die Neuigkeiten bereits gehört?"

„Welche?"

„Über Supreme Commander Moon."

„Ich habe in den Nachrichten nichts darüber erfahren."

„Kommen Sie, Master Wong, ich weiß doch, dass Sie zu Carpathias Lieblingen gehören. Bestimmt haben Sie Insiderinformationen."

Chang schüttelte den Kopf.

„Moon ist tot."

„Tot? Wie das?"

„Vor dem Flugzeug des Potentaten erschossen."

Chang bemühte sich, erstaunt und neugierig zu wirken, aber es gefiel ihm überhaupt nicht, von Figueroa ins Vertrauen gezogen zu werden. „Der Feind?"

„Nein! Seien Sie doch nicht so naiv! Unsere Leute sind von Sicherheitskräften umgeben."

„Wer dann?"

„Man verdächtigt die Stewards." Figueroa beugte sich näher zu ihm hin. „Beides Inder."

„Aber warum?"

„Niemand sonst hätte so etwas getan."

„Aber warum gerade sie?"

„Warum nicht? Sie kennen doch die Inder."

„Nein, tue ich nicht."

„Sie haben einen Kontaktmann im Innern."

„Im Innern von was?"

„Hier."

„Warum?"

„Sie sind wirklich sehr naiv, nicht?“

Chang biss sich auf die Zunge. Er hasste dumme Menschen und konnte den Drang, ihn zu provozieren, nicht unterdrücken. „Nicht so naiv, dass ich nicht Ihren mittleren Namen raten könnte.“

Figueroas Augen wurden dunkel. „Was hat das damit zu tun, Wong?“

Chang zuckte die Achseln. Er merkte, dass er zu weit gegangen war. „Vergessen Sie’s.“

„Den können Sie gar nicht wissen.“

„Natürlich nicht.“

„Es sei denn, Sie haben in meiner Personalakte nachgesehen.“

„Wie könnte ich das?“

„Das können Sie nicht. Nicht ohne mein Wissen. Alles, was Sie mit diesen Computern anstellen, wird nämlich aufgezeichnet, wie Sie sicher wissen.“

„Natürlich.“

„Ich könnte nachsehen, ob Sie herumgeschnüffelt haben.“

„Tun Sie das ruhig.“

Ein breites Grinsen breitete sich auf Figueroas Gesicht aus. „Aber ich vertraue Ihnen, Wong! Sie sind ein Freund von Seiner Exzellenz.“

„Nun, mein Vater ist es.“

„Ich nehme an, Sie haben gehört, dass eine Software aufgespielt wurde, die eingesetzt werden soll, um mögliche Verräter zu identifzieren. Ein Lügendetektor. Ich habe sie heute Morgen auf den Computer gespielt.“

„Woher sollte ich das wissen?“

Figueroa legte die Hand auf Changs Schulter, und es kostete diesen große Mühe, sich nicht unter ihm zu winden. „Weil Sie Verbindungen haben, mein Freund!“

„Habe ich nicht.“

„Wir alle werden einer Untersuchung unterzogen, wissen Sie? Einer Befragung.“

„Warum?“

„Das habe ich Ihnen doch gesagt! Die Inder, die Stewards, haben einen Kontaktmann hier. Es gibt ein Leck.“ Chang zuckte die Achseln. „Wollen Sie der Erste oder der Letzte sein?“

„Für was?“

„Für die Befragung.“

„Ich habe nichts zu verbergen. Ich stehe Ihnen jederzeit zur Verfügung.“

„Man wird auch Ihr Apartment durchsuchen, Ihren Computer checken."
„Sollen sie nur. Die Festplatte ist seit einiger Zeit wertlos."
„Dann haben Sie ja nichts zu befürchten."
„Ich war auch nicht besorgt."
Figueroa sah sich um, als wollte er sehen, ob man ihm übel nahm, dass er einem Mitarbeiter zu viel Zeit widmete. „Natürlich nicht, Wong. Sie haben ja Verbindungen."
Chang schüttelte den Kopf. „Wer wird Moon ersetzen?"
„Akbar ist in seiner Stellung zu wichtig. Fortunato hatte diese Position bereits inne. Vielleicht Miss Ivins, wer weiß? Vielleicht auch niemand. Vielleicht Carpathia selbst. Eines ist auf jeden Fall sicher, Wong", fügte Figueroa hinzu, als er sich zum Gehen wandte, „Sie oder ich werden es nicht sein."
„Seien Sie nicht zu sicher", erwiderte Chang und hasste sich dafür, dass er diese Spielchen mitmachte.
Wie Chang erwartet hatte, blieb Figueroa stehen. „Was sagen Sie da? Was wissen Sie?"
„Nichts Nennenswertes, Sir", antwortete Chang. „Ich muss meine Verbindungen schützen, wissen Sie."
„Sie halten mich zum Narren. Sie wissen gar nichts."
„Natürlich nicht."
„Aber jetzt mal im Ernst."
„Ich meine es auch ernst, Sir."
Fünf Minuten später war Chang gerade dabei, Berichte aus der ganzen Welt durchzugehen und eine Kurzfassung davon zu erstellen, als Figueroa ihn in sein Büro rief. „Und Sie schwören, dass Sie nie in meiner Personalakte herumgeschnüffelt haben?"
„Ich schwöre es."
„Wenn ich Ihren Computer und den in Ihrer Wohnung überprüfen lassen würde, würde ich nichts finden?"
„Bei dem hier nicht."
„Aber in Ihrem eigenen Computer?"
„Ich habe es Ihnen doch gesagt, die Festplatte ist abgestürzt."
„Und wieso behaupten Sie, Sie würden meinen vollen Namen kennen …?"
„Nur geraten, Sir."
„Wollen Sie raten?"
„Ich bin beschäftigt."
„Ich gebe Ihnen eine Chance."

„Ich habe nur so dahingeredet. Ich weiß es nicht.“

„Kommen Sie, Wong. Probieren Sie es. Ich sage Ihnen was, wenn Sie richtig tippen, nehme ich Ihren Namen von der Befragungsliste.“

„Wie können Sie das?“

„Ich habe Mittel und Wege.“

„Warum sollte mir eine Befragung etwas ausmachen?“

„Es ist eine Zeitverschwendung, eine lästige und stressige Angelegenheit.“

„Nicht, wenn man unschuldig ist. Ich habe von diesen indischen Stewards noch nie etwas gehört.“

„Das Angebot steht.“

Chang seufzte. Warum hatte er das Ganze überhaupt angefangen? Und wer würde schon auf Figueroa hören? „Ich weiß, dass er mit einem ‚S‘ anfängt.“

„Das wissen alle. Der Buchstabe steht ja auf meinem Namensschild. Aber vielleicht steht das ‚S‘ ja wie bei dem ‚S‘ in Harry S Truman für gar nichts?“

„Sie setzen einen Punkt dahinter, also steht es für etwas. Ich rate einfach.“

„Wenn Sie nicht gelogen und doch in meiner Akte herumgeschnüffelt haben, wette ich zehn Dollar darauf, dass Sie es nicht erraten, selbst wenn ich Ihnen zehn Versuche gebe.“

„Ich habe aber nur eine Chance.“

„Lassen Sie hören.“

„Sequoia.“

Eine lange Stille folgte. Figueroa fluchte. „Das konnten Sie nicht erraten!“

„Habe ich Recht?“

„Sie haben Recht, und Sie wissen das, aber woher? Es ist noch nicht einmal ein mexikanischer Name. Nicht einmal spanisch.“

„Ich schätze indianisch. Amerikanisch-indianisch, meine ich.“

„Erklären Sie mir, woher Sie das wissen.“

„Ich habe geraten, Sir. Ich dachte, dieser Name würde passen.“

Warum brannte in Chicago Licht? Hatte vielleicht noch jemand entdeckt, fragte sich Chloe, dass David Hassid diese Radioaktivitätswarnungen im Zentralcomputer der Weltgemeinschaft gefälscht hatte? Dabei fiel ihr ein, dass sie Buck die schreckliche Nachricht von Davids Tod noch gar nicht mitgeteilt hatte.

Chloe versuchte, sich zu merken, wo sie das erleuchtete Fenster finden konnte, packte das Teleskop zusammen und rief Buck an. Es brach ihr das Herz zu erfahren, dass er sich in Petra befand. Er war so aufgeregt wie schon seit langem nicht mehr. Sie ließ ihn reden und erzählen, was sich ereignet hatte, wie Rayford einen Engel gesehen hatte und von ihm geheilt worden war und wie er und die anderen im Hubschrauber ihn schließlich auch gesehen hatten, als er sie vor dem Beschuss beschützte.

Chloe stimmte mit Buck überein, dass sie Zeichen und Wunder erlebt hatten, die Konfrontation mit Carpathia, die übernatürliche Veränderung in Chaim, der Schachzug, den Sender für die Verbreitung der Wahrheit zu kapern. Doch schließlich fiel ihm auf, dass ihre Begeisterung ein wenig gedämpft war.

„Bist du in Ordnung, Liebling?“

„Ich habe schlechte Nachrichten für dich, Buck. Zwei Soldaten der Weltgemeinschaft haben David Hassid ermordet. Wir alle waren uns einig, es dir und Chaim erst zu erzählen, wenn eure Arbeit beinahe zu Ende gebracht worden ist … Buck? Bist du noch da?“

„Gib mir eine Minute“, brachte er schließlich heraus.

„Ich weiß nicht, wann Daddy es Chaim erzählen will. Es sollte bald sein, wenn er schon in Petra ist.“

„Ja“, stimmte Buck zu. „Er wird vermutlich zuerst alle anderen aus dem Hubschrauber aussteigen lassen. Wir möchten nicht, dass die Leute Chaim schon sehen.“

„Natürlich.“

„Chloe, was sollen wir tun?“

„Ich weiß es nicht. Und alles wird nur noch schlimmer werden. Vor dem Einschlafen denke ich an die, die wir bereits verloren haben, und unwillkürlich frage ich mich …“

„Wer der Nächste sein wird, ich weiß. Ich kannte David nicht so gut wie einige der anderen, aber allein vom praktischen, logistischen Standpunkt …“

„Er war so wichtig für uns“, ergänzte Chloe. „Und was wissen wir schon von Mings Bruder?“

„David hatte eine hohe Meinung von ihm, aber er ist noch ein Teenager. Und er wird niemals Davids Position erreichen, zu denselben Informationen Zugang haben wie David. Nur ungern spreche ich darüber, was das für die ‚Tribulation Force‘ bedeutet, aber –“

„Für Trauer bleibt kaum Zeit, Buck. Im Augenblick geht es immer um Leben und Tod. Jeder Verlust erschwert uns anderen das Überleben, und darum ist es nur natürlich, so zu denken. Ich wünschte mir nur, ihr alle wärt wieder gesund und unversehrt hier."

„Bald", erwiderte Buck. „Dein Dad möchte Abdullahs Untergrundkontakte nutzen, um ein Überschallflugzeug zu bekommen, in dem acht Personen Platz finden. Albies Flugerlaubnis gilt noch, er könnte uns alle in die Staaten fliegen und Tsion nach Petra bringen."

„Ich möchte mitkommen", erklärte sie.

„Du hast gerade gesagt, du möchtest uns alle zu Hause haben."

„Ich brauche Babysitter."

„Jetzt mal im Ernst. Wir brauchen ein wenig Ruhe vor dem großen Armageddon."

„Ich nicht."

„Wovon sprichst du?"

„Dad hat mir versprochen, ich könnte bei der nächsten Mission mitmachen, wenn die Basis besetzt ist. Für mich bedeutet das, wenn genügend Leute hier sind, die auf Kenny aufpassen." Buck schwieg. „Du bist nicht einverstanden."

„Nein", erwiderte er. „Für Kenny wäre es nicht so schlimm, wenn ich sterben würde."

„Red doch keinen Unsinn."

„Ich rede Unsinn? Hör dir doch nur mal zu. Du bist seine Mutter."

„Und darum habe ich die ganze Verantwortung."

„Das wollte ich doch gar nicht –"

„Und du bist so wichtig für unsere Arbeit an der Front, dass wir nicht riskieren können, mich zu verlieren, weil du dann für Kenny da sein musst."

Sie spürte, dass Buck verärgert war. „Ich kann kaum glauben, dass ich hier mitten in der Wüste stehe und mit meiner Frau darüber streite, wer auf das Kind aufpasst. Hör zu, du kannst Tsion nicht begleiten, weil die Weltgemeinschaft abwartet, bis er hier ist, und dann einen Luftangriff auf Petra startet."

„Und doch schickt ihr Tsion dorthin, während eine Milliarde Menschen auf seine Botschaften warten."

„Wir glauben, dass er hier beschützt werden wird."

„Und ich nicht?"

„Das wissen wir nicht. David wurde nicht beschützt."

„Ich möchte nicht jetzt am Telefon mit dir darüber streiten, Buck. Bitte triff keine Entscheidung, bevor wir nicht darüber gesprochen haben. Und sei vorsichtig. Ich liebe dich und könnte ohne dich nicht leben."

Chloe nahm Zeke beiseite. „Wenn ich einen Spaziergang machte, würdest du ein wenig auf Kenny aufpassen? Und wir brauchen ja auch niemandem zu sagen, dass ich fort bin."

„Um diese Uhrzeit? Es ist schon –"

„Z, bitte. Ich bin eine erwachsene Frau und brauche ein wenig frische Luft. Ich habe das Telefon dabei."

„Ich könnte nicht für dich lügen."

„Das brauchst du auch gar nicht. Du brauchst nur den Mund zu halten. Ich möchte einfach nicht, dass die anderen sich unnötig Sorgen machen."

Buck ging zum Hubschrauber zurück. Der Transfer der Leute nach Petra ging langsam, aber stetig vonstatten. Er wollte Rayford nach David fragen und ihm die Gelegenheit geben, es Chaim zu erzählen. Aber während er sich durch die begeisterte Menschenmenge schlängelte, wurde er von den braungebrannten Kindern, die erschöpft an den Schultern ihrer Eltern schliefen, abgelenkt. Wie sehr er Kenny vermisste!

Plötzlich erstarrte die Menge, das Lächeln gefror auf ihren Gesichtern. Ihre Aufmerksamkeit wandte sich gen Osten. Buck rannte los, um besser sehen zu können. Draußen in der Wüste waren drei große Staubwolken zu sehen, die die Sonne zu verfinstern drohten. Die beiden Linken wichen immer weiter von der Rechten ab. Buck wählte Changs Nummer, doch der Chinese war im Augenblick nicht zu erreichen. Er rief Rayford an.

„Chloe hat mir von David erzählt. Nimm Chaim beiseite und erzähle es ihm. Und was hältst du von dem, was da auf uns zukommt?"

„Abdullah hat herausgefunden, um was es sich handelt", berichtete Rayford. „Das sind die Bodentruppen der Weltgemeinschaft. Sie kommen von drei Seiten gleichzeitig und wollen die Leute augenscheinlich ins Siq zwingen."

Buck rannte zum Hubschrauber. „Die Nachricht von David kann warten. Sind wir anderen auch sicher oder nur Chaim? Und sind die Menschen vor dem Eingang sicher?"

„Ich werde mit George den Platz tauschen und aufsteigen, um mir diese Truppen einmal von oben anzusehen", erklärte Rayford. „Sei in der Nähe, wenn ich wieder lande. Wir müssen uns vielleicht bewaffnen."

„Diese Waffen?“, fragte Buck. „Ich habe schon davon gehört. Ich bin nicht bereit, sie einzusetzen.“

„Vielleicht änderst du deine Meinung, wenn die Weltgemeinschaft das Feuer eröffnet.“

Vielleicht, dachte Buck.

15

Mit einer dunklen Jacke und einer schwarzen Hose bekleidet schlich Chloe hinaus. Neben ihrem Telefon hatte sie noch einen alten Revolver bei sich, den sie unter Rayfords Sachen gefunden hatte. Sie hatte lange ausprobiert, bis sie herausgefunden hatte, wie man ihn lud und entsicherte. Wie man damit schoss, konnte sie nur erahnen, aber er vermittelte ihr immerhin ein Gefühl der Sicherheit.

In der pechschwarzen Nacht ging sie fünf Blocks weit. Kein Geräusch war zu hören. An jeder Kreuzung sah Chloe nach links in der Hoffnung, ihrem Ziel näher gekommen zu sein. Wie weit war sie wohl gelaufen? Vielleicht eine Viertelmeile. Sie ging zwei Blocks nach links und begann, an jeder Kreuzung in beide Richtungen zu sehen.

Rayford stieg auf und hielt sich auf weniger als eintausend Fuß, gerade hoch genug, um zu sehen, was die Weltgemeinschaft auf den Weg geschickt hatte.

„George", sagte er, „bitte tauschen Sie mit Dr. Rosenzweig den Platz."

„Was gibt es da zu sehen?", fragte Chaim, als er sich neben Rayford setzte. Rayford erklärte es ihm und zeigte auf die Stelle, an der die beiden anderen Kolonnen mit Panzern, bewaffneten Lastwagen, Truppentransportwagen und fahrbaren Raketenabschussrampen die riesige Menschenmenge einzukreisen begannen.

„Ich befürchte, dass nur die israelischen Gläubigen beschützt werden", meinte Rayford. „Aber seid ihr auch außerhalb der Mauern Petras sicher?"

„Captain, diese Frage ist rein akademisch. Ohne ein Wunder Gottes werden wir noch Stunden brauchen, um auch nur die Hälfte unserer Leute hineinzuschaffen. Wie lange wird es dauern, bis die Angreifer uns erreichen?"

„Vermutlich sind sie bereits in Schussweite", meinte Rayford. „In 20 Minuten werden alle in Position sein. Wenn sie vorrücken, sobald sie ihre Position erreicht haben, könnten sie uns danach innerhalb von zehn Minuten unter Beschuss nehmen."

„Also eine halbe Stunde …"

„Maximum."

„Mein Volk ist weder bewaffnet noch darauf vorbereitet, sich zu verteidigen. Wir sind der Gnade Gottes ausgeliefert."

„Ich bin versucht, alle nicht-israelischen Gläubigen aufzufordern, sich so schnell sie können innerhalb die Mauern Petras zu begeben", erklärte Rayford. „Denken Sie, Ihr Volk würde ihnen den Vortritt bei den Hubschraubern lassen und Platz machen für die, die laufen wollen?"

„Nicht ohne Erklärung, und dazu haben wir keine Zeit."

„Die Alternative wäre, dass ‚Operation Adler' die Flüge einstellt und jeden Gläubigen bewaffnet, der eine Waffe tragen kann, ausgenommen natürlich die israelischen Gläubigen."

„Sie werden hoffnungslos in der Minderheit sein, Captain."

„Aber wir würden Schaden anrichten und nicht kampflos untergehen."

„Ich möchte Ihnen keine Ratschläge erteilen", sagte Chaim. „Sie müssen tun, was Sie tun müssen. Was sagt Gott Ihnen?"

„Er sagt mir, dass ich noch nie im Leben solche Angst gehabt habe, aber ich kann nicht einfach zusehen, wie ein Massaker angerichtet wird. Können Sie mit einer Waffe umgehen, Doktor?"

„Verzeihen Sie mir, aber ich bin nicht hier, um mit Waffengewalt Widerstand zu leisten. Ich bin hier, um mich um diese Leute in Petra zu kümmern und den Besuch Tsions vorzubereiten. Und wenn er wieder abreist, werde ich bleiben."

Rayford blickte über die Schulter zurück und rief: „George, Abdullah, sucht Albie und Mac. Erklärt ihnen die Situation. Sie sollen, sofern das möglich ist, zu uns kommen, sobald wir wieder gelandet sind. Haltet euch bereit, eure Waffen zu laden, und bildet etwa 100 Meter vor den Israelis einen Halbkreis."

„Ich kann nur schätzen, Captain", sagte Abdullah, „aber falls wir uns bis zu den Mauern auf beiden Seiten des Siq aufstellen sollen, werden wir vermutlich 50 Meter voneinander entfernt stehen."

„Ich habe nicht gesagt, dass die ganze Sache einfach oder auch nur mit Erfolg gekrönt sein wird, Smitty. Ich bin offen für Vorschläge."

„Ich habe keinen."

„Dann suchen Sie Ihre Leute zusammen und sagt den anderen, dass alle Mitarbeiter der ‚Operation Adler' ab sofort im Dienst sind."

Er wandte sich wieder Chaim zu und bedeutete ihm, sich näher zu ihm herüberzubeugen. „Doktor, ich muss Ihnen erzählen, was gestern passiert ist …“

Schon in der Highschool in China war Chang von allen Mitschülern der schnellste auf der Tastatur, ob er die Eingaben nun auf Chinesisch oder Englisch machte. Jetzt saß er an seinem Computer und gab in ein zweites Fenster Codes ein, wann immer er konnte. Er stellte seinen Monitor so, dass er weder von der Überwachungskamera in der Ecke noch von seinen Kollegen gesehen werden konnte, solange sie auf ihren Plätzen blieben. Auch zwang er sich, nicht auf die Buchstaben zu sehen, die er eingab, sondern auf den Bildschirm, damit er bemerkte, wenn Figueroa oder ein anderer zufällig herankam.

Das zweite Fenster würde auf Grund der Programmierung bei jeder Überprüfung des Computers als Notepad erscheinen, aber seine Codes erschienen als zufällige Buchstaben und nicht als vernünftige Kombinationen. Falls man nachhakte, konnte er das Kauderwelsch der Übersetzung von Chinesisch ins Englische zuschreiben oder sogar einer Computersprache. Er richtete eine unabhängige Festplatte ein, auf die er von überall zurückgreifen könnte und die die Kapazität seines Laptops verdoppeln würde.

Chloe war noch immer auf der Suche nach der Quelle des Lichts. Gleichzeitig fragte sie sich jedoch, ob sie eine Dummheit beging. Was glaubte sie denn zu finden? Wollte sie nur ihre Neugier befriedigen? Allein unterwegs zu sein, vor allem bei Dunkelheit, vermittelte ihr ein wundervoll befriedigendes Gefühl von Freiheit, das sie wiederum veranlasste, sich zu fragen, ob sie vielleicht zu jung war für die Verantwortung, die sie auf sich genommen hatte. Sie war Ehefrau und Mutter, die Leiterin einer internationalen Handelsgruppe. Durch ihre Arbeit wurden Millionen von Menschen versorgt, die sonst verhungern würden. Und doch brauchte sie diese Art der Flucht? Diesen Ausflug, der vielleicht gefährlicher war, als sie sich klarmachte?

Schließlich kam sie an eine Kreuzung und sah wieder nach rechts und links. Sie hielt inne. Konnte das ihre Lichtquelle sein, dieser blasse Lichtschimmer, der die Dunkelheit vier oder fünf Blocks entfernt zu erhellen schien? Hatte sie die Zeit und die Energie nachzuschauen, ob sie sich wirklich so verrechnet hatte? Natürlich. Weshalb sonst lief sie hier draußen herum? Wahrscheinlich würden weder Buck noch ihr Vater ihr erlauben, Tsion nach Petra zu begleiten, wenn ein Angriff aus der Luft zu befürchten war. Dies war vermutlich ihre einzige Mission, und natürlich konnte es gut sein, dass sie überhaupt nichts erreichte. Aber selbst wenn dies eine Dummheit war, es war besser als gar nichts.

Sie wandte sich nach links.

Rayford kehrte um und flog zurück. Als der Hubschrauber aufsetzte, entdeckte er Buck, der auf ihn zueilte und mit dem Finger über seinen Hals fuhr, um ihm zu bedeuten, den Motor so schnell wie möglich abzustellen. Von überall kamen andere Fahrer und Hubschrauberpiloten auf ihn zu und warteten auf Instruktionen und Waffen für den Widerstand gegen die Weltgemeinschaft.

Die Menge jedoch schien sowohl die Mitarbeiter der „Operation Adler" als auch die Weltgemeinschaft zu ignorieren, obwohl die Staubwolken und die Motorengeräusche immer näher kamen. Die Israelis waren vielmehr auf den Siq fixiert, durch den sie nach Petra gelangen konnten. Rayford hatte ein wenig zu schnell aufgesetzt, um zu sehen, was ihre Aufmerksamkeit fesselte.

Buck erreichte den Hubschrauber und bedeutete Rayford erneut, den Motor abzustellen. Rayford kam der Aufforderung nach, griff an Chaim vorbei und öffnete die Tür.

„Alle Mann raus", rief Buck. „Das müsst ihr euch ansehen."

„Brauchen wir Waffen?", rief Rayford, während alle ausstiegen.

„Ich glaube nicht. Folgt mir. Chaim, geht es Ihnen gut?"

„Nennen Sie mich Micha, aber ja, mir geht es gut. Zeigen Sie uns den Weg."

„Brauchen wir keine Angst zu haben, dass die Leute ihn erkennen?", fragte Rayford.

„Niemand sieht hin", antwortete Buck.

„Das habe ich bemerkt." Rayford lief hinter Buck her. Chaim hatte sein Gewand gerafft, und auch ihm gelang es, Schritt zu halten. George und Abdullah kamen hinter ihnen her.

Buck führte sie zu einer Anhöhe und deutete auf ein Felsplateau, von dem aus man die Menschenmenge überblicken konnte.

„Dort", wies er aufgeregt, „in der Nähe des Eingangs. Seht ihr?"

Chloe wurde immer aufgeregter, je weiter sie ging. Das Licht wurde heller, und sie wusste, sie hatte gefunden, was sie von ihrem Versteck im Strong-Gebäude aus gesehen hatte. Es konnte durchaus sein, dass es sich hierbei um mehr als nur ein Licht handelte, das zufällig durch eine Laune des Elektrizitätswerks angeblieben war. Doch als sie näher an das verbarrikadierte Fenster im Erdgeschoss herankam, entdeckte sie die Überwachungskamera. Sie war unmittelbar oberhalb des Fensters angebracht, geschützt durch einen dicken Metallkasten, und es hätte sie nicht erstaunt, wenn er mit Graffiti besprüht gewesen wäre. Ein kleines rotes Licht zeigte an, dass sie betriebsbereit war, und die Linse, obwohl sie kaum zu erkennen war, schwenkte in einem Halbkreis von 180 Grad.

Chloe war sicher, auf Grund der Dunkelheit von der offensichtlich sehr alten Kamera nicht erfasst werden zu können, aber sie wurde langsamer und hielt sich dicht an den Gebäuden und den Trümmern. Wann immer sie sah, dass die Linse in ihre Richtung zeigte, blieb sie stehen. Wenn sie sich fortdrehte, eilte sie weiter.

Schließlich überquerte sie die Straße und drückte sich gegen eine Mauer. Wieder blieb sie stehen, wenn die Kamera in ihre Richtung zeigte, und ging weiter, wenn sie sich in die andere Richtung drehte. Schließlich war sie nur noch einen Meter von dem erleuchteten Fenster entfernt. Im Inneren des Gebäudes erkannte sie nur eine Neonbeleuchtung, bei der drei der vier Leuchtstoffröhren leuchteten. Als die Kamera das nächste Mal zu ihr herumschwenkte, merkte sie, dass das Licht auf ihren linken Ärmel fiel. Sie blieb reglos stehen und fragte sich, ob die Kamera vielleicht über eine Art Bewegungsmelder verfügte.

Und schon drehte sich die Linse wieder zurück. Chloe blieb, wo sie war, zog ihren linken Arm aber aus dem Licht. Die Kamera blieb stehen, und das Licht im Fenster ging aus. Jetzt sah sie nur noch das kleine rote Lämpchen. Es bewegte sich nicht mehr. Sie stellte sich vor, dass das Bild herangefahren wurde, um zu sehen, was draußen in der Dunkelheit auf der Straße stand.

Sollte sie davonlaufen? Aber vielleicht hatte derjenige, der die Kamera kontrollierte, ja genauso viel Angst wie sie. Wollten er oder sie sie nun fangen oder vielleicht nur verscheuchen? Oder passten sie vielleicht nur auf, was draußen vor sich ging? Chloe atmete tief durch und versuchte, sich zu entspannen. Von einem war sie überzeugt: Wenn sie David und Chang trauen konnte, dann war die Weltgemeinschaft hier nicht zu finden.

Auf Zehenspitzen überquerte Chloe die Straße. Sie entdeckte ein Schild an dem Haus, doch es war zu dunkel, um zu lesen, was darauf stand. Sie blieb stehen. Die Kamera blieb auf sie gerichtet. Schließlich ging das Neonlicht wieder an. Sie rührte sich nicht, las aber, was auf dem Schild stand. Es wies das Haus als eine Art Wechselstube aus. Das bedeutete, dass sich hinter den Gittern vermutlich kugelsicheres Glas befand.

Entschlossen steckte sie die Hände in die Tasche und schloss die rechte Hand um die Pistole. Die Kamera blieb auf sie gerichtet, als sie sich dem Fenster näherte, und die Linse bewegte sich nur so weit, dass sie sie im Fokus behielt. Das leise Surren sagte ihr, dass sie justiert wurde, um ein scharfes Bild von ihr zu liefern. Schließlich warf sie alle Vorsicht über Bord und spähte ins Fenster hinein.

Eine Sprechanlage wurde eingeschaltet. „Identifizieren Sie sich und erklären Sie Ihr Zeichen."

Dort unmittelbar oberhalb der Menschen, stand ein Mann, den Rayford als Michael erkannte. Er war ähnlich gekleidet wie Chaim, wenn auch etwas größer. Er hielt beide Hände in die Höhe. Die Israelis, die unterhalb von ihm standen, wurden still, sodass alle ihn hören konnten. Er sprach jedoch mit normaler Stimme, wie bei einem normalen Gespräch. Rayford stand ganz hinten in der Menge, dennoch hatte er das Gefühl, als würde Michael ihm direkt ins Ohr sprechen.

Falls die Menschen in der Menge genauso empfanden wie Rayford, dann waren sie von einem heiligen Frieden erfüllt.

Michael begann: „Habt keine Angst, ihr Kinder Abrahams. Ich bin euer Schild. Fürchtet euch nicht, denn Gott hat eure Stimme gehört. Er sagt zu euch: ‚Ich bin der Gott Abrahams, eures Vaters: Fürchtet euch nicht, denn ich bin mit euch und werde euch segnen.'

Siehe, der Herr, euer Gott, hat das Land vor euch bereitet: Steht auf und nehmt es in Besitz, wie der Herr, der Gott eurer Väter, euch aufgetragen hat; fürchtet euch nicht und seid nicht entmutigt. Höre, o Israel, du stehst an diesem Tag vor der Schlacht gegen deine Feinde: Dein Herz erschrecke nicht, fürchte sich nicht und zittere nicht, auch lass dich nicht von ihnen erschrecken; sei stark und guten Mutes, fürchte dich nicht und habe keine Angst vor ihnen: denn der Herr, dein Gott, wird bei dir sein, er lässt dich nicht fallen und verlässt dich nicht.

Friede sei mit euch allen; fürchtet euch nicht: Ihr werdet nicht sterben. Wendet euch nicht vom Herrn ab, sondern dient ihm mit eurem ganzen Herzen. Gott, euer Vater, sagt: ‚Ihr sollt Brot an meinem Tisch essen. Seid mutig und seid wachsam.' Fürchtet euch nicht, denn die, die bei uns sind, sind mehr als die, die bei ihnen sind.

Ihr braucht in dieser Schlacht nicht zu kämpfen: Macht euch bereit, steht still und seht die Erlösung des Herrn bei euch, o Juda und Jerusalem, denn der Herr wird bei euch sein. Gott wird euch erhören und sie schlagen, weil sie seinen Namen nicht fürchten. Sagt den Verzagten: Habt Mut, fürchtet euch nicht! Seht, hier ist euer Gott! Die Rache Gottes wird kommen und seine Vergeltung; er selbst wird kommen und euch erretten.'"

Michael kam herunter und ging durch die Menschenmenge, die zurückwich und ihm mit ihren Blicken folgte. Während er vorbeiging, machte er ihnen weiterhin Mut. „Denn der Herr, euer Gott, wird eure rechte Hand sein und sagt zu euch: ‚Fürchtet euch nicht; ich werde dir helfen, Volk Israel.' So spricht der Herr, euer Erlöser, der Heilige Israels.

So spricht der Herr, der dich geschaffen hat, o Israel: ‚Fürchte dich nicht, denn ich habe dich ausgelöst, ich habe dich beim Namen gerufen, du gehörst mir.' Alles wird gut werden. Seid fröhlich und freut euch, denn der Herr wird große Dinge tun. Die Haare auf euren Häuptern sind alle gezählt. Darum fürchtet euch nicht: Ihr seid mir wertvoller als viele Spatzen.

Gott, der Herr, spricht: ‚Fürchtet euch nicht, ich bin der Erste und der Letzte.' Darum steht fest, ihr Kinder Israel. Fürchtet euch nicht! Fürchtet euch nicht! Fürchtet euch nicht! Fürchtet euch nicht!"

Die Menge nahm den Ruf auf, wurde lauter und lauter, während Michael durch die Menschenmenge zum Rand schritt und vor der Staubwolke stehen blieb, die rasch näher kam. Er umklammerte in Brusthöhe sein Gewand und streckte sein Kinn der näher kommenden Armee des Bösen entgegen. Die Menge hinter ihm nahm dieselbe Stellung ein.

Rayford, Buck, Abdullah und Chaim eilten von der Anhöhe herab und stellten sich hinter Michael in die Menge der Menschen. Rayford wusste nicht, was die anderen empfanden. Doch er konnte sagen, dass seine Furcht verschwunden war, und nie hatte er sich in Gott sicherer gefühlt.

Chloes Kehle war wie zugeschnürt. Sie konnten ihr Zeichen sehen! Krächzend stieß sie hervor: „Wenn ihr es sehen könnt, muss ich es euch gar nicht erklären."

„Wer sind Sie?"

„Was müsst ihr noch wissen, außer dass ich eine Schwester in Christus bin?"

„Wie kommt es, dass Sie die Strahlung überleben? Werden Sie auf übernatürliche Weise beschützt?"

„Ich werde euch erst antworten, wenn ich weiß, dass ihr alle Brüder und Schwestern seid."

„Überzeugen Sie uns davon, dass Sie nicht radioaktiv verstrahlt sind, dann werden wir Sie hereinlassen."

„Ich muss wissen, ob ein Feind unter euch ist."

„Wir sind alle Gläubige. Keine Carpathianisten, keine Weltgemeinschaft."

„Die Verstrahlung ist eine Lüge, die von den Judahiten verbreitet wurde." Chloe hatte eine Linie überschritten und konnte nun nicht mehr zurück. Mit weiteren vor dem Feind geheim gehaltenen Informationen würde sie ihr Versteck und ihre Gefährten verraten.

„Zu welchem Zweck?"

„Das sollten Sie eigentlich erraten können."

„Sind Sie allein?"

„Ihr meint –"

„Ist jemand bei Ihnen?"

„Nein."

Es folgte eine lange Stille. Die Kamera blieb auf sie gerichtet, das Licht in dem Raum angeschaltet. Auf dem zerschlissenen, grauen Industrieteppich stand eine grüne Empfangstheke, dahinter waren drei mit Plexiglas abgetrennte Kassenbereiche zu sehen, die schon lange nicht mehr in Betrieb waren.

Eine Tür in der hinteren Ecke wurde langsam geöffnet und ein Farbiger mit bloßen Füßen in einer schwarzen Hose und weißem T-Shirt tauchte auf. Er war etwa Ende 20 und sehr muskulös. Mit vorsichtigen Schritten bewegte er sich über den Teppich, blieb direkt unter der Lampe stehen und sah hinaus. Er lächelte nicht, blickte aber auch nicht finster. Chloe konnte Hoffnung, Neugier, vielleicht sogar Freude in seinen Augen erkennen. Er winkte sie näher an das Fenster heran, und als sie seiner Aufforderung nachkam, begann er zu grinsen. „Sei gegrüßt, Schwester!", rief er. Sie entdeckte das Zeichen Gottes auf seiner Stirn.

Er eilte zur Tür zurück und rief die anderen. Ein schwarzes Mädchen kam heraus. Sie war ungefähr in Chloes Alter, trug Shorts, Socken und ein übergroßes weißes Männerhemd. Chloe fühlte sich wie in einem Zoo. Hinter dem Mädchen tauchten zwei Latinofrauen mittleren Alters auf, die eine groß und knochig, aber sehr mager, die andere klein und dünn.

„Geht es Ihnen gut?", rief die junge schwarze Frau. „Wie lange halten Sie sich schon im Freien auf?"

„Ungefähr eine Stunde. Aber ich bin auch früher schon draußen gewesen. Sehr oft."

„Und es geht Ihnen gut?"

Chloe lächelte. „Mir geht es gut! Ich bin nicht verseucht!"

„Lass sie herein!"

„Ja, lass sie herein!"

„Holt Enoch! Er soll entscheiden."

Die Truppen der Weltgemeinschaft wurden von Panzern angeführt, die sich über Felsen, durch Staub und Sand voran arbeiteten. Hinter ihnen kamen die Raketenabschussrampen, die er aus der Luft gesehen hatte. Dann Kanonen, die Truppentransporter, Lastwagen und Jeeps, auf denen bewaffnete Soldaten standen, und schließlich kleinere Wagen.

Rayford schätzte ihre Geschwindigkeit auf etwa 35 Meilen pro Stunde, und er nahm an, dass sie an einem bestimmten Punkt in bester Schussposition stehen bleiben würden. Aber sie bremsten nicht ab, als sie nur noch eine halbe Meile, schließlich eine Viertelmeile entfernt waren. Sie rasten auf die unbewaffneten Zivilisten zu und plötzlich hatte Rayford ein ungutes Gefühl. Er war davon ausgegangen, dass die anderen Mitarbeiter der „Operation Adler" zuversichtlich hinter Michael stehen würden. Aber wenn sie sich nun an die Anweisung hielten? Wenn Albie, Mac oder ein anderer ihnen Waffen gegeben hatte und sie das Feuer erwiderten oder, schlimmer noch, das Feuer eröffneten?

Er wollte sein Handy und sein Walkie-Talkie hervorholen und seinen Leuten sagen, sie sollten sich ruhig verhalten und sich nicht bewaffnen. Aber die Truppen hatten sie schon fast erreicht. Der Lärm hallte von den Felsen wider und dichter Staub hüllte sie ein. Trotzdem fiel kein einziger Schuss. Rayford duckte sich und drehte sich um. Er schirmte seine Augen gegen den Staub ab und spähte zurück, um sicherzugehen, dass keiner seiner Leute die Initiative ergriff. So weit er sehen konnte, blieben die Israelis und die Mitarbeiter der „Operation Adler“ ruhig. Sie standen fest und vertrauten auf Gottes Schutz.

Rayford musste ein Lächeln unterdrücken. In seiner Menschlichkeit lief er Gefahr, innerhalb von wenigen Sekunden im Himmel zu sein, und sein Überlebensinstinkt trieb ihn, sich zu verteidigen. Aber die Verheißungen Gottes klangen noch in seinen Ohren nach. Er schüttelte den Kopf über die Größe von Carpathias Ego. Ganz eindeutig hatten seine Leute die Anweisung, nicht zu schießen, bevor nicht auf sie geschossen wurde. Sie hatten die Absicht, die Israelis zu überrollen!

Sie waren nun nur noch etwa 30 Meter entfernt und noch immer hörte Rayford keinen einzigen Laut von hinten, keinen Schrei. Diese Flut aus dem Mund der Schlange würde auf eine unsichtbare Mauer treffen oder von einem Wasserschwall aus dem Nichts fortgespült werden oder die Waffen der Zerstörung würden den Israelis und ihren Helfern nichts anhaben können.

Als die Wagen nur noch zehn Meter entfernt waren, fiel das Volk Gottes plötzlich auf die Knie und legte die Hände auf die Ohren, um sich vor dem Lärm zu schützen, der sich anhörte, als würden Berge einstürzen. In diesem Augenblick teilte sich genau zu den Füßen der Menschen in der ersten Reihe die Erde und es öffnete sich um das gesamte Gebiet von Petra herum eine etwa 600 Meter breite Schlucht.

Der Lärm war unglaublich, und in ihrem Schreck begannen die Soldaten, wild um sich zu schießen, doch die Projektile flogen vertikal in die Luft und fielen zurück auf die in die Erdspalte stürzenden Wagen. Rauch und Feuer stiegen aus dem Abgrund auf, der bis in die Tiefen der Hölle zu reichen schien. Das Gebrüll der Motoren, deren Getriebe die Stahlketten oder Räder antrieben, konnte die Schreie der Soldaten nicht übertönen. Sie hatten ihre Beute fast erreicht und jetzt erwartete sie der sichere Tod.

Rayford und die Umstehenden nahmen die Hände von den Ohren und streckten sie von sich, um ihr Gleichgewicht zu halten, während alle, die immer noch knieten, von den Nachbeben durchgerüttelt wurden. Es war, als würden sie über unebenen Boden gleiten, während die Erde sich langsam selbst heilte. Die beiden Seiten der Kluft schoben sich langsam wieder zusammen, wie es vermutlich einige tausend Jahre zuvor gewesen war, als das Rote Meer über den angreifenden Ägyptern zusammengeschlagen war. Der Boden war plötzlich wieder wie neu. Der Staub legte sich und Stille senkte sich über die Versammelten.

Michael war verschwunden. Langsam erhob sich Chaim und sprach zu den Menschen. „Solange ihr noch auf den Knien liegt, sollten wir dem Gott der Schöpfung, dem Gott Abrahams, Isaaks und Jakobs danken. Dankt ihm, der hoch über dem Himmel sitzt, über dem kein anderer ist. Dankt dem Einen, der sich nie verändert. Preist den Heiligen Israels. Preist den Vater, den Sohn und den Heiligen Geist!"

Enoch war Spanier. Er hatte eine billige Bibelausgabe bei sich, wie man sie in einem Hotel oder einer Kirchenbank findet. Auch er war seltsam gekleidet: Er trug teure Schuhe, an denen die Schnürsenkel fehlten, keine Socken, hatte Khakihosen und ein billiges Hemd an. Diese Menschen sahen so aus, als hätten sie einen Kleiderladen der Heilsarmee geplündert, fand Chloe.

Enoch besprach sich mit den anderen, dann winkte er Chloe um die Ecke zum Haupteingang, wo sie wartete, während er die zahlreichen Riegel löste. Schließlich wurde die innere Tür geöffnet, und Enoch durchquerte die Eingangshalle, um die Außentür zu öffnen. „Unsere Lebensmittelvorräte sind begrenzt", sagte er, als er ihr die Tür aufhielt.

„Ich bin nicht auf der Suche nach Essen", erklärte sie. „Ich habe das Licht gesehen und war neugierig."

„Wir dachten, wir wären die Einzigen in der Stadt", sagte er. „Wir lassen die Kamera nur aus Vorsicht laufen, aber bald werden wir sie auch ausstellen, um Strom zu sparen."

„Ich habe so viele Fragen", sagte Chloe.

„Wir auch."

„Ich fürchte, ich kann nicht viel sagen", erwiderte sie. „Ich verstehe, wenn Sie auch lieber schweigen wollen."

„Wir haben nichts zu verbergen", erklärte Enoch.

„Was ist das für ein Haus?"

„Es war eine Wechselstube. Aber es grenzt an den Keller eines alten Bürogebäudes. Da eine Verbindung zwischen den beiden Gebäuden besteht, hielten wir es für sicherer, größtenteils im Keller zu leben, vor allem, da es dort einen offen stehenden Safe gibt. Die Kombination dafür kennen wir nicht, darum lassen wir ihn immer offen, aber einige ziehen es vor, darin zu schlafen."

Enoch führte Chloe durch die alte Bankhalle, in der die Neugierigen, die sie bereits durch das Fenster betrachtet hatten, sie nun schüchtern begrüßten und anstarrten. Unmittelbar hinter der Tür am Ende eines Flures stand der große begehbare Safe. Vermutlich war dies früher eine Bank gewesen. Keine Wechselstube, nicht einmal in Chicago, brauchte einen so großen Safe.

„Wie viele seid ihr?", fragte Chloe.

„Bis letzte Nacht 31."

„Das ist nicht euer Ernst."

Enoch legte den Kopf zur Seite und lächelte. „Warum nicht?"

„Was tut ihr hier? Wie seid ihr hierher gekommen?"

„Nun", erwiderte er, während er eine Tür öffnete, die zu einem großen Kellerraum führte, „das möchten meine Freunde und ich auch von Ihnen erfahren." Sie trat ein und wurde neugierig und ein wenig misstrauisch betrachtet.

Rayford sprach über sein Walkie-Talkie mit den Mitarbeitern der „Operation Adler".

„Wir sollten weitermachen, Leute. Ich möchte, dass diese Leute unverzüglich nach Petra gebracht werden. Das Baumaterial und die anderen Sachen werden hineingeflogen oder -gebracht. Wir glauben, dass Carpathia einen großen Fehler begangen und die Landebahn Mizpe Ramon nicht zerstört hat. Wir können von dort also in unsere Heimat starten, bevor er herausfindet, was hier passiert ist. Niemand ist übrig, der ihm sagen könnte, wo seine Truppen geblieben sind, darum wird er für den Augenblick davon ausgehen, dass nur der Funkkontakt abgebrochen ist.

Wenn Micha in der Stadt ist, ist unsere Mission beendet. Auf Wiedersehen und Gott schütze euch."

Rayford stellte das Walkie-Talkie ab und telefonierte mit den Mitgliedern der *Tribulation Force*. „Wir sollten uns bereit machen, nach Hause zu fliegen und Tsion zu holen. Er hat hier eine Verabredung."

16

Chloe saß auf einem billigen Klappstuhl aus Metall, umgeben von jungen Menschen aus unterschiedlichen Kulturen im Alter zwischen 20 und 30 Jahren, die ihr mit weit aufgerissenen Augen zuhörten. Zweifellos waren sie Christen, aber trotzdem betete sie im Stillen um Weisheit, was sie von der *Tribulation Force* preisgeben sollte.

„Keiner von euch ist seit der Bombardierung der Stadt im Freien gewesen?", fragte sie.

Sie schüttelten die Köpfe. Enoch leitete die Unterhaltung. „Wenn wir zu der Überzeugung kommen, dass es sicher ist, werden wir alle vor Anbruch der Dämmerung einen Spaziergang machen. Erzählen Sie uns jetzt mehr."

Chloe atmete tief durch. „Sie bürgen für alle hier, Enoch?"

„Überprüfen Sie unser Zeichen", antwortete er.

Chloe wusste, dass das unnötig war. Und sie hob sich die beiden wichtigsten Informationen für zuletzt auf. „Der geistliche Mentor, von dem ich euch erzählt habe, ist Jude. Er war ein Rabbi. Es ist Dr. Tsion Ben-Judah."

Die Gruppe konnte es offensichtlich nicht fassen. Viele lächelten, andere schüttelten den Kopf. Schließlich sagte ein Latino: „Ben-Judah lebt in Chicago?"

Sie nickte. „Und ich bin Chloe Steele Williams."

Enoch beugte sich zitternd zu ihr hinüber. „Und wir sind hungrig", sagte er, woraufhin die anderen zu lachen begannen.

„Ihr seht auch so aus", meinte sie. „Wovon habt ihr gelebt?"

„Aus Dosen und von getrockneten Früchten. Wir haben die Sachen rationiert, aber sie gehen schnell zur Neige. Falls Dr. Ben-Judah Recht hat und noch dreieinhalb Jahre vor uns liegen, werden wir es nicht schaffen. Denken Sie, die Handelsgesellschaft könnte –"

„Wenn ein paar von euch mich begleiten, werde ich euch genügend Lebensmittel für einen Monat mitgeben. Dann werden wir uns überlegen, wie ihr zur Handelsgesellschaft beitragen und anfangen könnt, mit Lebensmitteln und anderen Dingen zu handeln."

Ein paar der Leute erhoben sich. „Wir möchten auch reisen",

sagte Enoch, „um anderen Menschen zu helfen und ihnen die Wahrheit zu sagen. Wir wünschen uns so sehr, das zu tun."

„Das sollte zu gegebener Zeit möglich sein", erwiderte sie. „Und jetzt erzählt mir eure Geschichte."

Laslo Miklos war an einen luxuriösen Lebensstil gewöhnt, da er vor dem großen Massenverschwinden eine lukrative Lignitmine in Ptolemais in Griechenland besessen hatte. Doch als er und seine Frau Christen wurden, setzte er seine Lastwagen und Gebäude zum Nutzen der griechischen Untergrundgemeinde ein, die sich zur größten in den Vereinigten Carpathiatischen Staaten entwickelte.

Die griechischen Jünger Jesu lebten in großer Gefahr, doch eine gewisse Zeit lang schien es so, als sei Nicolai Carpathia mehr daran interessiert, den äußeren Anschein von Frieden in der nach ihm benannten Region aufrechtzuerhalten, als die Dissidenten auszurotten. Laslo glaubte nicht, dass er und seine Mitgläubigen zu unvorsichtig geworden waren, aber irgendwie hatten schließlich die Beamten ihre geheimen Treffpunkte entdeckt, und die größte Versammlung war sogar überfallen worden. Viele waren den Märtyrertod gestorben, die anderen zerstreut worden.

Laslos Frau war durch die Guillotine ums Leben gekommen – ebenso wie sein Pastor und die Frau des Pastors, dazu Dutzende weiterer Erwachsener und viele Teenager. Er hatte an dieser Versammlung nicht teilgenommen und wurde nun von Schuldgefühlen geplagt. Hätte er etwas unternehmen können? Obwohl er noch immer die Hand Gottes auf seinem Leben spürte, schwieg der Herr in Bezug auf seine Schuldgefühle. Laslo war von allen, die entkommen und sofort in den Untergrund gegangen waren, der bekannteste. Sie hatten im Norden der Stadt ein Versteck gefunden.

Aus Angst, ein Versteck, das in irgendeiner Verbindung zu seinem Geschäft stand, könnte sehr schnell entdeckt werden, hatte er beschlossen, in einer seit langem stillgelegten Müllhalde Zuflucht zu suchen, die von Bergen von Schutt, Erde und Betonstücken umgeben war. Mit Hilfe von vertrauenswürdigen Freunden grub er sich selbst eine Höhle, in der er tagsüber schlief. Sie war gerade groß genug für eine Toilette, ein Bett und ein kleines Fernsehgerät. Mitten in der Nacht, wenn ihm die Decke auf den Kopf zu fallen schien, schlich er davon und traf sich mit anderen Flüchtlingen. Sie setzten sich dann mit den Mitgliedern der internationalen Handelsgesellschaft in Verbindung, durch die sie mit Nahrungsmitteln und anderen wichtigen Dingen versorgt wurden.

Aus diesen kurzen, Angst erfüllten Treffen wuchsen winzige Zellen der ehemaligen Untergrundkirche, die so lebendig gewesen war. Laslo und seine Freunde erzählten einander, was sie von den anderen Mitgliedern der früheren Untergrundgemeinde wussten, und gaben Botschaften weiter. Die wenigen, die einen Laptop besaßen, luden Tsion Ben-Judahs tägliche Botschaften und Buck Williams' Internetzeitschrift „Die Wahrheit" aus dem Internet herunter und druckten sie aus. Für Laslo waren sie wertvoller als Essen und Wasser.

Der 65-jährige Witwer war an harte Arbeit in den Minen gewöhnt. Jetzt blieb er während der Nacht so lange er es wagte draußen und durchstreifte die Seitenstraßen der Stadt. Dass er am Tage schlief, half ihm, seine Klaustrophobie in Schach zu halten. Mehr als einmal betete er, er möge im Himmel aufwachen, vereint mit seiner Frau und anderen Freunden und Familienangehörigen.

Am späten Vormittag wurde er durch das Geräusch von Schritten über seinem Versteck geweckt. So leise wie ein Mann von seiner Statur und seines Alters konnte, stieg er auf allen Vieren aus dem Bett und kroch zu der Stelle, an der seine Pistole lag, die er noch nie benutzt hatte, nicht einmal probeweise. Sie war jedoch geladen und, wie er glaubte, funktionstüchtig. Sein ganzes Leben lang war er ein Mann des Friedens gewesen, doch er fragte sich nicht mehr, ob er einen Soldaten der Friedenstruppen oder der Loyalitätsüberwacher töten könnte, der ihn oder einen anderen Gläubigen bedrohte.

Durch die Ritzen in der Tür über der Kammer und den wackeligen Planken, die in die Kammer hinunterführten, drangen Sonnenstrahlen. Die Tür befand sich in Bodenhöhe und war mit Steinen verdeckt. Laslo stand neben der untersten Planke und starrte auf die Unterseite der Tür. Er hatte die Pistole im Anschlag und hielt den Atem an. Die Schritte waren nun auf der Tür zu hören, vorsichtig, als wäre der feine Unterschied zwischen einer Metalloberfläche mit unbeweglichen, festgeklebten Steinen und den festgetretenen, aber losen Steinen auf dem normalen Untergrund bemerkt worden.

Mit seiner freien Hand hielt Laslo sich fest, während er langsam die Bretter hinaufstieg und gleichzeitig aufmerksam lauschte, um herauszufinden, ob der Eindringling allein war. Wenige Zentimeter von der Tür entfernt, spähte er durch ein Guckloch, das von der anderen Seite nicht zu erkennen war. Vor sich sah er einen unbewaffneten Teenager in Zivilkleidung.

Der Junge blieb plötzlich stehen, als würde er die Tür betrachten. „Mr. Miklos?“, flüsterte er.

Laslo ging seine Möglichkeiten durch. Falls dieser Junge von der Weltgemeinschaft kam, war Laslo entdeckt worden. Er konnte so tun, als hätte er sich täuschen lassen, die Tür öffnen und ihm eine Kugel zwischen die Augen jagen. Aber falls der Junge zu ihnen gehörte und von einem von Laslos Freunden geschickt worden war, sollte er ihn wegen seiner Dummheit mit einer Kugel erschrecken. Aber wie auch immer, aus irgendeinem Grund glaubte der Junge, dass Laslo hier war, und das stimmte ja auch.

Er konnte nicht riskieren, seinen Besucher grundlos zu ermorden. „Wer ist da?“, fragte Laslo leise auf Griechisch.

Überwältigt ließ sich der Junge auf alle Viere fallen. „Oh, Mr. Miklos!“, keuchte er verzweifelt. „Ich bin Marcel Papadopoulos! Meine Eltern –“

„Schsch!“, unterbrach Laslo ihn. Er ließ die Waffe sinken, entsicherte sie und warf sie hinunter auf sein Bett. Dann entriegelte er die Tür und öffnete sie brummend. „Bist du allein?“

„Ja!“

„Komm rein, los, beeile dich!“

Der Junge drehte sich herum und kletterte rückwärts die Stufen hinunter. Laslo stieg noch einmal hinauf, um die Tür wieder zu verriegeln. Als er herunterkam, saß der Junge mit angezogenen Knien in einer Ecke auf dem Boden. Selbst im trüben Licht der Kammer war das Zeichen des Jungen auf seiner Stirn deutlich zu erkennen.

Laslo setzte sich auf das Bett. Ihm fiel auf, dass die Pistole verschwunden war. Wie hatte er so dumm sein können?

„Natürlich kannte ich deine Eltern“, begann er vorsichtig. „Ich kenne dich auch, oder?“

„Nicht richtig“, erwiderte Marcel. „Ich gehörte einer anderen Hausgemeinde an als meine Eltern.“

Laslo hatte diesen Jungen schon mit seinen Eltern gesehen, dessen war er sich sicher. „Dachtest du, ich würde nicht bemerken, dass du meine Schreckschusspistole genommen hast?“

„Oh, Sir! Ich habe sie mir nur angesehen!“ Er hielt sie ihm hin und Laslo riss sie ihm aus der Hand. „Sie sieht so echt aus, Mr. Miklos! Ist das wirklich keine richtige?“

„Wohl kaum. Wie kannst du so dumm sein und auf der Straße überleben? Hast du nicht damit gerechnet, dass ich mir eine andere Waffe greife und dich erschieße?“

„Ich weiß nicht, Sir. Ich habe nicht nachgedacht.“

„Wer hat dich geschickt?“

„Der alte Zahnlose mit dem Wagen. Er nennt sich K.“

„Ich sollte ihm den Hals umdrehen.“

„Bitte geben Sie nicht ihm die Schuld, Sir. Er hat mich gewarnt, nicht tagsüber zu kommen, aber ich weiß nicht mehr, wo ich hingehen soll. Die Weltgemeinschaft ist im Augenblick personell unterbesetzt, wo so viele nach Israel abkommandiert sind, aber sie sind bereits auf dem Rückweg, und die Schonzeit für die, die sich weigern, Carpathias Zeichen anzunehmen, ist vorbei. Ich habe gesehen, wie Menschen von der Straße weggezerrt wurden.“

„Waren deine Eltern nicht mit Pastor Demetrius zusammen und –“

„Ja. Und ich auch. Aber ein Gläubiger, der sich Zugang zur Weltgemeinschaft verschafft hatte, beschuldigte mich, Amerikaner zu sein, zerrte mich aus der Zelle und ließ mich laufen. Ich gab ihm den Namen meiner Eltern und bete seither, dass er sie vielleicht auch befreien konnte. Aber ich weiß, sie hätten mich gefunden, wenn es ihm gelungen wäre.“

„Er hat es nicht geschafft. Wir kennen ihn, Marcel. Er konnte auch eine junge Frau befreien.“

„Ich habe sie kennen gelernt! Groß, braune Haare. Georgiana irgendwas. Aber sie gehörte nicht zu unserer Gemeinde. Sie hat sich zu einem der Standorte der Handelsgesellschaft durchgeschlagen. Ihre Geschichte ist fast wie meine. Wie hat dieser Mann das nur geschafft?“

Laslo seufzte tief. „Um ehrlich zu sein, er hat geblufft. Er hat dir den Namen eines anderen Jungen gegeben …“

„Ja, ich habe ihm einen Namen genannt, den einzigen, den ich kannte. Paulo Ganter.“

„Nun, dieser Mann hat der Gefängnisleitung gesagt, du wärst Paulo und er würde dich mit zurück in die Vereinigten Nordamerikanischen Staaten nehmen. Aber als Ganter das Loyalitätszeichen annahm, fand man heraus, das jemand anderer fehlte. So haben sie deinen Namen erfahren. Dasselbe hat er vermutlich mit dem Mädchen gemacht. Ihr habt vielleicht kein Zeichen, das sie sehen können, aber ihr seid gezeichnete junge Leute. Glücklicherweise war euer Befreier fort, bevor ihnen klar wurde, was er getan hatte.“

„Ich würde diesem Mann gern danken. Er ist Amerikaner.“

„Ich weiß“, sagte Laslo. „Ich kenne ihn.“

„Könnte ich ihm eine Nachricht zukommen lassen?“

„Das wäre zu machen."

Der Junge seufzte und ließ die Schultern sinken. „Was soll ich jetzt tun, Mr. Miklos? Ich weiß nicht mehr weiter."

„Du siehst, dass hier kein Platz für dich ist."

„Wir könnten den Raum erweitern."

„‚Wir'? Wir wollen die Sache doch nicht übereilen. Dies ist kein Leben. Wir brauchen ein neues Aussehen, eine neue Identität und du musst dich um jeden Preis vor der Weltgemeinschaft versteckt halten."

Rayford gab Lea und Hannah den Auftrag, unter den anwesenden Israelis Computerfachleute ausfindig zu machen. „Sagt ihnen, dass unser Mann in Neu-Babylon sich mit ihnen in Verbindung setzen und ihnen erklären wird, wie sie das Netzwerk aufbauen und zum Laufen bekommen können."

Rayford, Albie, Mac und George nahmen zusammen mit Dutzenden anderen ihre Pilotenaufgabe wieder auf und flogen die israelischen Gläubigen nach Petra hinein. Chaim hielt sich abseits und bereitete sich auf seine Ansprache vor. Buck hatte vorübergehend Davids Pflichten übernommen: Er überwachte die Lieferung von Bau- und anderen Materialien, damit die Bauleute beginnen konnten. Freiwillige verteilten bereits Decken und halfen den Leuten, sich einzurichten.

Rayford war von der Haltung der Israelis beinahe überwältigt. Vielleicht war der Grund für ihre Kameradschaft und ihre Kooperation ihr Glaube, vielleicht die Wunder, vielleicht aber auch das Neue, das auf sie wartete. Auf jeden Fall war Rayford beeindruckt. Angesichts der Tatsache, dass man sie ihres Heimes beraubt hatte und dass sie nun zur Zielscheibe des gesamten Weltregimes geworden waren, wäre er nicht erstaunt gewesen, wenn sie Ungeduld und Zorn gezeigt hätten.

Rayford schickte Abdullah in einem leistungsfähigen Geländewagen mit Allradgetriebe durch die Wüste zu einem Treffen mit ihrem Kontaktmann von der Handelsgesellschaft aus Jordanien. Der Mann hatte ihnen einen Langstreckenjet besorgt, in dem sie alle nach Chicago zurückfliegen konnten. Dafür verlangte der Mann nichts anderes, als auf dem Weg in die Staaten auf Kreta abgesetzt und auf ihrem Rückweg nach Israel dort wieder abgeholt zu werden.

Dadurch kam Rayford auf die Idee, in Griechenland zwischenzulanden, um nach ihren Brüdern und Schwestern zu sehen. Das Problem war nur, dass Albie als Einziger über unverdächtige Papiere verfügte. Während einem der Flüge nach Petra hinein rief Rayford Laslo Miklos an.

Chang bemerkte auf seinem Monitor, dass seine Wanze in der Phoenix 216 ein Gespräch aufgezeichnet hatte. Er konnte das Ende des Arbeitstages kaum erwarten, um in seinem Apartment abzuhören, was aufgezeichnet worden war. Er schaltete den Nachrichtensender der Weltgemeinschaft ein und erfuhr, dass sich Carpathia bereits auf dem Rückweg nach Neu-Babylon befand. Chang hackte sich in den kodierten Terminplan für die Überraschungsinspektionen der privaten Computersysteme der Angestellten der Weltgemeinschaft ein. Die Kodierung war so einfach, dass er beinahe laut gelacht hätte. Er stellte fest, dass er als Dritter auf der Liste stand und gegen acht Uhr mit einem „zufälligen" Besuch rechnen konnte.

Plötzlich wurde sein Bildschirm lebendig, als eine Nachricht von Figueroas Büro hereinkam, und einen Augenblick lang glaubte Chang, bei der unerlaubten Benutzung seines Bürocomputers ertappt worden zu sein. Schnell verwischte er mit einer Reihe von Eingaben seine Spuren und teilte Figueroa mit, dass er bereits auf dem Weg sei.

Chang eilte in das ehemalige Büro von David Hassid. Figueroa hatte die Möbel umgestellt und in stundenlanger Arbeit umdekoriert. Jetzt residierte er dort, als sei er der Potentat der Weltgemeinschaft höchstpersönlich.

„Setzen Sie sich, Wong", forderte er ihn auf. „Zigarre?"

„Zigarre? Sehe ich so aus, als würde ich rauchen, Sir? Und ist nicht der gesamte Komplex zur Nichtraucherzone erklärt worden?"

„Das Büro eines Direktors ist sein Reich", behauptete Figueroa und zündete sich seine Zigarre an. Tiffany, Hassids frühere Assistentin, sah durch das Fenster und runzelte die Stirn. Kopfschüttelnd stand sie von ihrem Schreibtisch auf und schaltete den Ventilator an. Der Ventilator sprang an und saugte den blauen Rauch auf.

„Ich liebe es, wenn sie das tut", lächelte der Direktor, aber Chang hatte eher den Eindruck, dass er verlegen wirkte.

Figueroa lehnte sich auf seinem Stuhl zurück und legte die Füße auf seinen Schreibtisch. Offensichtlich hatte er sich verkalkuliert, denn als er seine große Zigarre aus dem Mund nahm, rutschte seine

Ferse vom Tisch, und er verlor das Gleichgewicht. Mit einem lauten Knall landeten seine Füße auf dem Boden und er wäre beinahe vom Stuhl geplumst. Dabei ließ er die Zigarre fallen. Schnell sprang er vom Stuhl auf, damit seine Kleidung nicht in Flammen geriet.

Er hob die Zigarre wieder auf, fegte die Asche von der Sitzfläche und leckte sich schnell seinen Finger, mit dem er in die heiße Asche gegriffen hatte. Chang konnte nur mit Mühe das Lachen unterdrücken, als Figueroa seine Kleidung richtete, die Zigarre wieder in den Mund steckte und erneut Platz nahm. Er lehnte sich zurück, doch dieses Mal legte er die Füße nicht mehr auf die Schreibtischkante, sondern schlug nur die Beine übereinander. Doch dabei verlagerte sich sein Gewicht offensichtlich weiter, als er erwartet hatte, und anscheinend hatte er noch nicht gelernt, die Lehne des Schreibtischstuhls festzustellen, denn plötzlich kippte der Stuhl ganz weit nach hinten, und seine noch übereinander geschlagenen Beine hingen in der Luft.

Ganz vorsichtig versuchte Figueroa, sich wieder vorzubeugen, doch als ihm das nicht gelang, tat er so, als wollte er so sitzen. Er nahm die Zigarre aus dem Mund, stützte einen Ellbogen auf der Armlehne ab und blies den Rauch in die Luft, während er versuchte, den Blickkontakt mit Chang zu halten.

„Also“, begann er, und nur mit Mühe konnte er den Kopf hoch aufgerichtet halten. Er ließ den Kopf zurücksinken, als suche er an der Decke nach dem, was er sagen wollte, und plötzlich wäre er beinahe nach hinten gekippt. Schnell steckte er die Zigarre wieder in den Mund, umklammerte beide Armlehnen des Stuhles, bis seine Knöchel weiß hervortraten, und zog sich wieder hoch. Er beugte sich vor, wobei er sorgfältig darauf achtete, das Gleichgewicht zu halten.

„Ich, äh, ich war etwas voreilig, als ich Ihnen versprach, Sie von der Befragung auszunehmen“, gestand er.

Chang verzog das Gesicht. „Was? Ich dachte, Sie hätten hier das Sagen.“

„Oh, das ist auch so. Täuschen Sie sich nicht. Aber ich würde mich dafür zu verantworten haben, vermutlich vor dem Potentaten höchstpersönlich – denn wir reden miteinander, wissen Sie –, falls ich bei irgendjemandem eine Ausnahme mache, vor allem in meiner eigenen Abteilung.“

„Also nehmen Sie Ihr Wort zurück.“

„Ich habe Ihnen mein Wort nicht richtig gegeben.“

„Nein, Sie haben es nur gesagt, aber offensichtlich hat das nichts zu bedeuten.“

„Natürlich gilt mein Wort, aber Sie werden bei dieser Sache nachsichtig sein müssen. Ich schulde Ihnen was.“

„Das ist keine große Sache. Vergessen Sie es.“

„Nein, ich möchte als Mann gelten, der sein Wort hält. Ich sage Ihnen was, ich werde die Untersuchung bei Ihnen selbst durchführen.“

„Na, toll.“

„Sie sind ein guter Mann, Wong.“

„Ja, ich bin großartig.“

„Nein, ehrlich, das sind Sie.“

Chang presste die Lippen aufeinander und wandte kopfschüttelnd den Blick ab.

„Ich versuche nur, freundlich zu sein“, sagte Figueroa.

Chang sah ihn wieder an. „Tatsächlich? Warum sollten Sie das tun?“

„Sie faszinieren mich, das ist alles.“

„Oh nein. Sie sind doch nicht –“

„Wong! Ich bin verheiratet!“

„Zum Glück.“

„Nein, wie jeder andere hier bin ich von Ihren Talenten und Fähigkeiten fasziniert.“

„Die ich nicht einsetzen kann, solange ich hier sitze.“

„Seien Sie nicht so hart, Wong. Ich bin in der Position, Ihnen etwas Gutes zu tun.“

„Sie können ja nicht einmal Ihr Wort halten.“

„Hey, das war ungerecht.“

„Kommen Sie“, verteidigte sich Chang. „Was soll das? Es wäre nur ungerecht gewesen, wenn es nicht stimmen würde.“

„Also gut. Es ist nur so, dass Ihr Verhalten an Insubordination grenzt, und es scheint Ihnen egal zu sein, dass ich Ihr Boss bin. Ihr Schicksal liegt in meinen Händen.“

„Was, wollen Sie mich feuern, wenn ich nicht freundlich bin?“

Figueroa nahm drei Züge von seiner Zigarre und betrachtete ihn. „Nein. Aber ich könnte Sie feuern, wenn Sie mir nicht verraten, woher Sie meinen Namen kennen.“

„Ich habe es Ihnen doch gesagt, ich habe ihn erraten.“

„… denn um ehrlich zu sein“, fuhr Figueroa fort, als hätte er ihn nicht gehört, „ich wüsste nicht, woher Sie das wissen könnten.“

„Ich auch nicht. Sie hätten es leugnen können, und ich hätte es nicht gemerkt.“

„Sehen Sie? Das ist eine Denkweise, die ich bewundern muss. Das ist Intuition."

„Wie auch immer."

„Nein, denn wissen Sie was? Ich habe angefangen, über meine Personalakte nachzudenken, und ich habe überlegt, ob ich überhaupt meinen vollen Namen angegeben habe. Und wissen Sie was? Ich habe nachgesehen. Er ist nicht angegeben."

„Was Sie nicht sagen."

„Dann haben Sie also wirklich geraten."

„Wow. Ich bin wirklich der Beste."

„Das sind Sie."

„Kann ich jetzt wieder an meine Arbeit gehen?"

„Unter einer Bedingung."

„Ich höre."

„Versprechen Sie mir, für sich zu behalten, dass ich Ihnen gesagt habe, Ihr Schicksal würde in meinen Händen liegen oder dass ich Sie feuern könnte."

„Habe es bereits vergessen."

„Guter Mann. Denn ich weiß, Ihr Dad und Sie-wissen-schon-wer sind sehr …"

„Habe es bereits vergessen."

„Möchten Sie Projektleiter werden, Gruppenleiter oder so etwas?"

„Ich möchte einfach nur an meine Arbeit zurückkehren."

„Das ist in Ordnung."

„Vor dreieinhalb Jahren gab es hier so was Ähnliches wie eine Kirche", erklärte Enoch. „Einige von uns –", er wandte sich der Gruppe zu, „wie viele von euch sind mindestens einmal hier in der Kirche gewesen?" Etwa ein halbes Dutzend Hände gingen in die Höhe. „Wir anderen hatten nur ein Flugblatt gesehen, eine Broschüre, über diese Kirche. Wir haben doch noch eins davon, nicht?" Jemand ging los, um es zu holen.

„Es ist ein ganz einfaches Stück Papier, in der Mitte gefaltet und auf allen vier Seiten bedruckt."

Jemand reichte Chloe ein solches Blatt. Auf der ersten Seite stand *The Place*. Innen war zu lesen: „Jesus liebt Zuhälter, Huren, Drogenabhängige, Trunkenbolde, Spieler, Ganoven, Mütter ohne Ehemänner und Kinder ohne Väter."

Auf der nächsten Seite wurde beschrieben, wer zu *The Place* kam, vorwiegend Menschen, die zu den vorher Aufgeführten gehörten. „Wir sprechen über Jesus und was in der Bibel über ihn und dich gesagt wird. Komm wie du bist. Adresse und Veranstaltungen auf der Rückseite."

Chloe drehte das Blatt herum. Neben der Adresse und den Terminen wurde noch „Essen, Kleidung, Unterbringung und Beratung" angeboten. Sie sah Enoch an und bemerkte, dass sie errötete. Die anderen im Raum schienen amüsiert zu sein.

Enoch griff nach dem Faltblatt und sah seine Leute an. Er las die Liste der Menschen vor, die Jesus liebte. Nach jeder Aufzählung hielt er inne, während die Hände in die Luft gingen. Jeder hob mindestens einmal die Hand, breit grinsend, manche auch mehrmals. Enoch legte das Faltblatt beiseite, blickte Chloe bedeutungsvoll an und erhob sich. Mit zitternden Lippen und Tränen in den Augen deutete er auf die Anwesenden und flüsterte: „Und das wart ihr."

Sie nickten und sagten: „Amen."

„Aber ihr wurdet gerecht gesprochen im Namen des Herrn Jesus und durch den Geist unseres Gottes."

Sie standen mit erhobenen Händen auf und begannen zu singen:

„Amazing grace, how sweet the sound,
that saved a wretch like me;
I once was lost but now am found,
was blind but now I see."

„Rayford, mein Freund, wie geht es Ihnen?", freute sich Laslo. „Sie werden kaum glauben, wer hier bei mir ist. Ist Cameron auch da?"

„Im Augenblick ist er nicht zu sprechen. Also, wer ist bei Ihnen?"

Als Laslo es ihm erzählte, sagte Rayford: „Ich werde Buck sagen, dass er sich mit Ihnen in Verbindung setzen soll. Er hat sich schon gefragt, was wohl aus diesen Kindern geworden ist."

„Marcel hat mir erzählt, dass Georgiana noch auf der Flucht ist. Es ist, als hätte Gott selbst Ihnen gesagt, Sie sollten anrufen. Sie müssen diese Kinder hier wegschaffen."

„Sie sind nirgendwo in Sicherheit, Laslo."

„Aber Ihr Versteck! Ihr Mann mit den Verkleidungen und den Papieren! Hier sind wir buchstäblich dem Tode nahe."

Rayford zögerte. „Wir werden auf Kreta zwischenlanden. Wenn Sie sie irgendwie dorthin bringen können …"

„Captain Steele, Sie haben die Meere noch nicht gesehen! Kein Wasser da, um zu reisen. Keines. Könnten wir nicht irgendwie versuchen, sie zum Flughafen zu bringen, auf dem Ihre Leute das letzte Mal gelandet sind? Es ist vermutlich riskant, aber wir könnten –"

„Es wäre eine Todesfalle für uns, Laslo. Wir sind alle zusammen."

„Es muss doch einen Weg geben. Irgendeinen."

„Ich werde darüber nachdenken."

„Fast jeder von uns hat dieselbe Geschichte", erklärte Enoch. „Die Straße, diese Gegend hier, das war unser Leben. Viele von uns hatten einen religiösen Hintergrund, aber wir haben uns weit davon entfernt. Mehr als die Hälfte von uns hat schon einmal gesessen und fast alle hätten eigentlich im Knast sitzen müssen. Die Trennung zwischen legal und illegal existierte für uns nicht. Für uns war alles, was wir taten, eine Frage des Überlebens.

Die meisten von uns hatten dieses Haus hier schon gesehen und wussten, dass hier irgendetwas Religiöses ablief. Erstaunt haben uns die Leute, die kamen und gingen. Alle Hautfarben und Nationalitäten und auch Leute, die wir kannten. Wir alle sahen dieses Faltblatt, und obwohl wir es damals noch nicht zugaben, hat es uns irgendwie fasziniert, verstehen Sie? Es war so geradlinig, so offen, nannte die Dinge beim Namen. Wenn man selbst am Ende ist und sich nachts fragt, was am Morgen aus einem werden wird, dann fängt man an, sich zu fragen, ob es irgendwo noch Hoffnung gibt oder ob man schon zu weit entfernt ist. Man erinnert sich an seine Kindheit und daran, dass es damals noch etwas Unschuldiges in einem gegeben hat, und man fragt sich, was daraus geworden ist.

Alle diese Menschen hier werden Ihnen erzählen, dass sie entweder ein- oder zweimal hergekommen sind, um es auszuprobieren und etwas umsonst zu bekommen, oder dass sie sich eine oder zwei Veranstaltungen angehört haben. Aber irgendwie waren wir alle, mich eingeschlossen, fasziniert von dieser Gruppe. Aus Neugier gingen wir hin, um zu sehen, was dort passierte.

Den Rest kennen Sie. Das Ende der Welt. Menschen verschwanden. Wir alle haben jemanden verloren und hier waren fast alle weg. Natürlich kamen wir in unserer Angst als Erstes hierhin. Überall lagen Klamotten herum, aber es war niemand da, der uns sagen konnte, was passiert war. Aber diese arme kleine Gemeinde hatte anscheinend von irgendwoher Geld bekommen, denn sie hatten alles aufgezeichnet, was sie taten. Auf Kassette und auf Video. Und da waren wir, zwei, drei Dutzend Taugenichtse, einige von unseren Frauen, die ihre Kinder verloren haben, und jemand fand diese Aufzeichnungen, Mann, und die Abspielgeräte. Es dauerte nicht lange, bis wir die Wahrheit erkannten. Es war alles hier zu finden.

Die meisten von uns blieben, schliefen hier, sahen sich die Videos an, studierten, beteten, um zu Jesus zu kommen, und ganz plötzlich war der Dritte Weltkrieg da. Chicago wurde bombardiert. Wir hatten einen Fernseher und einen Computer. Zuerst hörten wir, dass es keine Atombomben waren, dann kam die nächste Welle, und wir rechneten damit, an radioaktiver Verstrahlung zu sterben. Es passierte nicht, aber wir wagten nicht, die Luft auszuprobieren. Wir wussten, falls dies tatsächlich Radioaktivität war, dann würde uns auch unser Aufenthalt im Keller nicht schützen, aber wir dachten, im Innern des Hauses sei es sicherer als draußen. Bis jetzt."

Rayford rief George an und fragte ihn, ob er für einen Auftrag auf dem Heimweg nach San Diego zur Verfügung stünde. „Ich dachte schon, Sie würden nie fragen", antwortete er.

Rayford erklärte ihm, was zu tun sei, und fügte hinzu: „Ich kann Ihnen so kurzfristig keine Papiere geben, aber falls ich unseren Mann in Neu-Babylon erreiche, werden Sie sich in Griechenland frei bewegen können. Falls Sie überprüft werden, wird man Ihren Namen im System finden."

„Ich kann mir ja eine Ausrede überlegen, warum ich keine Papiere habe. Und Sie möchten, dass diese Kinder nach Chicago gebracht werden?"

„Es sei denn, Sie können sie in Kalifornien aufnehmen."

Da er wusste, was an diesem Abend passieren würde, nahm Chang keinen Kontakt zur *Tribulation Force* auf. Erst nach seinem „Überraschungsbesuch" gegen acht Uhr konnte er die Angaben über diesen George Sebastian in den Zentralrechner einspeisen. Vorher konnte er auch nicht herausfinden, was an Bord der Phoenix 216 gesprochen worden war. Er achtete darauf, zum passenden Zeitpunkt GCNN eingeschaltet und ein Buch aufgeschlagen vor sich liegen zu haben. Doch die Art des Besuchs überraschte ihn dann doch.

Chang dachte, Figueroas rechte Hand, ein herablassender Skandinavier mit dem Namen Lars, würde zumindest anklopfen. Aber ein paar Minuten nach acht, als Chang sich gerade den Bericht darüber ansah, wie Carpathia und sein Kabinett begeistert in Neu-Babylon willkommen geheißen wurden, hörte er plötzlich das Geräusch eines Schlüssels im Schloss seiner Tür. Das war auch gut. Schnell stellte er den Fernseher lauter und tat so, als hätte er nichts gehört, bis sie ins Zimmer platzten. Das war die beste Tarnung. Er saß entspannt vor dem Fernsehgerät, las, dachte überhaupt nicht an seinen nutzlosen Laptop.

Die Tür schwang auf und zwei uniformierte Soldaten der Friedenstruppe marschierten herein. „Mr. Chang Wong?", fragte einer der beiden.

„Das bin ich", erwiderte er und erhob sich. „Habe ich vergessen, meine Tür zu schließen?"

„Stellen Sie bitte das Fernsehgerät ab, Sir, und kommen Sie hier herüber."

„Und wenn ich das nicht tue?"

„Also bitte, Sir."

„Danke, dass ich mich in meiner eigenen Wohnung wie zu Hause fühlen darf."

„Dies ist nicht Ihre Wohnung, Mr. Wong. Sie ist Eigentum Seiner Exzellenz, des Potentaten, und Sie sind hier, weil Sie ihm dienen."

Umständlich stellte Chang das Fernsehgerät ab und warf sein Buch auf einen Stuhl. Als er näher kam, traten die Soldaten beiseite, und einer von ihnen sagte: „Dies, Sir, ist Mr. L–"

„Lars!", sagte Chang lächelnd, obwohl er den Mann kaum kannte. „Wie geht es Ihnen? Ich kenne ihn! Wir arbeiten in derselben Abteilung."

„Wir brauchen Ihre Kooperation und Ihr Stillschweigen, Mr. Wong", sagte der Soldat.

„Oh, okay! Was ist los?"

17

Die Soldaten fragten, ob sie Changs Apartment durchsuchen könnten.

„Wozu?“, fragte er.

„Routine“, erwiderten sie.

„Sie werden hier keine Routine finden. Ich lerne englische Wörter, die ich noch nicht kenne, und mein Lieblingswort ist Serendipity – mehr Glück als Verstand. Das werden Sie hier brauchen, das Gegenteil von Routine.“

„Sehr lustig. Wir brauchen Ihre Erlaubnis nicht. Wir wollten bloß höflich sein.“

„Natürlich. Ich war nur erstaunt, dass Sie meine Tür mit dem Hauptschlüssel aufgeschlossen und nicht angeklopft haben.“

Während der Durchsuchung baute Lars einen Laptop auf Changs kleinem Küchentisch auf. „Ich werde jetzt ein paar Fragen stellen“, erklärte er.

„Nein, das werden Sie nicht.“

„Hören Sie auf mit Ihrer Klugscheißerei“, entgegnete Lars. „Das ist meine Aufgabe.“

„Stehen die Fragen im Zusammenhang mit der Suche nach dem Leck im Palast und dem Maulwurf?“

Lars wurde aschfahl. „Sind Sie bereits befragt worden?“

„Nein, aber ich habe Vorbehalte gegen einen anderen Gesprächspartner – schon wieder ein neues Wort. Gefällt es Ihnen?“

„Ein Computer!“, rief der andere Soldat. „Sieht so aus, als wäre das sein PC.“

„Wenn Sie mir gesagt hätten, wonach Sie suchen, dann hätte ich ihn Ihnen gezeigt.“

„Ist das Ihr einziger?“

Chang war versucht, so zu tun, als würde es noch einen anderen geben, aber der Spaß, sie bei der Suche danach zu beobachten, wäre es nicht wert, dass sie die Wohnung noch mehr verwüsteten. Er nickte.

„Hierher damit“, befahl Lars.

„Ich bin so froh, dass Sie hier sind, Lars“, sagte Chang. „Ich hatte alles auf der Festplatte und ich meine *wirklich* alles. Vielleicht sind

Sie nicht so traurig, die Aufgabe an unseren Boss zu verlieren, wenn Sie stattdessen an dem Projekt arbeiten können."

„Projekt?"

„Die Festplatte ist mir abgestürzt und ich habe schon alles probiert."

„Alles, was *Ihnen* einfiel."

„Genau! Darum bin ich ja so froh, dass Sie hier sind. Anscheinend habe ich etwas übersehen, und auch wenn das Problem sehr komplex ist, weiß ich doch, dass Sie das werden lösen können."

„Darauf können Sie wetten."

Chang wettete natürlich darauf, dass Lars es nicht konnte. „Ich habe aber keine Lust, so lange aufzubleiben."

„Ach, das wird nicht lange dauern."

„Ich meine ja nur, dass Sie vielleicht Mr. Figueroa anrufen sollten, damit er die Befragung übernehmen kann, während Sie versuchen, meinen Laptop zum Laufen zu bringen."

„Meinen Sie das ernst?"

„Er hat es versprochen."

„Warum?"

„Das werden Sie ihn schon fragen müssen."

„Er wird dieselben Fragen stellen wie ich und Sie werden in dasselbe Mikrofon sprechen."

„Ich werde nur ihm antworten. Bei Ihnen werde ich keinen Ton sagen."

„Dann wird man vermuten, dass Sie der Maulwurf sind, und das wollen Sie doch nicht, ob Sie nun schuldig sind oder nicht. Haben Sie gehört, was heute mit den Stewards geschehen ist?"

Chang gefiel es nicht, wenn ihm eine Frage gestellt wurde, auf die er keine Antwort wusste. „Klären Sie mich auf."

„Sie wurden zum Tode verurteilt."

„Warum?", entgegnete Chang schockiert.

„Subversion. Verrat. Sie haben den Lügendetektortest nicht bestanden. Sie haben den Maulwurf hier im Palast mit Informationen versorgt. Auf Gespräche zwischen dem Potentaten und seinen Leuten wurde bereits reagiert, während das Gespräch noch im Gange war." Lars reichte ihm ein Mikrofon. „Stecken Sie das an."

„Nicht für Sie", beharrte Chang.

„Dann eben für Figueroa."

Chang befestigte das Mikrofon an seinem Hemd. Er betete im Stillen. Wichtig war die Formulierung der Antwort. In seiner Vorstellung war ein Maulwurf ein Tier; er war ein Mensch. Falls die Fragen zu speziell und eindeutig waren, würde er Probleme bekommen.

„Fangen Sie mit meinem Computer an, ja? Ich würde wirklich gern all das Zeug wiederbekommen, das ich gespeichert hatte."

„Sie haben die Sachen nicht gesichert?"

Chang schüttelte den Kopf. „Nein. Tun Sie das?"

„Nicht so oft, wie nötig wäre, aber Sie sollten doch eigentlich wissen, dass Festplatte, Motherboard und so weiter alle paar Jahre abstürzen."

„Schätze, ich habe bisher Glück gehabt."

Lars wählte, klemmte das Telefon zwischen Schulter und Wange und begann eifrig auf Changs Laptop einzuhämmern. „Ja, Mr. Figueroa, Sir. Ich befinde mich in Chang Wongs Apartment, und er sagt ... ach, tatsächlich. Nun, ja, im Augenblick. Ich helfe ihm bei einem Computerproblem, wir sind also noch da. Vielen Dank, Sir." Lars klappte das Handy zu und murmelte: „Er ist schon unterwegs. Du meine Güte, Sie haben dieses Ding aber wirklich gebraten."

„Ehrlich, Lars? Das können Sie jetzt schon sagen? Wow."

„Ja, ich komme einfach nicht rein. Ich werde das mal probieren." Er gab eine Buchstabenfolge ein. „Nichts. Glauben Sie mir, Wong, falls etwas drauf wäre, würde ich es für Sie sichern."

„Zweifellos."

„Aber es scheint fast so, als wäre der Laptop einem sehr starken Elektromagnet ausgesetzt gewesen."

„Diesen Ausdruck habe ich schon lange nicht mehr gehört."

„Sie wissen doch, dass es bei der Festplatte um Elektrizität geht und dass ein Magnet großen Schaden anrichten kann."

„Ehrlich?"

„Oh ja, das ist ganz einfach."

„Für ein Gehirn wie Ihres vielleicht", erwiderte Chang. „Ich weiß nur, welche Knöpfe ich drücken muss."

„Na ja, man muss sehr viel mehr wissen als das."

„Ich nehme an, das sind böhmische Dörfer für mich."

„Ich dachte, Sie wären eine Art Genie", meinte Lars.

„Leben und lernen. Sehen Sie nur, was ich meinem Laptop angetan habe. Zehn Gigabyte im Eimer."

„Sie hätten mich bei den ersten Anzeichen von Problemen rufen sollen. Es muss doch Warnsignale gegeben haben."

„Ja, ich habe eine Menge seltsames Zeug gesehen, aber Sie wissen ja, jeder Rechner hat seine Macken."

„Nicht, wenn er richtig behandelt wird. Haben Sie immer defragmentiert und ScanDisk und all das laufen lassen?"

„Nicht sehr oft."

„Offensichtlich. Ich glaube nicht, dass hier noch etwas ist."

„Können Sie mir helfen?"

„Wenn es jemand kann, dann ich. Aber entweder es ist etwas auf der Festplatte oder nicht, und in diesem Fall ist eindeutig nichts vorhanden."

„Und wenn auf einer anderen Festplatte parallel eine Kopie erstellt würde?"

„Das könnte nicht durch Zufall geschehen sein", behauptete Lars. „Ich könnte so etwas einrichten, aber dazu muss man schon Fachmann sein."

„Was ich nicht bin."

„Offensichtlich. Ich kann Folgendes für Sie tun: Während Sie befragt werden, kann ich die ganze Festplatte für Sie formatieren, damit Sie alles wieder neu aufspielen können."

„Das wird hart. Kompliziert."

„Nein. Das ist ganz einfach."

„Sie würden das für mich tun?"

„Wozu sind Freunde da?"

In den frühen Morgenstunden hatte Chloe zwei ihrer neuen Freunde in das Strong-Gebäude geschleust. Nur Zeke rührte sich, und als er die neuen Gesichter sah, erbleichte er. Chloe stellte den jungen Mann und die Frau mit so großer Begeisterung vor, damit er wusste, dass sie tatsächlich in Ordnung waren und die Situation keine Falle war, und nichts unternahm.

Nachdem er die Geschichte gehört hatte, bot Zeke an, ihnen zu helfen, Lebensmittel in ihre Unterkunft zu bringen. Chloe schrieb alle Einzelheiten ihres Gesprächs nieder, die ihr noch einfielen, und schickte sie per E-Mail an die anderen Mitglieder der *Tribulation Force*, bevor sie kurz vor Tagesanbruch ins Bett sank und beinahe bis Mittag schlief. Vermutlich würde man sie ausschimpfen, weil sie ein solches Risiko eingegangen war, aber sie war so aufgeregt. Es war ein Wunder, dass sie überhaupt einschlief.

Als Figueroa eintraf, wirkte er sehr sachlich und gab Chang mit den Augen zu verstehen, er solle vor Lars jede Vertraulichkeit meiden.

„Ignorieren Sie mich einfach“, sagte Lars. Er ließ sich mit Changs Laptop auf einer Couch nieder. „Ich überprüfe nur noch, ob alles für einen ganz neuen Versuch bereit ist.“ Chang fragte sich, ob Lars mit seinen unbeholfenen Versuchen tatsächlich seine kodierte Festplatte entdecken könnte.

Figueroa deutete auf einen Stuhl und setzte sich Chang gegenüber. Er entließ den zweiten Soldaten und flüsterte: „Ich hatte nicht gedacht, dass Sie mich beim Wort nehmen.“

„Ich hätte alles so laufen lassen können“, erwiderte Chang. „Das hätte bewiesen, dass Sie überhaupt nicht vertrauenswürdig sind. Haben Sie etwas dagegen, wenn ich mir diese Software einmal ansehe?“

Gelangweilt drehte Figueroa das Gerät herum. Er seufzte. „Neumodisches Zeug. Soll besser sein als die alte Hardware.“

Chang wusste, dass sie ganz und gar nicht neu war. Er hatte sie bereits in China gesehen und sogar damit gespielt. Mit großer Gestik richtete er den Bildschirm aus, damit das Licht genau richtig war.

„Interessant“, sagte er.

Figueroa drehte den Laptop wieder herum und zog ein kleines Notizbuch aus der Tasche. „Sagen Sie Ihren Namen“, begann er, dann stellte er Chang eine Reihe einfacher Fragen. „Ist heute Sonntag?“

„Nein.“

„Ist der Himmel blau?“

„Ja.“

„Sind Sie ein Mann?“

„Ja.“

„Arbeiten Sie für die Weltgemeinschaft?“

„Ich bin bei ihr angestellt, ja.“

Figueroa sah auf. „Ist das die Antwort, die Sie geben wollen?“

„Ja.“

„Sind Sie dem Supreme Potentat loyal ergeben?“

Chang schloss die Augen und rief sich ins Gedächtnis, dass Jesus Christus der einzige Mensch war, auf den dieser Begriff zutraf. „Ja“, erwiderte er.

„Haben Sie jemals etwas getan, das als unloyal dem Supreme Potentaten gegenüber betrachtet werden könnte?“

„Nicht mit Absicht, nein.“

„Antworten Sie bitte mit ja oder nein.“

„Nein."
„Bekommen Sie vertrauliche Informationen von jemandem aus dem inneren Kreis um den Supreme Potentat?"
„Nein."
„Ist der Supreme Potentat von den Toten auferstanden und der lebendige Herr?"
„Ja."
„Kann Seine Exzellenz Nicolai Carpathia auf Ihre fortgesetzte Loyalität setzen, solange Sie Angestellter der Weltgemeinschaft sind?"
Chang zögerte und Figueroa sah erneut auf. „Haben Sie die Frage verstanden?"
„Natürlich."
„Und Ihre Antwort ist ja?"
„Nein."
„Lassen Sie bitte Ihre Spielchen, Chang, sonst müssen wir noch einmal von vorne anfangen."
„Nun, Mr. Figueroa, auf jeden Fall kann ich in aller Aufrichtigkeit sagen, dass ich dem Führer der Weltgemeinschaft gegenüber auch weiterhin dasselbe Maß an Loyalität zeigen werde, das ich von Anfang an gehabt habe."
„Dann ist das also ein Ja?"
„Es ist, was es ist."
„Was würde er davon halten?"
„Vermutlich würde er denken, dass Sie Ihre und meine Zeit vergeuden."
„Sie wollen nicht einfach ja sagen?"
„Ist das die letzte Frage?"
„Ja."
„Wie mache ich mich bisher?"
„Es sieht gut aus", erwiderte Figueroa.
„Dann lassen Sie es doch laufen."
„Diese letzte Frage könnte ausweichend gewertet werden."
„Von wem?"
„Von jedem, der misstrauisch ist."
„Haben Sie eine Frage, Mr. Fig–"
„Mann, können Sie nicht einfach mal eine normale Antwort geben?"
„Sollte ich?"
„Ach!" Figueroa packte die Ausrüstung zusammen. „Lassen Sie uns gehen, Lars."

„Ja, Sir. Der Laptop ist jetzt so weit vorbereitet, Chang."
„Irgendetwas von meinen Sachen darauf gefunden?"
„Nein, aber Sie können jetzt alles wieder aufspielen."
„Sie haben keine Ahnung, was mir das, was Sie für mich getan haben, bedeutet, Lars."
„Gern geschehen."

Es war an der Zeit, dass die Mitarbeiter der „Operation Adler" nach Mizpe Ramon fuhren, um den Heimflug anzutreten. Eine riesige Menge Israelis campierte außerhalb von Petra, und Chaim sollte mit dem Hubschrauber zu einer Stelle gebracht werden, an der ihn alle sehen und hören konnten – alle, die sich innerhalb und außerhalb der Stadt befanden. Rayford, Buck, Mac, Lea, Hannah und Albie standen in einem Kreis zusammen mit Chaim und hielten sich an den Händen. George aus San Diego saß wartend 50 Meter entfernt im Hubschrauber. Er würde Chaim nach Petra fliegen und die Mitglieder der *Tribulation Force* dann nach Mizpe Ramon bringen. Danach würde er in seinem Flugzeug nach Griechenland fliegen, von da aus nach Chicago und weiter nach San Diego.

„George sollte dabei sein", meinte Rayford und winkte den Kalifornier heran. „Ich habe so das Gefühl, dass wir ihn häufiger sehen werden."

George sprang aus dem Hubschrauber und kam angelaufen. „Ist Micha bereit?", fragte er.

„Einen Augenblick noch, George", sagte Rayford. „Stellen Sie sich doch zu uns." Während sie die Köpfe neigten, erzählte Rayford von Georges Aufgabe in Griechenland an diesem Abend.

„Ich wünschte, ich könnte mitkommen", seufzte Buck. „Aber im Augenblick wäre das zu gefährlich. Diese Kinder werden Ihnen gefallen, George."

„Wir sollten beten", forderte Rayford.

„Einen Augenblick, bitte", unterbrach Chaim. Er ließ die Hände von Rayford und Hannah los. Aus seinem Gewand zog er die kleine Urne mit Hatties Asche. „Ich wünsche mir, dass wir eines Tages das, was von unseren toten Freunden noch übrig ist, von der Opferstätte und dem Ort der Anbetung des einen wahren Gottes hier in Petra aus dem Wind überlassen. Ich denke, dass unsere temperamentvolle junge Schwester sich dies gewünscht hätte. Aber zuerst möchte ich Ihnen, Captain Steele, diese Urne anvertrauen, damit Sie sie zu ihren neuen Brüdern und Schwestern im Versteck zurückbringen, zurück zu jemandem, der sie gekannt und geliebt hat, bevor sie sich Christus anvertraute. Bringen Sie sie zusammen mit Tsion Ben-Judah zurück, und wir werden ihrer ein letztes Mal gedenken, bevor Tsion zu dem Volk Israel spricht. Und wir denken auch an David Hassid, und wir wünschten, wir hätten auch von ihm, den so wenige von uns persönlich gekannt haben und der doch so viel zu der Sache beigetragen hat, ein Andenken."

„Ich habe ein Andenken", sagte Lea und holte Davids Telefon hervor.

„Würden Sie das ebenfalls unseren Freuden in Chicago mitnehmen, damit wir David niemals vergessen?", fragte Chaim.

Lea reichte Hannah das Telefon. „Ich möchte es seiner Freundin anvertrauen", sagte sie. Hannah dankte ihr mit einer Umarmung.

„Und jetzt", sagte Chaim, als sie sich wieder an den Händen fassten, „bitte ich um Gottes Gnade, Frieden und seine Liebe für alle, die uns jetzt verlassen. Gott stärke euren Glauben und erhalte euch in der Liebe Gottes.

Ihm sei die Ehre und Majestät, Herrschaft und Macht, jetzt und für immer. Amen."

Als Chang endlich wieder allein war, wartete er ein paar Minuten, dann rückte er einen Stuhl vor seine Tür, stellte sich darauf und schob den Riegel vor, den er eingebaut hatte, um sich vor unerwünschten Eindringlingen zu schützen. Dann setzte er sich mit seinem Laptop auf einen Stuhl und gab die Worte „Christus allein" ein. Auf dem Bildschirm erschien ein Gitter mit 200 Rechtecken. Er zählte 18 Reihen von unten und 37 von rechts und klickte auf das betreffende Feld. Ein fünfzehnstelliger Zähler erschien, bei dem die Zahlen mit einer Rate von mehreren 100 pro Sekunde nach oben gingen. Chang gab einen Mulitplikator ein, arbeitete Datum und Uhrzeit ein und schickte das Ergebnis zu einer synchronen Nummer 90 Sekunden entfernt. Nach vier Minuten und nachdem er drei weitere komplexe bewegliche Ziele getroffen hatte, war Chang wieder online. Er hatte die Verbindung zu den Computern der *Tribulation Force* hergestellt, auch zu denen in Petra, und konnte wieder alles, was er hören wollte, abrufen, sowohl im Palast als auch in der Phoenix 216.

Chang gab die seitenlangen Anweisungen für die Computer in Petra auf den Weg, überprüfte die Wanzen in den Telefonen, Computern und Handys und teilte allen mit, dass er wieder an der Arbeit sei. Dann checkte er Rayfords Spezifikationen für den Mann, den er George nannte, und gab eine Empfehlung für ihn in den Hauptrechner des Palasts ein. Sie hatten beschlossen, seinen richtigen Namen zu verwenden, für den Fall, dass seine Fingerabdrücke oder andere Einzelheiten überprüft würden. George Sebastian aus San Diego, Kalifornien in den Vereinigten Nordamerikanischen Staaten, würde einen männlichen und einen weiblichen Teenager als Gefangene von Griechenland in die Staaten bringen. Er würde eine viersitzige transatlantische Hochgeschwindigkeits-Maschine fliegen auf Grund einer laufenden Undercovermission WOP reisen, ohne Papiere. Zur Identifizierung: Er war 1,96 Meter groß, wog 240 Pfund, hatte dunkle Haut, blaue Augen und blonde Haare. Er war unmittelbar dem stellvertretenden Befehlshaber Marcus Elbaz unterstellt. Chang gab einen sechsstelligen Code ein, den George auswendig lernen und nennen sollte, falls er danach gefragt wurde.

Chang ging davon aus, dass Rayford dies mit Laslo Miklos geplant hatte, der wiederum Marcel Papadopoulos und Georgiana Stavros informieren würde. Über seine eigenen Kontakte sollte Laslo dafür sorgen, dass die beiden jungen Leute am Flughafen auf George warteten. Schließlich rief Chang das letzte Gespräch in der Phoenix 216 ab. Er setzte die Kopfhörer auf.

Akbar sprach. „Ich nehme an, Sie sind mit dem neuen Piloten zufrieden, Exzellenz."

„Mir ist nur daran gelegen, aus diesem gottverlassenen Land wegzukommen, Suhail. Ist er dazu in der Lage?"

„Oh, Supreme Potentat", rief Fortunato, „Israel ist nicht mehr gottverlassen. Es ist nun wahrhaftig das Heilige Land, weil Sie es als das wahre und –"

„Leon, bitte! Sie haben die Macht, die ich Ihnen gegeben habe, an Ihre Untergebenen weitergegeben, oder?"

„Das habe ich, Euer Exzellenz, aber ich ziehe es vor, von ihnen nicht als Unterge–"

„Hat einer von ihnen, Sie zum Beispiel, etwas auf Lager, das mit dieser Wasser-in-Blut-Sache vergleichbar ist?"

„Nun, Sir, abgesehen davon, dass ich Feuer vom Himmel herabgerufen habe und, äh … ich denke, dass ich ein kleine Rolle gespielt habe – ob nun durch den Einfluss meiner Gegenwart bei dem Gespräch mit Mr. Micha oder … wie auch immer – bei der Heilung der Beulen."

„Ich glaube nicht, dass Ihnen das Ausmaß der Meerestragödie bewusst ist, Leon. Oder etwa doch?"

„Wir können nur hoffen, dass es nicht von Dauer ist, Exzellenz."

„Sie *hoffen*? Denken Sie nach, Mann! Suhail, bekommt der Reverend die Kabinettsberichte? Liest er die –"

„Ja, Sir, er steht auf der Liste."

„Leon, lesen Sie die Berichte! Unsere Schiffe befinden sich nutzlos auf dem Wasser. Unsere Meeresbiologen sagen, dass jedes Lebewesen im Wasser mittlerweile verendet ist. Falls dies eine vorübergehende Angelegenheit und das Wasser morgen wieder klar ist, denken Sie, die Fische würden auch wieder zum Leben erwachen?"

„Das hoffe ich doch!"

„Dummkopf", murmelte Carpathia, und Chang nahm an, dass Fortunato ihn nicht hörte. Der Potentat neigte dazu, Menschen, die er so titulierte, zu ermorden, und Leon hätte bestimmt um sein Leben gefleht. „Suhail, kann dieses Flugzeug denn nicht endlich starten?"

„Wir warten auf Miss Ivins, Sir."

„Wo ist sie?"

„Falls ich mich dazu äußern darf, Potentat", warf Fortunato ein.

„Natürlich, wenn Sie wissen, wo sie steckt."

„Sie wollte dem Tempel noch einen letzten Besuch abstatten. Sie möchte die erste Frau sein, die das Allerheiligste betritt, und mit eigenen Augen sehen, wo Sie gegangen sind, Ihr Bild anbeten, auf dem, äh, auf dem Thron sitzen –"

„Was?! Sie sagen, sie würde es wagen, sich auf den Thron Gottes zu setzen?"

„Nein, Sir, ich habe mich unklar ausgedrückt. Ich bin sicher, sie wollte ihn nur sehen, ihn vielleicht berühren, ein Foto machen."

„Warum haben Sie sie nicht begleitet?"

„Sie wollte nur einen Bodyguard. Sie hat vor, allein hineinzugehen, und, nehme ich an, ein paar alte Traditionen zu missachten."

„Das gefällt mir."

„Das dachte ich mir. Sie ging ebenfalls davon aus."

„Finden Sie heraus, ob sie bereits wieder hierher unterwegs ist."

„Inzwischen, Potentat", sagte Akbar, „haben wir die Software für den Lügendetektor bekommen."

„Ja, seht zu, dass sie installiert wird, und fangt mit den Stewards an."

Chang hörte die Furcht in den Stimmen der Inder. Sie beantworteten die ihnen gestellten Fragen mit Überzeugung und Ernsthaftigkeit. „Eure Tests sind beide ganz in Ordnung“, erklärte Akbar ihnen im Anschluss daran. Weinend bedankten sie sich.

„Sie sind getestet, ja?“, fragte Carpathia. Chang hörte sie eilig herumgehen und Getränke servieren.

„Ja, Sir. Danke, Sir.“

„Tatsächlich.“ Carpathia klang skeptisch und abweisend. „Testen Sie den Piloten, Suhail.“

„Miss Ivins befindet sich auf dem Flugfeld, Sir.“

„Es bleibt noch genügend Zeit. Er zuerst, dann Leon, dann sie. Und bei ihrer Befragung möchte ich noch eine zusätzliche Frage gestellt haben.“

Der Pilot wirkte unbekümmert, beinahe gelangweilt. Er antwortete schnell und sachlich. „Er ist sauber“, berichtete Akbar. „Reverend Fortunato, sind Sie bereit?“

„Ich habe nichts zu verbergen“, erwiderte Leon. Doch bei der Frage nach dem Wochentag wollte er wissen, ob dies eine Fangfrage sei. Seine Antworten kamen jammernd und zögernd, aber natürlich war auch er sauber.

Das Flugzeug startete. Suhail befragte nun Miss Ivins. „Ich nehme an, Madam, dass Sie bereit sind, sich dem Wahrheitstest zu unterziehen. Natürlich ist das eine reine Formsache.“

Sie lachte. „Und was tun wir, falls ich als Informantin für den Maulwurf entlarvt werde?“

„Bitte stecken Sie sich das an, Madam.“

„Fertig.“

„Nennen Sie Ihren Namen.“

„Miss Vivian Ivins.“

„Ist heute Sonntag?“

„Nein, aber ich würde gern wissen, ob ich die erste Frage richtig beantwortet habe.“

Akbar lachte. „Ist der Himmel blau?“

„Ja.“

„Sind Sie ein Mann?“

„Nein.“

„Arbeiten Sie für die Weltgemeinschaft?“

Sie zögerte. „Ja.“

„Es ist okay, Madam, aber aus reiner Neugier, warum haben Sie gezögert?“

„Ich habe mich selbst nie als Angestellte der Weltgemeinschaft betrachtet. Ich diene dem Supreme Potentat Nicolai Carpathia, und das habe ich den größten Teil meines Lebens getan. Ich würde es tun, selbst wenn ich nicht dafür entschädigt würde, aber ja, ich gehöre auch zum Personal der Weltgemeinschaft."

„Sind Sie dem Supreme Potentaten loyal ergeben?"

„Ja."

„Haben Sie irgendetwas getan, das dem Supreme Potentaten gegenüber unloyal war?"

„Nein."

„Geben Sie vertrauliche Informationen von dem Supreme Potentaten an jemanden im Hauptquartier der Weltgemeinschaft weiter?"

„Nein."

„Ist der Supreme Potentat von den Toten auferstanden und der lebendige Gott?"

„Ja."

„Kann Seine Exzellenz Nicolai Carpathia persönlich auf Ihre uneingeschränkte Loyalität zählen, solange Sie Angestellte der Weltgemeinschaft sind?"

„Ja, und darüber hinaus."

„Haben Sie heute im Tempel in Jerusalem auf seinem Thron gesessen?"

„Ich – nein."

„Vielen Dank, Miss Ivins."

Chang hörte, dass Akbar sich abschnallte und sich zum Gehen wandte. Viv Ivins folgte ihm unmittelbar. „Direktor Akbar, warten Sie bitte. Bevor Sie Seiner Exzellenz das Ergebnis mitteilen, lassen Sie mich mit ihm reden."

„Gewiss."

„Mein Herr", sagte sie leise.

„Ja, meine Liebe?", erwiderte Carpathia.

„Darf ich niederknien und deine Hand küssen?"

„Das kommt darauf an. Wie ist dein kleiner Test gelaufen?"

„Ich weiß es nicht, aber ungeachtet der Ergebnisse, ich habe ehrlich geantwortet – bis zum Schluss."

„Du hast auf meine letzte Frage falsch geantwortet?"

„Ja, das habe ich, aber ich habe es sofort bedauert und bin gekommen, um dich um Vergebung zu bitten."

Falls Carpathia antwortete, so konnte Chang es nicht verstehen.

„Ich habe Reverend Fortunato gesagt, was ich vorhatte", erklärte sie, „und er hat mir davon abgeraten."

„Tatsächlich? Haben Sie das, Leon?"

„Ja, Sir."

„Das ist gut für Sie! Aber sollte nicht der allerhöchste Würdenträger des Carpathianismus wissen, welche Befleckung es darstellt, wenn jemand sich anmaßt, sich auf den Thron des allerhöchsten Gottes zu setzen?"

„Es tut mir Leid, Nicolai." Chang hatte den Eindruck, dass sie seinen Namen so aussprach, wie sie es getan hatte, als er noch ein kleiner Junge war. Carpathia schwieg.

„Das war kein Akt der Insubordination, ich schwöre es. Ich habe dich nur um den großen Augenblick beneidet und empfand das tiefe Bedürfnis, diesen Augenblick zu teilen. Ich dachte, ich hätte mir das Recht verdient –"

„Verdient? Auf meinem Thron zu sitzen?"

„– durch die Jahre meines Dienstes, durch meine kompromisslose Hingabe, durch meine Liebe zu dir. Oh, schick mich nicht fort, Heiligkeit. Bitte! Nicolai!"

Chang hörte sie weinen. Dann war Carpathias Stimme zu vernehmen: „Suhail, wir wollen den Test bei allen anderen durchführen." Miss Ivins' Weinen wurde leiser; offensichtlich hatte sie sich auf ihren Platz zurückgezogen.

Akbar war kurz und zuversichtlich, und als Carpathia an der Reihe war, änderte er die Fragen natürlich entsprechend ab. Aber Carpathia klang ausgesprochen gereizt.

„Sagen Sie Ihren Namen", begann Akbar.

„Gott."

„Ist heute Sonntag?"

„Ja."

„Ist der Himmel blau?"

„Nein."

„Sind Sie ein Mann?"

„Nein."

„Dienen Sie der Weltgemeinschaft?"

„Nein."

„Sind Sie den Bürgern unter Ihrer Autorität gegenüber loyal eingestellt?"

„Nein."

„Haben Sie irgendetwas getan, das der Weltgemeinschaft gegenüber unloyal ist?"

„Ja."

„Geben Sie vertrauliche Informationen an jemanden im Hauptquartier der Weltgemeinschaft weiter, das die Effektivität Ihres Kabinetts unterminiert?“

„Nein, und ich würde persönlich jeden töten, der das tut.“

„Sind Sie von den Toten auferstanden und der lebendige Gott?“

„Ja.“

„Kann sich die Weltgemeinschaft auf Ihre fortdauernde Loyalität verlassen, solange Sie Supreme Potentat sind?“

„Nein.“

„Sie erstaunen mich, Exzellenz.“

„Tatsächlich?“

„Ich weiß nicht, wie Sie das machen.“

„Sagen Sie es mir!“, forderte Carpathia.

„Laut Computer sind alle Ihre Antworten wahr, obwohl Sie mich offensichtlich verspottet und das Gegenteil der Wahrheit gesagt haben.“

„Die Wahrheit ist, was ich sage, Suhail. Ich bin der Vater der Wahrheit.“

18

Auf dem Heimflug rief Buck Laslo Miklos an.

„Ich nehme an, Sie möchten mit dem jungen Mann sprechen, dem Sie das Leben gerettet haben, oder?“

„Allerdings, Laslo. Es tut mir Leid, dass alle meine anderen Informationen über das, was in jener Nacht passiert ist, elektronisch übermittelt wurden und nicht einmal telefonisch. Ich wünschte, ich hätte Ihnen die letzten Worte Ihrer Frau persönlich sagen können, aber –“

„Ich verstehe, mein Freund“, sagte Laslo mit zitternder Stimme. „Ich erinnere mich noch an jede Einzelheit. Ich wünschte nur, ich hätte mit ihr zusammen in den Himmel gehen können.“

„Ich kann gar nicht ermessen, wie schwer das ist“, erwiderte Buck. „Aber die Gemeinde dort braucht Sie, und –“

„Oh Cameron, ich bin nutzlos. Ich kann mich nicht mal mehr frei bewegen und irgendwie helfen. Manchmal wünschte ich, sie würden mich finden, damit ich ein Zeugnis für Gott ablegen könnte, bevor sie mich töten.“

Buck wollte ihm widersprechen, aber was konnte er schon sagen? „Wir wissen Ihre Hilfe zu schätzen. Es ist eine sehr wichtige Aufgabe, diese Kinder aus dem Land zu schaffen.“

„Ich werde tun, was ich kann. Ich freue mich, sie Ihrem Piloten zu übergeben, aber vermutlich werde ich nicht persönlich mit ihm sprechen können. Ich werde sie so dicht an den Flughafen heranbringen, wie ich es wage. Und jetzt können Sie mit dem Jungen sprechen.“

„Hallo, Sir?“, sagte Marcel. Buck konnte sich noch an die Stimme erinnern.

„Ich freue mich, mit dir zu sprechen, Junge. Ich hatte nicht damit gerechnet, noch mal von dir zu hören.“

„Ich kann Ihnen gar nicht genug danken, Mr. Williams. Ich weiß, Sie haben deswegen Probleme bekommen. Werde ich Sie in Chicago treffen?“

„Aber ganz bestimmt.“

„Mr. Miklos hat mir so viel von Ihnen, Ihrer Familie und Ihren Freunden erzählt. Ich hoffe, ich werde dort in Sicherheit sein.“

„Vermutlich sicherer als da, wo du gerade bist. Und das Mädchen?“

„Georgiana, äh, Stavros“, erklärte Marcel. „Ich war so überrascht, als ich hörte, dass sie dasselbe erlebt hat wie ich. Wir haben uns schließlich in einem Handelszentrum kennen gelernt.“

„Und du hast mit ihr sprechen können?“

„Es ist alles geregelt. Wir treffen uns unterwegs. Mr. Miklos wird bei uns bleiben, solange er kann.“

„Das ist ein ziemlich weiter Fußmarsch.“

„Jemand wird uns fahren, zumindest bis wir nur noch wenige Meilen vom Flughafen entfernt sind. Dann wird der Pilot, Mr. Sebastian, oder –?“

„Ja.“

„– er wird uns suchen und als Gefangene abführen.“

„Wir werden für euch beten.“

Chang hörte mehrere Minuten lang Smalltalk, dann kam ein kläglicher Versuch von Viv Ivins, sich wieder mit Carpathia zu versöhnen. Schließlich ließ dieser Akbar zu sich kommen.

„Suhail“, sagte er, „ich werde Mr. Moon als Supreme Commander nicht ersetzen.“

„Ich verstehe.“

„Die Position und der Titel sind überflüssig.“

„Was immer Sie meinen, Exzellenz.“

„Ich werde mich immer mehr auf Sie verlassen, und Sie könnten die Pflichten übernehmen, die sonst von einem Supreme Commander ausgeführt wurden.“

„Wie Sie wünschen.“

„Erste Aufgabe: Unternehmen Sie etwas wegen des Sicherheitslecks.“

„Ich, wir – Sir, wir führen bereits Befragungen im Palast durch, aber wie Sie wissen, haben wir bei den Leuten hier im Flugzeug nichts erreicht ...“

„Wie kann das sein? Sie haben mir gesagt, es wäre, als hätte jemand unser Gespräch an jemanden weitergegeben, der Zugriff auf den Zentralrechner hat.“

„So sah es aus. Wir suchen das Hauptquartier nach Schwachstellen in unseren Firewalls ab, aber der verstorbene Mr. Hassid hat das System eingerichtet, und auf der ganzen Welt gab es keinen, der besser für diesen Job geeignet gewesen wäre.“

„Sein Ersatz, dieser Südamerikaner –“

„Mexikaner, Sir. Figueroa.“
„Vertrauen Sie ihm?“
„Ein guter Mann. Nicht ganz so gut wie Hassid, aber dennoch fähig. Er überwacht die Befragung und natürlich wird er auch befragt werden.“
„Ich möchte demjenigen, der von innen heraus gegen uns arbeitet, gern eine Botschaft schicken. Er soll in Panik geraten, in die Defensive gehen müssen.“
„Ich bin offen für Vorschläge, Potentat.“
„Beschuldigen Sie die Inder.“
„Wie bitte?“
„Die Stewards. Überführen Sie sie des Verrats.“
„Äh, auf Grund welcher Beweise?“
„Sie können es als Einzige gewesen sein, Suhail. Der Pilot befand sich während der meisten unserer Sitzungen nicht einmal an Bord. Sie dagegen schon.“
„Aber sie wurden befragt und waren sauber.“
„Wer weiß das außer Ihnen und mir?“
„Das stimmt.“
„Niemand, habe ich Recht?“
„Ja.“
„Flüstern Sie es Leon zu. Und Viv. Und dann geben Sie es an die Medien weiter. Sie sollten in Neu-Babylon in Handschellen abgeführt werden. Haben Sie welche an Bord?“
„Ja, das habe ich, aber –“
„Gibt es ein Problem?“
„Ich stehe in Ihrem Dienst, Sir, aber ich vermisse etwas. Der Maulwurf wird wissen, dass wir die Falschen festgenommen haben. Wir bringen ihn nicht in die Defensive, sondern im Gegenteil, wir stehen als harmlose Gegner da.“
„Umso besser. Soll er sich ruhig sicher fühlen. Trotzdem wird er sehen, was wir mit Menschen tun, die wir für Aufrührer halten.“
„Falls sie überführt werden, ist die Strafe der Tod.“
„Oh Suhail! Wenn sie dieses Flugzeug in Handschellen verlassen, betrachten Sie sie als überführt. Die Hinrichtungen sollten innerhalb von 48 Stunden erfolgen.“
„Geht in Ordnung.“
„Und Ihr Gewissen, Direktor?“
„Mein Gewissen?“
„Sie kennen doch die Wahrheit, zögern Sie da nicht?“

„Nein, Sir. Sie sind der Vater der Wahrheit. Mein Gewissen steht Ihnen zu Diensten."

Es folgte eine lange Pause. „Sie machen ihre Arbeit gut, nicht?", fragte Carpathia. „Die Stewards, meine ich."

„Allerdings."

„Wir sollten sie erst bei der Landung informieren und ihnen Handschellen anlegen. Aber geben Sie die Informationen ruhig schon weiter. Und dann müssen wir noch über die Endlösung für die israelischen Dissidenten und die Judahiten sprechen. Sagen Sie mir sofort Bescheid, wenn Sie wissen, wie viele Opfer es bei der ‚Operation Petra' gegeben hat."

Laslo wünschte, er könnte die beiden jungen Leute bis zum Versteck in Amerika begleiten. Was für ein Abenteuer! Aber wie sollte er rechtfertigen, dass er die Christen in Griechenland im Stich ließ? Das Netz zog sich immer enger zusammen, und nur wenige von ihnen würden die Wiederkunft Jesu erleben, aber zweifellos würden die Teenager eine bessere Chance haben.

Dass er dazu beitragen konnte, die beiden aus dem Land zu schaffen, gab Laslo neuen Auftrieb. Er fürchtete sich schon vor dem Ende des Abenteuers, wenn sein Freund K. ihn wieder zurück nach Ptolemais fahren würde. Er würde die letzten anderthalb Meilen zu seinem Versteck laufen und seine schreckliche Routine wieder aufnehmen.

K. sollte ihn und den Jungen am Nordrand der Stadt treffen. Über Nebenstraßen würden sie den Jungen so dicht wie möglich zum Handelszentrum bringen, damit er seine wenigen Habseligkeiten holen konnte. Georgiana Stavros würde im Süden der Stadt auf sie warten, abseits der Straße, die zum Flughafen führte. Cameron Williams und Marcel hatten ihm erzählt, dass sie groß war und braune Haare und für eine Griechin eine helle Haut hatte. Laslo stellte sich vor, dass sie vielleicht aussah wie seine Frau, als er sie vor mehr als 40 Jahren kennen gelernt hatte.

Carpathias Maschine schien im Landeanflug zu sein, als Suhail Akbar zurückkehrte, um noch einmal mit dem Potentaten zu sprechen.

„Ah, Direktor", begann Nicolai, „wir wollten doch etwas ganz Besonderes für Petra vorbereiten, wenn Ben-Judah dort anwesend ist, nicht wahr?"

„Sir, wir müssen miteinander reden.“

„Beantworten Sie meine Frage, Suhail.“

„Ja, natürlich, aber ich habe schlechte Nachrichten.“

„Ich möchte keine schlechten Nachrichten hören! Alle waren gesund! Wir hatten ausreichend Waffen für die Offensive in Petra. Sie wollten die Stadt verschonen, mit der Zerstörung warten, bis sowohl Micha als auch Ben-Judah da sind, und sich nur um die kümmern, die noch nicht hineingekommen sind. Welche schlechten Nachrichten könnte es geben? Was hören wir von ihnen?“

„Nichts. Unsere –“

„Unsinn! Sie sollten sich melden, sobald sie die Aufrührer überwältigt haben. Die Welt sollte über unseren Erfolg staunen, ohne dass ein Schuss abgegeben wurde, keine Opfer auf unserer Seite, aber vollkommene Zerstörung für die, die sich mir widersetzen. Was ist passiert?“

„Wir wissen es noch nicht.“

„Sie hatten doch allein 200 kommandierende Offiziere!“

„Noch mehr.“

„Und kein einziges Wort von einem von ihnen?“

„Unsere Satellitenfotos zeigen, wie unsere Truppen sich den etwa 500 000 Menschen vor der Stadt Petra nähern.“

„Eine Staubwolke und der Feind größtenteils niedergemäht.“

„So war der Plan, Exzellenz.“

„Und was ist passiert? Die alten Männer mit ihren langen Bärten und Gewändern haben sich mit versteckten Dolchen gewehrt?“

„Unsere Flugzeuge warteten, bis sich die Staubwolke gelegt hatte, und finden nun nichts mehr von unseren Truppen.“ Carpathia lachte. „Ich wünschte, es wäre ein Scherz, Potentat. Auf den Fotos, die aus großer Höhe etwa zehn Minuten nach der Offensive aufgenommen wurden, sind die Menschen vor Petra zu erkennen, doch –“

„Keine Spur von unseren Truppen, ja, das haben Sie gesagt. Und unsere Waffen? Die größte Ansammlung von Schusswaffen, die es je gegeben hat, sagten Sie mir, aufgeteilt in drei Divisionen. Unbesiegbar, haben Sie gesagt.“

„Verschwunden.“

„Können diese Fotos hierher überspielt werden?“

„Sie warten in Ihrem Büro auf Sie, Sir. Aber Leute, denen ich vertraue, bestätigen, was wir sehen werden … oder nicht sehen werden.“

Carpathias Stimme klang gezwungen, so als würde er jeden Augenblick explodieren. „Ich möchte, dass die Potentaten aller Weltregionen sich sofort auf den Weg nach Neu-Babylon machen. Jeder, der nicht innerhalb einer Stunde unterwegs ist, wird ersetzt werden. Sorgen Sie dafür, dass meine Anweisung sofort weitergegeben wird, und wenn Sie die Ankunftszeit des Letzten wissen, beraumen Sie eine Stunde später eine Sitzung mit dem Kabinett und den Potentaten an. Und diese Juden", fuhr er langsam fort, „sie werden *alle* in Petra sein?"

„Eigentlich passen gar nicht alle hinein. Wir rechnen damit, dass Petra selbst überfüllt sein wird und sie in der Nähe campieren werden."

„Was ist erforderlich, um Petra und die nähere Umgebung dem Erdboden gleichzumachen?"

„Zwei Flugzeuge, zwei Mannschaften, zwei Vernichtungsvorrichtungen. Wir könnten danach noch eine Rakete losschicken, um eine vollkommene Zerstörung sicherzustellen, obwohl das vermutlich überflüssig ist."

„Ach, Suhail. Sie werden eines Tages erkennen, dass es nichts Überflüssiges gibt. Die Juden und die Judahiten sollen ruhig ihren vermeintlichen Sieg feiern. Und bewahren Sie Stillschweigen über die fehlgeschlagene Operation. Wir haben sie nie durchgeführt. Unsere verschwundenen Truppen, Fahrzeuge und Waffen haben nie existiert."

„Und was ist mit den Fragen von ihren Familien?"

„Die Fragen werden den Familien gestellt werden. Wir wollen wissen, wo diese Soldaten sind und was sie mit unserer Ausrüstung gemacht haben."

„Zehntausende haben sich unerlaubt von der Truppe entfernt? Das wollen wir ihnen einreden?"

„Nein, Suhail. Aber wenn Sie möchten, können wir auch gerne über das internationale Fernsehen der Weltöffentlichkeit sagen, dass eine halbe Million unbewaffneter Juden die größte Militäraktion, die je durchgeführt wurde, abgewendet und die Truppen einfach hat verschwinden lassen!"

„Ich habe Angst", sagte Marcel zu Laslo, als sie sich nach Einbruch der Dunkelheit aus dem Versteck schlichen.

„Das brauchst du nicht, Junge. Du bist nur aufgeregt. Du hast wie wir alle eine Tragödie erlebt, aber du bekommst noch einmal eine zweite Chance. Wenn du bei der ‚Tribulation Force' nicht sicher bist, dann wirst du es nirgendwo sein."

In der Dunkelheit legten sie eineinhalb Meilen auf den Feldwegen zurück, die er mittlerweile sehr gut kannte. Obwohl er mehr lief als fuhr, spürte er den Schmerz und die Müdigkeit seines Alters. Marcel musste häufig auf ihn warten, und Laslo wünschte, er könnte ihm sagen, er solle weitergehen. Aber er wollte etwas Nützliches tun. Er gehörte zu dem Plan. Diese jungen Leute standen unter seinem Schutz, bis er sie mit dem Segen Gottes zu dem Treffen mit George Sebastian sandte.

Eine halbe Meile außerhalb von Ptolemais entdeckte Laslo K.s kleinen weißen Wagen auf einer nur selten benutzten Straße. Laslo brachte Marcel mit einer Handbewegung zum Stehen, dann ahmte er den Ruf eines Vogels nach. K. trat auf die Bremsen und die Bremslichter leuchteten kurz auf.

„Das bedeutet, dass niemand in der Nähe ist“, erklärte Laslo. „Lauf zum Wagen, ich komme dann nach.“

Während Laslo Marcel so schnell er konnte hinterhereilte, freute er sich über die Lebendigkeit des Jungen und spürte wieder sein Alter. K. hatte die Innenbeleuchtung ausgeschaltet, darum blieb es beim Öffnen der Wagentür dunkel im Wagen. Als Laslo ankam, saß K. auf dem Fahrersitz, Marcel neben ihm.

Laslo quetschte sich auf den Rücksitz, unmittelbar hinter Marcel. K., der älter war als Laslo, trug eine kleine schwarze Mütze und hatte Mühe beim Sprechen, weil die meisten seiner Vorderzähne fehlten. „Er ift auferftanden“, stieß er hervor und der Junge und Laslo erwiderten: „Christus ist wahrhaftig auferstanden.“

Vorsichtig fuhr K. zum Stadtrand und parkte den Wagen in einer dunklen Straße. „Du weißt, wo du bist?“, fragte Laslo den Jungen.

„Ich denke schon“, erwiderte Marcel. „Die Handelsgesellschaft befindet sich im Keller unter dem Pub eineinhalb Blocks in diese Richtung, oder?“

„Und du kennst das Passwort?“

„Natürlich. Sie haben schließlich meine Sachen.“

„Und sie werden bestätigen, dass das Mädchen –“

„Georgiana.“

„– ja, dass sie wartet.“

Marcel nickte und sprang aus dem Wagen. Schnell ließ Laslo das Fenster herunter. „Psst! Nicht rennen“, flüsterte er. Und der Junge verlangsamte seinen Schritt.

K. drehte sich um und grinste ihn an. „Junge Leute“, sagte er.

„Wie lange wird es dauern, bis unser Glück nachlässt?“

K. schüttelte den Kopf und sein Lächeln verschwand. „Wir leben bereitf mit geliehener Zeit, Laflo."

„Was passiert, wenn du angehalten wirst?"

„Daf ift daf Ende", antwortete K. „Sie werden mir daf Zeichen verpaffen, aber ich werde ihnen fagen, fie follten mich einfach töten, weil ich ef fatt hätte zu kämpfen."

Laslo schlug seinem Freund auf die Schulter. „Aber bis die Zeit gekommen ist, wirst du gegen sie arbeiten, nicht wahr?"

„Fo fehr ich kann."

Marcel kam mit einer Baumwolltasche über der Schulter zurück. „Irgendwelche Probleme?", fragte Laslo.

Er schüttelte den Kopf, warf die Tasche auf den Rücksitz, sodass noch genügend Platz für das Mädchen blieb. „Sie wird da sein und niemand ist mir gefolgt. Sucht nach einem kleinen, auf zwei größeren Steinen liegenden Stein, acht Kilometer vom Flugplatz entfernt. Sie wird dort im Gebüsch warten. Haltet einfach am Straßenrand an, dann wird sie schon kommen."

K. hielt sich außerhalb der Stadt und fuhr in Richtung Flughafen. Es begegneten ihnen keine Soldaten und auch keine anderen Fahrzeuge, aber dennoch war Laslo sehr nervös. Nach dem Schild, das sie darüber informierte, dass es noch zehn Meilen bis zum Flughafen seien, beugte sich Laslo vor und half K., den Kilometerzähler im Auge zu behalten. Kurze Zeit später sagte Marcel: „Dort!"

K.s Scheinwerfer beleuchteten zwei kleine Steine auf der linken Straßenseite, ein dritter lag wie zufällig oben auf. Niemand hätte sie bemerkt, wenn er nicht Ausschau danach gehalten hätte. K. sah in den Rückspiegel. Laslo drehte sich um und sah ebenfalls nach hinten. „Niemand", bestätigte er.

K. fuhr an den Straßenrand. Er ließ den Motor laufen und die Scheinwerfer angeschaltet und behielt den Rückspiegel im Auge. „Na, komm schon, junge Dame", murmelte Laslo. „Wir wollen doch nicht gesehen werden."

„Soll ich nach ihr rufen?", erbot sich Marcel.

„Sie sollte doch zu uns kommen, nicht?"

„Richtig."

„Halte dich immer an einen Plan. Wenn sich der Plan ändert, improvisiere nicht, verschwinde einfach."

K. nickte. „Zehn Fekunden noch", sagte er. „Länger bleibe ich nicht."

„Da ist sie!", rief Marcel.

Georgiana rannte zum Wagen, und Laslo griff über Marcels Tasche, um ihr die Tür zu öffnen. Ganz offensichtlich fror sie in ihrer Jeans und dem weißen, kurzärmligen T-Shirt. Eine alte rote Baseballkappe verdeckte ihre Augen. Bei sich trug sie eine kleine dunkelgrüne Tasche.

„Marcel", sagte sie. „Wie schön, dich wieder zu sehen."

„Ja, hallo! Lass uns fahren!"

Sie sprang in den Wagen und stellte ihre Tasche zwischen ihre Füße. „Sie müssen Laslo sein", sagte sie. „Ich bin Georgiana." Sie drückte seinen Arm. Ihre dunklen Finger waren kalt. Sie legte die Hände auf K.s Schulter. „Und das ist vermutlich K."

Marcel hob die Hand. Sie ergriff sie. „Das ist aufregend", sagte sie und rieb ihre Hände.

„Er ift auferftanden", grüßte K.

„Amen!", erwiderte sie voller Freude. „Er ist wahrhaftig auferstanden!"

„Ist das alles, was du mitgebracht hast?", fragte Laslo.

„Das ist alles, was ich besitze, Sir", lächelte sie. „Und alles, was ich brauche."

„Du wagst dich in die neue Welt mit kaum etwas anderem als deinem Namen."

„Gott ist allmächtig", antwortete sie. „Marcel hat mir gesagt, dass Sie eine Pistole haben."

„Marcel hat das Mundwerk eines Jünglings", entgegnete Laslo. „Ihr müsst beide lernen, wenig zu sagen und viel zuzuhören."

„Es tut mir Leid", entschuldigte sie sich. „Rede ich wirklich so viel? Ich bin nur so aufgeregt, das ist alles. Seit Mr. Williams mich befreit hat, habe ich mich nicht mehr so gefühlt." Marcel nickte. „Kann ich Ihre Pistole denn mal sehen, Mr. Laslo?"

„Miklos. Ich habe die Waffe nicht mitgebracht. Ich bin nicht darauf aus, jemanden zu verletzen. Sie ist nur zu meiner Sicherheit da, das ist alles."

„Aber K. hat eine Pistole", erklärte sie und drückte erneut seine Schultern. „Nicht, junger Mann?"

K. lächelte schüchtern und schüttelte den Kopf, während er auf die Straße zurückfuhr.

„Du siehst zu viel Fernsehen", meinte Laslo. „Amerikanisches Fernsehen, habe ich Recht?".

„Schon lange nicht mehr. Wenn ich tatsächlich mal hineinschaue, dann gibt es nichts als Carpathia, Carpathia, Carpathia."

Laslo trommelte noch immer nervös auf den Boden. Die Hände hatte er aneinandergepresst. „Ihr beide kennt doch den Plan, oder?“, fragte er.

„Wenn Marcel ihn kennt, dann kenne ich ihn auch“, erwiderte Georgiana. „Er hat mich darüber aufgeklärt. Wir werden diesen George irgendwo abseits der Straße zum Flughafen treffen. Er wird uns als seine Gefangenen mitnehmen, und Computerdaten bestätigen, dass genau dies seine Aufgabe ist.“

„Ja, und ihr müsst jeden Blickkontakt meiden, betrübt wirken und einfach direkt mit ihm zum Flugzeug gehen. Vielleicht könntest du Marcel deine Kappe geben, die er sich tief in die Augen zieht. Du könntest dein Haar ins Gesicht hängen lassen.“

Sie rieb sich noch immer die Hände. „Dieses Teil wird ihm nicht passen. Ach, übrigens, wie werden wir diesen Piloten erkennen?“

„Er wird der einzige auf der Straße sein, der nach euch Ausschau hält“, erklärte Laslo.

„Aber er ist groß, richtig? Amerikaner?“

„An die zwei Meter und wiegt fast 250 Pfund“, beschrieb Marcel ihn. „Helles Haar, blaue Augen, und –“

„Ihr werdet ihn schon erkennen“, beruhigte Laslo sie. „Wir sollten beten.“

„Ja“, erwiderte Georgiana. „Bitte.“

„Du könntest doch beten“, forderte Laslo sie auf.

„Ich bin zu nervös“, wehrte sie ab.

„Also gut. Herr, wir danken dir für diese jungen Leute und bitten dich, vor ihnen herzugehen und sie zu beschützen. Wir –“

„Da ist er!“, rief Georgiana. „Ist er das?“

Ein großer junger Mann lief zielstrebig am rechten Straßenrand entlang. Er trug große Stiefel, eine Khakihose und eine leichte Jacke mit Reißverschluss. Sein Haar wirkte beinahe weiß, sein Gesicht dunkel. Laslo konnte die Augenfarbe nicht erkennen, aber der Mann blieb stehen und sah direkt in den Wagen hinein, als K. langsam an ihm vorbeifuhr. 50 Meter vor ihm hielt er am Straßenrand an.

Marcel griff zielstrebig nach dem Türgriff und Georgiana nach ihrer Tasche.

„Wartet!“, rief Laslo. „Er ist zu früh.“ Er ließ das Fenster herunter und streckte den Kopf hinaus. Georgiana suchte etwas in ihrer Tasche und war bereit zu gehen.

„Mr. Miklos?“, rief der Mann, aber Laslo meinte, einen europäischen Akzent herauszuhören.

„Hey, Mr. Sebastian!“, rief Marcel, bevor Laslo ihn zum Schweigen bringen konnte.

Der Mann rannte los und rief: „Marcel? Georgiana?“

„Fahr weiter, K.“, forderte Laslo ihn auf. „Irgendetwas stimmt hier nicht.“

„Warum?“, fragte Georgiana. „Was ist los?“

„Falls das Sebastian ist“, sagte Laslo, während K. langsam wieder auf die Straße fuhr, „dann wird er uns schon finden.“

„Nein!“, jammerte Georgiana. „Haltet an!“

„Wir werden diese Übergabe nicht mitten auf der Straße stattfinden lassen“, bestimmte Laslo.

„K., fahren Sie an den Straßenrand“, forderte Georgiana mit plötzlicher Autorität. Sie zog eine große Pistole mit Schalldämpfer aus ihrer Tasche und drückte sie Laslo an die Schläfe. „Ich werde ihn töten, wenn Sie nicht anhalten.“

„Halte nicht an, K.!“, rief Laslo. „Marcel ist echt! Ihn kenne ich!“

K. beschleunigte nicht mehr, fuhr aber weiter. „Halten Sie sofort an“, schrie sie. „Ich meine es ernst.“

Marcel fuhr herum, kniete sich auf den Sitz, riss ihr die Kappe vom Kopf und entdeckte das Zeichen des Tieres. Der Schalldämpfer glitt von Laslos Schläfe ab und ein gedämpfter Schuss war im Wageninneren zu hören. Marcel wurde mit solcher Wucht zurückgeschleudert, dass er unter das Armaturenbrett fiel. Die Windschutzscheibe war verschmiert von Blut und Gehirnmasse. Der Junge hatte ein großes Loch im Kopf.

„Halten Sie sofort an, K.!“, rief sie und zielte nun auf seinen Hinterkopf. Der alte Mann trat das Gaspedal durch und riss das Lenkrad nach rechts und nach links. Der kleine Wagen schaukelte heftig und Laslo wurde hin- und hergeschleudert.

Die Kugel traf K. in den Hals, und während er in sich zusammensank, wurde der Wagen immer langsamer. Laslo legte seine Arme um das Mädchen und stützte sich mit den Füßen am Boden ab. Er versuchte, sie gegen ihre Tür zu schleudern und konnte nur hoffen, dass die Pistole heruntergefallen war, doch das Geräusch von Schritten, die von mehr als zwei Füßen stammten, sagte ihm, dass er vermutlich bald bei seiner Frau im Himmel sein würde.

Der Wagen kam zum Stehen und beide flogen gegen K.s Sitz. Zwei andere Männer hatten sich zu dem einsamen Fußgänger gesellt, der Sebastian spielen sollte. Alle waren bewaffnet. Einer riss die Tür des Mädchens auf und zerrte sie mit einer Hand aus dem Wagen.

Laslo wollte sie nicht loslassen, aber er hatte keinen Halt. Er lag quer über Marcels Tasche auf dem Rücksitz, keuchend und mit bleiernen Armen.

„Bist du in Ordnung, Elena?“, fragte einer der Männer.

Laslo sah, wie sie angewidert nickte. „Er ist als Einziger noch übrig“, sagte sie und drückte ihm die Pistole an die Stirn. Er hob die Arme mit geöffneten Handflächen zum Himmel und schloss die Augen.

„Wir sind heute Abend personell unterbesetzt, Sir. Der Computer ist überlastet.“

„Habe ich schon verstanden“, erwiderte George. „Aber ich habe es Ihnen doch gesagt, der alte Elbaz hat mich über Rebellengebiet in der Negev-Wüste fliegen lassen, und wir mussten unsere Papiere im Hauptquartier zurücklassen. Ist alles im Computer vermerkt.“

Der Flughafenangestellte fluchte. „Nie denken die darüber nach, was solche Entscheidungen für uns kleine Leute bedeuten.“

„Sie denken überhaupt nicht“, sagte George. „Tut mir Leid.“

„Was werden Sie tun?“, fragte der Angestellte und seufzte, während er mit den Fingern auf den Monitor trommelte und auf die angeforderten Informationen wartete. „Hey, was halten Sie von den ganzen Männern, die sich in Jordanien unerlaubt von der Truppe entfernt haben?“

„Ich glaube nicht, dass ich je in der Versuchung war“, erwiderte George. „Das ist wirklich eine komische Geschichte.“

„Sie haben die Nachricht bekommen?“

„Wer nicht?“

„Hier ist es. Sie sind okay. Haben Sie eine Nummer für mich? Sechs Zahlen.“

„Null-vier-null-drei-null-eins.“

„Genau. Und wo sind Ihre Gefangenen?“

„Sie werden auf der Straße festgehalten.“

„Brauchen Sie ein Fahrzeug?“

„Das wäre großartig.“

„Sie kommen sofort zurück?“

„Sofort. Ich setze sie ins Flugzeug und bringe den Wagen auf der Stelle zu Ihnen zurück.“

Der Angestellte warf ihm einen Schlüsselbund zu und deutete auf einen Jeep. George fand, dass er sich durchaus an die Arbeit für die

Tribulation Force gewöhnen könnte, wenn alles so einfach war. Aber das konnte nicht sein.

Er fuhr eineinhalb Meilen die Straße entlang und hielt am Straßenrand an. Was war das dahinten? Das Mädchen? Allein? Er blendete auf. Sie lief auf ihn zu. Schreiend.

Er stieg aus. „Georgiana?"

„George?"

„Ja!"

„Wir wurden verraten!"

Als sie näher kam, sah er, dass sie mit Blut befleckt war. Er griff nach ihr. „Was ist passiert? Wo sind die an–"

Aber das Mädchen ließ sich gegen ihn sinken, legte die Arme um ihn und rief: „Unbewaffnet!" Zwei Männer etwa seiner Größe kamen mit angelegten Waffen aus dem Gebüsch. Ein dritter fuhr in einem Jeep heran.

Der große Mann sprang in den Wagen, den George sich am Flughafen ausgeliehen hatte. Der andere hielt ihn mit der Waffe in Schach, während das Mädchen ihm Handschellen anlegte und die Augen verband. George war versucht, sich gegen sie zu werfen, sie für was immer sie getan hatte bezahlen zu lassen. Aber er wollte seine Kräfte für eine mögliche Flucht aufsparen. Die Männer schoben ihn in den Jeep, und als er losfuhr, hörte er, dass der andere Wagen ihnen folgte.

„Wir werden viel Spaß mit dir haben, Yankee", sagte der Fahrer. „Wenn wir mit dir fertig sind, werden wir alles erfahren haben, was du weißt."

Tolle Gelegenheit, dachte George – und hätte es am liebsten gesagt. Aber er hatte schon genug Mist gebaut, sein Flugzeug und seine Waffen ungeschützt zurückgelassen und sich unbewaffnet in feindliches Gebiet gewagt. Er hatte sich auf einen sehr riskanten Plan verlassen, der von wohlmeinenden Brüdern entworfen worden war, aber es waren eben Zivilisten gewesen. Vielleicht war das sprichwörtliche Pferd bereits aus dem Stall entkommen, aber zu spät oder nicht, er dachte an seine Ausbildung. Er würde schweigen. Das, was er mit dem Mädchen gesprochen hatte, würden die einzigen Worte sein, die sie von ihm hören würden. Wenn er nicht irgendwie fliehen konnte, würde er seine nächsten Worte im Himmel sprechen.

Als der Jeep beschleunigte, verlor er das Gleichgewicht und flog gegen die Tür, dann beinahe gegen den Mann zu seiner Linken. Der Mann schob George wieder zurück. Er hätte sich besser abstützen können und wäre dann nicht so hin- und hergeschleudert worden, aber er hatte nichts dagegen, den Feind ein wenig zu ärgern.

„So, George Sebastian aus San Diego“, sagte der Fahrer, „und neu rekrutierter Judahit. Ein paar Informationen werden Ihnen ein Abendessen verschaffen, und wenn Sie großzügig mit Informationen herausrücken, werden Sie zu Ihrer Frau und den Kleinen zurückkehren können, noch bevor Sie wissen, wie Ihnen geschieht. Haben Sie Hunger?“

George reagierte nicht, weder mit einem Nicken noch einem Kopfschütteln.

„Dann sind Sie einsam?“

Der Mann neben George sagte in weniger gutem Englisch: „Wissen Sie, wer Elbaz ist? Denn wir glauben es zu wissen.“

„Wir wissen es!“, korrigierte das Mädchen.

George ließ sich in der nächsten Kurve wieder gegen den Mann fallen, der ihn erneut zurückschob. „Bleiben Sie sitzen, Sie Dummkopf!“

19

Auf dem Flug über den Atlantik war Rayford fest eingeschlafen. Noch nie hatte er sich so gefreut, wieder nach Hause zu kommen. Als sein Telefon klingelte, dachte er zuerst, er würde träumen. Dann *wünschte* er sich, er würde träumen.

Auf dem Display erkannte er, dass der Anruf aus Colorado kam. Bevor Rayford sich melden konnte, sagte eine seltsame nasale Stimme: „Ich glaube, dass ich Ihren Anweisungen, wie ich Sie über eine gesicherte Leitung erreichen kann, gefolgt bin, aber könnten Sie das bitte bestätigen, bevor ich rede?"

Rayford setzte sich aufrecht hin. „Einen Augenblick", meinte er. Er glaubte zu wissen, mit wem er sprach. Er überprüfte das kleine Display, wie David ihm erklärt hatte. „Sie sprechen über eine gesicherte Leitung."

„Sie stecken in Schwierigkeiten", sagte die Stimme. „Haben Sie jemanden in Neu-Babylon, der Ihren verstorbenen Mann ersetzt?" Rayford zögerte. „Hey, ich bin es."

„Wer?"

„Ach, Sie kennen mich vielleicht als Pinkerton Stephens. Weltgemeinschaft Colorado."

„Ich muss ganz sicher sein, Mr. Stephens."

„Alias Steve Plank."

„Ein wenig mehr, bitte."

„Ihr Enkel heißt Kenny Bruce."

„Woher wissen Sie, dass unser Mann gestorben ist?"

„Alle wissen das, Mann. Ist er nicht zusammen mit drei anderen unmittelbar vor Carpathias Augen abgestürzt?"

„Nicht richtig, Steve."

„Nicht schlecht, Captain. Aber wie auch immer, in Neu-Babylon gilt er als tot, dort ist er also definitiv nicht."

„Wir sind gedeckt."

„Gut. Dann wissen Sie vielleicht schon Bescheid."

„Worüber denn?"

„Über Ihre Probleme. Wo sind Sie ?" Rayford erzählte es ihm. „Und Sie sind vom Palast nicht auf den neuesten Stand gebracht worden?"

„Ich dachte schon."
„Sie sind verraten worden."
„Ich persönlich?", fragte Rayford.
„Eigentlich nicht. Das hängt davon ab, welchen Namen Sie benutzen. Ich denke, Sie sind in Ordnung. Aber gerade habe ich eine streng geheime Mitteilung von ganz oben bekommen, und zum ersten Mal halte ich es für angebracht, Sie zu informieren."
„Ich höre."
„Die Identität Ihres Freundes, von dem, den ich kennen gelernt habe, ist aufgeflogen. Der Geheimdienst hat den Verdacht, dass Deputy Commander Elbaz ein ehemaliger Schwarzmarkthändler aus Al Basrah ist."
„Wie konnte das passieren?"
„Die Informationen stammen aus Griechenland, Rayford."
„Oh nein. Sagen Sie mir nicht, dass wir uns in dem Mann, den wir geschickt haben, geirrt haben."
„Sebastian? Nein, er ist in Ordnung. Aber er wurde gefasst."
„Oh, nein. Erzählen Sie von vorne."
„Dieser Elbaz steuert im Augenblick das Flugzeug, richtig? Und das Flugzeug gehört zur Weltgemeinschaft."
„Richtig."
„Sein Name und die Kennnummer dieses Vogels erscheinen auf allen Bildschirmen, darum –"
„Verstanden, nicht als Weltgemeinschaft oder als Elbaz landen."
„Sie werden in Kankakee erwartet?"
„Allerdings. Was ist in Griechenland passiert, Steve?"
„Warten Sie einen Augenblick. Erst mal glaube ich, einen Weg gefunden zu haben, Sie ganz in die Nähe Ihres Zieles zu bringen. Chicago, richtig?"
„Richtig."
„Also gut, hören Sie zu. Ich habe eine Ladung aus Maryland angefordert. Sie soll auf das Behelfsflugfeld in der Nähe des ehemaligen Midway gebracht werden. Das liegt ziemlich dicht bei Chicago. Näher darf kein Flugzeug landen, wegen der Strahlung, wissen Sie."
„Richtig."
„Sie könnten auf dem Meigs landen."
„Am See?"
„Sicher."
„Werden wir denn nicht von den Aufklärern der Weltgemeinschaft erfasst werden?"

„Nicht wenn Ihr Mann entsprechende Werte in den Zentralrechner eingibt."

„Das ist ein ziemlich großer Jet, um dort zu landen, wenn ich das richtig in Erinnerung habe."

„Sie können doch Gegenschub geben, oder?"

„Natürlich."

„Es ist zu schaffen. Aber natürlich steht niemand auf dem Boden zur Verfügung. Doch hören Sie, Ray, falls Ihr Mann Chicago und das, was die Weltgemeinschaft darüber denkt, im Blick behält, setzt er sich besser dorthin ab und versteckt sich."

„Was sagen Sie?"

„Ich bezweifle, dass irgendjemand das in letzter Zeit überprüft hat, aber nur um sicherzugehen, dass ich Sie nicht in eine Fall locke, habe ich nachgesehen, und irgendetwas hat in den letzten Stunden Wärmesignale ausgesandt."

„Wir sagen ihm immer Bescheid, bevor wir rausgehen, ob wir nun laufen, fahren oder mit dem Hubschrauber fliegen. Auf diese Weise kann er die Signale abwehren, die wir aussenden."

„Nun, auf jeden Fall ist dort unten jemand unterwegs. Es sind nur geringe Bewegungen, aber es wird Verdacht erregen, so wie es auch bei mir der Fall war."

„Also zurück zu Griechenland. Wir wissen, dass Bucks Identität als Jack Jensen aufgeflogen ist."

„Das ist noch nicht das Schlimmste. Er hat doch zwei Jugendliche aus einem Gefängnis befreit, und das Mädchen, Stavros heißt sie wohl, wurde gefangen genommen. Man kann ihr keine Schuld geben, sie ist ja noch so jung, aber offensichtlich ist sie zusammengebrochen und hat einiges verraten. Die Geschichte, die sie erzählt hat, passt zu dem, was ihrer Meinung nach mit dem Jungen passiert ist, der den Namen Paulo Ganter benutzte. Natürlich war Ganter noch immer im Gefängnis, und so fanden sie heraus, wer entkommen war. Ein Junge mit Namen Papadopoulos. Seine Eltern hatten sich geweigert, das Zeichen anzunehmen. Die Weltgemeinschaft in Griechenland hat nun ein Mädchen, das der Stavros sehr ähnlich sieht, in den Untergrund geschleust. Sie fing an, nach dem Jungen zu fragen, irgendjemand hat sie miteinander in Kontakt gebracht, und sie hat ihm ihre Geschichte erzählt, die seiner so ähnlich ist. Und schon war sie dabei, niemand hat sie überprüft, sie hielt sich von den Leuten fern, die merken könnten, dass sie gar nicht die ist, die zu sein sie behauptet, und –"

„– und sie hat unsere Leute in einen Hinterhalt geführt."

„Ja, und es sieht übel aus, Rayford."

„Sagen Sie es mir einfach."

„Die Weltgemeinschaft behauptet, dass alles nach Plan lief. Sie haben einen alten Mann mit Namen Kronos getötet, einen großen Fisch mit Namen Miklos und den Jungen."

Mit geschlossenen Augen und in den Händen abgestützten Kopf saß Rayford auf dem Beifahrersitz. „Und Sebastian?"

„Am Leben und bei bester Gesundheit. Sie sind davon überzeugt, dass sie von ihm alle Informationen bekommen, die sie brauchen, und dass er sie zu Ben-Judah führt. Aber er ist ehemaliger Militärangehöriger und könnte zäher sein, als sie glauben."

„Außerdem weiß er gar nicht viel."

„Er sollte die Jugendlichen zu Ihnen bringen, richtig? Er weiß vermutlich genug, um Ihnen zu schaden."

„Das schon. Irgendeine Vorstellung, was aus der richtigen Stavros geworden ist?"

„Ich denke, darüber braucht man gar nicht zu reden, da sie jetzt eine Verbindung zu Ihnen haben. Sie hat ihre Schuldigkeit getan."

„Wir brauchen nicht das Schlimmste anzunehmen."

„Oh doch, müssen wir, Rayford. Natürlich müssen wir das. Ich tue das immer."

Plank erkundigte sich, ob jemand an Bord sei, dessen Gesicht der Weltgemeinschaft nicht bekannt sei. „Wir haben drei Leute, die für tot gehalten werden."

„Kann sich jemand so herrichten, dass er für einen Mann aus dem Mittleren Osten durchgeht?"

„Einer von uns ist Jordanier."

„Perfekt. Hat er einen Turban?"

Rayford weckte Abdullah auf. „Haben Sie einen Turban oder können Sie sich einen machen?" Abdullah nickte und schlief wieder ein. „Das geht in Ordnung, Steve."

„Können Sie ihn ans Funkgerät setzen und so tun lassen, als würde er das Flugzeug fliegen?"

„Er ist Pilot."

„Das ist ja wunderbar. Hier ist sein neuer Name und eine Nummer zum Auftanken in Maryland. Ihr nächster Halt sollte danach das Auferstehungsfeld hier sein, südlich von Colorado Springs. Ich werde Sie nicht erwarten."

„Nein, aber Sie werden uns anmelden."

„Natürlich."

„Worte können nicht ausdrücken, Steve …“

„Hey, eines Tages werde ich vermutlich einen Platz brauchen, an dem ich mich verstecken kann … falls ich so lange überlebe.“

Da Buck, Hannah, Lea und Mac ebenfalls schliefen, beschloss Rayford, nur Albie zu erzählen, was passiert war. Abdullah und Albie würden genügend Zeit haben, die Plätze zu tauschen. Rayford rief Chang an.

Zwölf Stunden später saß Chang an seinem Terminal im Büro. Er war froh, dass er nach der hektischen Nacht noch ein paar Stunden hatte schlafen können. Er fragte sich, wie David dies ganz allein hatte schaffen können, und betete, Gott würde ihn entweder erlösen oder ihm jemanden zur Hilfe schicken. Zwar wusste er von keinen anderen Christen in Neu-Babylon, doch er hoffte trotzdem auf Unterstützung. Während er die unglaublichen Berichte über die Folgen der Meereskatastrophe durchging, zeichnete er die Sitzung der zehn Regionalpotentaten mit Carpathia, Akbar, Fortunato und Viv Ivins auf.

Der Arbeitstag schien kein Ende nehmen zu wollen. Changs Leben war eine Gratwanderung. Einerseits musste er über jeden Vorwurf erhaben scheinen, während er seine typisch respektlose Haltung beibehielt. David hatte ihm gesagt, er dürfe nicht zu unterwürfig erscheinen, weil ihn das verdächtig machen würde. Und da er gerade erst angefangen hatte, für die *Tribulation Force* zu arbeiten, fürchtete er, dem Druck emotional nicht gewachsen zu sein. Davids Tod hatte ihn tief getroffen. Er konnte sich gar nicht vorstellen, wie die anderen den Tod von Hattie Durham und schließlich noch ihrem Kontaktmann in Griechenland verkrafteten. „Furcht“ und „Einsamkeit“ – diese Begriffe beschrieben seine Gefühle nicht auch nur annähernd. Er betete, dass Gott ihm irgendwie half, entspannt und stark zu bleiben und seine Aufgaben wahrzunehmen, bis er von seiner Arbeit abberufen würde.

Chaim fühlte sich in Petra wie im Himmel. Wie kam es, dass eine Million Gläubige harmonisch miteinander leben konnten? Chaim erinnerte das Volk daran, dass Tsion Ben-Judah versprochen hatte, persönlich zu kommen und zu ihnen zu sprechen. Daraufhin brach die Menge in einen solchen Jubel aus, dass er selbst den Tag kaum erwarten konnte.

„Ihr wisst doch“, sagte er ihnen, „dass uns im Wort Gottes gesagt wird, wir würden hier leben können, ohne belästigt zu werden. Unsere Kleidung wird nicht verschleißen, und wir werden Essen und Wasser bekommen, bis der Zorn Gottes gegen seine Feinde vollendet ist.“ Er sprach ohne Verstärkeranlage und doch konnten ihn alle verstehen. „Johannes schreibt in der Offenbarung: ‚Dann sah ich etwas, das einem gläsernen Meer glich und mit Feuer durchsetzt war. Und die Sieger über das Tier, über sein Standbild und über die Zahl seines Namens standen auf dem gläsernen Meer und trugen die Harfen Gottes.‘ Meine Freunde, diejenigen, die Johannes in seiner Offenbarung des Himmels gesehen hat und die den Sieg über das Tier davongetragen haben, sind die Menschen, die von dem Tier ermordet wurden. Der Tod wird jedoch wegen der Auferstehung der Heiligen als Sieg betrachtet!

Auch Mose hat schon Gott gelobt und über das Lamm gesagt: ‚Groß und wunderbar sind deine Taten, Herr, Gott und Herrscher über die ganze Schöpfung. Gerecht und zuverlässig sind deine Wege, du König der Völker. Wer wird dich nicht fürchten, Herr, wer wird deinen Namen nicht preisen?‘

Johannes fährt fort und sagt: ‚Denn du allein bist heilig: Alle Völker kommen und beten dich an; denn deine gerechten Taten sind offenbar geworden.‘

Und was wird“, fuhr Chaim fort, „aus unseren Feinden, die das Blut der Heiligen und Propheten vergossen haben? Gott hat das Wasser in den Meeren in Blut verwandelt, und schon bald wird er auch das Wasser in den Flüssen und Seen in Blut verwandeln und ihnen Blut zu trinken geben. Denn dies ist ihr gerechtes Schicksal.

Aber was werden wir als sein Volk essen und trinken, hier an unserer Zufluchtsstätte? Einige werden sich umschauen und sagen, es sei öde und kahl. Doch Gott sagt, dass wir am Abend Fleisch essen werden und am Morgen Brot. Daran werden wir erkennen, dass er der Herr, unser Gott, ist.“

An diesem Abend flog eine große Menge Wachteln heran, die die Israeliten über dem offenen Feuer brieten. Am Morgen, als sich der Tau hob, lagen auf dem steinigen Untergrund kleine runde Fladen, knusprig und fein wie Reif. „Wir brauchen uns nicht wie die Kinder Israel in der Wüste zu fragen, was ist das?“, sagte Chaim. „Denn wir wissen, dass Gott uns damit Brot geschenkt hat. Nehmt es, esst und erkennt, dass es satt macht und süß ist wie Oblaten mit Honig.

Und was sollen wir trinken? Gott selbst hat für uns gesorgt.“

Chaim hob beide Arme und frisches, kühles Wasser floss von den Felsen in jedem Teil Petras herab, genug für alle.

Das Auftanken in Maryland verlief ohne Zwischenfälle, aber Rayford fragte sich, wann sie wohl endlich nicht mehr verraten werden würden. Ein paar Stunden später übernahm Rayford die Landung auf dem kleinen Flugplatz am Michigansee, ganz in der Nähe von dem, was von Chicago noch übrig war. Seine Passagiere waren ausgeruht doch erschüttert über das, was Steve Plank ihnen mitgeteilt hatte. Auch die anderen Mitglieder der *Tribulation Force* im Versteck waren sehr niedergeschlagen. Chang berichtete aus Neu-Babylon, er habe im Computer die Wärmebewegung von Chloes nächtlicher Wanderung erklären können, die sonst bestimmt Misstrauen erregt hätte. Tsion berichtete Rayford am Telefon, Chloe sei am Boden zerstört, dass sie für die Schwierigkeiten verantwortlich sei. „Aber sie hat aufregende Neuigkeiten", fuhr Dr. Ben-Judah fort. „Sie beharrt darauf, Sie abzuholen. Und ja, wir haben den jungen Mr. Chang angewiesen, Ihre Landung und den Hertransport abzusichern."

Die Landung stellte Rayfords fliegerische Fähigkeiten auf die Probe, und als er so dicht wie möglich am Wasser landete, fragte er sich, ob er die Landung nicht vielleicht Mac hätte überlassen sollen. Doch ihm blieb wenig Raum für Zweifel, weil die Landung alle seine Fähigkeiten forderte. Schließlich ließ er den Jet zwischen zwei verlassene Gebäude rollen, wo er vom Satelliten aus nur wenige Sekunden am Tag erfasst werden konnte.

Die anderen ließen Buck den Vortritt bei der Begrüßung Chloes. Sie fuhr einen Wagen aus dem Untergeschoss des Strong-Gebäudes und hatte Ming mitgebracht, die Kenny auf dem Schoß hielt. Rayford streckte sich und beobachtete das Wiedersehen, während die anderen Passagiere das Gepäck ausluden. Als alle schließlich wieder im Gebäude angekommen waren, stellte man sich gegenseitig vor und kniete nieder, um zu beten. Sie beweinten den Verlust von geliebten Menschen. Rayford zeigte ihnen die Urne mit Hatties Asche und Hannah reichte Davids Telefon herum.

„Natürlich werden wir George in Griechenland nicht im Stich lassen, oder?"

„Natürlich nicht, Zeke", sagte Mac. „Aber wir müssen in kürzester Zeit eine Menge Pläne schmieden und wir werden unheimlich beschäftigt sein."

„Ich kenne ein paar Leute, die bestimmt gern helfen würden", verkündete Chloe.

Im Palast in Neu-Babylon gab es jede Menge Gerüchte und Gerede. Die beiden indischen Stewards aus Carpathias Flugzeug wurden zum Tode verurteilt, weil sie Geheimnisse an einen Maulwurf in Neu-Babylon weitergegeben haben sollten. Jeder wurde verdächtigt und befragt. Die allgemeine Einladung an alle Angestellten, das spektakuläre neue Arbeitszimmer des Supreme Potentaten zu besichtigen, war auf Grund seiner vorzeitigen Rückkehr aus Israel verschoben worden. Aber diejenigen, die es gesehen hatten, staunten über die Pracht. Die Wände gingen in das nun durchsichtige Dach über, und es war, als könne man von dem Büro aus in den Himmel sehen. Der Raum selbst war weiter vergrößert, die Wände der angrenzenden Büros und Konferenzräume waren herausgenommen worden, und damit stand dem König der Welt ein unermesslich großes Arbeitszimmer zur Verfügung, in dem er entspannen, seine Geschäfte erledigen oder Sitzungen abhalten konnte. An diesem Tag hatte er stundenlang mit den Potentaten der Weltregionen zusammengesessen.

Chang eilte in sein Apartment, um die Aufzeichnung dieses Gesprächs abzuhören, doch zuerst überprüfte er, was der Computer aus Petra übermittelte. Wie schön war es, Chaims Rede zu hören und Berichte über die Wunder in die ganze Welt zu schicken. Menschen auf jedem Kontinent druckten sie aus oder verteilten sie auf elektronischem Weg. Untergrundgemeinden wurden ermutigt und viele Menschen fanden ganz neu zum Glauben. Unentschlossene und von Carpathia desillusionierte Menschen suchten die Gläubigen auf und baten um Hilfe. Vor Changs Augen ereignete sich eine globale Erweckung.

Und keine Sekunde zu früh, angesichts Carpathias Sitzung auf höchster Ebene. Sehr schnell hatte er die Begeisterung über seine neuen Räumlichkeiten erstickt und war zum Thema gekommen. „Die Welt hat sich verändert, meine Herren", begann er, „sowohl in den vergangenen Tagen als auch in den vergangenen dreieinhalb Jahren. Bitte, keine Handzeichen. Ich kenne alle Ihre Probleme, möchte heute aber über meine sprechen. Ohne ein wundersames Eingreifen wird die Meereskatastrophe nicht so bald abzuwenden sein. Wir müssen sehr kreativ sein, wenn es um die Lösung dieses Problems geht. Aber ist Ihnen etwas aufgefallen, meine Freunde? Ist es Ihnen genauso klar wie mir? Unsere gegenwärtige Zwangslage haben wir den Juden zu verdanken.

Ja, den Juden. Wer ist als Letzter dem Carpathianismus beigetreten? Die Juden. Wer ist ihr neuer Mose? Ein Mann, der sich selbst Micha nennt, in dem wir aber den Mann vermuten, der vergeblich versucht hat, mich zu ermorden: Dr. Chaim Rosenzweig.

Wer sind die Judahiten? Sie behaupten, Jünger Jesu zu sein, aber sie folgen Ben-Judah, einem Juden. Jesus war ein Jude. Sie bezeichnen mich gern als Antichrist. Nun, ich werde jetzt ein Anti-Jude sein. Und Sie auch. Dies ist ein Krieg, meine Herren, und ich möchte, dass er in allen zehn Regionen der Welt geführt wird.

Ich für meinen Teil habe vor, die so genannten Jesus-Jünger, die nichts weiter sind als Judah-Sektierer, ausfindig zu machen und auszulöschen. Tsion Ben-Judah, der von sich behauptet, eine Milliarde Anhänger zu haben, hat öffentlich angekündigt, dass er nach Israel reisen will. Dies wird sein schlimmster Fehler sein. Er hat die Einladung von diesem Micha angenommen – dem wir die Beulenplage und das Blut in den Meeren verdanken –, um persönlich zu der einen Million von Feiglingen zu sprechen, die mir ihre Loyalität verweigert haben und doch wie Kinder davonliefen, als ich ihnen die Gelegenheit dazu bot."

„Exzellenz", unterbrach jemand, „hätten Sie sie denn nicht aufhalten können, bevor sie Petra erreichten?"

„Bitte keine Unterbrechungen! Natürlich hätten wir sie problemlos überrollen können, aber sie haben es uns so viel leichter und wirtschaftlicher gemacht. Sie befinden sich nun alle an einem Ort, und sobald Ben-Judah sein Versprechen einlöst, werden wir ihn mit einer Überraschung willkommen heißen. Oder zwei. Oder drei. Direktor Suhail Akbar vom Sicherheits- und Geheimdienst wird Ihnen dazu mehr sagen."

„Vielen Dank, Euer Exzellenz", ergriff Akbar das Wort. „Wir überwachen sorgfältig die Aktivitäten der Judahiten. Zwar haben wir die Juden in Petra nicht infiltrieren können, doch zu unserem Nutzen haben sie sich in ein bestimmtes Gebiet zurückgezogen, um uns die Arbeit zu erleichtern. Wir sind darauf vorbereitet, zwei Jagdbomber zu schicken, sobald wir wissen, dass Ben-Judah unterwegs ist. Wir vermuten, dass er sich nur ein oder zwei Stunden von Petra entfernt versteckt hält. Jedes Flugzeug wird unmittelbar nach seinem Eintreffen eine Bombe auf Petra fallen lassen. Darauf folgt eine Rakete, die eine totale Zerstörung sicherstellen wird. Eigentlich sollte diese

Rakete vom Meer aus abgeschossen werden, dies wird jetzt jedoch vom Land aus geschehen."

Chang musste lachen, weil der Geheimdienst anscheinend auf die Täuschung mit Tsions Fernsehauftritt hereingefallen war.

Carpathia übernahm nun wieder das Wort. „Die Judahiten sind große Heldenverehrer und auf das tägliche Gebrabbel Ben-Judahs im Internet angewiesen. Sein Tod wird vielleicht das Ende dieser Plage bedeuten. Zwar wissen wir von anderen Festungen des Judahismus, doch wir glauben nicht, dass ein anderer das Charisma oder die Führungseigenschaften besitzt, sich unseren unbegrenzten Möglichkeiten zu widersetzen.

Aber machen Sie keinen Fehler, meine loyalen Freunde. Der Jude ist überall. Gibt es einen Potentaten hier, der behaupten würde, keine ansehnliche jüdische Bevölkerung irgendwo in seiner Region zu haben? Keiner, natürlich nicht. Und jetzt die gute Nachricht, eine Nachricht, die Sie die Unbequemlichkeiten der Reise vergessen lassen wird, die ich so kurzfristig anberaumt habe. Für dieses Projekt werde ich die Schatzkammer öffnen und keine vernünftige Anfrage wird abgewiesen werden. Dies ist ein Krieg und ich will ihn unter allen Umständen gewinnen.

Behalten Sie die Zentren zur Verteilung des Loyalitätszeichens bei und nutzen Sie die Loyalitätssicherstellungsgeräte. Aber ab sofort werden Juden, die ohne das Zeichen aufgegriffen werden, nicht mehr exekutiert. Ich möchte, dass sie in Gewahrsam genommen werden und leiden. Nutzen Sie für den Anfang die bestehenden Einrichtungen, aber bauen Sie so bald wie möglich neue Zentren. Sie müssen nicht schön sein und keine Annehmlichkeiten bieten. Sie müssen nur sicher sein. Seien Sie kreativ und überlegen Sie gemeinsam. Im Idealfall – so stelle ich es mir jedenfalls vor – sollten diese Menschen sich danach sehnen, ihre Meinung zu ändern oder zu sterben. Dieser Luxus soll ihnen jedoch nicht gestattet werden.

Nur wenige verbleibende Judahiten werden mit den Inhaftierten sympathisieren. Sie werden allein und so einsam sein wie nie zuvor in ihrem Leben, obwohl sich in ihren Zellen andere Juden befinden werden. Der Erniedrigung, die ich fordere, werden keine Grenzen gesetzt sein. Sie bekommen keine Kleidung, keine Heizung, keine Klimatisierung, keine Medizin. Gerade so viel Essen, dass sie für einen weiteren Tag des Leidens am Leben bleiben.

Ich möchte Berichte, meine Herren. Fotos, Dokumentationen, ausführliche Beschreibungen, Aufzeichnungen. Diese Menschen werden sich wünschen, sie hätten sich für die Guillotine entschieden. Wir werden unsere besten und innovativsten Ideen im Fernsehen vorstellen. Vor langer Zeit haben sich diese Hunde als ‚Gottes auserwähltes Volk' bezeichnet. Nun, sie werden ihrem Gott jetzt begegnen. Ich habe sie erwählt, das stimmt. Und nicht einmal der Tod wird sie von ihrer Qual erlösen.

Nutzen Sie alles Geld, alle Ausrüstung und Waffen, die Sie brauchen, um diese Wiesel aus ihren Löchern zu treiben. Der Potentat, der in der Lage ist, sie trotz ihrer Qual am längsten am Leben zu erhalten, wird im kommenden Jahr mit dem doppelten Budget belohnt werden.

Noch Fragen, meine Herren?"

20

George Sebastian hatte ursprünglich geplant, erst etwas zu essen, wenn er seine Schutzbefohlenen an Bord hatte und sich wieder in der Luft befand. Nun war der Hunger natürlich das geringste seiner Probleme, aber Schwäche war für ihn in der augenblicklichen Situation nicht von Vorteil. Die Griechen, vor allem die Typen, die ihn in einen Hinterhalt gelockt hatten, und die Leute, mit denen er Kontakt aufnehmen sollte, horteten ihre Wasservorräte. Die Berichte über die Meereskatastrophe hatte alle veranlasst, zu den Seen und Flüssen zu stürzen und Süßwasserfische zu fangen. Schon bald würde Wasser mehr wert sein als Gold.

Die Männer, die ihn gefangen genommen hatten, schienen gute Verbindungen zu haben, das konnte er sagen. Nachdem sie mehr als 40 Minuten lang in Richtung Norden gefahren waren, dann etwa 20 Minuten nach Osten, falls sein Orientierungssinn ihn nicht täuschte, fuhren sie nun über weicheren Boden. Dann hörte er, wie Zweige und Blätter am Auto vorbeistreiften. Das Auto, das er am Flugplatz ausgeliehen hatte, schien noch hinter ihnen zu sein. George war dankbar für seine Ausbildung, wozu auch gehört hatte, mit verbundenen Augen die Orientierung zu behalten und Folter auszuhalten. Beim Training hatte er sich unglaublich hilflos gefühlt, obwohl er gewusst hatte, dass seine Leute alles unter Kontrolle hatten. Gefesselt zu werden und die Augen verbunden zu bekommen, war schrecklich gewesen, obwohl er keine Angst um sein Leben zu haben brauchte. Hunger und Durst hatte er zwar aushalten müssen, aber das Schlimmste war, allein gelassen zu werden, sodass die eigenen Gedanken einem etwas vorgaukelten. Damals hatte er gewusst, dass er sich in Kalifornien befand, nicht weit von San Diego entfernt, nicht weit fort von zu Hause. Aber sein Zeitgefühl und seine Gedankenspiele, die ihm helfen sollten, ruhig und gelassen zu bleiben, verloren schon bald ihre Wirkung, und in der Vorstellung des jungen, starken und gesunden Rekruten wurden Minuten zu Stunden.

Er wollte das, was er aus jenem Trauma gelernt hatte, in dieser Situation nutzen, aber er hasste allein die Erinnerung daran. Keinerlei Hilfsmittel zur Verfügung zu haben, war besonders schlimm gewesen.

George hatte in seiner Division als einer der kreativsten und innovativsten Soldaten gegolten. Einmal waren sie mitten im Wald 30 Meilen von ihrer Basis entfernt nur in Shorts und Stiefeln abgesetzt worden. Er hatte als Erster den Weg zurück gefunden. Er konnte improvisieren, sich an Hand der Schatten, des Baumbewuchses und seiner Intuition orientieren. Er wusste, wie er sich vor der Sonne schützen konnte, wie er verhinderte, dass er im Kreis lief – eine häufiges Problem bei Leuten, die jeden Orientierungssinn verloren hatten.

Aber in einem dunklen Raum zu sitzen, ohne auch nur das Atmen eines anderen Menschen zu hören, keinerlei auch noch so gedämpfte Geräusche von Offizieren oder anderen Soldaten zu hören, die darüber tratschten, wie lange er dort eingesperrt war, das war eine Tortur gewesen. Obwohl er sich sehr schnell von der Augenbinde befreit hatte, konnte er seine Hände nicht lösen. Aber er war in der Lage gewesen, aufzustehen und herumzulaufen, den Raum abzumessen und sich die Zeit mit dem Rezitieren von Liedern und Gedichten zu vertreiben und sich die Geburtsdaten von Angehörigen und Freunden aufzusagen.

Doch als ihm der Stoff ausging und er nach zwei Stunden jegliches Zeitgefühl verloren hatte, war er versucht gewesen, seinen Gefährten zuzurufen, er hätte genug, er hätte es verstanden und es sei an der Zeit, in die Normalität zurückzukehren. Aber wer tat so etwas schon, außer den Schwächlingen, den Waschlappen? Er musste sich eingestehen, dass auch er am liebsten geschrien, geweint, gebettelt und gefleht, gegen die Wand getreten und gerufen hätte, ob sie ihn denn vergessen hätten. Er hatte der Versuchung, wenigstens Lärm zu machen, schließlich nachgegeben. Für den Fall, dass sie ihn tatsächlich vergessen hatten, konnten sie das Gesicht wahren und so tun, als habe alles zur Ausbildung gehört.

Er erinnerte sich, wie es gewesen war, Hunger und Durst zu haben, verzweifelt zu sein, aber da war immer das Gefühl gewesen, dass keine Lebensgefahr bestand. Tief in seinem Innern hatte er gewusst, dass dies zu seiner Ausbildung gehörte, dass es nicht real war, keine Lebensbedrohung. Niemand würde einen bleibenden Schaden davontragen, niemand würde seine Frau bedrohen, nichts würde seinen Eltern geschehen.

Seine Vorgesetzten hatten den Männern die Grundlagen der transzendentalen Meditation beigebracht, was die meisten seiner Gefährten als eine Übung für Verrückte, Drogenabhängige und heilige Männer aus dem Osten abgetan hatten. Doch George hatte es als nützlich angesehen, über sein Bewusstsein hinaus zu denken oder es zumindest zu versuchen. Selbst damals, bevor er zum Glauben an Christus gefunden hatte, hatte er nichts mit den religiösen Aspekten der Meditation zu tun haben wollen. Aber er sehnte sich danach, über sein Leben hinauszugehen, einen Punkt außerhalb seines Selbst zu erreichen, in der Lage zu sein, seine Sinne und Gefühle in ein Flugzeug zu packen, wo sie vor der Bedrohung durch andere Menschen sicher sein würden.

Das hatte nicht lange funktioniert, und davor hatte er jetzt Angst. Dies war die Realität. Während er seine Atmung regulierte und sich ermahnte, nicht über Hunger und Durst nachzudenken, konnte er diese Dinge dennoch nicht aus seinen Gedanken bannen. Je mehr er es versuchte, desto schlimmer wurde es. Er wurde durch die Nacht geschleppt, kein Lichtschimmer drang durch seine Augenbinde, und so sehr er sich auch bemühte, alle Informationen zu verarbeiten, die er seit der Begegnung mit dem Mädchen hatte sammeln können, so war doch sein vorherrschendes Gefühl Scham.

Nein, er war nicht dafür verantwortlich, dass die Teenager geschnappt worden waren – und ihre Helfer. Doch die Aufgabe hatte ihn fasziniert und er war nicht mit militärischem Scharfblick darangegangen. Die Erlebnisse in der Negev-Wüste, das war Krieg gewesen, reiner und einfacher Krieg, abgesehen von der Tatsache, dass die überlegene Feindesmacht ohne Gegenwehr ihrerseits in den Abgrund gestürzt war. Es hatte ihm gut getan zu sehen, was mit denen passierte, die Gott den Rücken kehrten. *Unser General ist besser als eurer*, dachte er, *also ergebt euch besser.*

Das brachte ihn beinahe zum Lächeln. Warum sollte er sich um die Menschen Gedanken machen, die ihn gefangen genommen hatten, wo der Erzengel selbst einschreiten und sie tot zu Boden sinken lassen konnte – wenn sie Glück hatten?

Man richtete ihn wieder auf, dann hörte er, wie zwei Türen geöffnet wurden. Die Männer stießen ihn in ein Haus. Ein Licht wurde angeknipst. Ein paar Stufen, eine weitere Tür, ein muffiger Geruch, ein Stoß von hinten, nach unten führende Stufen, aber wie viele? Er begann vorsichtig, tastete mit dem Fuß, wurde aber erneut gestoßen und hoffte, unten anzukommen, bevor er das Gleichgewicht verlor und stürzte.

George wusste nicht, wie weit diese Holztreppe nach unten führte. Am besten würde er das Kinn auf die Brust pressen, die Augen so fest wie möglich zukneifen und die Knie an die Brust ziehen. Er zählte zwei, drei, vier Stufen, dann festgetretenen Lehmboden. Er verlor das Gleichgewicht und überschlug sich ein paarmal. Schon rechnete er damit, mit dem Körper gegen eine Wand zu schlagen.

Als er schließlich auf der rechten Seite liegen blieb, konnte er an ihren Schritten hören, dass sie vor ihm stehen blieben. Er hielt die Knie angezogen und täuschte mehr Schmerzen vor, als er tatsächlich hatte. Er stöhnte leise und rührte sich nicht. Er wartete, bis die Schritte noch näher kamen, dann stieß er beide Füße so fest er konnte von sich.

Niemand in seiner Division hatte so fest treten können wie er. Hätte er den Mann vor sich sehen können, hätte er ihm beide Beine gebrochen. Aber leider hatte er nur eines seiner Beine getroffen. Der Mann schrie auf und ging in die Knie, wie es George schien. Seine Waffe fiel zu Boden.

„Idiot!“, knurrte der andere Mann. Das Mädchen unterdrückte ein Lachen.

„Ich werde diesen Mistkerl umbringen!“, rief der Mann, der auf dem Boden lag. Er stöhnte und jammerte vor Schmerzen, während er sich wieder hochrappelte und seine Waffe aufhob.

„Hör auf!“, forderte der andere. „Er ist unsere einzige Verbindung.“

„Nun, sie hätte ja nicht alle drei töten müssen.“

„Was geschehen ist, ist geschehen. Er ist es, also hüte dich vor einer weiteren Dummheit.“

„Einer weiteren Dummheit?“

„Na, es ist schon ausgesprochen dumm gewesen, so nah an ihn heranzugehen?“

George fühlte einen Stoß im Nacken. „Bleib bloß ruhig, mein Großer. Los, aufstehen.“ Dann spürte er eine Hand an den Handschellen, die an ihm zerrte, bis ihm nichts anderes übrig blieb, als aufzustehen. Er wurde zu einem Stuhl geführt und darauf gestoßen. Offensichtlich waren nur zwei der Männer und das Mädchen mit ihm hier unten. Über sich konnte er weitere Schritte vernehmen. Er versuchte, seine Atmung zu verlangsamen, um besser lauschen zu können. Im oberen Stockwerk wurde gesprochen, aber niemand antwortete. Der Mann schien zu telefonieren, sprach von dem Wagen, vermutlich mit dem Angestellten, der ihn ausgeliehen hatte. Dann sagte er etwas über das Flugzeug. George fand, dass es ihm recht geschähe, falls sie ihn auf der Stelle erschießen würden. Wenn er ehrlich war, dann war diese Aufgabe für ihn nicht mehr als ein Spiel gewesen, und jetzt hatte er die gesamte *Tribulation Force* in Gefahr gebracht. Und falls man diesen Männern glauben konnte, waren die anderen in Griechenland getötet worden.

Zigarettenrauch. Der ihm ins Gesicht geblasen wurde. *Oh, bitte*, dachte er. Diese Menschen hatten einfach zu viele Filme gesehen. Vielleicht würde es ihm helfen, wenn er ihre Fehler aufzählte. Jemand hockte neben ihm, vermutlich der Mann, der hinter ihm die Treppe hinuntergekommen war. Der andere würde eine Weile sehr vorsichtig sein.

„Du kannst es dir leicht oder sehr schwer machen", flüsterte der Mann. George presste die Lippen aufeinander, dennoch musste er lachen. Er wollte fragen, ob sie das bekannte Spielchen guter Cop, böser Cop mit ihm spielen wollten. Doch er hatte ja beschlossen, kein Wort mit ihnen zu reden.

„Wir wissen, wer Sie sind, Mr. Sebastian." George konnte kaum noch an sich halten. Er kannte bereits den nächsten Satz. „Wir wissen, für wen Sie arbeiten."

Der Versuch, das Lachen zu unterdrücken, machte es nur noch schlimmer, und da saß er, mit bebenden Schultern lauthals lachend. George war beinahe erleichtert, als ein Schlag auf den Mund ihn ernüchterte.

Er wischte sich den Mund an der Schulter ab, schmeckte Blut und spuckte aus. Wenigstens hatten sie ihn nicht getötet, weil er nicht aufhören konnte zu lachen. Als der Mann neben ihm mit seinem starken Akzent sagte, ihm würde das Lachen schon noch vergehen, hätte George beinahe wieder angefangen. Aber seine schmerzenden Lippen schwollen an, und er hatte so eine Ahnung, dass dieser Schmerz der geringste sein würde, wenn sie mit ihm fertig waren.

„Wir möchten nur wissen, wo wir Ihre Leute finden können. Wenn Ihre Informationen korrekt sind, können Sie gehen." Als ob sie ihn nicht töten würden, weil er das Loyalitätszeichen nicht hatte. „Wir haben ihren Standort bereits auf die Vereinigten Carpathiatischen Staaten eingegrenzt."

George legte leicht den Kopf zur Seite. Diese Mitteilung erstaunte ihn, und er hatte keine Bedenken, sein Erstaunen zu zeigen, weil sie bestimmt denken würden, er sei schockiert, dass sie über diese Information verfügten. Es war kein Geheimnis, dass Tsion Ben-Judah nach Petra kommen wollte, warum machten sie sich noch Gedanken um die anderen?

„Sie staunen vielleicht darüber, wie viel wir wissen. Rosenzweig stellt keine Bedrohung dar, solange er in den Bergen bleibt. Sein Assistent ist Cameron Williams, der illegal über das Internet subversives Material über die Weltgemeinschaft verbreitet, ein Verbrechen, auf das die Todesstrafe steht. Wir wissen, dass die Judahiten irgendwo innerhalb der Weltgemeinschaft einen Maulwurf haben. Und der Pilot, der sich als Offizier der Weltgemeinschaft verkleidet hat, hat sein Glück überstrapaziert. Er wird mit Williams in Verbindung gebracht, der sich ebenfalls als Angestellter der Weltgemeinschaft ausgegeben und zwei Gefangene befreit hat. Wir haben Grund zu der Annahme, dass eine ehemalige Beamtin des Buffer, die sich unerlaubt von der Truppe entfernt hat, ebenfalls mit diesen Leuten in Verbindung steht."

George fragte sich, ob sie die Verbindung zwischen Ming Toy und Chang Wong bereits hergestellt hatten. Vielleicht würde die Tatsache, dass sie verheiratet gewesen war und nun einen anderen Nachnamen trug, diese Erkenntnis noch ein wenig hinauszögern. Natürlich wäre das nur noch eine Frage der Zeit. Chang musste Neu-Babylon sofort verlassen.

Der Mann glaubte scheinbar, George mit seinem Wissen verblüfft zu haben. Doch in Wahrheit war das Gegenteil der Fall. Offensichtlich hatten sie den Absturz der Quasi Two nicht mit der *Tribulation Force* in Verbindung gebracht, und keiner hatte auch nur eine Ahnung davon, dass sie unbemannt gewesen war.

Noch mehr Rauch ins Gesicht. „Also sagen Sie uns einfach nur, wo wir suchen sollen, und wenn sich Ihre Angaben als zutreffend herausstellen, können Sie nach Hause zu Ihrer Familie zurückkehren."

Ironischerweise hätte George die *Tribulation Force* gar nicht verraten können, selbst wenn er es gewollt hätte. Zu seiner eigenen Sicherheit hatte Rayford ihm aufgetragen, Marcel und Georgiana in Kankakee abzusetzen. Er würde sie dort abholen. Ob George sie ins Versteck, wo immer sich das befand, begleiten würde oder nach San Diego weiterflog, wäre von der Uhrzeit und der Wetterlage abhängig gewesen und davon, ob die Weltgemeinschaft ihm auf den Fersen gewesen wäre.

Der Mann neben ihm versuchte es mit einer anderen Strategie. Sanft legte er George die Hand auf die Schulter und flüsterte: „Wir brauchen nur eine genaue Ortsangabe. Niemand weiß, woher wir sie haben, Sie sind frei, und alle sind glücklich."

Der Mann steckte so voller Klischees, dass George versucht war, auf seine Art zu antworten: ihm ins Gesicht zu spucken. Aber wenn er eines genau wusste, dann dass Apathie offensiver war als Widerstand. Solange er sich wehrte, wussten sie, dass sie ihn kriegen würden. Wenn er sie ignorierte, hatten sie nichts in den Händen, und die Beleidigung, nicht ernst genommen zu werden, machte sie schier verrückt.

Das hatte George von seiner Frau gelernt. Er hatte nichts dagegen, wenn sie mit ihm stritt. Aber wenn sie aufgab und sagte, es sei ihr egal, trieb ihn das zur Weißglut. Gleichgültigkeit war eine grausame Strategie. Und jetzt wendete er diese Strategie an. Er schüttelte nicht einmal den Kopf. Er versuchte, nicht zu treten. Seit er bei der Bemerkung des Mannes, er kenne den Aufenthaltsort der *Tribulation Force*, ein gewisses Maß an Erstaunen gezeigt hatte, hatte George kaum einen Muskel bewegt. Der Mann musste sich fragen, ob er überhaupt zuhörte. Und das tat er auch gar nicht.

Um der Versuchung zu widerstehen, nonverbal zu reagieren, begann George, sich im Stillen die Bücher der Bibel aufzusagen. Dann seine Lieblingsverse. Dann seine Lieblingslieder.

Der Grieche stieß ihn mit der Waffe an. Er sollte nicht denken, George sei eingeschlafen, darum schob er das Kinn vor.

„Nun, wie soll es weitergehen, Sebastian? Sie weigern sich? Wollen Sie es nicht sagen? Nein? Sie haben beschlossen, den Mund zu halten. Kein Wort zu sprechen. Sie wollen nicht einmal Rang und Kennnummer nennen? Wir kennen Ihren Namen doch bereits. Kommen Sie. Nicht einmal das?“

Chang überprüfte die unterschiedlichen Eingaben und Standorte, während er gleichzeitig versuchte, sich die Aufzeichnung von Carpathias Besprechung anzuhören. Alarmierend war eine Liste von Suhail Akbar, auf denen alle Angestellten seiner Abteilung vermerkt waren, die sich ohne Erlaubnis von ihrem Arbeitsplatz entfernt hatten. Chang fand den Namen seiner Schwester darunter und löschte ihn, aber es konnte natürlich bereits zu spät sein. Wie viele wussten über ihre verwandtschaftliche Beziehung Bescheid? Vielleicht nicht einmal Akbar. Moon hatte es gewusst. Und Carpathia natürlich auch. Chang konnte nur hoffen, dass solche Einzelheiten dem Potentaten nicht zu Ohren kamen. Wer konnte schon sagen, was daraus werden würde? Ja, er schien loyal zu sein, hatte sogar das Zeichen angenommen. Aber falls er überprüft wurde, wie lange konnte er seine Eltern und seine

Schwester aus seinen Problemen heraushalten? Jetzt war nicht der richtige Zeitpunkt, aber irgendwann einmal musste er mit Rayford Steele darüber sprechen. Er war der festen Überzeugung, dass er den Palast und das Hauptquartier der Weltgemeinschaft auch vom Versteck aus würde überwachen können.

Während Carpathias Besprechung mit seinen Regionalpotentaten antwortete einer von ihnen auf Nicolais drängende Forderung nach einer Endlösung für das Judenproblem mit einer Gegenfrage. „Bedeutet das, dass Sie keine Videoaufzeichnungen der Hinrichtungen mehr wünschen?"

„Oh nein! Das bleibt mein liebster Zeitvertreib. Wie Sie wissen, brauche ich keinen Schlaf und keine Ruhephasen mehr. Einer der Vorteile des Gottseins ist, dass man unendlich viel Zeit hat, sich an der Dummheit seiner Gegner zu freuen. Manchmal sitze ich nachts stundenlang vor dem Fernsehgerät und sehe zu, wie ein Kopf nach dem anderen in die Körbe fällt. Diese Menschen sind so dumm, so eigensinnig, so fromm. Sie singen. Sie geben ‚Zeugnis'. Gefällt Ihnen dieses Wort auch so gut wie mir. Sie bezeugen ihren Gott und sprechen sich gegen mich aus. Oh, das macht mich so wütend, so eifersüchtig. Aber was passiert dann? Fünf Meter über ihnen wird diese schwere, glänzende, rasiermesserscharfe Klinge gelöst. Wussten Sie, dass diese nur ein Siebzigstel einer Sekunde benötigt, um den Boden des Schafotts zu erreichen? Und die letzten zwei Hundertstel Sekunden braucht sie, um den Kopf abzutrennen – mit einer Leichtigkeit, als wäre er nicht da.

Ich liebe dieses Schauspiel! Das einzige Problem, liebe Freunde, ist, dass die Guillotine zu human ist! Ganz bestimmt ist sie viel zu schnell und zu tödlich für die Juden. Wie viele Schmerzen kann man einem Menschen zufügen, bevor er stirbt? *Das* möchte ich wissen. Ich möchte, dass Sie mir das mit allen nur möglichen Sicht- und Hörbeispielen vorführen. Und Sie wissen, wen Sie als Testpersonen nehmen sollen.

Als besonderen ‚Leckerbissen' für heute werden wir in der Pause der Hinrichtung der beiden Rebellen beiwohnen, die wir entlarvt haben. Wir sind noch immer auf der Suche nach dem Maulwurf im Hauptquartier, aber vielleicht wird er oder sie ja auch die Hinrichtung sehen und aus dem Untergrund aufgescheucht werden und um sein oder ihr Leben flehen."

„Die beiden werden mit der Guillotine hingerichtet?", erkundigte sich jemand.

„Allerdings", erwiderte Carpathia. „Aber wir haben nicht viel Zeit und es wird eine nette Erholung von der Sitzung sein."

Viele der anderen zeigten Zustimmung und Freude. Chang wurde übel. Er war versucht, einen Auszug dieses Gesprächs für seine Mutter herunterzuladen, aber da sein Vater Carpathia noch immer treu ergeben war, war dies zu gefährlich. Er hatte die Hoffnung noch nicht aufgegeben, dass die beiden auch noch gerettet werden konnten, da sein Vater das Zeichen in seinem Heimatland offenbar noch nicht angenommen hatte, soweit er gehört hatte. Wenn es ihm nicht gelingt, seine Eltern mit schlagkräftigen Beweisen zu überzeugen, würde sein Vater ihn ohne mit der Wimper zu zucken verraten, falls er Changs wahre Gesinnung erriet.

Rayford berief eine Besprechung der drei ersten Mitglieder der *Tribulation Force* ein. Tsion wurde dazugebeten und die Besprechung fand in seinem Arbeitszimmer statt.

„Ich hoffe, wir reden darüber, wer zusammen mit Dr. Ben-Judah nach Petra fliegen wird", begann Chloe.

„Das werden wir", erwiderte Rayford, „unter anderem." Tsion wirkte tief in Gedanken versunken. „Geht es Ihnen gut, Doktor?"

„Ich bin ein wenig traurig, das muss ich gestehen", antwortete der Rabbi. „Ich sollte nicht erstaunt sein, aber wie es scheint, sind wir an eine Kreuzung gekommen. Mir war bewusst, dass wir zum Ende hin immer mehr Menschen verlieren werden, aber ich habe den Eindruck, dass unsere zerbrechliche Sicherheit rasend schnell auseinander fällt."

„Das stimmt", bestätigte Rayford. „George kann die Weltgemeinschaft höchstens nach Illinois führen, aber ich glaube nicht, dass er das tun wird."

„Ich auch nicht", bekräftigte Buck. „Sie werden nichts aus ihm herauskriegen."

„Aber ihm vermutlich das Leben nehmen", seufzte Tsion.

„Was werden wir wegen unserer neuen Freunde unternehmen?", fragte Chloe.

„Das ist einer der Gründe, warum wir hier zusammensitzen", entgegnete Rayford. „So schön und aufregend das auch ist, Menschen zu entdecken, die auch Christen sind, mir scheint, dein Ausflug war unbedacht und hätte uns auffliegen lassen können."

Chloe blickte ihn verwundert an, und es sah so aus, als würde sie lieber mit ihm als Vater streiten, als sich vor ihm als Führer der *Tribulation Force* zu verantworten.

„Mit allem nötigen Respekt, aber ich wusste nicht, dass die Satellitenüberwachung mich verraten könnte. Sollte man uns nicht über so etwas informieren?“

„Woher sollten wir wissen, dass du das Haus einfach so verlässt?“

„Bei meinem letzten Ausflug habe ich dieses neue Versteck gefunden. Und sieh nur, was ich dieses Mal entdeckt habe.“

„Du hast Glück gehabt“, beharrte Rayford. „Und wenn es Soldaten der Weltgemeinschaft oder irgendwelche Verbrecher gewesen wären? Wir hätten dich verloren, vermutlich auch unser Versteck und somit unsere Grundlage.“

„Es tut mir Leid, aber jetzt haben wir Menschen gefunden, die unsere Hilfe brauchen und die uns helfen können.“

„Hast du mal darüber nachgedacht, Chloe, dass sie vielleicht gar nicht in unser Gebäude einziehen möchten, obwohl sie hier viel sicherer sind und mehr Vorteile haben? Vielleicht wollen sie gar nicht zur ‚Tribulation Force‘ gehören. Bis jetzt waren sie nur für sich selbst verantwortlich und hatten niemanden, dem sie untergeordnet waren. Vielleicht möchten sie gar nicht für gefährliche Missionen eingesetzt werden.“

„Sie möchten hierherziehen“, antwortete Chloe. „Sie möchten helfen und Aufgaben übernehmen. Aber du hast Recht, sie möchten eine eigenständige Organisation bleiben. Sie fühlen sich miteinander wohl, und obwohl sie gern sehen würden, dass Dr. Ben-Judah sich um sie kümmert, ist Enoch ihr Pastor, und so soll es auch bleiben.“

„Also alle Vorteile der ‚Tribulation Force‘, aber keine Verantwortung.“

„Oh, sie werden auf ihre Art und Weise auch den Preis für die Mitgliedschaft bezahlen“, verteidigte Chloe ihre neuen Freunde. „Sie werden arbeiten. Sie werden reisen, sie werden alles Mögliche gegen Nahrungsmittel und andere wichtige Dinge eintauschen, genau wie alle anderen Mitglieder der Handelsgesellschaft. Es ist nicht so, dass sie uns Miete für ein Gebäude zahlen sollten, das uns gar nicht gehört.“

„Sie wollen sich uns also gar nicht unterstellen?“

„Nein, *ich* sage das. Ist es eine Voraussetzung für ihre Mitarbeit, dass sie dir unterstellt sind?“

„Darum geht es doch gar nicht, Chloe. Wir haben einfach keine Zeit für Haarspaltereien, für Gerede über Verantwortlichkeiten.“

Tsion hob die Hand. „Captain Steele, diese jungen Leute sind völlig in Ordnung. Ich denke, sie werden für uns eine Bereicherung sein, und wir sollten eine Sache nach der anderen angehen. Sehen, wie es funktioniert, während wir beide fort sind. Ich würde es aber nicht gut heißen, wenn wir auf dieser Reise jemanden mitnehmen, der neu bei uns ist."

Chloe schüttelte den Kopf. „Dann ist es bereits beschlossene Sache, dass du und Tsion fliegen?"

„Nein –"

„Wozu dann eine Besprechung, wenn –"

„Ich sagte nein, Chloe. Ja, Tsion und ich werden reisen. Aber andere werden mitkommen."

„Ich hoffentlich auch."

Rayford starrte sie an. „Ich hatte daran gedacht, aber das war, bevor du uns mit deinen Eskapaden beinahe verraten hast."

Chloe erhob sich. „Das darf ja wohl nicht wahr sein", entrüstete sie sich. „Die Handelsgesellschaft läuft nicht ohne mich? Buck kann nicht mal auf Kenny aufpassen?"

Rayford blickte Buck an. Er wollte keine erzieherischen Maßnahmen anwenden, solange Chloes Mann dabei war. „Vorsicht, Chloe", warnte er. „Tochter oder nicht, es gibt bestimmte Verhaltensregeln."

Buck nahm ihre Hand. „Aber deine Aufgabe hier ist doch interessant", sagte er.

„Mir geht es nicht um irgendwelche Abenteuer", beharrte sie. „Mir geht es um das, was wichtig ist."

„Wie wär's mit Griechenland?", fragte Rayford. Chloe nahm wieder Platz. „Ich werde mit Tsion nach Petra fliegen. Ich habe ein neues Aussehen und eine neue Identität. Sobald die Weltgemeinschaft erkennt, dass ich nicht Buck bin, wird sich ihre Aufmerksamkeit sowieso auf Tsion richten. Wir brauchen zur Sicherheit einen weiteren Piloten, darum wird Abdullah mitkommen. Ich möchte, dass du mit Hannah nach Griechenland reist. Von uns allen bist du den Behörden bisher kaum aufgefallen und somit unverdächtig, zumindest bis wir mit Bestimmtheit wissen, dass die Weltgemeinschaft die Sache mit dem Flugzeugabsturz geschluckt hat und Hannah und die anderen für tot gehalten werden. Als Frauen seid ihr am wenigsten verdächtig und gefährlich."

„Wer wird uns fliegen?"

„Wenn wir es schaffen, wird Chang ein Flugzeug der Weltgemeinschaft nach Kreta beordern. Ihr zwei und Mac werdet dort bleiben und dann nach Griechenland reisen, während Tsion, Smitty und ich nach Petra weiterfliegen. Ihr werdet als Angestellte der Weltgemeinschaft auftreten und ohne das Zeichen wird das ganz schön schwierig werden. Mac wird euch begleiten und ein Auge auf euch haben, auch als Angestellter der Weltgemeinschaft. Im Idealfall sollte mindestens eine von euch denen glaubwürdig vorspielen, ihr wärt vom Kabinett geschickt worden, um mit eigenen Augen zu sehen, was mit Sebastian ist."

„Wie lange wird es dauern, bis sie die Sache durchschauen?", fragte Chloe.

„Es klappt nur so lange, wie ihr eure Rollen glaubwürdig durchzieht. Zeke wird für uns alle neue Papiere ausstellen, uns eine neue Identität und ein neues Aussehen verpassen. Bei dir ist das nicht nötig. Ich denke nicht, dass jemand weiß, wie du aussiehst. Aber wie soll ich erklären, dass ich jemandem einen Auftrag erteile, der –"

„Captain", wandte Chloe ein, „gib mir doch die Chance, mich dir zu beweisen."

Auf Anweisung aus Chicago hin verfasste Chang Dossiers zu jedem, der von Kreta aus nach Griechenland und nach Petra reisen würde. Rayfords Größe und Gewicht und sein Geburtsdatum wurden eingegeben, zusammen mit seiner neuen Identität, die ihn als Bruder von Abdullah Smith auswies. Beide waren nun Ägypter. Glücklicherweise hatte sich Abdullah seit fast zwei Wochen nicht mehr rasiert. Zeke würde seinen Bart grau färben. Rayfords Haut wurde durch chemische Mittel dunkel gefärbt, er bekam einen dichten dunklen Bart und eine Brille mit kleinen runden Gläsern.

Hannahs dunkle Hautfarbe war sehr von Vorteil. Zeke machte sie zu einer Inderin aus Neu Delhi. Chloe konnte so bleiben, wie sie war, allerdings bekam sie einen neuen Namen und gab sich als Kanadierin aus.

Mac war eine große Herausforderung. Es bestand die Gefahr, dass man in ihm Carpathias ehemaligen Piloten erkannte, darum musste seine Hautfarbe verändert werden, damit man seine Sommersprossen nicht mehr sah. Auch ihm wurde eine Brille verpasst und die Haare gefärbt. Er würde als Befehlshaber der Weltgemeinschaft auftreten.

„Der große Vorteil für Sie", schrieb Chang an Rayford, „ist die dezimierte Personalsituation der Weltgemeinschaft auf der ganzen Welt. ‚Wir' sind personell so unterbesetzt, dass es beinahe unmöglich geworden ist, die strengen Sicherheitsvorschriften einzuhalten. Zum Glück stehen in vielen Gebieten ausreichend Fahrzeuge zur Verfügung, abgesehen von Israel natürlich."

Nachdem alle Angaben in den Zentralrechner eingegeben waren, hörte sich Chang das Ende von Carpathias Sitzung an, während er einen Brief an seine Mutter verfasste. Leider war sie keine Frau, die zwischen den Zeilen lesen konnte.

„Unsere Ingenieure arbeiten rund um die Uhr an dem Wasserthema", sagte Carpathia gerade. „Die Hochseeschifffahrt ist natürlich zum Erliegen gekommen. Wir haben Hunderttausende von Bürgern verloren, die vielleicht niemals aus dem Meer geborgen werden können. Die Schiffe können auf dieser dicken, zähflüssigen Masse nicht fahren, und die Krankheiten, die die verwesenden Meerestiere verbreiten, könnten sich zum bisher größten Gesundheitsproblem aller Zeiten ausweiten. Ja, sogar schlimmer noch als die Beulen und Geschwüre. Durch die Wasserkrise wird unsere Bevölkerung weiter dezimiert."

„Heiligkeit", meldete sich jemand zu Wort, „in unserer Region haben wir einen alarmierenden Trend beobachten können. Selbst Personen, die Ihr Loyalitätszeichen angenommen haben, fangen an, sich gegen Sie auszusprechen. Wir weisen die Leute darauf hin, dass Sie nichts dazu können, aber Sie kennen ja die Menschen. Sie möchten jemandem die Schuld geben und Sie sind zur Zielscheibe geworden."

Bevor Carpathia die Gelegenheit zu einer Antwort hatte, ergriff Fortunato das Wort. Chang hatte den Eindruck, dass er wieder ganz der Alte zu sein schien. „Ein solches Verhalten darf nicht toleriert werden", sagte er mit großem Nachdruck. „Ich erlasse hiermit ein Dekret und werde jeden Priester des Carpathianismus in allen zehn Weltregionen darüber informieren, dass von diesem Tag an jeder Weltbürger das Bild seines Supreme Potentaten, seines wahren und auferstandenen Herrn, anbeten soll, sobald er am Morgen aufgestanden ist, nach der Mittagsmahlzeit und vor dem Schlafengehen."

„Wie sollen wir einen solchen Erlass denn durchsetzen?", fragte einer der Anwesenden.

„Das liegt in Ihrer Verantwortung", erwiderte Carpathia. „Dieser Erlass vom allerhöchsten Reverend ist von mir inspiriert!"

„Aber Sir, es gibt noch immer viele, die noch nicht einmal das Loyalitätszeichen angenommen haben!"

„Sie sollen sterben!", warf Fortunato ein.

„Reverend!", sagte Carpathia mit Bewunderung in seiner Stimme.

„Es ist mein Wille!“, fuhr Leon fort, der sich allmählich für dieses Thema erwärmte. „Die Zeit für Verzögerungen und Entschuldigungen ist lange vorbei. Die Menschen sollen das Loyalitätszeichen des Gottes dieser Welt annehmen oder sterben! Jeder, der ohne das Zeichen auf der Stirn oder der rechten Hand aufgegriffen wird, bekommt die Gelegenheit, es anzunehmen, oder wird durch die Guillotine zu Tode gebracht.“

Es entstand eine Stille, während der die Regionalpotentaten offensichtlich über die Auswirkungen dieses Erlasses nachdachten.

Schließlich ergriff Carpathia das Wort wieder. „Mit einer Ausnahme.“

„Aber natürlich, Exzellenz“, erwiderte Leon. „Sie brauchen selbstverständlich nicht Ihr eigenes Loyalitätszeichen anzunehmen!“

„Ach, Reverend!“, entgegnete Carpathia hörbar enttäuscht. „Sie haben so gut angefangen.“

„Verzeihen Sie, Euer Heiligkeit. Die Ausnahme?“

„Die Juden! Die Juden, Reverend Fortunato!“

„Natürlich!“, sagte Leon. „Wie der Potentat ja selbst herausgestellt hat, ist die Klinge zu gut für die Juden.“

Chang beendete seinen Brief an seine Mutter mit den Worten:

„Ich nehme an, du und Vater habt das Loyalitätszeichen noch nicht bekommen. Bitte frage Vater, was er von einem Erlass halten würde, der besagt, man müsse das Zeichen sofort annehmen oder sterben. Was empfindet jemand bei diesen Worten, der ohne dieses sichtbare Zeichen auch freiwillig seinem Führer die Treue halten würde? Beraubt es ihn der Befriedigung, seinem Führer aus eigenem Antrieb die Treue zu schwören?
Und ich kann dir sagen, es wird geschehen, Mutter, und vermutlich werdet ihr kurz nach dem Erhalt meines Briefes davon hören. Sobald der Regionalpotentat für die Vereinigten Asiatischen Staaten aus Neu-Babylon zurückkehrt, dürft ihr mit diesem Erlass rechnen. Nie war die Gelegenheit günstiger, seine Loyalität einem anderen zu schenken. Im Augenblick mag so etwas sehr riskant sein, aber letztendlich entscheidet dieser Entschluss über Tod und ewiges Leben.“

21

Rayford hatte nie an Zekes Brillanz und seinen außerordentlichen Fähigkeiten gezweifelt, aber während der folgenden Tage übertraf der junge Mann sich selbst. Die Mitglieder der *Tribulation Force* und die Bewohner von *The Place* waren verblüfft, wie sehr sich das Aussehen der fünf Leute, die bald abreisen würden, täglich veränderte. Rayford ertappte sich dabei, wie er sich im Spiegel betrachtete und sich fragte, wie eine solche Umgestaltung überhaupt möglich war.

„Ihr junger Freund leistet hervorragende Arbeit, Captain Steele", staunte Enoch, „und schon bald werden Sie merken, was es bedeutet, ein Schwarzer zu sein."

Die Leute von *The Place* zogen nach und nach in ein anderes Stockwerk des Strong-Gebäudes, und die beiden Gruppen begannen, ihre Mahlzeiten gemeinsam einzunehmen und gemeinsame Gebetszeiten abzuhalten. Enoch versprach, seine Leute würden für die Mitglieder der *Tribulation Force* beten, solange sie unterwegs waren.

„Und ein paar von uns würden gern eine Ihrer Reisen mitmachen. Wir brauchen uns nicht einmal zu verkleiden. Niemand kennt uns."

Am Tag vor dem Abflug nach Übersee wurde im *Global Community News Network* eine besondere Ansprache des Hohen Priesters Leon Fortunato angekündigt. Seine Rede an die ganze Welt würde um zwölf Uhr Palastzeit live in Fernsehen, Radio und Internet übertragen und danach 24 Stunden lang jeweils zur vollen Stunde gesendet werden, damit alle Völker auf der Welt sie hören könnten.

Um drei Uhr morgens trafen sich auf Rayfords Einladung hin alle Bewohner des Strong-Gebäudes außer den Kindern in der Nähe der Aufzüge, wo sie sich die Übertragung ansahen. Die Ankündigung war enttäuschend, weil nur wiederholt wurde, was regional bereits verkündet worden war, abgesehen von dem, was dem allgegenwärtigen, aber immer noch nicht ausfindig gemachten Maulwurf im Palast in diesem Fall ungerechterweise zur Last gelegt wurde.

„Wir schalten nun live in das Heiligtum der wunderschönen ‚Church of Carpathia' im Palasthof hier in Neu-Babylon und zu Reverend Fortunato."

Leon hatte einen großen Chor hinter sich versammelt. In vollem Ornat trat er hinter die Kanzel und stellte sich auf einen Schemel, um größer zu wirken. Sein dunkelrot, grau und goldenes Gewand zierten nun noch Quasten. Auf seinem Kopf thronte eine islamisch wirkende flache Kappe. Auf ihr schienen sich die Symbole von allen historischen Religionen zu finden, die Leon offensichtlich eingefallen waren.

Ernst und würdevoll stand er auf der Kanzel, während der Chor die Hymne „Heil Carpathia" sang, dann breitete er seine Notizen vor sich aus und begann seine Ansprache.

„Liebe Mitbürgerinnen und Mitbürger der Weltgemeinschaft, liebe Mitglieder der weltweiten Gemeinde unseres auferstandenen Herrn und Gottes, Seiner Exzellenz, des Supreme Potentaten Nicolai Carpathia. Ich spreche in dieser Stunde in der Autorität des Mittelpunktes unserer Anbetung und mit der mir von ihm übertragenen Macht zu Ihnen.

Die Zeit der Gnade ist vorbei. Jeder Bürger hat umgehend dafür Sorge zu tragen, dass er das Loyalitätszeichen erhält. Die Zentren zur Verteilung des Loyalitätszeichens werden durchgehend geöffnet sein, 24 Stunden am Tag, damit jeder die Gelegenheit hat, sich dieser Prozedur zu unterziehen. Ab sofort wird jeder, der ohne das Zeichen angetroffen wird, sofort zu einem der Zentren für die Verteilung des Zeichens gebracht werden.

Die Alternative ist das Loyalitätssicherstellungsgerät.

Weiterhin sollen alle Bürger das Bild Carpathias dreimal pro Tag anbeten, wie Ihnen von Ihrem Regionalpotentat erläutert werden wird. Auf eine Nichtbefolgung dieses Gebots steht ebenfalls die Todesstrafe.

Ich weiß, Sie teilen meine Liebe für unsere Gottheit und meine Hingabe an ihn und werden begeistert jede Gelegenheit wahrnehmen, ihn anzubeten. Vielen Dank für Ihre Kooperation und Aufmerksamkeit und möge unser Herr und Gott Nicolai Carpathia Sie und die Weltgemeinschaft segnen."

Fortunato wollte seine Ansprache mit einer Geste beenden, die halb Winken, halb militärischer Gruß sein sollte, doch plötzlich verloschen die Lichter in der Kirche. Als sie wieder eingeschaltet wurden, sah man, wie die Mitglieder des Chors durcheinanderstolperten, während sie versuchten, aus dem Gottesdienstraum zu fliehen und Fortunato, der von seinem kleinen Schemel gefallen war, sich wieder hochrappelte und dabei sein Gewand raffen musste. Die Blicke aller waren an die Decke gerichtet, doch als die Kamera dorthin schwenkte, begann das Bild zu wackeln.

Auf dem Fernseh-Bildschirm wurde die Information eingeblendet: „Wir bitten um einen Augenblick Geduld. Wir haben einen vorübergehenden Bild- und Tonausfall." Doch das Innere der Kirche war deutlich zu erkennen. Obwohl die Kamera aus einem seltsamen Winkel auf die Ereignisse gerichtet war und nur die leere Kanzel und den leeren Chorraum dahinter zeigte, waren die Geräusche der Menschen, die aus den Türen stürmten, unüberhörbar.

Plötzlich war auf dem Bildschirm ein Gesicht zu sehen, das so hell strahlte, dass es den gesamten Raum erleuchtete. Die Stimme der Gestalt war so laut, dass eine Frau, die hinter Enoch saß, die Lautstärke herunterdrehte. Trotzdem war das Gesagte noch sehr gut zu verstehen.

„Wenn jemand das Tier und sein Bild anbetet und sein Zeichen auf der Stirn oder Hand empfängt, soll er den Wein des Zornes Gottes trinken, der in voller Stärke ausgegossen wird in den Becher seiner Empörung. Er wird mit Feuer und Schwefel in der Gegenwart der heiligen Engel und des Lammes gequält werden.

Und der Rauch ihrer Qual steigt für immer und ewig auf, und diejenigen, die das Tier und sein Bild anbeten und das Zeichen seines Namens annehmen, werden keine Ruhe finden, weder Tag noch Nacht.

Hier ist die Geduld der Heiligen; hier sind diejenigen, die die Gebote Gottes und den Glauben an Jesus halten.

Gesegnet sind die, die für ihre Treue zu dem einen wahren Gott sterben."

Sekunden später wurde das Studio von GCNN eingeblendet. Eine Ansagerin teilte mit: „Wir entschuldigen uns für die Störung. Wir werden nun Reverend Fortunatos Botschaft in voller Länge bringen."

Doch sobald das Video abgespielt wurde, erschien wieder das helle Gesicht. Erneut wurde eine Störungsmeldung eingeblendet, die jedoch die von einem Engel gebrachte Botschaft nicht verdrängen konnte. Die Ansagerin im Studio von GCNN teilte schließlich mit, der Sender werde bis auf Weiteres seine Übertragung unterbrechen. Doch sobald der Bildschirm schwarz wurde, erschien die Botschaft erneut. Der Sender blendete den Hinweis „Technische Schwierigkeiten" ein, doch nichts konnte das leuchtende Gesicht und die laute Ankündigung vom Bildschirm bannen.

Chang überprüfte seinen Computer und auch dort wurde die Botschaft des Engels immer wieder abgespielt. Er ging nach draußen in die heiße Sonne, und am Himmel war ebenfalls das überwältigende Bild von Gottes Engel zu sehen. Chang fiel keuchend auf die Knie, erstaunt darüber, dass es bei solchen Beweisen tatsächlich noch Menschen gab, die daran zweifelten, dass Carpathia der Feind des einen wahren Gottes war. Ab diesem Tag konnten sie nur noch aus starrsinniger Rebellion heraus daran glauben.

Er rannte zurück, um seinen Eltern eine E-Mail zu schicken, doch sie waren ihm bereits zuvorgekommen. Seine Mutter teilte ihm mit:

„Dein Vater sagt, wir werden lieber unser Leben riskieren, im Untergrund leben oder uns den Todesmaschinen stellen, als das Zeichen anzunehmen. Er ist tief betrübt darüber, dass er dich dazu gezwungen hat. Ich habe ihm gesagt, dass du bereits von Gott versiegelt bist, ebenso wie Ming. Ich werde die Website von Ben-Judah abrufen. Wir haben uns auch für deinen Gott entschieden und werden wie viele andere Flüchtlinge sein. Bete für uns."

Rayford wusste, es war schier unmöglich, angesichts der bevorstehenden Reise nach Zypern und nach Jordanien noch etwas Ruhe zu finden. Aber sie versuchten es dennoch. Die Gemeinschaft mit ihren neuen Freunden von *The Place*, das Singen, Beten und die Gottesdienste waren für sie Erholung genug. Bevor sie in den Wagen stiegen, in dem Buck sie zum Flugzeug bringen würde, knieten sie nieder und beteten.

Von George Sebastians Ausbildung war nun nicht mehr viel zu spüren. Die Entschlossenheit, die Meditationstechniken und seine Willensstärke hatten sich in Luft aufgelöst und waren durch Hunger, Durst, Einsamkeit und, ja, auch Angst ersetzt worden. Sein Schweigen brachte ihm Schläge ein, die jedoch keinen bleibenden Schaden anrichteten, das wusste er, zumindest noch nicht. Aber seine Stirn und sein Hinterkopf hatten unzählige Schläge mit dem Gewehrkolben abbekommen und sein Kopf schmerzte höllisch.

Wiederholt war George über die Breite seiner Schultern und die Schulterblätter mit etwas geschlagen worden, das ihm die Kette eines Fahrrads oder eines Motorrads zu sein schien. Und auch seine Wange und sein Kiefer hatten so viele Faustschläge abbekommen, dass sein Aussehen sicherlich für immer verändert war. Immer wieder versuchte er, die Faustschläge abzupassen, damit er den Schlag abfangen konnte. Schließlich kam ihm die Idee, das Gegenteil zu tun. Wenn er spürte, dass wieder ein Faustschlag nahte, und er das Einatmen seines Angreifers hörte, er den Luftzug spürte, hob er das Kinn und streckte es dem Schlag entgegen. Kurz bevor er zu Boden ging und das Bewusstsein verlor, wusste er, dass er Erfolg gehabt hatte. Schlaf in jeder Form würde das nagende Bedürfnis nach Essen und Trinken vorerst in den Hintergrund treten lassen.

Sie hatten ihn nicht dazu bringen können, über seine Familie zu reden. Er würde niemals glauben, dass seine Familie nichts zu befürchten hatte, selbst wenn er redete. Wenn seine Peiniger wussten, wo sich seine Frau und sein Kind aufhielten, waren diese unter Umständen bereits tot. Die Hoffnung, selbst zu überleben, hatte er schon lange aufgegeben. Solange er im Himmel aufwachen würde, und dessen war er sich sicher, hatte es keinen Sinn, irgendetwas preiszugeben.

Die Kraft, Stillschweigen zu bewahren, hatte er nicht aus sich selbst heraus gefunden, sie war ihm geschenkt worden. Er hatte schließlich auch alle Fluchtmöglichkeiten, die er zu haben glaubte, an Gott ausgeliefert. Als er auf dem kalten Boden in einer Ecke wieder zu sich kam, hatte er keine Ahnung, wie viel Zeit vergangen war. Er spürte nur nagenden Hunger und schrecklichen Durst.

Die Männer, die ihn gefangen genommen hatten, stritten miteinander. „Soll er etwa sterben? Wenn wir ihn verlieren, werden wir ebenfalls sterben. Gib ihm etwas Wasser. Nur so viel, dass er am Leben bleibt.“

Ein paar Tropfen auf seinen Lippen fühlten sich an wie eine frische Quelle, aber er zwang sich, es nicht zu trinken aus Angst, sie würden denken, es reiche für ihn aus. Er ließ das meiste davon danebentropfen, bis sie ihm die Flasche überließen. Er biss mit den Zähnen auf den Hals und trank so viel er konnte, bevor sie ihm die Flasche wieder wegnahmen. Dann zerrten sie ihn wieder auf den Stuhl und fingen von vorne an.

Am frühen Vormittag landete Abdullah auf dem schwer beschädigten Flughafen von Larnaca auf Zypern. Albies Kontaktmann hatte diesen Flughafen vorgeschlagen, weil dort die wenigsten Kontrollen in den

Vereinigten Carpathiatischen Staaten durchgeführt wurden. Er schien Recht zu haben. Und er wartete auf ein Flugzeug, das Mac und die Frauen nach Griechenland bringen würde. Sie würden auf einem verlassenen Flugplatz landen, den Chang etwa 80 Meilen westlich von Ptolemais ausfindig gemacht hatte. Chang hatte einen Befehl an einen Beamten der Weltgemeinschaft gefälscht und ihn darin angewiesen, sechs Fahrzeuge der Friedenstruppen zu einem durch das Erdbeben zerstörten Ort eine halbe Meile von dort entfernt zu schicken.

Der erfundene Befehlshaber in Neu-Babylon bekam die Antwort: „Sie sind wohl verrückt geworden. Ich kann bestenfalls eins bereitstellen."

„Vergessen Sie nicht, mit wem Sie hier sprechen", hatte der imaginäre Befehlshaber daraufhin geantwortet. „Eins reicht jedoch für den Augenblick."

Rayford machte sich erst ernstlich Sorgen, als er die Anspannung auf Chloes Gesicht bemerkte. Es war ganz natürlich, dass sie Angst hatte. Sie mussten auf der Hut sein und durften nicht nachlässig werden. Doch ihn beunruhigte vor allem, dass der Ausgang der Mission offen war. Sie, Hannah und Mac würden nach Griechenland fliegen, nach Ptolemais fahren und dann? Als Angestellte der Weltgemeinschaft anfangen, sich umzuhören? Das war selbstmörderisch, aber auf keinen Fall würden sie George Sebastian aufgeben, solange die Möglichkeit bestand, dass er noch am Leben war.

Rayford umarmte sie fest, bevor sie ausstieg, und fragte sich mit zusammengeschnürter Kehle, ob er sie wieder sehen würde. Chloe klammerte sich genauso an ihn, wie sie sich in Chicago an Buck und Kenny geklammert hatte, und als sie sich schließlich zum Gehen wandte, befürchtete Rayford, nicht genug gesagt zu haben. Eigentlich hatte er gar nichts gesagt.

Albies Freund übernahm den Flug nach Amman. Sobald sie erst einmal gelandet waren und das Flugzeug im Hangar stand, würden Tsion, Rayford und Abdullah aussteigen und über die Landebahn rennen. Sollten sie angesprochen werden, wovon auszugehen war, würde Tsion fordern, mit Carpathia persönlich zu sprechen, und Hoffnung auf eine baldige Beendigung der Meereskatastrophe anbieten, falls sie und seine beiden nicht näher genannten Gefährten mit dem Hubschrauber nach Petra gebracht werden würden.

Rayford konnte an nichts anderes denken, als dass David, der auf seine Anweisung hin nach Petra gegangen war, nicht wieder herausgekommen war. Trotzdem hatte Carpathias Armee ihm und den Helfern seiner „Operation Adler“ nichts anhaben können. Ob das nun mit dem Zeitpunkt oder dem Ort zusammenhing, wusste er nicht. Auf keinen Fall wollte er sein eigenes Leben oder das von Abdullah aufs Spiel setzen, wenn es nicht unbedingt sein musste. Aber das konnte er natürlich nicht im Vorfeld wissen. Das Risiko war da und sie würden ungeachtet dessen weitermachen.

Chang hörte die Büros von Suhail Akbar und Carpathia ab, während er an seinem Terminal saß. Da sich die Situation im Palast verschärft hatte und die Sicherheitskräfte noch immer nach dem Maulwurf suchten, musste er besonders vorsichtig sein. Er behielt Figueroas Büro im Blick und verwischte ständig seine Spuren.

Die Sekretärin von Direktor Akbar informierte ihren Chef darüber, dass ein Anruf der Sicherheitskräfte in Amman hereingekommen sei. Offensichtlich war Tsion Ben-Judah eingetroffen und hatte den Wunsch geäußert, Carpathia zu sprechen.

„Stellen Sie ihn durch“, erwiderte Suhail. Als er den Anruf entgegennahm, bestand er darauf, mit Ben-Judah persönlich zu sprechen. „Woher weiß ich, dass Sie es sind?“

„Das wissen Sie nicht“, erwiderte Tsion. „Es sei denn, Ihre Leute bestätigen Ihnen dies. Ich habe eine Bitte an Carpathia und werde sie nur ihm persönlich gegenüber äußern.“

„Sie würden gut daran tun, ihm mit dem nötigen Respekt zu begegnen, Dr. Ben-Judah.“

„Und dann wird er die Tatsache übersehen, dass ich ihn vor einer Milliarde Menschen als den Antichrist, den Feind Gottes bezeichne und Fortunato als seinen falschen Propheten?“

„Warten Sie einen Augenblick.“

Suhail wies seine Sekretärin an, ihm Zeit zu geben, in Carpathias Büro zu gehen und den Anruf dann dorthin durchzustellen. Zwei Minuten später saß Akbar keuchend in Carpathias Büro und nahm den Anruf für den Potentaten entgegen.

„Dr. Ben-Judah!“, begann Carpathia, als würde er mit einem alten Freund sprechen.

„Ich möchte zusammen mit meinen beiden Gefährten mit dem Hubschrauber nach Petra gebracht werden. Als Gegenleistung dafür überlege ich, Gott zu bitten, die Meereskatastrophe abzuwenden und das Blut wieder zu Meereswasser werden zu lassen.“

„Und warum sollte ich diesen Vorschlag in Erwägung ziehen?“

„Das brauche ich Ihnen doch nicht zu sagen. Bestimmt haben Ihre Leute Sie darüber informiert, dass es noch nie auf der ganzen Welt einen solchen Widerstand gegen Sie gegeben hat. Und es liegt auch sicherlich nicht in Ihrem Interesse, alle Meere dieser Erde in ‚Rotes Meer' umzutaufen."

„Und wenn ich Sie nach Petra bringen lasse, wird das Blut in den Meeren wieder zu Wasser werden?"

„Ich spreche nicht für Gott. Ich sagte, ich würde in Betracht ziehen, ihn darum zu bitten."

„Sie würden es nur in Betracht ziehen?"

„Ich würde ihn darum bitten. Er wird selbst entscheiden."

„Also gut. Die Bitte sei Ihnen gewährt."

„Aber wir brauchen nur den Hubschrauber. Keinen Piloten."

„*Tatsächlich*. Es ist in Ordnung." Tsion legte auf, und Carpathia wandte sich an Akbar: „Gern geschehen. Suhail, wie lange braucht man von Amman mit dem Hubschrauber nach Petra?"

„Ich werde ihnen einen schicken, der nicht länger als eine Stunde braucht."

„Und alles andere ist vorbereitet?"

„Natürlich."

„Diese Stadt soll wenige Minuten nach der Ankunft von Ben-Judah dem Erdboden gleichgemacht werden. Die Rakete wird kurz darauf losgeschickt."

„Ich werde den Bomberpiloten gerade so viel Zeit geben, dass sie verschwinden können. Sie werden bestätigen, dass er anwesend ist, ihre Ladung fallen lassen, den Bereich räumen, und dann schicken wir die Rakete los."

„Von wo?"

„Von Amman aus."

„Ausgezeichnet. Und die Flugzeuge sind so ausgestattet, dass sie Videoaufnahmen machen können?"

„Natürlich, aber nicht nur das."

„Was können sie denn noch?"

„Wir haben Vorsorge getroffen, dass Sie den Angriff live miterleben können."

„Sie machen wohl Witze!"

„Ein Monitor wird in Ihrem Büro stehen."

„Ohh! Oh Suhail! Was für ein Spaß!"

Hätte Rayford nicht so große Angst gehabt, hätte er sich vielleicht darüber gefreut, mit Tsion unbeschadet in der jordanischen Sonne zu stehen. Rayford und Abdullah hatten ihr Aussehen durch die Gewänder vollkommen verändert und sie gingen ohne Schwierigkeit als Männer aus dem Mittleren Osten durch.

„Wer ist Ihr Pilot?“, fragte ein Beamter der Weltgemeinschaft.

Tsion deutete auf Abdullah. Daraufhin wurden sie zu einem Hubschrauber geführt. Als sie in der Luft waren, rief Rayford Chloe an.

„Wo seid ihr?“, fragte er.

„Wir sind unterwegs, aber irgendetwas stimmt nicht, Dad. Mac musste dieses Fahrzeug kurzschließen.“

„Chang hat dem Mann nicht aufgetragen, die Schlüssel dazulassen?“

„Offensichtlich nicht. Aber du kennst ja Mac. Er macht sich nichts daraus. Wir fahren fröhlich in die Stadt und versuchen, uns als Abgesandte aus Neu-Babylon auszugeben, die die Überfälle auf die Judahiten überprüfen sollen.“

„Bist du bereit?“

„Ob ich bereit bin? Warum hast du nicht dafür gesorgt, dass ich in Chicago bei meiner Familie bleibe? Was für ein Vater bist du überhaupt?“

Sie machte Spaß, das war klar, aber er konnte nicht darüber lachen. „Pass nur auf, dass ich mir nicht wünsche, ich hätte es getan.“

„Keine Sorge, Dad. Wir werden hier nicht ohne Sebastian verschwinden.“

Als Abdullah sich Petra näherte, befand sich Chaim mit einer Viertelmillion Menschen oben an der Opferstätte. Die restlichen 750 000 Juden hatten sich um den Platz verteilt und winkten dem Hubschrauber zu. Ein Landeplatz war vorbereitet worden, und die Leute zogen ihre Gewänder vor das Gesicht, um sich vor der Staubwolke zu schützen, die der Hubschrauber aufwirbelte. Applaus ertönte, als der Motor abgestellt wurde und die Staubwolke sich allmählich legte. Tsion stieg aus und winkte schüchtern.

Chaim verkündete: „Dr. Tsion Ben-Judah, unser Lehrer und Mentor und ein Mann Gottes!“

Rayford und Abdullah stiegen unbemerkt aus dem Flugzeug und setzten sich auf einen Felsvorsprung in der Nähe.

Tsion bedeutete der Menge zu schweigen und begann: „Meine

lieben Brüder und Schwestern in Christus, der unser Messias, Erlöser und Herr ist. Ich möchte zuerst ein Versprechen erfüllen, das ich Freunden gegeben habe, und die Asche einer Frau verstreuen, die für den Glauben sterben musste."

Er holte die kleine Urne aus seiner Tasche, hob den Deckel und überließ die Asche dem Wind. „Diese Frau besiegte den Antichristen, indem sie den Mut hatte, ihm entgegenzutreten und in seiner Anwesenheit für ihren Glauben einzutreten, denn diese Wahrheit war ihr wichtiger als ihr Leben."

Abdullah stieß Rayford in die Seite und blickte nach oben. In der Ferne näherten sich zwei Jagdbomber. Schon bald hörten auch die anderen Anwesenden den Motorenlärm und wurden unruhig.

Chang saß in Neu-Babylon an seinem Computer und verfolgte die Ereignisse, die für Carpathia aus dem Cockpit eines der Bomber übertragen wurden. Über die Wanze in Carpathias Büro konnte Chang auch hören, was dort gesprochen wurde. Leon, Viv, Suhail und Carpathias Sekretärin hatten sich um den Monitor im Büro des Potentaten geschart.

„Ziel erfasst, Bomben scharf", meldete einer der Piloten. Der andere wiederholte seine Meldung.

„Und los!", rief Nicolai mit hoher Stimme. „Und los!"

Tsion hob die Hände. „Lasst euch nicht ablenken, meine Freunde, denn wir können den Verheißungen des Gottes Abrahams, Isaaks und Jakobs vertrauen. Wir wurden von ihm an diesen Ort der Zuflucht geführt und der Feind seines Sohnes wird nicht hierher durchdringen können." Er unterbrach seine Rede und wartete ab, bis der Lärm der Bomber geringer wurde. Sie donnerten über sie hinweg und verschwanden in der Ferne.

„Ja!", quietschte Nicolai. „Zeigt euch und schießt, wenn ihr zurückkommt!"

Als die Bomber eine 180-Grad-Kurve folgten und schließlich zurückkehrten, bat Tsion die Menschen: „Bitte kniet mit mir zusammen nieder, neigt den Kopf und richtet euer Herz auf Gott aus. Vertraut seiner Verheißung, dass euch das Reich und die Herrschaft und die Größe unter dem ganzen Himmel gegeben wird, denn sein Reich ist ein immer währendes Königreich, und alle Gewalten werden ihm dienen und gehorchen."

Rayford kniete nieder, doch sein Blick war auf die Bomber gerichtet. Als sie zurückkamen, ließen sie gleichzeitig ihre Bombenladung über der Opferstätte fallen, mitten in eine Million kniender Menschen hinein.

„Jaaaa!", jubelte Carpathia. „Ja! Ja! Ja! Ja!"

Epilog

„Darum jubelt, ihr Himmel und alle, die darin wohnen. Weh aber euch, Land und Meer! Denn der Teufel ist zu euch hinabgekommen; seine Wut ist groß, weil er weiß, dass ihm nur noch eine kurze Frist bleibt."

Offenbarung 12,12